BESTSELLER

Elena Moya nació y creció en Tarragona. Tras licenciarse en periodismo en la Universidad de Navarra, trabajó en *El Periódico de Catalunya* y obtuvo una beca Fulbright para realizar un máster en periodismo financiero en Estados Unidos. En 1998 se estableció en Londres como periodista financiera, trabajando para las agencias de noticias Bloomberg y Reuters, y luego en el periódico *The Guardian*. También realizó una diplomatura de escritura creativa en el Birkbeck College de la Universidad de Londres. Desde el 2012, escribe informes financieros para gestoras de fondos de inversión. *Los olivos de Belchite*, su primera novela, triunfó en España y Reino Unido con apariciones en varios medios y excelentes críticas. A esta la han seguido *La maestra republicana* y *La candidata*, con las que ha conquistado a los lectores. Ferviente viajera y aficionada y jugadora de fútbol, Elena vive en el norte de Londres.

Para más información, visite la página web de la autora: www.elenamoya.com

Biblioteca

ELENA MOYA

La candidata

DEBOLSILLO

Primera edición en Debolsillo: septiembre, 2016

Printed in Spain – Impreso en España

ISBN: 978-84-663-3503-4 (vol. 1097/3)
Depósito legal: B-11.839-2016

Impreso en Novoprint
Sant Andreu de la Barca (Barcelona)

P 3 3 5 0 3 4

Penguin
Random House
Grupo Editorial

Para mamá y mis hermanas Susana y Sofía

1

Que el poder es solitario, sobre todo para una mujer, siempre lo he sabido; de hecho, mucho mejor de lo que yo quisiera. Pero nunca había sospechado que la soledad del poder pudiera ser tan dolorosamente cruel como la sentí aquella noche, y a esas alturas de la vida, con dos décadas de experiencia a mis espaldas y en una posición sin duda privilegiada.

Aquella noche, más que nunca, todo estaba quieto y silencioso. Demasiado. Desde la ventana de mi espacioso despacho observaba el ir y venir de coches y peatones por la calle Alcalá. La noche era fría y oscura, casi invernal. La gente se dirigía hacia el metro, seguramente para ir a sus casas o a cenar con sus amigos. Qué suerte tenían. Yo hacía tiempo que había dejado de ser normal, básicamente desde que decidí dedicarme a la política, pero sobre todo desde hacía dos años, cuando el presidente del gobierno me había nombrado ministra de Economía, la primera mujer en ocupar tal cargo en la historia de España.

Había conseguido mucho en dos años, pero ¿para qué? Otros podrían llegar ese mismo domingo y deshacer todo cuanto había conseguido, borrando por completo mi labor, mis años de esfuerzo. Mi despacho podría volver a ser tan oficial y decadente como cuando entré en él por primera vez: sofás de cuero viejos, alfombras verdes desgastadas, una foto del rey algo torcida, una mesa grande, pesada, con un ordenador de los años noventa, unas sillas de museo más que de trabajo y un sinfín de jarros y jarrones con motivos florales de lo más horteras. Todo ello buen reflejo del grado de modernidad y frescura de nuestra democracia.

Gracias a Ingeborg, mi homóloga danesa y con quien hice buenas migas en Bruselas, conseguí dos sillas Jacobsen, las famosas «orejudas», que inmediatamente le dieron al despacho un aire más sofisticado. Hice quitar las alfombras para rescatar el precioso parqué antiguo que había debajo y colgué réplicas de un cuadro de Picasso y otro de Miró que empequeñecieron el retrato del rey, que nunca pude descolgar por cuestiones de protocolo, pero que al menos logré esconder en una esquina, detrás de un ficus enorme que casi llegaba al techo. Había llenado la estancia de plantas para darle más vida y para recordarme en todo momento que la economía de un país precisaba las mismas atenciones y cuidados que las orquídeas, violetas, cintas y drácenas que había dispuesto junto a las ventanas y en todos los rincones. Mi mesa de trabajo cambió de un estilo Luis XIV a otro más propio de Steve Jobs e hice que me instalaran dos pantallas Bloomberg y un Apple lo más grande posible; siempre me ha gustado ver las cosas claras. Yo estaba allí para trabajar y no para perder el tiempo, pasarlo bien o impulsar mis proyectos personales futuros. Ilusa.

Esa noche, agotada, me senté en el sofá que tenía en el despacho y acaricié el tomo que me había acompañado durante mis dos años de ministra. Eran unas memorias inéditas de Victoria Kent que el director del Ateneo, un republicano de alma y pecho, me había regalado un día que fui allí a dar una conferencia sobre mujeres y economía. No acudieron más de veinte personas y todas mujeres, ya que para muchos el feminismo está pasado de moda y ha dejado de interesar. El acto no estuvo mal, pero lo mejor de la noche fueron esas memorias que el viejo director me entregó con tanto cariño. Mirándome a los ojos, me aseguró que aquel volumen me serviría de inspiración porque la Kent, como se la conocía en tiempos de la República, había sido la primera mujer en ocupar un cargo ejecutivo en un gobierno español. La andaluza con nombre inglés —su bisabuelo, un marino británico, se había casado con una malagueña— no le hizo ascos a Alcalá-Zamora cuando la nombró directora general de prisiones, el puesto menos glamuroso del gabinete pero que ella aceptó con tanta elegancia como entusiasmo. En tan solo dos años la Kent dignificó la mayoría de cárceles del país, que hasta entonces tenían más de cuadra que de centro penitenciario. Por más rufianes que fueran los delincuentes, la Kent fue la primera en reconocerlos como personas y luchar por sus derechos.

Empecé el libro nada más volver del Ateneo y desde la primera página me impresionó. Todavía recuerdo un pasaje sobre la etapa del exilio francés, cuando coincidió con un grupo de obreros españoles en una fábrica en Toulouse. Al reconocerla, uno de ellos le contó que un primo suyo había estado en la prisión de Teruel a finales de la República y que le había hablado de la biblioteca a la que tenía acceso, de los campos de fútbol que habían construido, del hecho de que su mujer le pudiera visitar los fines de semana y hasta del buzón de sugerencias que la directora general había puesto a disposición de todos. El primo en cuestión había entendido la idea que Victoria siempre promulgó sobre corresponsabilizar al preso de su propia recuperación y había salido de la cárcel justo antes de empezar la guerra.

Yo siempre había soñado con algo parecido. Admiradora del británico J. S. Mill, quería ser recordada por ayudar de manera real y concreta al mayor número de personas posible. Por eso me dediqué a la política y por eso acepté la cartera de Economía, por más que todas las hienas de la prensa más conservadora y recalcitrante del país se me echaran encima justo después de mi nombramiento. Me acusaban de no tener ni preparación, ni experiencia, ni talento, ni qué sé yo cuántas cosas más. Siempre he intentado ignorar a la prensa al máximo, pero todos sabemos que eso es imposible.

Unirme al gobierno a los dos años de empezada la legislatura tampoco fue fácil. Además me tocaba sustituir a un ministro que, sin haber hecho mucho, se llevaba bien con todos los estamentos relevantes, como presidencia, banca, sindicatos y prensa. Precisamente por no haber tomado decisiones importantes, ninguna de esas fuerzas sociales le pudo atacar. También tuvo toda la suerte que a mí me faltó; su mandato coincidió con los dos últimos años antes de la crisis, el final de una burbuja donde todo parecía subir: los salarios, el precio de las casas, la producción…, todo. El país estaba lleno de grúas y el paro no hacía más que bajar, aunque fuera a costa de contratos basura, pero eso no lo decía nadie. Algunas voces sensatas empezaban a insinuar que aquello no era sostenible y él, que no tenía un pelo de tonto, debió de ver lo que se avecinaba. Dejó su puesto en cuanto pudo, o en cuanto le surgió la oportunidad de presidir el Fondo Monetario Internacional, un glamuroso puesto en Washington esplendorosamente pagado y que encima implicaba múltiples viajes por todo el mundo, un *bonus* irresistible para hombres con ganas de pasar algunas noches fuera de casa.

Nada más llegar al Ministerio, la burbuja financiera explotó y me tocó a mí lidiar con las consecuencias: desde la drástica subida del paro o el rescate o no rescate por parte de la Unión Europea, hasta viles acusaciones por parte de la prensa y la oposición, e incluso de algunos compañeros de gabinete, de ser yo la causante de la crisis y de la pérdida de popularidad del gobierno. Ser mujer también me hacía más visible y vulnerable como blanco de críticas; la vida es a veces tan mezquina que los ataques suelen dirigirse hacia las personas o grupos que se perciben como más débiles, empezando por las mujeres.

Pero yo siempre intenté remar hacia delante, respaldada y animada por colegas extranjeras como Ingeborg y por cuanto leía en el libro de la Kent sobre la infatigable determinación de las tres primeras diputadas de España: Clara Campoamor, Margarita Nelken y la propia Victoria. Qué fuerza tenían. Pero cómo acabaron las tres: tristes, solas y exiliadas. A veces me pregunto si será eso lo que el futuro me deparará a mí también.

En esos pensamientos estaba ese viernes por la noche cuando Estrella, la secretaria que me ha acompañado en los últimos doce años, entró en el despacho con el *gin-tonic* que le había pedido. En principio, el alcohol está prohibido en todas las estancias oficiales, pero el poder viene con tanto estrés y responsabilidad que es de humanos hacer alguna excepción en ocasiones especiales y esa era una de ellas. Mi criterio siempre ha sido que si algo es bueno para mí y me ayuda a relajarme y a pensar mejor, también lo será para el país. Así que Estrella aprendió a prepararme los mejores *gin-*

tonics que he probado en mi vida —en copa grande, hielo del que no se deshace, eneldo, tónica de la que engorda y un chorrito de Gin Mare—. Son mucho mejores que los que me han servido en las coctelerías más famosas del mundo, aquí en Madrid, en Nueva York o en Kuala Lumpur.

Esa noche, además, lo necesitaba más que nunca. Estaba nerviosa y exhausta y tenía un fin de semana muy largo por delante. Un *gin-tonic* era lo que mejor me podía sentar en ese momento.

—Aquí tienes, Isabel —dijo Estrella, quien con los años por fin había aprendido a tutearme. Con su desenvoltura y delicadeza natural, la joven dejó el vaso sobre la mesa de cristal junto al sofá, para lo que tuvo que apartar el sinfín de revistas y periódicos que, como de costumbre, yo tenía amontonados.

Siempre me ha gustado leer prensa internacional y nada más llegar pedí que me suscribieran al *The Economist*, al *Wall Street Journal*, al *Financial Times* y a *Barrons*. Tuve que insistir lo indecible para conseguirlo, porque el encargado de suscripciones de la casa nunca entendió para qué necesitaba prensa extranjera si mi labor era mejorar la economía del país. Me sorprendió que mi antecesor no recibiera ya esas publicaciones tan necesarias para una persona en ese cargo, pero todavía me sorprendió más tener que cancelar las suyas: *Interviú* y *Viajar*.

Poco a poco fui amontonando pilas de libros, carpetas y blocs de notas sobre las tres mesas que tenía en el despacho, la de café, la de reuniones y la mía. Me gusta el desorden controlado, que me ayuda a pensar libremente, sin ataduras; lo contrario, el vacío y el orden extremo, me pone un tanto nerviosa pues no lo veo natural. Lamentablemente, eso fue lo que encontré al llegar: mesas vacías, carpetas polvorientas, estanterías sin libros, por no mencionar los juegos de café de plata que enseguida pasaron a mejor vida. Yo ya me traía un café del Starbucks todas las mañanas y prefería no tomar cafeína a partir de las once. Después, bebía tés herbales todo el día hasta la hora del *gin-tonic*, ya por la noche.

—Muchas gracias, Estrella, no necesito nada más; por favor, vete a casa que es tarde —dije mientras me esforzaba por sonreír. Estaba agotada.

Eran más de las diez y apenas hacía una hora que había vuelto de un tenso debate en la televisión pública. Eso, después de una mañana repleta de reuniones y de atender multitud de llamadas de última hora durante toda la jornada.

—¿Seguro que no necesitas nada más? ¿Qué vas a cenar?

—No te preocupes —contesté—, si tengo hambre, pediré una pizza.

—De acuerdo, Wuri —me respondió con una sonrisa socarrona.

Wuri era el gato que mi marido y yo teníamos en Londres, donde vivimos unos años después de acabar la carrera. El nombre es en realidad el de un remoto pueblo etíope nada conocido en España y casi tampoco en la propia Etiopía. Me traía tan buenos recuerdos que lo elegí como clave de seguridad informática y como consigna cuando necesitaba que Estrella interrumpiera alguna reunión. Si tenía que hablar con algún miembro de mi equipo o compañero de gobierno que estaba reunido con personas ajenas a Moncloa o al Ministerio, Estrella decía que tenía al señor Wuri al teléfono para así mantener la confidencialidad y la discreción. La consigna también me ayudaba para asuntos más prosaicos: el personal de seguridad a la entrada del Ministerio sabía que si llegaba una pizza o un paquete para el señor Wuri, era para mí. También usaba el nombre para reservar restaurantes u hoteles a título privado, pues nunca se me ocurrió pedir a Estrella que dedicara a mis asuntos personales un tiempo que pertenecía a los contribuyentes.

De la misma manera he intentado no invadir el tiempo libre de los miembros de mi equipo o, si lo he hecho, he procurado que se les paguen todas y cada una de las horas extras. Creo en tratar al personal lo mejor posible, ya que mi objetivo siempre ha sido gobernar más que mandar. Para mandar basta el palo, mientras que el gobierno es cuestión de pensamiento, tacto y acción. Siempre he creído en lo segundo, por más que a mi alrededor sobre todo haya visto lo primero.

Por fin me quedé sola, sentada en la silla danesa y seguro que con la misma expresión que esas mujeres tristes y solitarias de los cuadros de Hopper. Mis manos, asidas al *gin-tonic*, temblaban ligeramente. Las tenía frías. Cerré los ojos y sentí el peso del mundo sobre mis espaldas. Respiré hondo, muy hondo. Mi destino y —sin ánimo de ser egocéntrica— el del país estarían en juego en tan solo dos días. Ese domingo había elecciones generales y yo era la primera mujer candidata a la presidencia del gobierno de la historia de España.

2

Pasé frío y tuve temblores toda la noche, en la que apenas pegué ojo. El Ministerio es un edificio enorme con estancias amplias y techos altos, por lo que el anticuadísimo sistema de calefacción no llega, ni mucho menos, a todos los rincones. Por más que hubiera cambiado casi la mitad de tuberías y puesto doble ventana en el despacho, este era un lugar gélido, sobre todo de noche.

No había querido ir a casa porque Gabi, mi marido, había volado a Santiago para ver a su madre, que estaba muy enferma. No entendía cómo podía dejarme sola justo entonces, pero supuse que si yo hubiese tenido una madre a punto de morir también habría acudido a su lado.

Estaba tan cansada que al final me medio dormí en el sofá de cuero, incomodísima, tapada con la manta que guardaba siempre en el armario para estas ocasiones. La crisis financiera había llegado a tales extremos que durante los últimos meses había pasado varias noches en el despacho pegada a las pantallas siguiendo la cotización de nuestra deuda en América (cuyos mercados cierran cuando aquí son las diez de la noche) y en Asia (que arranca dos horas más tarde). Los mercados ni comen, ni duermen, ni se van de vacaciones, y por descontado que no tienen corazón. Por eso siempre ganan. Es una lección que aprendí pronto.

Acurrucada en el sofá, esa fue quizá la única noche durante todo mi mandato que no miré el precio de nuestros bonos antes de irme a dormir. Supongo que por lo agotada que estaba, y también por tener la cabeza totalmente centrada en la campaña y en el domingo. Me vinieron a la cabeza un sinfín de *flashbacks* del último mes, que me había dejado seca. Durante cuatro semanas me desperté a diario en una ciudad diferente, donde solía desayunar con la prensa, reunirme con asociaciones locales y luego comer con el *establishment* de turno: encuentros agotadores con café, copa y puro, que odiaba. Por la tarde nos reuníamos para analizar la campaña y por las noches siempre había un mitin para el que tenía que prepararme, vestirme y sobre todo sonreír, inspirar confianza y mostrar una energía desbordante, que a esas horas del día ya no tenía. La parte positiva era que nunca veía una silla vacía, porque la asistencia a mítines hoy en día es como casi todo: se compra y ya está. Si no teníamos suficientes simpatizantes en un pueblo o ciudad, no había más que llamar a las dos o tres mayores asociaciones locales, prometerles algo (pequeño) y asunto resuelto. En las grandes capitales no había problema, pues siempre hay suficientes afiliados a los partidos mayoritarios, como era entonces el mío.

Aun así, la campaña exigía casi más de lo que yo podía dar, sin dejarme por supuesto ni un segundo para mí. Durante esas interminables cuatro semanas tan solo pude salir a correr un día, después de una reunión que acabó a las once de la noche, lo que enfureció al servicio de seguridad que me acompañaba. Era tarde, pero mucho más temprano de lo que solían acabar las cenas y mítines nocturnos. El poder permite emprender grandes acciones, pero siempre con un alto coste personal ya que uno pierde toda su independencia y, como descubrí después, posiblemente mucho más.

Acabé la campaña exhausta, débil. Había perdido la forma física que conseguí pocos meses después de mi nombramiento, cuando Estrella me encontró por internet un entrenador personal que me acribillaba dos veces por semana en el gimnasio del Ministerio. Yo misma hice instalar ese espacio para uso exclusivo de los empleados, empezando por mí, nada más llegar. El deporte siempre había sido una de mis prioridades, ya que un país no puede prosperar económicamente si su población no está sana y en forma. De hecho, una de las estadísticas que más me impresionó al principio, cuando me pasé dos meses enteros revisando datos y números para conocer mejor nuestra economía, fue el número de personas que iban corriendo al trabajo: aunque todavía muy bajo, se había casi doblado en apenas doce meses. Siempre había creído en los medios de transporte sostenibles, y no digamos ya en reducir la contaminación, así que al poco de llegar introduje un programa para incentivar a los corredores. Fue un éxito rotundo, una de mis primeras victorias y que más tarde me ayudó a conseguir el liderazgo del partido. Un partido que, por muy socialista que fuera, era un bastión de masculinidad y de desigualdad. Solo por citar un ejemplo, el comité que de facto gobernaba el colectivo se autollamaba, y les llamaban, «los barones», dejando poco espacio para mujeres aspirantes como yo.

Por fortuna nuestro presidente, GR, era más moderno y justo, e incluso algo democrático. Siempre nos habíamos llevado bien, aunque la verdad es que antes de mi nombramiento nos conocíamos poco. Fue, quién lo iba a decir, un exministro de la oposición, un amigo ahora reconvertido en consultor político, quien le alertó de mi trabajo en el Ministerio de Administraciones Públicas, donde empecé. Allí, como secretaria general, hice y deshice a mi antojo, pues el ministro estaba tan ocupado en labrarse su propio futuro que apenas sabía lo que ocurría puertas adentro. Mientras él se dedicaba a comer (de doce a cinco de la tarde) con banqueros y los presidentes de las principales empresas telefónicas y eléctricas del país, yo tomaba las decisiones que siempre había soñado: cambiar los horarios del Ministerio para hacerlos más europeos, acortar la hora de comer, poner una guardería o subir el nivel al que pudieran llegar los técnicos del Estado, para así evitar que absolutamente todos los altos cargos públicos fueran nombramientos a dedo. También instalé un nuevo sistema de control de costes que enseguida notificaba los excesos. Como me esperaba, fueron los gastos del propio ministro los que más problemas me dieron. Nunca entendí por qué tenía que organizar reuniones en El Bulli, en la Costa Brava, o en Arzak de San Sebastián, para lo que también había que pagar coches y chóferes.

No tuve el valor de alertarle, por lo que él siguió comiendo, cenando y viajando con los políticos, empresarios y magnates mediáticos más poderosos del país por adonde quería, pidiendo los vinos más caros y las carnes o los pescados más exóticos. Creo que aprobar la factura del bacalao negro de doscientos euros que se tomó en Bilbao es la firma que más me ha costado hacer en toda mi vida. Para él aquellas reuniones eran una inversión y, efectivamente, ya las ha rentabilizado: ahora forma parte del consejo de administración de la principal petrolera española y de otras empresas cuasipúblicas, lo que le permite vivir en Pozuelo, una de las zonas más caras de Madrid, rodeado de futbolistas y otros folclóricos.

Todos hacen lo mismo. Hasta mi amigo Manolo, el consultor político, que después de ser ministro se montó una empresa de *networking*, una manera fina de decir «abrepuertas» o, sencillamente, «enchufes». Con la agenda llena, él cobra cantidades ingentes a empresas internacionales por presentarles a los políticos y empresarios que les facilitarán una entrada al país rápida y eficiente. Los inversores están dispuestos a pagar porque este *fast track* les evita el riesgo de toparse con la Administración o de dedicar meses a obtener unos permisos que igual nunca llegan. Todo ejecutado de una manera elegante, en palcos o sobre manteles de hilo, o en fiestas exclusivas. Mi amigo es un tipo listísimo, un gran estratega. Una vez me contó que fue precisamente él, un conservador de toda la vida, quien una noche le trazó a GR la estrategia para llegar a la presidencia, incluso cuando los conservadores tenían todas las de ganar en las siguientes elecciones. En cuatro trazos mal escritos sobre una servilleta de papel, Manolo le había aconsejado tejer tan solo cuatro alianzas y en un orden muy determinado, que se tradujeron en el apoyo de cuantos estamentos necesitaba: los barones del partido, la prensa, los sindicatos y la banca. A los demás, incluidos los propios ciudadanos, le aconsejó que no les prestara ni un minuto de atención, ya que solo le consumirían tiempo y energía, sin transmitirle ningún poder, porque en realidad no tienen ninguno.

GR también tuvo suerte. Rencillas internas en el partido conservador, entonces en el poder, hicieron que alguien con ganas de revancha filtrara a la prensa un escándalo de corrupción que salpicó a medio gobierno. Dos ministros habían aceptado dinero ilegal de dos multinacionales para reducir su tasa impositiva, que acabó siendo menor que la de un asalariado de rango medio. Al poco tiempo se descubrió que la práctica no era más que la tapadera de una trama mayor y que el partido en el gobierno se había financiado con grandes cantidades que empresas y particulares donaban a cambio de favores: terrenos que de pronto se convertían en edificables, contratos de exportación a China y a Oriente Medio, concesiones de concursos públicos, además de suculentos contratos con la Administración a precio de oro.

GR capitalizó el escándalo y, también gracias a la estrategia de Manolo, ganó unas elecciones contra todo pronóstico.

Fue precisamente Manolo quien primero le habló a GR de mí. Hacía dos días que Pedro, mi predecesor, había dimitido para irse a Washington, con lo que el presidente había citado a Manolo para hablar de posibles sucesores. Como siempre, quedaron en el Manduca, un pequeño restaurante en la calle Sagasta frecuentado por políticos, escritores, cantantes o actores, todos cercanos a nuestro partido. Según me contó, allí, entre alubias y pochas navarras, le dijo:

—Oye, hay una tía en Administraciones Públicas que te vendría muy bien.

(Tal cual).

El presidente ni le miró, concentrado como estaba en un Matarromera del 2006, uno de sus tintos preferidos, según he sabido después.

—Que te lo digo en serio —insistió Manolo, sin duda interesado en mi éxito pero también en el favor que recibiría de GR si yo resultaba un buen fichaje.

—Dime —contestó el presidente, más pendiente de las pochas o de no ensuciarse la camisa que de otra cosa.

Manolo me había contado que GR siempre se ponía la servilleta bien asida al cuello de la camisa para mantener impecable su apariencia. Y luego dicen de las mujeres, pero meses más tarde me enteré de que el presidente pasaba más horas en el sastre que yo en la modista y que también gastaba mucho más en trajes de lo que yo he osado jamás. Mientras siempre he procurado ir de Zara o de alguna marca popular española, GR viajaba a Saville Row, en Londres, un par de veces al año para hacerse a medida los trajes que tanta planta y autoridad le daban. Igual, a mí me habrían ido mejor las cosas de haber intentado parecerme más a Carla Sarkozy que a Hillary Clinton o Angela Merkel.

—Trabaja como una mula —le dijo Manolo a GR ese día en el Manduca.

—Como todas las mujeres —intercedió el presidente, todavía sin mirarle.

—Pero esta, a diferencia de las demás, lo hace bien y con sentido y estrategia —insistió Manolo, según me contó.

—Ah —musitó GR levantando por fin la mirada y expresando interés.

Manolo era un artista.

—En tres años se ha metido al personal de Administraciones Públicas en el bolsillo y creo que podría hacer lo mismo con el público general, creando oportunidades para conseguir medallas de las que lucen; de las que ganan votos.

—Cuenta —respondió GR, masticando la última pocha y mirando con impaciencia al camarero, pues esperaba su solomillo habitual.

Manolo, que siempre tuvo el don de la oportunidad, esperó a que llegara el segundo plato para dar más sabor a la propuesta. Siempre me recordaba lo que ya dijo Cervantes hace siglos: «Negociante necio, negociante mentecato, no te apresures: espera sazón y coyuntura para negociar; no vengas a la hora de comer ni a la del dormir, que los jueces son de carne y de hueso y han de dar a la naturaleza lo que la naturaleza les pide».

Es un consejo que siempre he seguido y que Manolo aplicó ese día, esperando a que GR se hubiera comido al menos medio solomillo antes de continuar.

—La tía ha cambiado horarios, puesto una guardería, introducido un *flexitiempo* para madres, ha fijado un máximo de una hora para reuniones, ha dado una semana sabática como premio a un aumento de productividad y hasta ha lanzado un programa de *bonus*... —le replicó.

—Algunas cosas son interesantes, pero lo de los *bonus*... —enseguida objetó GR—. Un presidente de izquierdas no puede ponerse a dar *bonus,* por Dios.

—Pues ella ha podido —respondió Manolo bajando la voz, apoyando las manos sobre la mesa, dejando de lado el solomillo que él también había pedido—. Se ha reunido con todo quisqui, les ha preguntado qué querían y necesitaban para ser más productivos, les ha dado listas de objetivos bien consensuadas y si los alcanzan pueden coger o una semana más de vacaciones o medio mes de paga extra. ¡Los tiene a todos a sus pies!

GR seguía enfrascado en el solomillo. Aun así y con la boca llena, preguntó sin dejar de mirar al plato:

—¿Es guapa?

—Lo suficiente —remarcó Manolo, rápido, neutral. (Esa nunca se la he perdonado).

—Y ¿qué quieres que haga con ella, que le dé un *bonus*?

Manolo sonrió. Esa sonrisa con luz que me ha cautivado desde que le conocí cuando él era ministro y coincidimos en una reunión en Administraciones Públicas, cuando yo acababa de entrar y solo tenía un puesto técnico en el departamento de gastos. Según me contó meses después, esta fue su respuesta al presidente:

—Te vienen tiempos difíciles, GR. Se nos avecina una bien gorda y en Economía vas a necesitar alguien con mucho fuelle, con don de gentes. Y con mucha comprensión y empatía, alguien que conecte bien con el público. Si no, lo que viene se te puede llevar por delante. A ti, al partido y a todos.

El presidente aparcó el solomillo y miró a Manolo. El consultor no solía equivocarse y GR lo sabía.

—¿A qué te refieres?

Manolo esperó a que el camarero rellenara las copas de vino y luego continuó, casi susurrando.

—Estamos en plena burbuja y la cosa va a petar muy pronto, y muy fuerte. Mal asunto.

GR dejó el tenedor sobre el plato y le miró durante unos segundos. Casi inmediatamente volvió a asir el tenedor para pinchar un trozo de solomillo y llevárselo a la boca como si nada.

—Pero si no hay casi paro, bueno, lo de costumbre, pero no más —dijo el presidente, tranquilo, mientras masticaba—. La economía va bien y el consumo y la industria van tirando.

—Sí, a base de deuda, deuda y más deuda —replicó Manolo—. Eso durará hasta que los bancos no den más de sí, empiecen a perder sus propias líneas de crédito y cierren el grifo a los demás. No es broma. Ya pasa en otros países; habrás visto el banco inglés que quebró el otro día y que tuvieron que nacionalizar a toda prisa.

GR asintió, pero no tardó en responder.

—Nuestros bancos y cajas tienen una salud envidiable —dijo en tono defensivo y de nuevo dejando el tenedor sobre el plato.

Manolo guardó un breve silencio.

—Tú sabes tan bien como yo que eso no es verdad —le dijo sosteniéndole la mirada—. La Caixa gallega, por ejemplo, ha cuadriplicado su volumen de préstamos en tan solo dos años. La gente se ha vuelto loca.

—¿Cómo lo sabes?

—Porque lo sigo; soy consultor y tengo contactos, por eso me pagan.

GR miró a su alrededor. Estaban en un espacio público nada adecuado para una discusión de ese nivel y el presidente parecía más preocupado por la falta de discreción del lugar que por lo que Manolo le estaba contando. No dejaba de mirar, ansioso, a ambos lados. Su pelo, negro azabache cuando había llegado al poder tan solo hacía dos años, estaba ahora medio cubierto de canas. La cara exhibía grandes ojeras y parecía que el traje de Saville Road le viniera hasta grande. En cuestión de pocos meses había perdido peso y mucho color. Hacía tiempo que no se le veía esa sonrisa tan sugerente que había conquistado a la mayoría femenina que le votó, dándole la victoria en las elecciones. Los hombres fueron más indulgentes con la corrupción y, según las encuestas, muchos conservadores habían vuelto a votar a su partido. No así las mujeres, que en gran medida se cambiaron de chaqueta al estallar el escándalo de financiación ilegal. Algunas, eso sí, solo se pasaron al socialismo por el encanto personal y las sutiles maneras del candidato.

Lejos de ese embeleso inicial, ese día en el Manduca GR parecía abrumado por los problemas, incapaz de absorber uno más, especialmente el que Manolo le estaba apuntando.

—La mayor prueba de que la cosa se pone fea es la marcha de Pedro a Washington —dijo el consultor—. Pedro, ya sabes, siempre se lava las manos y estos tiempos son muy buenos para escaparse. Estamos en la cima de la montaña y, a partir de ahora, todo lo que viene es cuesta abajo. Pon a una mujer que te amortigüe la caída. O, si es posible, que te salve el culo si las cosas se ponen verdaderamente feas. Créeme que sé lo que te digo.

—Y ¿si la cosa empeora con ella porque no da la talla? ¿Qué experiencia tiene? —preguntó el presidente, por fin interesado.

—La misma que Pedro tenía al llegar: ninguna.

—Pedro tenía..., no sé cómo decirlo..., planta..., un cierto aire que inspiraba confianza —refutó GR ante la sorpresa de Manolo.

—Un presidente de centro-izquierda no debería hablar así... —le advirtió Manolo—. Recuerda que las mujeres siempre se quejan de que a ellas solo se las promociona una vez demostrada su valía, mientras que los hombres solo tienen que «aparentar» potencial para subir. Y no olvides lo que las mujeres han hecho por ti; te hicieron presidente.

—Sí, lo sé —contestó GR con cierta displicencia, como si aquel hecho fuera una losa de la que no se podía desprender—. Pero Pedro había presidido el Instituto Nacional de Hidrocarburos antes.

—Y ya me dirás tú para lo que sirve eso. ¿Cuándo fue la última vez que ese organismo hizo algo de relevancia?

GR bajó la mirada.

—Además, Pedro nunca toma decisiones —continuó Manolo—. Al menos esta es expeditiva, seria y está limpia, no tiene antecedentes de corrupción; es buena chica, la conozco bien. Y joven.

GR alzó una ceja.

—¿Cuántos años tiene?

—Acaba de cumplir cuarenta y dos.

—¿Familia?

—Casada con un chico normal. No hay divorcios, aunque tampoco hijos.

—Me van mejor con familia, sobre todo si tienen que promulgar medidas sociales.

—Pues ella ha hecho más por las familias de su Ministerio que todos los gobiernos de la democracia juntos. Además, así podrá dedicar más horas.

—Cierto —dijo GR, levantando una ceja—. Estoy harto de trabajar con mujeres que desaparecen a las seis de la tarde o que llaman cada dos por tres diciendo que están enfermas cuando en realidad solo buscan más tiempo para estar con sus hijos. Es un verdadero problema —dijo el presidente, dando un buen trago del Matarromera.

Manolo no supo cómo responder a tan brutal comentario, por lo que permaneció en silencio.

GR suspiró y le miró directamente a los ojos.

—¿Cómo se llama?

—Isabel San Martín.

Manolo siempre me recuerda cómo al presidente le brillaron los ojos al oír mi nombre.

—La conozco. ¿Una morena de ojos negros, no muy alta pero con un buen cuerpo, un poco como una mozarrona del norte, con una voz grave y mucha seguridad?

—Esa misma, de Pamplona, como yo. ¿La conoces?

El presidente pareció animarse.

—¡Sí! —exclamó quitándose la servilleta que todavía le colgaba del cuello—. Ahora que lo dices, estuve hace un año o así en una reunión de trabajo en Administraciones Públicas y me impresionó. Detecté un ambiente sano, participativo, muy buenas vibraciones. Ostras... —dijo pasándose sus gruesas manos por la cabeza—. Según recuerdo, personalidad no le falta, eso está claro. —GR se quedó pensativo durante unos instantes; luego continuó—: Sí, es buena chica, sí —dijo—. Igual demasiado. ¿Y si se la comen?

Manolo recobró la frialdad del consultor.

—Pues te la cargas y la culpas a ella de la crisis —le contestó. (Otro comentario que no le he perdonado nunca, por más que me haya asegurado repetidamente que lo dijo para ayudarme).

—Hombre, pero cómo eres... —respondió GR, que siempre había vendido muy bien su lado humano.

—En la política y en el amor...

GR miró al suelo y luego a Manolo, sonriendo con cierta complicidad.

—Es una gran mujer, no me cabe la menor duda —dijo el presidente—. Me recuerda mucho a esa tía de *Ocho apellidos vascos* con el flequillo cortado con un hacha... Muy directa; con un buen par de cojones —añadió convencido.

Los dos hombres se echaron a reír, según me explicó Manolo, quien no tardó en cerrar la conversación al ver que tenía a GR casi en el bolsillo.

—Si quieres, organizo una pequeña reunión.

GR accedió con un suave movimiento de cabeza.

—¿El lunes a las nueve de la mañana en Moncloa? —sugirió Manolo, decidido a no perder la oportunidad.

—Hecho.

Y así fue como llegué al poder hace dos años, gracias al encanto de mi flequillo, aparentemente cortado a hachazos, pero que me negué a cambiar durante mucho tiempo por más que los asesores de prensa e imagen del Ministerio se horrorizaran al verme.

La historia, que Manolo repite a menudo por considerarla una de sus mejores victorias, todavía no sé si me hace reír o llorar. Sí me hizo acordarme, esa noche preelectoral, de Victoria Kent, a quien Alcalá-Zamora también nombró para dar color a su gobierno y, sobre todo, para absorber críticas. ¿Qué mejor que una andaluza vistosa y moderna con ganas de mejorar el país para atraer la atención y los ataques de la prensa y la oposición? Centrar la atención en ella dejaba libres a los demás miembros del gobierno republicano, permitiéndoles esconder su propia inactividad o hasta negligencia. Mi nombramiento obedecía a razones similares.

No nos engañemos: en los gobiernos, sobre todo de este país, las mujeres siempre han ejercido el papel de floreros (notas de color para distraer) o bien de espantapájaros (dianas fáciles para las críticas). Siempre instrumentalizadas, siempre con las de perder.

Yo misma estuve a punto, muy pero que muy cerca de perder, no solo el poder, sino también todo lo que siempre soñé, todo por lo que tanto trabajé y me sacrifiqué durante tantos años. Pero ahora, con un poco más de perspectiva, me doy cuenta de que la única responsable de haberme encontrado en una posición tan vulnerable fui yo misma. Había centrado mi vida única y exclusivamente en mi trabajo como ministra y, luego, en las elecciones, había dejado de lado cualquier alternativa a la política, además de no prestar ninguna atención a mi matrimonio. Me lo había jugado todo a una única baza: esas elecciones.

3

Solo el hecho de presentarme a unos comicios me llenaba de orgullo y de esperanza. España había avanzado mucho desde la muerte de Franco, sobre todo en cuanto a adquirir un nivel de vida más próximo al de nuestros vecinos europeos, pero todavía quedaba mucho por hacer, sobre todo en cuanto al paro y en cuanto a la igualdad de las mujeres. Por eso mi equipo y yo centramos en esos dos temas la campaña, no solo la electoral sino también la que realizamos dentro del partido.

Conseguir el liderazgo del principal grupo de izquierda había costado menos de lo que yo me esperaba, quizá porque tanto el país como los miembros de la Ejecutiva del partido tenían hambre de cambio y de ver caras nuevas, una propuesta diferente. Estaba ya todo el mundo harto de tanto varón de mediana edad, provinciano y superior.

Yo enseguida puse las cartas sobre la mesa e hice una apuesta clara por la educación como auténtico motor de riqueza y por la igualdad de todas las minorías, sobre todo de las mujeres. La propuesta conectó bien con todo el público que no es un hombre entre cuarenta y cincuenta años, es decir, la mayoría de personas, algo increíble si pensamos que el país está precisamente construido por y para ellos.

Los miembros más jóvenes y mayores de la Ejecutiva, con GR a la cabeza, se sumaron enseguida a la idea de modernidad que abanderé, dejando en minoría a Mario, mi contrincante, ministro de Industria en el gabinete de GR. Aunque al principio nunca creí que le pudiera arrebatar el liderazgo del partido, por personificar el candidato clásico de siempre, con el tiempo me di cuenta de que tan solo se trataba de un cuarentón mediocre de sonrisa de plástico, sin ideas nuevas y a quien solo le faltaba el rosetón de papel en la solapa en plan elecciones americanas: mucho globo y papelito de colores pero, a la hora de la verdad, poca sustancia.

Durante la campaña experimenté un proceso similar. Al principio, entusiasmada como estaba por haber logrado la candidatura, creía que solo el hecho de presentarme era suficiente. La ambición de ganar no me hervía por dentro y, además, nunca pensé que alguien como yo, con todos mis defectos, pudiera, o incluso debiera, llegar a la presidencia del gobierno. ¿Quién? ¿Yo? ¡Imposible! Desgraciadamente así piensa la mayoría de mujeres ante los grandes retos.

Pero a medida que avanzaba el mes de campaña, me di cuenta de que mi oponente conservador, Jesús Aguado, era tan mediocre como yo e incluso tenía menos ideas —o si las tenía, se las callaba—. Al final entendí lo que Einstein tan acertadamente acuñó hace más de medio siglo: todo es relativo. Nadie es tan grande ni tan genial (salvo los escasísimos genios y esos no se dedican a la política, sino a ganar dinero, a la música o al deporte). Para los terrenales basta con ser un poquito mejor o tener más ganas que los demás. En las reuniones, por ejemplo, cuando no aportar ideas originales o soluciones creativas me preocupaba, aprendí a observar el nivel de comentarios de los demás para darme cuenta de que no tenían nada de espectacular. Aprendí a ponerme el mismo baremo que ponía a los demás. Sin duda, una de las decisiones más acertadas de mi vida.

Una vez me di cuenta, a media campaña, de que ganar no era totalmente imposible, pedí a Manolo que me ayudara a diseñar una estrategia para la recta final. Él accedió encantado y me organizó reuniones de emergencia con empresas, asociaciones, sindicatos, periodistas, artistas, maestros, pensionistas, amas de casa, catalanes, vascos, andaluces, prostitutas, hasta *top models*. Escuché más que hablé, apuntándolo todo en un centenar de pequeñas libretas (que luego se hicieron famosas), por lo que estos agentes sociales me recibieron con los brazos abiertos. Para que se sintieran más importantes, y para demostrar que les quería ayudar y estaba de su parte, no les recibí en mi despacho, sino que fui a visitarles adonde fuera. Me personé en mercados, escuelas, centros comerciales, fábricas, torres de cristal, campos de cultivo... de todo. Y por supuesto no solo en Madrid, sino que en apenas dos semanas me recorrí medio país, desde las rías gallegas hasta los pueblos más recónditos de los Pirineos, pasando por los abrasadores campos extremeños, el Levante agradable o el frío pero acogedor norte. Les traté a todos del mismo modo, con sumo interés y, sobre todo, de igual a igual, algo que, tal y como no dejaban de repetirme, no habían visto nunca en ningún político.

Ese apoyo y la publicidad que me ofrecieron después de cada reunión me dieron gran confianza, sobre todo en los últimos días de la campaña, cuando por primera vez empecé a creerme que podía ganar. Algunas noches incluso soñé con la victoria, algo que no me había pasado nunca, pero que, en el fondo y en secreto, empecé a disfrutar. Nunca había sido competitiva, pero el hecho de haber dejado atrás a Mario en la batalla por la candidatura del partido y a mi rival conservador en las encuestas me producía un placer que si bien al principio me pareció algo egoísta, se convirtió después poco a poco en un sentimiento más natural que dejó de incomodarme. Al fin y al cabo, la idea de ganar reforzaba el sentido de mi trabajo y en el fondo me hacía sentir más importante. Y eso, claro, me gustaba.

Con esa seguridad creciente llegué al último día de campaña, ese viernes, dispuesta a rematar un intensísimo mes de trabajo con un buen debate televisivo, que seguramente serviría para decidir el voto de los miles de españoles todavía indecisos.

Con Manolo y el resto del equipo habíamos dedicado horas a preparar bien los temas y mensajes que queríamos transmitir durante la emisión. A esas alturas, lo más importante era no meter la pata, decir dos o tres cosas claras, y sobre todo aprovechar cualquier ocasión para desmontar los argumentos de mis dos contrincantes. Mi apuesta era presentarme como la opción del cambio y del sentido común, y como la alternativa más cercana a la gente y a sus problemas diarios.

Todo parecía estar en orden hasta que pocas horas antes de acudir al debate recibí una llamada que no esperaba. Estrella me la pasó porque se trataba de José Antonio Villegas, mi antiguo director general. No habíamos hablado desde que hacía un mes había decidido no renovarle el contrato con el Ministerio ya que había vetado la entrada de un fondo de inversión extranjero a España a mis espaldas, aprovechando uno de mis viajes a Bruselas. Aquello terminó con la paciencia que había tenido con él durante los casi dos años que trabajamos juntos. Pero lejos de que su precipitada salida del Ministerio le causara ningún daño, el muy listo ya se había colocado como consejero de HSC, el mayor banco del país, con lo cual supuse que ese cargo ya lo tenía apalabrado desde hacía tiempo. Estrella le conocía bien, por lo que sin pensar más me pasó la llamada.

—Candidata, ¿cómo está? —dijo en su tono grave, educado y superior habitual.

—Qué sorpresa —contesté intentando disimular mis pocas ganas de hablar. Nunca me había fiado de José Antonio y ahora, una vez que había conseguido quitármelo de encima, quería poco contacto con él.

—Como supongo que estará muy ocupada, iré al grano —dijo. No contesté y aprovechando mi silencio él se apresuró en continuar—. Como sabe, presido una filial del banco HSC que ofrece servicios de telefonía por internet. —No lo sabía. Creía que había conseguido un puesto en el consejo, o igual combinaba las dos actividades. Guardé silencio mientras, resignada, pensaba cuán rápido siempre se colocan los hombres. Siguió hablando—. Con la confianza que me da haber trabajado con usted —empezó, mientras yo ponía los ojos en blanco—, me gustaría proponerle un acuerdo entre nosotros y el nuevo gobierno para dar conexión rápida a las niñas con mejores notas del país, el diez por ciento con mejor rendimiento escolar —propuso.

Pensé un instante.

—Me parece una buena idea, y en caso de ganar, la estudiaremos —respondí, convencida de que lo mejor era darle largas. Sencillamente no quería nada con él.

Pero al cabo de unos segundos me dije que ser presidenta, del mismo modo que ministra, implicaba dejar lo personal a un lado y centrarse únicamente en lo que era mejor para el país. Además, cualquier paso por parte de un banco tan importante como HSC por ayudar a los escolares merecía como mínimo una consideración. Solo había una cosa que no me cuadraba.

—Pero ¿por qué solo a las niñas y no a todos los alumnos con mejores notas? —José Antonio respondió rápido.

—Después de una campaña tan profeminista como la suya, creímos que un plan para ayudar a las futuras mujeres líderes, ya desde pequeñas, sería de su agrado —dijo en un tono falsamente simpático.

—Me parece estupendo ayudar a las niñas pero ya tenemos proyectos de programas escolares de liderazgo para ellas, gracias —respondí—. Como le digo, me parece una buena idea, pero sin discriminar.

José Antonio insistió.

—Nos encantaría poder ofrecérselo a todos, pero también queremos participar en esta oleada de igualdad que parece haber invadido el país, así que nos encantaría llegar a un acuerdo —dijo, sorprendiéndome porque la insistencia no era propia de su estilo—. Desgraciadamente no podemos ofrecer ese descuento a todos y hemos pensado que su potencial gobierno siempre favorecería a las niñas antes que a los niños, ¿no?

—Por supuesto —afirmé—. Las niñas parten con desventaja y hay que intentar ayudarlas. Pero insisto en que eso no significa en absoluto discriminar a los niños de ningún programa.

—Bueno —concluyó repentinamente en un tono más alegre—. Entiendo su posición y gracias por su tiempo. Mucha suerte el domingo y si gana, la volveré a llamar para intentar llegar a un acuerdo.

Después de una fría y breve despedida, colgué el teléfono y miré por la ventana del despacho. Aquella llamada me había parecido algo extraña, pero tenía tantas cosas que preparar antes del debate que decidí, como siempre me repetía a mí misma, solo mirar hacia delante. Lo entendí todo unas horas más tarde.

Llegué a los estudios de Televisión Española antes que mis rivales, pues la puntualidad siempre me ha parecido una manera de empezar con ventaja, o al menos sin desventaja. Al poco tiempo llegaron los otros dos candidatos, a quienes saludé sobriamente con un flojo apretón de manos y sin mirarles a los ojos. Ellos tampoco me miraron de manera directa. Supongo que en el fondo los tres queríamos marcar las distancias, por lo que pudiera pasar después. No estábamos allí para hacer amigos, sino para ganar unas elecciones venciendo a la oposición.

Por suerte, esas eran ya las séptimas elecciones generales desde la dictadura, con lo que la bienvenida y los protocolos con los tres candidatos antes de arrancar el debate fueron más bien discretos. Muy lejos quedaban ya esas entrevistas tan acartonadas, cronometradas y predecibles de los años noventa.

Nos condujeron enseguida al plató principal y nos colocaron a cada uno detrás de los atriles altos y minimalistas que habían dispuesto. A mi derecha tenía a Jesús Aguado, líder conservador, trajeado de azul pero con una corbata horriblemente rosa, y al otro, a Melchor Garriga, candidato de un partido alternativo radical, vistiendo vaqueros, camisa de cuello de payés, chaleco que parecía hecho a mano, y su habitual cresta, ese día menos puntiaguda que de costumbre. Yo había elegido un traje de chaqueta verde oscuro, sobre una camiseta blanca, después de que mis asesores me dijeran que el verde siempre da esperanza.

Respiré hondo y me sentí fuerte, llena de confianza. A un lado tenía a un dinosaurio político sin nada nuevo que aportar y al otro, a un crío que estaba allí gracias a Facebook y que ni él se creía hasta dónde había llegado. Claro que les podía ganar.

En silencio escuchamos la cuenta atrás, la música de bienvenida y yo, siguiendo al pie de la letra las indicaciones recibidas, miré sonriente a la cámara nada más encenderse el piloto rojo.

Como esperaba, el moderador dio primero la palabra a Jesús, supongo que porque los conservadores le ficharon como estrella de la televisión pública antes de que GR llegara al poder (y que extrañamente mantuvo el puesto durante un mandato de izquierdas. Supongo que debido a más favores).

—Nosotros proponemos una España para todos y no solo para unos cuantos —dijo Aguado mirando a la cámara. De repente, y ante mi sorpresa, se volvió hacia mí—. El partido conservador cree en un país plural que se centre en los hombres y las mujeres, no solo en las mujeres como el Partido Socialista. Y si no, escuchen.

Ante la estupefacción de todos, Aguado se sacó del bolsillo interior de la americana un móvil de última generación. Pulsó una tecla para que todo el mundo pudiera oír, alto y claro, parte de mi conversación con José Antonio tan solo unas horas antes, y por supuesto totalmente sacada de contexto: «Hemos pensado que un gobierno suyo siempre favorecería a las niñas sobre los niños, ¿no?», decía la voz de José Antonio, a la que siguió la mía: «Por supuesto. Las niñas parten en desventaja y hay que intentar ayudarlas».

Se quedó mirando a la cámara con una sonrisa cínica que me revolvió el estómago. Empecé a inquietarme, pero intenté no perder un segundo pensando en la maldad de José Antonio para centrarme en una respuesta. Justo cuando me disponía a contestar, el moderador se me adelantó, diciendo que no era mi turno, sino el de Melchor.

—Pero... —fue cuanto pude decir.

—Señora San Martín, no se impaciente —me cortó el moderador, paternalista.

Por educación, respeté su palabra ya que lo último que me convenía era enfadarme delante de las cámaras dos días antes de las elecciones. Había que mantener la calma.

Melchor, no tan solidario conmigo como con los miles de personas a quienes prometía ayudar, quiso beneficiarse de ese golpe y apuntó que solo la extrema izquierda había abanderado siempre la lucha por la igualdad, no solo entre clases sino también entre sexos. El comentario no debió de agradar a Aguado, quien enseguida alzó la mano para indicar al moderador que deseaba replicar, lo que le fue concedido. Eso implicaba saltar mi turno. Ya casi llevábamos cinco minutos en antena y yo todavía no había abierto la boca. Había llegado el momento de tomar la palabra, aunque no me la dieran.

—Disculpen, pero creo que me toca hablar —dije intentando mantener las buenas formas, pero supongo que sin poder esconder el hecho de que aquel ostracismo me había incomodado. Me estaba jugando unas elecciones y no me iba a dejar pisotear.

—Tranquila, señora San Martín, justo ahora le iba a dar la palabra —me indicó el moderador.

—Yo estoy muy tranquila —repliqué—. Pero es mi turno, ¿o no?

—No hace falta ponerse agresiva. Pero hable, señora San Martín, hable... —dijo el presentador con displicencia.

Intenté no caer en la provocación y expliqué la conversación con José Antonio, la falta de contexto de la grabación, e insistí que en mi gobierno, niños y niñas tendrían las mismas oportunidades.

—¿Conoce usted bien a José Antonio Villegas? —me preguntó el moderador.

—Por supuesto, fue mi colaborador durante mi etapa como ministra —dije, esforzándome por ser neutral y por disimular mi monumental cabreo con José Antonio. Menuda jugarreta me había hecho el muy hijo de puta. Me las pagaría.

—¿Cómo describiría su relación profesional con él?

—Correcta. —Mentí, ¿qué más podía decir en público?—. Durante su etapa en el Ministerio siempre se portó de manera muy profesional; fue un buen miembro de un equipo que consiguió muchas cosas —afirmé.

—Muchas gracias, candidata —me interrumpió el moderador, justo en un momento en el que parecía que yo adoraba a José Antonio, lo que por supuesto me molestó.

El debate pasó a un plano más personal en el que nos preguntaron por nuestra infancia y nuestras aspiraciones. Aguado y Melchor contaron historias parecidas de liderazgo y representación ya durante su infancia, mientras que yo me centré en el ascenso y la adquisición de responsabilidades como consecuencia de haber logrado proyectos y objetivos.

—O sea, que usted ha subido peldaños basándose en la ambición —resumió el moderador antes de dar paso a la siguiente pregunta. Esta vez le corté yo, harta ya de su trato.

—¿Ambición? —le pregunté—. La misma, o quizá menor, que la de mis contrincantes aquí presentes —dije, mirándoles a los tres—. ¿O está usted sugiriendo que mi presencia aquí es por ambición mientras que para ellos es algo más natural?

El moderador me miró con fuego en los ojos, como si no pudiera creer que me estuviera plantando.

—No se ponga así, señora San Martín, no se lo tome como algo personal —dijo, intentando desdeñarme.

—¿Personal? —respondí con rapidez—. ¿Lo de «subir peldaños basándose en la ambición» no era en alusión a mí? Pues entonces es bastante personal, ¿no?

Melchor intercedió, seguro que pensando que había llegado el momento de eliminar a uno de los contrincantes.

—La señora San Martín siempre es muy clara y directa —dijo en tono resabido y girándose hacia el moderador.

Le miré seguramente con los ojos encendidos. ¿Qué se había pensado ese crío treintañero para quien la política no era más que un juego?

—Y ¿eso es malo? —le espeté. ¿Qué sabía él de la vida? Me sonrió con displicencia y sentí un revoltijo en el estómago, pero no me iba a acobardar, y mucho menos delante de aquellos tres representantes de un mundo que no existía más que en sus mentes. Así el atril con las manos, levanté la cabeza y miré a Melchor fijamente—. Para los que nos hemos labrado el camino nosotros mismos sin la ayuda de nadie, la única manera de avanzar es haciendo, diciendo y pidiendo las cosas claras —continué sin dejar de mirarle. Por mucha cresta y vaqueros que llevara, Melchor era hijo de un inspector fiscal de Valladolid más que bien acomodado y nieto de un delegado del gobierno en Castilla y León durante los tiempos de Franco. De *hippy* tenía poco.

Sin darme tiempo a continuar, Aguado tomó la palabra, supongo que por solidaridad de género hacia Melchor y por supuesto para neutralizarme a mí.

—Sí, sí, ya hemos visto cómo usted se ha sabido buscar apoyos a la velocidad de la luz —dijo a la cámara, sin dirigirse a mí—. La señora San Martín se ha pasado las semanas previas a estas elecciones reuniéndose con casi todas las asociaciones de España, como si ganarse la confianza de las personas fuese solo cuestión de apuntar problemas en una *li-bre-ti-ta* —recalcó empleando un tono sarcástico en la última palabra, lo que me hizo fruncir el ceño. Continuó—: La señora San Martín siempre quiere ir muy deprisa, como si gobernar fuera tan simple como comprar ladrillos y ponerlos unos encima de otros a toda celeridad. —Se detuvo para aumentar la atención del público y levantó el dedo índice con superioridad, como si estuviera a punto de hablar desde un púlpito—. Nosotros, los partidos más establecidos que proponemos programas más sensatos —continuó—, sabemos que la política es más compleja de lo que parece y por eso llevamos décadas trabajando por mejorar nuestra conexión con el público, a quien conocemos sustancialmente mejor que la señora San Martín, que apenas lleva dos años en un cargo de relevancia pública. —De nuevo se detuvo para mirar a la cámara, y no a mí—. Y eso no es suficiente para liderar un país.

Le miré con los ojos achinados; era difícil esconder la rabia que sentía dentro, pero solo por determinación lo conseguí. Había que centrarse en la réplica.

—Siento decirle, señor Aguado —empecé mirándole a él y no a la cámara—, que le han asesorado mal, pues llevo quince años en la Administración, introduciendo cambios dentro y fuera de ella que han afectado a miles de personas. No los voy a mencionar ahora porque estoy aquí para hablar del futuro y no del pasado, y porque la audiencia no tiene la culpa de que usted no se haya preparado bien su intervención. Solo le remitiré a mi página web, donde está todo explicado. —Me detuve para hacer una breve pausa de efecto, ahora sí mirando a la cámara. Sonriendo. Continué, segura—: En cuanto a los apoyos, claro que los pido, sí, y sin ninguna vergüenza —añadí muy seria—. Los pido porque no me los han dado de manera automática, como a ustedes dos —dije mirando a mis rivales a los ojos—. Porque soy una mujer y como a tal no me han educado para recibir sino para dar; porque no me han enseñado a liderar ni a ganar, sino a obedecer en silencio; porque he aprendido a consensuar y no a imponer; porque me han dicho que callar y aceptar es lo natural. Y eso pesa como una losa en la conciencia de millones de mujeres de todo el mundo y es eso precisamente lo que todavía las mantiene un paso por detrás, sin oportunidad de mejorar su posición. —Hice otra pausa—. Y sí, apunto todo en *li-bre-tas* —remaché— porque escucho, porque no quiero olvidar, porque tengo un compromiso con las personas con las que hablo para ayudarlas si tengo la oportunidad. Porque creo que la política y el gobierno son acción, y no mera palabrería en el Parlamento. —Volví a mirar a la cámara con convencimiento, con ojos centelleantes, pues creía en cada una de esas palabras y estaba dispuesta a luchar por ellas.

—Eso que dice respecto a las mujeres —respondió Aguado volviendo al feminismo, que era más fácil de atacar que mi último punto— es un discurso de hace veinte años. Y estoy totalmente de acuerdo. La situación de la mujer al principio de la transición no era de igualdad. Pero hoy en día, ¿no ve que eso ya está pasado? Ahora, las oportunidades son múltiples y las mujeres que no llegan lejos es porque no quieren.

Melchor asintió. No me llevé las manos a la cabeza solo porque mi asesor de imagen me lo tenía absolutamente prohibido.

—Pero, ustedes, ¿se puede saber en qué mundo viven? —les pregunté, inclinándome hacia delante, apoyando los codos en el atril y mirándoles a los ojos, aunque ellos tenían la mirada fija y sonriente en la cámara—. ¿Cuántas mujeres banqueras hay? Tan solo una. ¿Cuántas mujeres directivas hay en el sector financiero, no en los consejos, sino en los despachos ejecutivos, donde realmente se corta el bacalao en este país? Cero. ¿Cuántas diplomáticas y embajadoras tenemos en nuestro cuerpo exterior? Muy pocas y encima las mandan a los países más remotos, creo que tenemos a una en Belice y a otra en Botsuana. ¿Y magistradas? No llega ni a un dos por ciento del total. ¿Propietarias de grandes empresas? No recuerdo ninguna. ¿Y que hayan sido presidentas del gobierno? —Me detuve para realizar otra pausa de efecto—. ¿Por qué? —Contuve la respiración unos instantes para crear un silencio dramático—. Porque las mujeres no tenemos ni apoyos, ni mentores, ni tradición, ni facilidades, ni nadie que nos haya incentivado, enseñado o animado a ponernos objetivos altos. Lo tenemos muchísimo más difícil —dije, mirando a mis oponentes—. Ustedes no tienen más que ser mínimamente capaces y simpáticos para lograr el éxito. Nosotras, en cambio, también tenemos que ser guapas, dulces, amables, ganar una fortuna para poder pagar a una niñera y encima estar delgadas, ¿o no es verdad? En cambio, ustedes pueden ser serios, feos y gordos, y llegar a presidente sin ningún problema. Nosotras, no. Sencillamente no podemos ser agresivas, masculinas o feas. ¿Se imaginan a una señora gorda, vieja y con cara de malas pulgas en el poder? ¿Por qué Churchill o Azaña eran así y todos los respetaban? —Me detuve otra vez, sintiendo yo misma el dramatismo de mis palabras. Iba bien—. Y si hacemos lo contrario, lo que se nos pide, ser dulces, comprensivas, simpáticas y no molestamos a nadie, entonces somos débiles, vulnerables y carecemos de capacidad de liderazgo. Por eso la sociedad cree que conviene más un hombre en el poder, ya que este tiene más fuerza y personalidad para afrontar los momentos duros. Y eso excluye de forma automática a la mujer porque los cánones nos obligan a ser dulces y tiernas, cualidades incuestionablemente buenas, pero poco prácticas en la lucha por el poder. —Otro silencio teatral, dejando tiempo a la audiencia para pensar. Miré a la cámara para concluir, con una dulce sonrisa (me habían explicado que los hombres no tenían que sonreír, pero el mensaje de una mujer calaba mejor si iba acompañado de una sonrisa. Feminista o no, allí se trataba de ganar votos)—. Los españoles tienen ahora la oportunidad de por fin acabar con tanta injusticia y elegir un gobierno diferente y moderno para todos. Sin dejar a nadie atrás. Todos juntos, todos iguales, con optimismo y mirando hacia delante —dije, serena, segura, feliz.

Erguí la espalda y me callé. Al fondo del plató vi por el rabillo del ojo a Manolo, el gran estratega de mi candidatura, brazos y puños en alto. Aquello hizo que mi cara, todavía fija en la cámara, pareciera todavía más radiante. Los ojos relucían porque brillaba por dentro. Conté de diez a cero para contener la emoción, la mirada siempre fija en el piloto rojo.

El soliloquio dejó a mis contrincantes más bien sorprendidos. No sabían qué responder, más que repetir lo que ya habían dicho antes, que tampoco era nada nuevo, ni ilusionante ni rompedor. Dejé que continuaran y que aburrieran al público cuanto quisieran. Permanecí elegante durante el resto del debate, hablando más bien poco y claro. Estaba segura de que ya había jugado mi baza y a partir de ese momento el objetivo era no cometer ningún fallo. Creo que lo conseguí.

Al acabar, intenté dar ejemplo de deportividad, sonriendo y estrechando la mano a mis rivales que casi tuve que detener, pues se iban disparados, y supongo que bastante preocupados, de vuelta a la antesala del plató fuera ya de las cámaras. Noté cómo me miraban con cierto disgusto y exclusión, que por supuesto interpreté como lo que realmente era: exclusión por ser diferente y envidia de mi actuación.

Me quedé de pie, sola pero orgullosa, sin ningún complejo.

4

Como suele pasar, esa adrenalina se transformó en un anticlímax horrible tan solo dos horas más tarde. Sola en el despacho, de noche, sentí un profundo *horror vacui,* un oscuro vacío interior, además de una gran inseguridad. Después de dos años de intensísimo trabajo y de una campaña agotadora, ya no podía hacer más, el día siguiente era jornada de reflexión y estaba prohibido hablar en público, y el domingo, las elecciones. Después de tanta vertiginosa actividad, todo se había parado súbitamente, pero lo único que yo quería era seguir trabajando para poder alcanzar el objetivo. Esa había sido mi vida en los últimos tiempos y de repente sentí como si me la hubieran quitado. Pero ya no podía hacer más; me sentí inútil e impotente. Quisiera o no, el reloj había dado la hora; la suerte estaba echada.

El perturbador silencio hizo que de pronto me asaltaran dudas que hasta ese momento ni me había planteado. ¿Qué iba a hacer si perdía? ¿Si la derrota era tan grande y humillante que acabara con mi carrera política y dos décadas de ilusión y esfuerzos? ¿Cómo me podría sentar en el Congreso como diputada después de haber arrastrado a mi partido a una debacle?

Aunque justo antes de unas elecciones no fuera momento de pensar en una misma, ¿de qué iba a vivir si tenía que dejar la política? Apenas tenía más experiencia de la que había acumulado en el sector público.

El país atravesaba una fortísima crisis y las empresas de mi campo profesional, la ingeniería, estaban cerrando día sí, día no. Solo las grandes constructoras contrataban a ingenieros o a consultores, pero estaban controladas precisamente por las personas a quienes había subido los impuestos o cuyas extraordinarias redes de poder había intentado amilanar. Solo por hacer mi trabajo me había ganado múltiples enemigos, y ellos eran los únicos que me podían contratar terminada mi carrera política, algo que en ese momento de bajón me parecía cada vez más próximo.

Lamenté no haber aprovechado los dos años en el poder para asegurarme una salida tan digna y lucrativa como la que siempre se han procurado un gran número de ministros, de todas las épocas y colores. De una manera u otra, esos hombres de mediana edad siempre recalan en el consejo de administración de alguna gran empresa, donde reciben un sueldo de seis cifras solo por asistir a cuatro reuniones al año y preparar un par de informes que, por lo general, no dicen nada. El mismo José Antonio, por ejemplo, consiguió ese excelente puesto en HSC al poco tiempo de salir de mi equipo..., por la puerta de atrás.

En cambio, allí estaba yo, más sola que la una y con la misma estrategia de salida que cuando llegué al poder, es decir, ninguna. Mientras muchos de mis colegas habían entrado y salido de las altas esferas siguiendo un plan muy bien trazado, yo había ingresado en esa élite por casualidad y seguramente estaba a punto de salir por razones hasta cierto punto ajenas a mi intención o incluso a mi talento.

Pensé que acabaría en el extranjero, todavía más sola, igual que Victoria Kent. Pero ella al menos contó con el apoyo de su pareja, Louise Crane, la millonaria heredera de un imperio industrial estadounidense que financió la revista *Ibérica* de Victoria durante dos décadas para que esta pudiera centrarse en su lucha contra Franco.

Desde Nueva York, y con gran tesón, la Kent reunió en su publicación a los grandes intelectuales españoles, europeos y estadounidenses de la época para criticar y debilitar al régimen franquista. Por más piso en la Quinta Avenida, casa de campo en Martha's Vineyard o despacho en Gramercy Park que tuviera, la Kent no se había procurado el mismo exilio que sus colegas de gobierno republicano, más centrados en conseguir puestos en prestigiosas universidades extranjeras que en ayudar a los pobres exiliados de a pie, como hizo Victoria.

Yo me sentía igual. De hecho, un antiguo colaborador me había escrito poco antes de las elecciones pidiéndome que, por favor, nunca hiciera pública su oposición a las centrales nucleares, pues estaba a punto de firmar un acuerdo de consultoría con una gran empresa francesa de energía atómica. La petición me recordó a una misiva de Salvador de Madariaga a Victoria Kent que leí en las memorias de esta. En ella, el intelectual español y embajador en época de la República le pedía que no le publicitase como abanderado de la lucha antifranquista antes de que firmara un contrato de intercambio con la Universidad de Princeton, donde enseñó durante tres meses. La carta tenía el membrete del Algonquin, un lujoso hotel cerca de Times Square que en su día había acogido las reuniones del «Círculo vicioso», un club de debate al que habían pertenecido desde Harpo Marx hasta Dorothy Parker. Victoria y Louise se sumaban a menudo a las reuniones, siempre alegres, rebeldes y ricas, igual que los miembros del exclusivo club. En los suntuosos sillones de terciopelo azul del famoso bar en pleno corazón de Manhattan, estos intelectuales debatían entre *bellinis* u otros cócteles sobre cuestiones generalmente poco relevantes, pero siempre hasta altas horas de la madrugada.

Por más admiración que le tuviera, cuando me imaginaba a la Kent en esos ambientes, la verdad es que tampoco me daba ninguna pena. Ya me habría gustado a mí retirarme de la política y continuar mi labor en un ático en la Quinta Avenida con vistas a Central Park, apoyada financiera y emocionalmente por una pareja estable e incondicional.

En mi caso tenía a Gabi, un poco más joven que yo, con quien por entonces llevaba veinte años, desde la universidad, a excepción de una pequeña ruptura de apenas un mes hacia el principio de la relación. Nos llevábamos bien, habíamos viajado juntos mochila al hombro por todo el mundo, como nos gustaba y, lo más importante, compartíamos valores. Los dos, supongo, queríamos un mundo mejor, pero nos habíamos adaptado bien a los cambios, las tendencias y a las modas dos décadas después de tener veinte años. Ya no soñábamos con utopías, pero en nuestros trabajos ejecutábamos proyectos que contribuían a crear una sociedad mejor. Yo en el Ministerio y él como informático, dando acceso a internet y diseñando programas de eficiencia para empresas, colegios e institutos de todo el país.

Desde que le conocí en una fiesta universitaria a principios de los noventa, Gabi (o Gabino, su nombre real y como le llamaban sus compañeros de clase) siempre había llevado *gadgets* encima. De hecho, la primera vez que me invitó a salir y le dije que sí, se apuntó la cita en una agenda electrónica mucho antes de que estas se pusieran de moda. Me dijo que la había comprado en Londres, una ciudad que le encantaba y donde iba, en autobús, siempre que podía para estar al corriente de las nuevas tendencias. Le admiré desde ese primer momento, pero más por el espíritu de viajar a Londres en bus en busca de modernidad que por la agenda electrónica en sí.

Su aspecto era original, con pelo largo y liso, camisas anchas y floreadas, y un distintivo sombrero Panamá muy poco visto en España; era un aspecto *prehipster* que huía de las omnipresentes camisas a rayas o jerséis de algodón de cuello redondo que triunfaban por aquel entonces. Su personalidad también era interesante. Era tan de ciencias como yo, por eso le entendía intelectualmente, pero su pinta de bohemio de letras (por no decir de *colgado)* fue lo que me enamoró, sobre todo sus formas suaves, casi femeninas, su amor por la literatura, el arte, la música. Gabi me enseñó que el mundo iba más allá de los sistemas cerrados de ingeniería que hasta entonces habían dominado mi vida académica, y también personal.

Tardamos poco en empezar a salir, después de enrollarnos en la macrofiesta que Telecos organizaba justo antes de los exámenes finales. Como todos los años, me cogí un pedal impresionante con tanta cerveza y bebidas a las que no dejaban de invitarme. No porque fuera atractiva, sino porque el ratio de chicos a chicas en las facultades de ciencias en esa época era de alrededor de cincuenta a uno. Siempre había alguien dispuesto a venir a darme conversación.

Pero Gabi era muy diferente al típico pijo madrileño que abarrotaba las aulas de Industriales y enseguida comenzamos una relación que poco a poco fue haciéndose más seria. Yo creía que terminaría por dejar la informática y se dedicaría a tocar la guitarra y a componer, que era lo que realmente le gustaba y a lo que dedicaba todo su tiempo libre. Le había dicho en muchas ocasiones que algún día podríamos viajar y recorrer el mundo con la guitarra y una mochila, un proyecto que medio realizamos (tan solo tres meses) antes de mudarnos a Londres, donde me instalé para hacer un máster en la London School of Economics dos años después de acabar la carrera. En un gesto muy avanzado para la época, él me acompañó sin pensarlo un segundo.

Vivíamos en un pequeño estudio en Camden, entonces sucio y alternativo, lleno de *punks* porreros y con crestas, pero no muy lejos de mis clases y donde Gabi pronto entró en una banda como bajo. Durante el día trabajaba en el departamento de Tecnología de un banco de la City, cobrando más que bien, y por las noches o ensayaba con la banda o tocaban en algún tugurio al este de la ciudad, aunque una vez llegaron a actuar en el Round House. Aquellos fueron tiempos felices.

El grupo se acabó rompiendo por un asunto de faldas y no encontró otro igual. Le aburría pasar tantas horas en la oficina y empezó a ponerse negativo con el clima y la comida. Ya no parecía tan interesado en buscar nuevas tendencias; era como si de repente se hubiera cansado del esfuerzo que toda gran ciudad implica, como las largas colas, los desplazamientos o las aglomeraciones. Empezó a llegar a casa cada vez más tarde, hasta que al final una noche no se presentó y apareció a las doce de la mañana completamente borracho. No me costó averiguar que había tenido un rollo con una fan de su antigua banda de música (olor a perfume, excusas que no cuadraban, etcétera). El disgusto fue considerable, pero Gabi se disculpó todo lo que pudo, diciendo que se sentía deprimido. Entendí que aquello había sido un desliz de una noche y le perdoné.

Volvimos a Madrid pensando que en casa, en nuestro país, con buen tiempo y cerca de los amigos de la universidad se sentiría mejor. Tuve que decir que no a una buena oferta del departamento del Tesoro británico y, lo que fue peor, abandonar a *Wuri*, el gato que habíamos cuidado durante casi tres años, que dejamos con una amiga. Aprendí entonces que en la vida no hay paso hacia delante que no implique otro hacia atrás. Todo tiene un precio.

Nos instalamos en un pequeño piso en Malasaña, donde nos encantaba salir al cine, al teatro y a los cafés antiguos que todavía sobreviven. Animé a Gabi a que encontrara otro grupo, pero nunca quiso. Decía que ninguno sería tan bueno como el de Londres y que prefería dedicarse a su carrera profesional. Sus compañeros de facultad habían prosperado, muchos eran jefes de tecnología de empresas importantes; era una época muy favorable para los informáticos porque por aquel entonces la mayoría de empresas españolas vivían, tecnológicamente, en la Edad Media, así que lo necesitaban todo y estaban dispuestos a pagar por ello. Con tan solo treinta años, muchos de sus amigos vivían a las afueras de Madrid en grandes casas con piscina, conduciendo cochazos que nunca me dejaron de sorprender.

Me costó entender que el chico con camisas hawaianas y pelo largo de quien me había enamorado pudiera llegar a envidiar a unos compañeros que siempre despreció por pijos y convencionales. Pero cada vez que volvíamos de esas fiestas en Puerta de Hierro, Gabi sacaba su peor humor y al llegar al pisito de Malasaña, sin calefacción, siempre se quejaba. Ni su trabajo en la sede madrileña de una pequeña caja de ahorros andaluza, ni mi puesto de recién llegada a la Administración nos daban para más. Aun así, yo era feliz, con mi trabajo, mis amigos, mi vida, mi chico.

Fueron pasando los años y mi carrera seguía más o menos igual, yendo de un Ministerio a otro hasta acabar de nuevo en Administraciones Públicas, donde por fin empecé a avanzar. Con treinta y ocho años, también veía cómo mis amigas empezaban a formar sus propias familias, y esto me daba cierta envidia. Aunque nunca he tenido un instinto maternal acuciante, siempre he fantaseado con la idea de tener mi propia familia para crear un hogar más cálido y alegre que la casa triste y solitaria en la que crecí. Así que un día le planteé el tema a Gabi de una manera tranquila y natural.

Este no pareció entusiasmarse con la idea, aunque tampoco se opuso. Sin grandes aspavientos, decidimos ir a por ello y así seguimos unas semanas hasta que él perdió su trabajo.

Aquello trastocó nuestros planes y, visto en perspectiva, también nuestras vidas. El paro, más prolongado de lo que nos imaginábamos, se comió el entusiasmo que Gabi había recobrado por sus aficiones, como los libros o la música, y poco a poco también le fue minando la confianza. Aunque el gobierno, y sobre todo GR, alardeaban de una economía que iba viento en popa, las empresas le decían a Gabi, cuando este les enviaba su currículo, que veían un futuro muy incierto. La industria siempre va por delante de los gobiernos.

Poco a poco Gabi fue cayendo en una desazón que infectó nuestro día a día. Cada vez hablábamos menos y yo llegaba cada vez más tarde de la oficina, ya que fue justo entonces cuando mi carrera empezó a despegar. Nos veíamos tan poco que apenas teníamos ningún tema o proyecto común. Y el más grande de todos, el de la familia, había quedado sumido en el silencio.

La cosa empeoró cuando me nombraron ministra, ya que por más que me resistiera, tenía actos casi todas las noches. Cenar juntos era casi un milagro porque la mitad de los días estaba o en otra ciudad española o en el extranjero. Los viajes a Seúl, América, Oriente Medio o China se sucedían sin fin, y el poco tiempo que pasaba en casa lo necesitaba para descansar.

La situación doméstica empeoró, pero era fácil ignorarlo porque tampoco discutíamos; prácticamente ni nos veíamos. Él había empezado a trabajar como *freelance* y parecía cada vez más ocupado en proyectos que a veces también le llevaban al extranjero. Según me explicaba, programaba *software* para todo tipo de clientes, ayudándoles en sus procesos de ventas u organización.

En un momento determinado pensé que ese incremento en su actividad podría revivir nuestros planes familiares y, a los cuarenta años, volví a plantear el tema justo antes de salir para una reunión de ministros de Economía europeos, el famoso Ecofin. No me preocupaba quedarme en estado siendo ministra porque GR se había portado bien con las embarazadas en puestos de responsabilidad del partido, y en alguna ocasión me había dicho que él siempre me apoyaría si decidía formar una familia. Lástima que Gabi no fuera igual de comprensivo.

Hablamos en la cocina de la casa nueva, en la plaza de Olavide, un piso enorme y soleado donde nos mudamos poco antes de mi nombramiento, cuando las cosas me habían empezado a ir bien y nos (me) podía(mos) costear una mayor hipoteca.

—Mientras seas ministra no podemos tener hijos; sería injusto para ellos crecer con una madre que se pasa el día fuera de casa —me dijo, frío, mientras se preparaba un café sin ofrecerme otro a mí. Hacía mucho que no nos preparábamos un café el uno al otro.

Me enfadé hasta tal punto que casi le tiré un jarrón chino precioso que teníamos en la cocina, pero me detuve a tiempo.

—Y ¿por qué no eres tú el que cuida de los niños mientras soy ministra? —respondí—. Estos cargos duran poco, enseguida me echarán.

—Pues hablaremos entonces —fue cuanto contestó.

—Tengo una edad y ya no puedo esperar. Es ahora o ahora.

—En estas circunstancias, no —insistió Gabi, sin ninguna voluntad de negociación—. Además, yo tampoco puedo. Ahora tengo que viajar y ver clientes en el extranjero y para que mi empresa funcione los necesito.

Era verdad que Gabi había mencionado unos clientes en Italia y en Polonia que le habían reportado ciertos ingresos, pero no los suficientes como para que se diera tanta importancia, creo yo, y mucho menos para bloquear un proyecto familiar. A fin de cuentas yo era la que seguía pagando la hipoteca todos los meses.

—Tengo contactos en muchas empresas, estoy segura de que te podría ayudar a encontrar algo más estable —le propuse un tanto desesperada.

La mirada larga, dura y fría que me dirigió entonces todavía me deja helada cada vez que la recuerdo.

—La ministra de Economía, ¿cogida en un caso de nepotismo para ayudar al *loser* de su marido a encontrar trabajo? —dijo con un cinismo en sus ojos que no había visto antes.

Intenté mantener la calma y centrarme en el objetivo, que era tener una familia.

—Recomendar a alguien tan bueno como tú no es nepotismo —intenté reconducir la situación.

—En tu posición, sí lo es.

Sentí como si Gabi me estuviera cerrando todas las puertas, una a una.

—Estás buscando excusas.

No respondió. Se fue a la habitación y casi no volvimos a hablar del tema. La relación no empeoró, pero entró en una especie de *impasse,* un estado como de encefalograma plano. Seguíamos sin vernos apenas y las pocas veces que salíamos a cenar con amigos los dos sabíamos fingir bien. Era una situación un poco incómoda, pero tampoco nos molestamos en solucionarlo; supongo que llegar a casa y verle era mejor que llegar a un hogar vacío. O al menos eso era lo que entonces pensaba. También era difícil desprenderse del encanto de su sonrisa, por poco que la prodigara. Al fin y al cabo, esa sonrisa y sus hoyuelos me habían conquistado el corazón como nunca nadie, aunque de eso hiciera casi dos décadas.

Lo que sí me quedó muy claro después de aquella última conversación fue que la mayoría de hombres no soporta a las mujeres con poder. Por muy buenas personas que sean. Una mujer con poder les intimida, les hace sacar sus mecanismos de defensa más primarios y les vuelve capaces de sabotear las aspiraciones más íntimas de las personas a quienes más quieren. En mi caso, el proyecto de formar una familia.

5

Todavía recostada en el sofá ese viernes preelectoral, con el estómago encogido y la cabeza en plena ebullición, me sobresaltó la llamada de la única mujer que, en mi opinión, había combinado con éxito una vida profesional de primera fila con una situación familiar y emocional estable.

—Ingeborg, querida, qué alegría me das —dije a mi homóloga danesa, con quien hablaba a menudo o bien en Bruselas, o por teléfono o por Skype. Oír su voz en esa noche solitaria me arrancó una sonrisa.

—Hola, futura presidenta, ¿ya has preparado tu discurso de victoria?

Cerré los ojos y sonreí.

—Ay, Ingeborg —le dije con voz pesarosa—. No lo veo nada claro…

—Pues tú como si lo vieras —atajó rápida—. Mi hijo me lo dice todos los días: si cuando chuta a la portería cree que va a ser gol, lo mete; si no está convencido, el balón no entra nunca.

—Sí, en el mundo del fútbol juvenil me lo creo, pero esto son unas elecciones generales y dependo de millones de electores.

—Ya verás cómo confiarán en ti más que en ese idiota conservador, ¿cómo se llama?

—De idiota no tiene un pelo —respondí algo condescendiente—. Se llama Jesús Aguado.

Ingeborg se echó a reír.

—Ay, perdona que me ría —dijo—, pero es que «Jesús»... Menudos nombres los españoles. En los países protestantes suena tan... redentor, tan mesiánico. En Dinamarca nadie votaría a alguien llamado «Jesús» porque suena demasiado cómico. ¡Es como si te llamaras «Dios»!

—Ingeborg, mujer, entiende que no es más que un nombre.

—Ay, perdona, perdona, no quiero mofarme —dijo sin poder contener la risa.

—No, no, tranquila, tómate tu tiempo...

Nos reímos las dos hasta que Ingeborg pareció calmarse.

—Oye, te llamaba para ver cómo lo llevabas y para decirte que yo también tengo buenas noticias.

—¡Ah! ¡Estupendo! Dime —exclamé, aliviada de no ser el centro de atención, algo de lo que no me había librado en toda la campaña y de lo que estaba ya francamente harta. Tener el foco encima resulta agotador porque hay que estar muy atento a todo, no se puede perder la compostura ni un segundo y encima uno debe sonreír y ser amable incluso cuando no lo siente. Extenuante.

—¿Estás preparada? —Ingeborg preguntó, aunque no esperó mi respuesta para continuar—. El primer ministro de

Dinamarca me va a proponer como comisaria europea de Competencia —dijo, solemne.

—¡Eso sí que son excelentes noticias! —exclamé levantándome del sofá de golpe. Llegar a ministra de Economía de Dinamarca era ya un gran logro, pero el país es realmente pequeño, con lo que un puesto comunitario daba más prestigio, responsabilidad y, seguramente, también dinero.

—Estoy alucinando —dijo entusiasmada.

—No es para menos —la animé.

—Ya sabes que quiero a Dinamarca más que a nada en el mundo —siguió—, pero es que me conozco cada industria, negocio y hasta pequeña tienda de este país como la palma de la mano. Tenía muchas ganas de un puesto internacional que me abriera un poco las miras. Los daneses a veces nos miramos mucho el ombligo.

—Como en todas partes...

—Pero todavía no está hecho, ¿eh? —me advirtió—. Nos han dicho que en la Comisión quieren a un danés porque nunca ha habido ninguno, y también para compensar nuestra enorme contribución a Europa.

—Y que recibimos en España; ya os tocaba —apunté, rápida.

Siempre me había mostrado agradecida a los países contribuyentes a la Unión Europea en lugar de criticarlos por no dar más, como hacían algunos de mis colegas, algo que me parecía que estaba fuera de lugar, además de brutalmente injusto.

—Los daneses estarán encantados de por fin contar con una representación relevante, ¡y conmigo al frente! —dijo con orgullo.

—Será una excelente oportunidad, enhorabuena —le contesté intentando compartir su alegría—. Pero... ¿cómo soportarás vivir en Bruselas?

Las dos nos reímos, pues siempre comentábamos lo gris, oscura y aburrida que nos parecía esa ciudad.

—¡Siempre puedo ir al Joe's!

Solté una carcajada al recordar la noche que tras un Ecofin maratoniano Ingeborg y yo terminamos bailando desmelenadas en una discoteca, el Joe's, camufladas bajo unas pelucas y con unos vestidos largos en plan *hippy* que compramos en un mercadillo por dos euros. Nadie nos reconoció.

—Y ¿tu marido, también te lo vas a llevar al Joe's? —le pregunté todavía riéndome.

Guardó un breve silencio.

—Todavía no se lo he dicho, esperaba hacerlo mañana —dijo en un tono repentinamente serio que me sorprendió—. Una decisión así hay que tomarla con calma. Tenemos a los chicos en un campamento *scout* y he pensado preparar una buena cena para hablarlo con tranquilidad. Ya sabes que es piloto y hay que aprovechar bien los pocos momentos en los que está en casa sin estrés ni *jet lag*.

—Me parece una buena idea —dije, recordando que los nórdicos son más racionales que emocionales. Yo nunca podría haber esperado para dar a Gabi semejante noticia. ¡Le hubiera llamado de inmediato! Ingeborg estaba cargada de sentido común. Detrás de su imagen externa de rubia atractiva y sin pelos en la lengua había una mujer racional y discreta que nunca se precipitaba y que era capaz de ver con antelación las consecuencias de cualquier decisión o acto. Para mí era un ejemplo—. Para los chicos también será una buena oportunidad, ¿no? —le pregunté pensando en sus hijos, los tres en edad adolescente.

—Seguro —respondió rápida—. Aquí están muy cómodos y, aunque ya les mando todos los veranos al extranjero, creo que vivir fuera algunos años les espabilará, les dará confianza en ellos mismos y les ayudará a comprender que no todo es tan bonito y próspero como Dinamarca.

—En España no tenemos esos problemas...

—Todos tenemos problemas...

Le di la enhorabuena de nuevo y nos despedimos pues alguien la estaba esperando. Como yo, todavía estaba en el despacho a esas horas tan intempestivas de un viernes, algo que me costaba imaginar en el caso de nuestros homólogos masculinos.

Volví al sofá, me acurruqué bajo la manta y pensé en Ingeborg instalada con su marido y sus hijos en una magnífica casa unifamiliar en Bruselas. Todos ellos nórdicos, rubios, felices, cenando alrededor de la flamante nueva comisaria. Me sentí muy contenta por ella, pero un poco triste al pensar que aquella nunca sería mi situación.

Tenía ya cuarenta y dos años y el tema de los hijos parecía más que zanjado. Hacía mucho que no pensaba en ello, seguramente por lo centrada que había estado en la campaña electoral. De nuevo, me sentí decaída al pensar que durante el resto de mis días no tendría más compañía que la de Gabi y la mía. Nada más. Ese pensamiento no solo me entristeció, también me produjo cierto temor. Supongo que en el fondo sería miedo a la soledad.

Cerré los ojos y repasé los pasos que había seguido hasta convertirme en candidata, preguntándome por qué en ese momento tan especial e importante, la realidad era que me encontraba más sola que nunca. A pesar del éxito, ese no era el futuro que había soñado, pues yo siempre había querido una familia para compensar la que nunca tuve. Mi madre, andaluza de origen, acabó en Pamplona, donde vivía un hermano suyo que se quedó en Navarra después de acabar la mili. En Jaén, de donde son, no había oportunidades y al morir sus padres —mis abuelos, a los que no llegué a conocer— mi madre se fue al norte, donde compartió un piso con mi tío hasta que este se casó.

Después de múltiples trabajos como camarera o sirvienta, por fin entró en el servicio de limpieza de la Universidad de Navarra, donde al menos la hicieron fija y no le pagaban mal. A ella nunca le importó que fueran del Opus y siempre defendió que, a pesar de ser madre soltera, nunca le hicieron preguntas y siempre le pagaron con puntualidad.

No conocí a mi padre porque mi propia existencia es un error, una aventura que mi madre tuvo con alguien que nos dejó incluso antes de que yo naciera. Mi madre apenas me ha hablado de él y cuando le he preguntado siempre ha respondido con evasivas, diciendo que no es importante. Dice que la vida nos va bien a las dos y que eso es más que suficiente. A veces pienso que razón no le falta; yo no me puedo quejar y ella ha vuelto a casa de su hermano después de que este se quedara viudo. Los dos ya mayores, viven tranquilos rodeados de amigos y gozan de buena salud. Hace un año les ayudé a comprar un piso nuevo, amplio y soleado en Mendebaldea, un barrio seguro y relativamente céntrico donde tienen todos los servicios necesarios. No les veo mucho, pero siempre que puedo me escapo a visitarles algún fin de semana, sobre todo porque aprovecho el domingo para hacer senderismo por el Pirineo navarro, que es una maravilla. Aunque me lleve bien con ellos, la verdad es que solo pasamos juntos el sábado y la visita a menudo se reduce a una comida, ya que nuestra relación es más bien fría. Aparte de preguntarme si estoy contenta y si como lo suficiente, tampoco saben muy bien qué más decirme. Pero son la única familia que tengo y por eso la valoro.

Tampoco es que de pequeña pasara tanto tiempo con ellos. Mi madre tenía dos trabajos para poder pagar nuestro pequeño piso en un barrio obrero a las afueras de Pamplona, casi junto al aeropuerto. Por la mañana limpiaba en la universidad y por la tarde servía en una de las casas del Opus cerca del campus. Yo iba sola al colegio, algo impensable estos días, pero nunca me pasó nada. Pamplona era una ciudad segura, pequeña; el único problema era el frío y mi abrigo lleno de agujeros mal remendados por donde se colaba el viento helado del invierno.

No me estoy quejando de mi infancia en absoluto. Es verdad que las circunstancias no eran fáciles, pero mi madre me enseñó a compartir y asumir responsabilidades, lo que a la larga me ha ayudado. Al llegar por la tarde del colegio tenía que ponerme a preparar la cena, calentar el agua, pelar patatas o ir a la compra, apuntando todos los gastos en una pequeña libreta roja que me regaló para que aprendiera a administrarme (supongo que la manía de las libretas me viene de ahí). Eso hizo que me sintiera mayor, lo que todos los niños más desean, y más cerca de la vida de mi ídolo Pipi Calzaslargas que de la de mis compañeros de clase, que me parecía más bien aburrida y siempre bajo el control paterno.

Supongo que esas circunstancias me hicieron sentir diferente y también me dieron confianza en mí misma. Pasaba mucho tiempo sola en casa y no me quedó otro remedio que aprender a solucionar problemas, desde cambiar bombillas o entender los plomos eléctricos hasta arreglar un escape de agua de la lavadora.

Para lo que no estaba preparada era para encontrarme a mi madre una tarde en el salón tumbada en el suelo con los ojos en blanco, inconsciente. A mis ocho años, no sabía qué era un ataque al corazón ni la gravedad que revestía, pero a pesar del susto monumental que me llevé, enseguida me di cuenta de que estaba viva y llamé a Urgencias tan rápido como pude. Siempre práctica, mi madre guardaba los números de la ambulancia, bomberos y policía, además del de su hermano, en el cajón de la mesita del teléfono y me recordaba de vez en cuando qué debía hacer en caso de necesidad.

El poco tiempo que los de Urgencias tardaron en llegar a casa se me hizo eterno, impresionada como estaba por ver a mi madre tendida en el suelo, inerte. Todo estaba en silencio, una quietud aterradora que me oprimía. Me sentí sola y asustada, como si de repente todo el mundo dependiera de mí. Hice esfuerzos por contener las lágrimas, apretando fuerte los puños; tenía todo el cuerpo en tensión. Noté un vacío tan grande y tan imposible de controlar que entendí que mi única opción era pensar, solo porque era menos doloroso que sentir. Eso me quedó muy claro.

Cada vez que mi madre movía alguna parte de su cuerpo, de manera por completo aleatoria, el susto era mayor porque no podía entender esas convulsiones sin ton ni son. Nada tenía sentido. Aguardé todo lo quieta y callada que pude, por unos instantes pensando que nunca vendría nadie. El miedo me dominaba. ¿Qué iba a hacer yo sin mi madre, sola por completo en el mundo? Creo que entonces aprendí a levantar la cabeza, respirar hondo y apretar los dientes. También aprendí a controlar las emociones. O quizá solo a suprimirlas.

Por fin llamaron a la puerta y el cuerpo de mi madre se empezó a destensar. Salí corriendo a abrir y ya todo fue cuestión de segundos. Tan solo dos minutos después estábamos en una ambulancia y de inmediato en el hospital.

Mi tío Miguel vino corriendo casi enseguida, con su traje de camarero todo sudado, y me dio un abrazo fortísimo. Cuando nos dijeron que mi madre estaba ya fuera de peligro, mi tío, unos vecinos que habían venido, el médico y dos enfermeras, todos se volcaron conmigo, dándome las gracias por haberle salvado la vida. Me dijeron que me había comportado como un adulto responsable y me aseguraron que de seguir así, de mayor podría resolver bien cualquier dificultad. Menudas mentiras le dicen a uno cuando es pequeño. El caso es que obedecí y así he seguido: pendiente de los demás, más incluso que de mí misma, y sin supeditar la cabeza al corazón. Pero no sé si eso es bueno o malo.

Mantuve esa misma actitud en el colegio, lo que me ayudó a ganarme el respeto de los compañeros, aunque en cierta manera también me distanció de ellos. No sé si por madurez precoz o por falta de sensibilidad, pero no entendía por qué se peleaban por una pelota perdida, una trampa en un juego o una amistad venida a menos. Para mí, todo aquello eran situaciones normales que formaban parte de la vida, problemas minúsculos por los que no valía la pena molestarse. Eso hizo que me distanciara de ellos y solo me acercaba cuando debía o cuando me necesitaban. Ese control y esa discreción me dieron una imagen de imparcialidad que hizo que muchos de mis compañeros me buscaran cuando tenían problemas porque sabían que mi respuesta sería racional y seria. Sabían lo que podían esperar de mí y que yo nunca les fallaría. Año tras año me elegían delegada de clase, lo que me acercó a profesores y a otros adultos, e impulsó más mi pronta emancipación, o tal vez acortó mi niñez, según se mire. Tampoco sé si eso es bueno o malo.

Así, sin pretenderlo, asumí pronto posiciones de liderazgo, aunque en esa época nadie hablaba de esa cualidad y mucho menos en una chica de provincias. Lo único que se esperaba de nosotras era que fuéramos decentes, responsables y formáramos una familia.

Nadie me habló del futuro ni de la posibilidad de planificarlo, pero siempre sentí que quería una vida mejor que la de mi madre y que para ello debía estudiar y no seguir más consejos que los que me dictara mi conciencia. Siempre escuché mi voz interna alta y clara y rara vez me intimidó la duda o el conflicto. Cuando en el colegio había que organizar una excursión o decidir qué hacer con la fiesta de fin de curso, a mí me gustaba escuchar a mis compañeros para luego proponer un plan que incluyera un poco de las ideas de todos, una solución fácil que solía funcionar. Lo único que no entendía era por qué los demás no hacían lo mismo.

Lo que no me resultó ni tan asequible ni tan natural fue la llegada a la universidad, donde me encontré un ambiente muy distinto del de mi colegio público, mixto y obrero de Pamplona.

En Madrid la escuela de ingeniería industrial estaba repleta de chicos —solo éramos dos alumnas en mi clase—, la mayoría tenía coche y casas de veraneo en la costa, Baqueira o la sierra. Pronto entendí que no era como ellos, pero no porque me viera con cierta ventaja, como en el colegio, sino porque me sentí inferior, quizá por primera vez en mi vida. Aquellos chicos pertenecían a un mundo totalmente desconocido para mí, además de inaccesible, pero que a todas luces era mejor: viajaban al extranjero, comían en restaurantes, tocaban instrumentos o jugaban al tenis. Una vida mucho más fácil y divertida que la que yo había llevado hasta entonces sin salir de Pamplona y prácticamente sin despegar la nariz de los libros.

A pesar del choque inicial, intenté seguir con la actitud seria, práctica, disciplinada y sin miedos que tanto me había ayudado y que de hecho me había llevado hasta la capital. Con ese espíritu, y pocas semanas después de haber empezado las clases, les propuse a los de mi fila llegar a un acuerdo como grupo para cambiar una hora suelta de clase que nos habían puesto los viernes por la tarde.

—¡Anda con la navarrica! —dijeron los cabecillas—. Acaba de llegar y ya lo quiere cambiar todo.

No podía entender por qué no estaban interesados en un cambio que supondría empezar el fin de semana cuatro horas antes, pero pronto me di cuenta de que no era cuestión de insistir. Me miraban de una manera que denotaba cierta sospecha, como si no se acabaran de fiar de mí por no ser una de ellos. No me dolió porque, una vez más, me dije que era mejor pensar con la cabeza que con el corazón (de no haber sido así, claro que aquello me habría molestado). Pero tenía la conciencia tranquila y también la confianza de que antes o después me acabarían aceptando. Estaba acostumbrada a guardarme mis pensamientos muy dentro, así que nadie notó nada. La discreción siempre me ha ayudado.

Eso no significa que no tuviera días malos. Al cabo de unas semanas, un rubio bastante atractivo —por qué no reconocerlo— que se había convertido en el líder de la clase propuso exactamente el mismo cambio que había sugerido yo, pero esta vez no a un grupo reducido de compañeros, sino delante de todos y también del tutor.

—Hemos analizado el sistema de clases y calculado las horas que necesitamos de estudio —dijo con solemnidad, de pie, mirando a la cara al profesor y un poco por encima del hombro al resto de la clase—. En consecuencia, proponemos pasar la única clase que tenemos el viernes por la tarde a la hora de comer, justo después de la última de la mañana, así tendremos el viernes por la tarde libre para estudiar. —Después de dejar un breve silencio, algo teatral, apuntó—: Esperamos que esta pequeña iniciativa cuente con su apoyo —dijo con falsa modestia.

Después de un breve silencio, nuestro tutor y profesor de Sistemas contestó:

—Buena iniciativa, señores, aquí estamos precisamente para mejorar sistemas. Cuenten con mi apoyo y empecemos la clase.

Siempre recordaré la pose del rubito en cuestión —hoy presidente de una importante empresa informática estadounidense en nuestro país— después de su victoria: pecho hinchado, cejas ligeramente levantadas, mirada de falsa modestia al suelo seguida de un gesto suave para echarse el flequillo hacia atrás. Pura prepotencia.

Que algún compañero me robara ideas era algo que no me sorprendía. Siempre he sido realista. Desde la época de los romanos las personas se ponen la zancadilla o se apuñalan por la espalda, y la naturaleza humana no va a cambiar después de veinte siglos de práctica. Para estos casos tenía mi caparazón bien curtido ya a los dieciocho años, para esconderme y protegerme.

Con lo que no contaba era con que los profesores legitimaran ese comportamiento. En la primera clase de Mecánica, que se retrasó dos semanas, no di crédito cuando el profesor se volvió de la pizarra para preguntar al grupo:

—¿Me siguen, señores?

Hubo un runruneo general y algún que otro «sí» más o menos claro.

—¿Hasta ustedes dos, señoritas?

Miré a la otra chica de clase y las dos tardamos unos segundos en contestar de lo estupefactas que estábamos.

—No se preocupe, le seguimos perfectamente —respondí, por fin, seria.

La situación se repitió a lo largo de todo el curso. Una vez, otro profesor hasta nos pidió que saliéramos del aula porque —dijo— le coartábamos la libertad de expresión. Afortunadamente, estos incidentes acabaron convirtiéndose casi en un chiste puesto que, al final, y por fin, mis compañeros se dieron cuenta de que ni la otra chica ni yo teníamos un pelo de tontas. Hasta el rubito me tiró los tejos en la fiesta de fin de curso del segundo año y yo, por descontado, no le hice ni caso.

Poco a poco me fui ganando a los compañeros y acabé el último año como delegada de clase, poniendo en práctica múltiples propuestas: conseguí que la biblioteca no cerrara a la hora de comer, creé un nuevo sistema de préstamo de libros que reducía el tiempo de entrega a la mitad y, cómo no, conseguí que todos los años tuviéramos los viernes por la tarde libre. Hasta yo acabé pasando fines de semana en los chalés de la sierra.

Ganarme a mi clase de ingenieros pijos y machistas (es la verdad) me dio confianza para continuar con mis iniciativas en cuanto entré en la Administración. En el primer puesto que tuve experimenté un rechazo similar al del primer año en la universidad, pero una vez más pensé que lo mejor era comportarme como siempre: observar, pensar y actuar. Todo con paciencia, fuerza y control.

Y así llegué al Ministerio de Economía, donde hice más de lo mismo, aunque esta vez con efectos de mucha más repercusión.

El mayor éxito, sin duda, fue la reducción del paro, un problema capital pero que ningún gobierno había logrado resolver, ni de una manera parcial, como hicimos nosotros.

Investigué el asunto a fondo y encargué estudios a consultores sobre la creación de empleo en los veinte países más industrializados del mundo. No tenía una varita mágica y tampoco podía invertir un dinero del que carecía, así que debíamos ser creativos a la hora de elegir un plan de acción.

Entre los informes que recibí me llamó la atención un programa danés que, según me explicó Ingeborg, tampoco era tan difícil de implementar. Lo que precisaba era poder de persuasión.

El proyecto consistía no tanto en crear nuevos empleos aumentando la producción, sino en repartir los que ya teníamos. Siempre había pensado que en España, con estos horarios locos que por desgracia todavía tenemos, resulta muy difícil combinar la vida personal y profesional. Trabajando hasta las ocho de la tarde nadie tiene tiempo para ninguna actividad lúdica, porque no da más que para salir a cenar y llegar a casa a dormir. Unas encuestas que encargué me confirmaron que miles de personas estarían dispuestas a renunciar a un veinte por ciento de su sueldo a cambio de tiempo libre. ¿Contradicción? La medida afecta al empleo de otros sectores, y los trabajadores siguen sin tiempo para lo lúdico ya que tienen que cuidar a los niños y también a los familiares dependientes.

Propuse unos incentivos fiscales a quienes se adscribieran al proyecto y a las empresas con más empleados en el programa, que llamé «Compartir». El éxito fue inmediato. En dos años redujimos el paro del veinte al quince por ciento, algo que, aunque lejos de ser perfecto, al menos resultó un alivio para miles de personas, además de ahorrar una cantidad considerable a la Administración en cuestión de subsidios.

La efectividad del programa ha quedado reducida a esa estadística, pero a mí, lo que realmente me hizo y todavía me hace feliz es hablar con personas que me cuentan con una sonrisa cómo ha mejorado su calidad de vida o cómo han encontrado trabajo. Mi objetivo siempre ha sido que el país sea feliz, más que rico, ya que creo que estamos en este mundo para ser y hacer felices a los demás, más que para acumular riquezas. Pero también está claro que uno no puede ser feliz si no tiene para comer.

El programa, además, es sostenible, ya que el empleo se está convirtiendo en un lujo a medida que la tecnología reemplaza un gran número de puestos. Así que para tirar hacia delante o creamos valor o compartimos el que tenemos. Ya sé que compartir es más fácil que crear, algo de lo que me acusó la oposición, pero a veces, y sobre todo cuando es urgente, la vía fácil y directa puede resultar la mejor.

La bajada del paro me dio credibilidad y respeto, pero lo que me hizo ganar la popularidad necesaria para presentarme a unas elecciones generales fue el programa de los corredores, mucho más pequeño y simpático.

Y eso que la cosa empezó casi como un chiste: tanto mi propio gabinete como la oposición se mofaron cuando presenté el plan «Corre-al-Curro», o CAC. El nombre me sonaba tan tonto a mí como a todos, pero su simplicidad fue una parte importante del éxito. En pocos meses, todo el mundo hablaba de la idea, que adoptaron miles de personas, y el número no ha parado de subir desde entonces.

Madrid estaba insufrible de tráfico, por lo que el chófer me recogía todos los días a las seis de la mañana en Olavide para evitar atascos. Aun así, más de una vez llegué tarde a eventos por los dichosos embotellamientos. En Barcelona, Valencia y Bilbao tenían problemas similares, así que me puse manos a la obra.

No solo era una cuestión de tráfico, también de salud. Los costes de la Seguridad Social se estaban disparando, no tanto por el tabaquismo, sino por la obesidad. La dieta nacional había cambiado; habíamos pasado del pollo y la verdura a las hamburguesas y precocinados, lo que nos estaba convirtiendo en lo que nunca habíamos sido, un país de gordos. Propuse a Carmen, ministra de Sanidad y la única otra mujer en el gobierno, impulsar el programa de manera conjunta, pero ella se negó, alegando que el nombre era ridículo y que habría miles de accidentes si la gente se ponía de repente a correr por las calles. Lo que nos ahorraríamos en Sanidad lo gastaríamos en seguros, dijo.

La ignoré y empecé el plan llamando a quienes más lo podrían necesitar, como las asociaciones para perder peso. Me reuní con los de Weight Watchers en casi todas las capitales de provincia, por las que salí a correr para liderar con el ejemplo. Todavía hoy todos los miércoles y viernes por la mañana salgo a correr por las calles de Madrid, y me encanta, por lo libre que me siento.

El éxito del CAC fue inmediato, sobre todo porque devolvíamos el IVA del material deportivo siempre que la persona estuviera inscrita en el programa. Hubo un *boom* sin precedentes en el consumo de ropa deportiva, que de paso también animó la economía. Seguimos con una campaña publicitaria que caló bien en el público y al cabo de un año el número de personas que corrían al trabajo había pasado de dos mil a veinte mil. Un éxito sin precedentes que GR capitalizó al máximo. Él, a quien nunca he visto con unas zapatillas de deporte, no paraba de hablar de un país «en marcha». Carmen, en Sanidad, también intentó aprovecharse del tirón, aunque con menos suerte. La oposición inmediatamente le recordó su falta de apoyo inicial.

Esas medallas, o de qué cuello colgaban, apenas me importaban en esa noche preelectoral. Tan solo recordé el programa mientras miraba las carpetas que guardaba en las estanterías del despacho, cada una con uno de los proyectos que había completado. Había más de doscientas. Mis dos años en el Ministerio habían sido de actividad frenética, a menudo con jornadas de más de doce horas los siete días de la semana.

Todavía en el sofá, acaricié de nuevo el libro de la Kent y pensé que el mismo orgullo que tenía al mirar mis carpetas lo debió de sentir ella también porque ambas nos habíamos labrado el futuro a base de esfuerzo. Procedente de una familia de clase media de Málaga, la Kent se había convertido contra todo pronóstico no solo en la primera mujer abogada de España, sino en una profesional de notoriedad en el Madrid de finales de los años veinte.

Como ella, yo también había recorrido España impulsando proyectos, me dije mientras me sentaba en la silla orejuda de Ingeborg, contemplando las carpetas bien alineadas en la estantería principal del despacho. Yo no había abierto ni mejorado prisiones; tampoco había reconvertido a presos en ciudadanos de bien, pero el programa «Emprendedores» me había llevado por un sinfín de pueblos y ciudades para dar un premio a la mejor iniciativa empresarial local del año. Las facilidades fiscales que dimos y la publicidad a los premiados ayudaron a crear más de treinta mil pequeñas empresas en apenas dos años. De repente salieron costureras, cocineros, jardineros o inventores con proyectos interesantes por todas partes. ¿Quién había dicho que España no era un país de emprendedores?

Lo que le daba a unos, claro, se lo quitaba a otros: los impuestos que rebajé a deportistas o pequeños empresarios se los cargué a las empresas cuasipúblicas que llevaban décadas gozando de oligopolios obscenamente lucrativos. Esto me costó algunas de mis grandes batallas, me cerró puertas y me creó enemigos, sobre todo en la banca, el sector que en realidad —y todavía— gobierna nuestro país.

Pero yo seguía a lo mío. Como la Kent, me pasaba las noches escribiendo cartas a decenas de asociaciones promoviendo intercambios con el exterior. A través de la embajada en Londres, por ejemplo, logramos hermanar todas las escuelas públicas españolas con un colegio inglés, fomentando intercambios. Cuando fue posible se realizaron viajes, pero cuando no, los alumnos se comunicaron mediante cartas, vídeos o e-mails con el fin de mejorar el aprendizaje del idioma, uno de mis principales objetivos. También logramos que se dejaran de doblar las películas en los canales públicos, algo que incomprensiblemente todavía se hacía en España.

Viajé por todo el mundo en busca de inversiones. Vestí un quimono en Tokio, me puse un *hiyab* en Kuwait, navegué por el Mediterráneo con la familia real de Qatar y pasé semanas en América del Norte y del Sur vendiendo nuestra más que cualificada mano de obra. En dos años aumentamos la inversión extranjera en más de un diez por ciento.

En esas estaba esa noche, pensando en mi legado, cuando de nuevo sonó el móvil. Corrí a la mesita del café para cogerlo. Era Manolo.

—¡Hombre, qué sorpresa!

—¿Cómo está la futura presidenta?

Me eché a reír. Una risa muy nerviosa. Me senté en el sofá.

—Sabes mejor que nadie que aquí no hay nada asegurado —le dije—. Estas pueden ser mis últimas cuarenta y ocho horas en un gobierno.

—Pues se presentan interesantes…

Fruncí el ceño, pues Manolo no es de los que gastan bromas de mal gusto.

—¿Por qué lo dices?

—Mira las pantallas. Ha pasado algo raro con la deuda pública en Nueva York.

Me levanté de golpe.

—¿Qué ha pasado?

—Se está hundiendo —dijo en tono grave—. Todo iba normal hasta diez minutos antes de cerrar, pero entonces los bonos se han empezado a desplomar.

—¿Qué me dices? —pregunté alarmada, corriendo hacia mi mesa para encender el Bloomberg a toda prisa—. ¿Ha habido algún atentado, bomba, el precio del petróleo?

—Nada, solo nosotros. Wall Street ha cerrado bien y los bonos de los demás países apenas se han movido.

—No es posible...

—Pues sí —dijo—. Te dejo, que supongo que tendrás que ponerte a trabajar. Solo te quería alertar. ¿Nadie te ha avisado? ¿Para qué tienes a José Antonio?

—Ya sabes que le eché hará cosa de un mes, era un boicoteador y actuaba a mis espaldas.

—Así me gusta; cortar cabezas es sano —apuntó Manolo, sarcástico como de costumbre—. Un beso y mucha suerte, presidenta —dijo antes de colgar.

Inmediatamente y con las manos casi temblando saqué del Bloomberg la página de nuestros bonos y allí estaba el rojo que tanto estrés me había generado unos meses antes. El interés de nuestra deuda cotizaba al ocho por ciento, una subida descomunal comparada con el tres por ciento al que había cerrado el día anterior. Se trataba de un incremento sin precedentes ni explicaciones. Lo nunca visto. Leí los titulares que saltaron de inmediato en la terminal, aunque ninguno explicaba el porqué de tan estrepitosa caída. Tan solo había algún apunte a la historia de siempre: el frágil estado de nuestra economía.

Asustada, me dirigí hacia el rincón del ficus, junto a la ventana. Sentí el mismo miedo que cuando a los ocho años vi a mi madre tendida en el suelo, solo que esta vez la solución quedaba muy lejos de mis manos. Los mercados son un monstruo impredecible que en cualquier momento puede jugártela de manera fulminante y con consecuencias catastróficas para millones de personas inocentes.

Apreté los puños y conseguí dominar la rabia tan fuerte que sentía. Después de tanto trabajo para convencer al mundo de que nuestra deuda era segura y no tenía riesgos, allí estaba el fantasma de los mercados embistiendo otra vez, echando por tierra meses de esfuerzo.

Medité mucho qué hacer. Lo más importante era no precipitarme y no sembrar el pánico. Lo primero que hice fue llamar a Martin Moore, un inglés a quien había fichado como director general del Tesoro tan solo unos meses antes para que estableciera buenas relaciones con los inversores y nos ayudara a defender la estabilidad de nuestra deuda en los mercados. Enseguida di con él, pero Martin tampoco sabía nada. Le pedí que movilizara a su equipo y empezaran a investigar. Yo por mi parte decidí llamar a una de las pocas personas que podía saber qué había detrás de aquello. Se trataba del presidente del segundo mayor banco del país, quien además me debía un favor, y de los grandes.

6

Supuse que un viernes a las diez de la noche encontraría a Antonio Goicoechea cenando ostras y disfrutando de las impresionantes vistas al Atlántico que tenía su casa de verano en Bayona. La conocía, pues había tenido que desplazarme hasta allí tan solo hacía unos meses, y procedente de Kuwait, para firmar el acuerdo que rescató a su banco de la bancarrota.

Impaciente, y después de insistir varias veces, le dejé un mensaje para que me llamara urgentemente.

Todavía con la mirada fija en el Bloomberg, que seguía sin aportar nada nuevo, tuve la tentación de llamar a Walter Fürst, presidente del HSC, el primer banco del país (hijo de un renombrado médico alemán, pero nacido y criado en Madrid). Desistí cuando estaba a punto de pulsar el primer dígito por no darle el placer de repetirme una vez más eso de que los políticos no tenemos ni idea de mercados. Siempre me lo decía, el muy miserable.

Aunque solo fuera por su propio interés, pensé que Antonio Goicoechea me daba más garantías, así que me senté en mi sillón y decidí esperar unos minutos más, hasta las diez y cuarto, antes de volver a insistir. Con manos temblorosas volví al Bloomberg para sacar más gráficos de nuestra deuda, que efectivamente se había hundido en los últimos diez minutos de la sesión. Los bonos alemanes, franceses, ingleses o hasta griegos y portugueses no habían experimentado la misma volatilidad. ¿Por qué nosotros? No lo podía entender ya que esa semana no habíamos tenido ningún dato negativo ni ninguna noticia espectacular. Por una vez, la semana había sido tranquila.

Sí había salido una encuesta ese viernes dándome a mí como vencedora de las elecciones, pero creía que eso el mercado ya lo tenía descontado, negativamente, claro: el mundo financiero siempre prefiere un gobierno conservador que rebaje los impuestos a los ricos y a las empresas a uno de izquierdas que se dedique a distribuir riqueza entre los más necesitados. De todos modos, el descuento había sido mínimo porque a fin de cuentas, bajo mi mandato, el paro había mejorado y teníamos el déficit más o menos bajo control. No daba crédito. Semejante desplome, tan repentino y de tal magnitud, solo se podía explicar con una noticia devastadora.

Me eché las manos a la cabeza y emití un largo suspiro. Aquel era un problema mayúsculo que me podría costar las elecciones y cuya solución parecía muy lejos de mi alcance. También podía arruinar a medio país ya que bancos y empresas verían sus costes de financiación más que duplicarse, mientras que miles de asalariados no podrían pagar una hipoteca que se encarecería sustancialmente de la noche a la mañana.

Me sentí muy pequeña. El poder, ya lo he dicho, es a veces doloroso y esa noche el miedo y la soledad me invadieron como nunca. Era la responsable económica del país y aquella jugada nos podía costar años o incluso décadas de progreso. ¿Era culpa mía? ¿Era el resultado de una mala gestión?

Estaba repasando mentalmente las grandes decisiones de los últimos dos años cuando sonó el teléfono oficial, el del despacho y me sobresalté. Convencida de que se trataría de Antonio, descolgué enseguida.

—Dime —dije escueta, la espalda bien erguida. No había tiempo que perder.

Hubo un silencio que me extrañó. La línea tenía más ruido del usual, como si llamaran desde el otro lado del planeta.

—¿Sí? —pregunté sorprendida.

—Isabel, soy yo —dijo Gabi despacio.

—¡Gabi! —exclamé incrédula—. Pero ¿por qué llamas al número del despacho y no al móvil? Te he dicho mil veces que no puedo ocupar las líneas oficiales por si hay alguna emergencia.

—Tenemos que hablar —dijo secamente.

Alertado por su hermano, Gabi había ido a Santiago a principios de semana para atender a su madre, enferma casi terminal. Con gran tristeza pensé que igual ya se habría muerto, e intenté ser comprensiva. Yo me jugaba unas elecciones, pero al fin y al cabo se trataba de la madre de mi marido, una señora muy amable que a mí siempre me había tratado bien, igual que a su hijo. Procuré mantener la calma y ofrecerle apoyo.

—¿Cómo estás, cariño? ¿Cómo está tu madre? —pregunté, arrepintiéndome de inmediato por si la pobre señora ya hubiera pasado a mejor vida.

—Mejorando, parece que todo ha quedado en un susto.

—Ah, qué buena noticia —dije aliviada por la buena mujer pero sorprendida por que me llamara. Dejé pasar unos segundos—. Gabi, cariño, es que ha pasado algo y estoy esperando una llamada importante...

No me dejó continuar.

—¿Más importante que tu marido? —me interrumpió con brusquedad.

Cerré los ojos e intenté concentrarme en la situación. Era mi marido.

—Claro que no hay nada más importante que tú —dije recostándome en el sillón, quizá por primera vez en todo el día—. Dime, ¿cómo estás? Te he echado de menos esta semana, se me ha hecho muy larga.

—¿Larga? ¿Por qué? Si las encuestas te dan como ganadora... —respondió como si fuera un extraño, sin conectar en absoluto con lo que le acababa de decir.

Respiré hondo e intenté dulcificar la voz. En ese momento necesitaba todos los apoyos o, como mínimo, evitar peleas.

—Ya sabes que esto es agotador... Parece que nunca se va a acabar —contesté buscando un poco de comprensión.

—Tú lo has elegido —me cortó.

Suspiré.

—Gabi, por favor, ahora no, estoy agotada.

—Tenemos que hablar.

Empecé a impacientarme. Esa llamada era francamente inoportuna y me estaba empezando a poner nerviosa.

—¿De qué quieres que hablemos?

—Esto no es para mí.

—¿El qué?

Gabi guardó un breve silencio que de nuevo puso de manifiesto el ruido en las líneas. Moví un poco el auricular, por si fuera un problema de mi teléfono. Algo que resultaba extraño, pues tenía un Samsung de hasta diez líneas que nunca me había dado ningún problema.

—¿Desde dónde llamas? —pregunté intrigada—. Hay mucho ruido.

—Desde el hospital.

—Pues hay un ruido horrible en la línea, ¿lo oyes?

—No.

—Bueno, en fin —continué sin darle más importancia—. No quiero molestarte, pero de verdad que tengo un problema y necesito hacer unas llamadas. Pero claro que tú eres lo más importante. Dime, ¿qué no es para ti?

—No creo que pueda estar a tu lado si ganas el domingo —dijo con una voz mucho más segura de lo habitual.

Me quedé blanca. De todas las cosas que me podía esperar esa era la última, sobre todo porque nada me había hecho pensar que nuestros problemas fueran realmente tan grandes. Y sobre todo porque nunca imaginé que un esposo pudiera abandonar a una futura presidenta, o al menos potencial presidenta, tan solo dos días antes de unas elecciones generales. Las parejas deben apoyarse en los momentos de máxima tensión, aunque solo sea por respeto y compañerismo.

Bajé la cabeza y me cubrí los ojos con la mano; conté hasta diez, como siempre hacía en las negociaciones más tensas.

—Pero qué me dices, hombre…, ¿ha pasado algo? —Empecé a considerar la posibilidad de que contemplar de cerca la muerte de su madre le hubiera trastocado. O que unos días en Santiago le hubieran hecho cuestionarse lo de vivir en Madrid. O que hubiera tenido otra aventura, como tuvo en Londres cuando estaba medio deprimido.

—Isabel —contestó, con una voz sorprendentemente firme—. Sí que ha pasado.

Abrí los ojos al máximo y noté cómo se me aceleraba el corazón.

—Estos días en Santiago, con los míos —continuó—, me he dado cuenta de que Galicia es mi sitio, de que mi vida está muy lejos del mundo de poder e intereses en el que tú te mueves.

Sabía que Gabi no era amigo de protocolos y que nunca renunciaría a su espíritu libre y algo rebelde (tampoco tanto), por más escondido que lo hubiera tenido durante los últimos años. Pero a mí eso no me importaba; es más, era precisamente ese aire inteligente-bohemio el que me había enamorado y el que tanto esfuerzo me había costado ayudarle a recobrar. Había comprado entradas para conciertos, le había regalado una guitarra por Navidad, hasta había hablado con el bajo de un grupo famoso que conocí en una recepción en Moncloa para que le hicieran una prueba, que él rechazó porque, dijo, no quería enchufes. Es verdad que yo a eso no podía responder nada y seguramente en su lugar habría hecho lo mismo, pero también habría buscado alternativas, cosa que él no hizo.

Pero en ese momento lo mejor era mostrarme conciliadora.

—Gabi, cariño, todo tiene solución —dije con toda la dulzura que pude—. Si necesitas una época en Santiago, no pasa nada, puedes quedarte allí y te voy a ver los fines de semana; o tú vienes a Madrid, o lo alternamos.

—No, no, Isabel —respondió rápido, casi sin pensar—. Llevo dándole vueltas a la cabeza mucho tiempo y es lo que quiero. De verdad, esto no es para mí y te supondría un problema. Tú ahora necesitas centrarte en la presidencia, que es una oportunidad brutal y yo solo te resultaría un estorbo.

Siempre he odiado las excusas puestas en campo contrario. Puro cinismo.

—Perdona, pero déjame decidir a mí lo que me supone un estorbo y lo que no —repliqué—. Y en este caso, tú eres mi marido y de estorbo no tienes nada.

Pasaron unos segundos y el nivel de ruido de la línea telefónica se incrementó, empezando a irritarme, por lo que intenté poner fin a aquella conversación. En ese momento, esa discusión no tenía ningún sentido. Me habría gustado explicarle las circunstancias que tanto me estresaban, pero por motivos de seguridad no podía desvelarle el problema con los bonos. Me esforcé en serenarme.

—Querido, ¿por qué no descansamos los dos y nos vemos mañana para hablar?

—Mañana todavía estaré en Santiago.

—Pues cojo un avión y voy; podemos comer juntos —apunté, con demasiada velocidad pues tenía compromisos en Madrid al día siguiente.

—No, Isabel, lo he pensado muy bien; quiero terminar lo nuestro.

No me lo podía creer.

—Pero ¿qué me estás diciendo? —exclamé, ahora en voz alta e irritada—. ¿Me llamas a esta hora de la noche para decirme una cosa así, encima por teléfono y justo antes de unas elecciones donde me lo juego todo?

—Lo siento, ya sé que no es oportuno —dijo, seco.

Se me ocurrió que igual estaba deprimido, o incluso drogado.

—¿Seguro que estás bien?

—Nunca he estado mejor, me siento libre.

Cerré los ojos. ¿Sería posible? Noté cómo la rabia se apoderaba de mí; me empecé a poner roja. Esa llamada en aquel momento y aquellas circunstancias era verdaderamente cruel.

—Y ¿no se te ha ocurrido mejor momento para decírmelo?

—Ya te lo he dicho, sé que no es muy oportuno ahora mismo —dijo, inexplicablemente sereno—. Pero tú eres una mujer fuerte y estoy seguro de que te repondrás antes de lo que piensas. De hecho, eres una de las mujeres más impresionantes que he conocido. Consigues todo lo que te propones. Ya verás cómo enseguida lo superas.

No pude soportar la condescendencia. Apreté los dientes y los puños con fuerza; no me pude contener.

—¡Vete a la mierda! —le espeté y le colgué el teléfono.

Me levanté de golpe y me dirigí al rincón del ficus, casi tropezándome con una de las orquídeas, que no perdió las flores de milagro. Continué hasta la ventana para ver cómo la gente seguía paseando o esperando el autobús, o de fiesta con sus parejas o amigos. Y yo allí encerrada como una presa aterrorizada. Pensé en Gabi y repasé todo cuanto habíamos hablado en el último mes, pero no encontré nada raro o inusual. Enfrascada como había estado con la campaña, apenas nos habíamos visto, pero estaba claro que no me había dado cuenta de lo mucho que en realidad ocurría en casa.

Miré a mi alrededor, sintiendo un gran vacío; era como si de repente no supiera qué estaba haciendo allí. Entonces reparé en el Bloomberg, lo que me hizo reaccionar, y corrí a ver si daban información nueva. No era así. El precio de los bonos seguía al nivel del cierre, lo que confirmaba que aquella caída no era un error de cálculo de última hora sino un desplome colosal en toda regla.

Pegué un puñetazo sobre la mesa y me tapé la cara con las manos. Al cabo de unos segundos intenté relajar los hombros, que tenía subidos y encogidos, y volví a llamar a Antonio, el banquero, aunque de nuevo me salió el contestador.

Tenía que cuidar mucho cualquier paso; una ministra de Economía, y mucho menos una candidata a la presidencia del gobierno, no podía parecer desesperada.

Me senté a la mesa para dar tiempo a que Antonio me devolviera la llamada. Pensé en Victoria Kent. Tenía la sensación de que era mi única amiga en aquellos momentos. Imaginé lo que habría sufrido sola en el exilio, cargando con la responsabilidad de ayudar a miles de personas, y recordé el tesón de su lucha antifranquista durante cuarenta larguísimos años de exilio sin desfallecer ni caer en victimismos ni lamentaciones.

Me dije que ese era el ejemplo a seguir, sobre todo en situaciones delicadas. En busca de inspiración me metí en internet, en una página de la Universidad de Yale dedicada a las mujeres más prominentes de nuestra Segunda República. Gracias a una profesora especializada en el tema, la página era, y todavía es, una mina de información, fotografías y vídeos de la época, la mayoría inéditos en España. Estudiantes graduados o doctorandos actualizaban la web a menudo, colgando ensayos o material nuevo que todavía me gusta leer cuando dispongo de un poco de tiempo. Es una pena que Yale dedique más atención y recursos a esas mujeres republicanas que nuestras propias universidades.

Es el caso de la Kent, a quien la página daba entonces gran notoriedad, seguramente porque esa universidad todavía alberga el archivo personal de la prominente andaluza, donado por la familia Crane. Rebusqué entre los enlaces, miré fotos de Victoria con sus amigos y conocidos, pensando que en el fondo tuvo suerte de compartir generación con otros grandes personajes, apoyándose los unos a los otros, luchando por los mismos objetivos.

En nuestra época parece que el concepto de generación se ha perdido, igual porque estamos tan individualizados y digitalizados que ya no necesitamos a nadie, o bien porque ahora todo lo material cuenta más que las ideas, y mientras estas cobran más notoriedad si se comparten, la acumulación de riqueza es una cuestión puramente individual. No sé.

Hice clic en un álbum de fotografías sacadas del archivo de Victoria y allí la vi con su incondicional amigo Madariaga y hasta con el escritor estadounidense John Steinbeck, también comprometido con la lucha antifranquista... desde su lujoso apartamento en el Upper East Side. Me sorprendió que hubieran tenido contacto hasta con el mismísimo JFK, que antes de llegar a Washington había sido gobernador de Massachusetts, igual que el padre de Louise Crane. Esta conexión abrió a Victoria y a Louise las puertas de la Casa Blanca, donde se reunieron con el flamante joven presidente para pedirle que Estados Unidos dejara de reconocer el gobierno de Franco. JFK las escuchó, pero la política respecto a España siguió igual.

Con la cabeza absolutamente inmersa en la época, seguí un enlace hacia un nuevo estudio sobre la etapa parisina de Victoria, que yo apenas conocía porque sus memorias eran más bien políticas y poco personales. Una omisión grave, porque la fuerza y el espíritu del que se impregnó en París y el contacto con la increíble generación de mujeres que allí coincidió resultaron cruciales en su vida.

Victoria llegó a Francia cumplidos los treinta años y animada por María de Maeztu, directora de la Residencia de Señoritas de Madrid. La diputada había vivido diez años en esa versión femenina de la Residencia de Estudiantes, desde que llegara de Málaga para entrar en la universidad. Allí residió hasta que, ya abogada, se compró un despacho-vivienda en la calle Marqués del Riscal, cerca de la Residencia y de sus amigos.

Maeztu, que siempre había animado a Victoria a subir peldaños profesionales, le había hablado de las mujeres revolucionarias que se habían mudado a París, la mayoría estadounidenses cultas e independientes que la propia Maeztu había conocido en el Vassar College, en Massachusetts, un centro con el que la directora había establecido programas de intercambio. Maeztu siempre intentó que las mujeres españolas más inteligentes y emprendedoras, como Victoria, se relacionaran con la élite intelectual femenina del momento. Fue una auténtica pionera del *networking*.

Según leí, y siguiendo el consejo de su directora, la Kent pasó un año de intercambio en París, complementando sus estudios de derecho en la Sorbona. En esas aulas en la ribera izquierda del Sena oyó hablar de Shakespeare & Co., una pequeña librería que vendía libros en inglés y era punto de encuentro de intelectuales anglosajones que pasaban por París. El establecimiento estaba regentado por la estadounidense Sylvia Beach y la francesa Adrienne Monnier, pareja en el negocio y también sentimental.

En ese estudio de Yale la propia Victoria explicaba cómo pasó largas horas charlando sobre política y literatura en esa pequeña librería. Sola en París y poco interesada en mezclarse con los estudiantes más conservadores de la Sorbona, la Kent pasaba la mayor parte de los fines de semana en ese establecimiento, donde a veces también se quedaba a dormir en alguna de las camas que había en el ático. Fue precisamente en uno de los actos que organizaba la librería —una lectura de Hemingway— donde Victoria conoció a Louise Crane. Enseguida entablaron amistad, aunque la relación no fue más allá porque Lousie estaba entonces con Elizabeth Bishop, la poeta estadounidense que años después ganaría un premio Pulitzer.

Según el estudio, Crane había llegado a París un poco antes que Victoria. La rica heredera había dejado su piso en el Greenwich Village de Nueva York para seguir los pasos de Janet Flanner, quien escribía crónicas parisinas para el *New Yorker* sobre mujeres profesionales prominentes, como fotógrafas, escritoras, cantantes o arquitectas. Louise también acudió a Francia inspirada por la británica Vita Sackville-West, aunque la fama de esta no se debía tanto a sus poemas y novelas, como al hecho ampliamente conocido de que era la amante de Virginia Woolf, que también frecuentaba el París de la época.

A través de Sylvia Beach y de la Shakespeare & Co. Victoria conoció a Gertrude Stein y a su pareja Alice B. Toklas, quienes la invitaban a sus *soirées* literarias de los sábados por la noche en su casa de la rue de Fleurus, muy cerca de los jardines de Luxemburgo. En un salón repleto de cuadros y libros, la Kent conocería también a Matisse y a Picasso, quienes, entusiasmados por las compras que Stein hacía de sus obras e intrigados por la ambigüedad sexual de todas aquellas mujeres, no faltaban a una velada.

Victoria contaba cómo frecuentaba la casa de Beach y Monnier en la cercana rue de l'Odeon, justo encima de donde Monnier había abierto otra librería, años antes, para prestar libros a mujeres sin apenas cultura. Fue precisamente ese local el que inspiró a Beach a la hora de abrir la Shakespeare & Co. años más tarde.

Entre librerías, salas de arte y cenas en bistrós como el Coupole o el Dome, los intelectuales de la época se relacionaron en París como nunca antes había hecho otra generación de artistas. El vino y la buena comida corrían a raudales y a precios asequibles, lo que atrajo sobre todo a estadounidenses, como Hemingway, deseosos de huir de la depresión y la ley seca que imperaban en su país en plena década de 1920. La también rica heredera Peggy Guggenheim no faltó a la cita de intelectuales de la capital francesa, aunque acabó asentándose en Venecia para fundar un precioso museo que todavía existe junto al Gran Canal.

Me interesó leer que ese París libre abrió los ojos de la Kent a su preferencia por las mujeres, algo que en Madrid siempre escondió, por más que todo el mundo lo sospechara, sobre todo cuando vivió varios años con su amiga Julia y el hijo de esta en su piso de Marqués de Riscal. La burguesía española de esa época, sobre todo durante la República, era muy educada e incluso más abierta casi que la de ahora, así que las respetaron aunque fuera a base de silencio.

A orillas del Sena la Kent se contagió del entusiasmo y la fuerza de Gertrude Stein, de la valentía de Sylvia Beach y se hizo amiga de Picasso. Todo ello le dio confianza y la ayudó a no sentir miedo de ser diferente. La Kent siempre pareció sentirse cómoda con sus preferencias, aunque no las publicitara; pero tampoco mintió y reconoció en público no haber deseado nunca a un hombre. Con los años, y tras un largo exilio en México, acabaría con Louise Crane, con quien se reencontraría en el Nueva York de los años cincuenta. Allí empezaron una relación que duraría más de treinta años, hasta la muerte de ambas, y que sería una de las bases del éxito y tenacidad de Victoria en el último tramo de su vida.

Me recliné en el sillón pensando, no sin algo de autocompasión, que yo no me había formado rodeada de intelectuales bohemios y creativos, sino de ingenieros pijos de la Castellana. Solo me consoló pensar que aquellas mujeres a quienes tanto admiraba, seguramente habrían tenido los mismos problemas que yo. O incluso peores. Precisamente hacía poco había leído que Sylvia Beach se arruinó por publicar la primera edición del *Ulises*, de James Joyce. La pobre se gastó más de lo que podía en promocionarle y en traducir el libro al francés para después editarlo ella misma. Pero en cuanto una gran editorial inglesa ofreció al autor cuarenta y cinco mil dólares por los derechos, una auténtica fortuna en aquella época, Joyce no dudó un segundo en firmar y no compartió nada de esa suma con Beach ni volvió a hablar con ella después de convertirse en un escritor famoso. La estadounidense acabó teniendo que cerrar su librería.

Me arrepentí de no haber usado mis años en el poder para crear una sociedad femenina potente, de mujeres verdaderamente influyentes, para dar ejemplo y también para que estas se apoyaran en situaciones críticas. Me prometí que ese sería uno de mis primeros proyectos como presidenta, si ganaba, pero en ese momento sentí que nunca tendría tal oportunidad. Nadie votaría a una ministra que había dejado los bonos de su país a un nivel que precisaba un rescate económico por parte de la Unión Europea o del Fondo Monetario Internacional. Lo peor era que yo tampoco tenía ninguna solución.

El teléfono del despacho por fin sonó y de inmediato reconocí el número de Antonio. Descolgué ansiosa.

—¿Has visto qué ha pasado? —pregunté sin preámbulos.

—Sí —respondió rápido—. Estaba cenando, pero al acabar he escuchado los mensajes. Aparte del tuyo, había otros de mis jefes de mercado, alertándome.

—¿Se puede saber qué ha pasado?

—No sabemos nada —dijo, grave.

—¿Estás seguro? Esto es muy serio.

—Ya sabes que nunca te mentiría en una cosa así. Aquí nos la jugamos todos. Esto nos pone la soga al cuello a nosotros también.

Alargué la mano para coger la pequeña bola antiestrés que guardaba junto a las pantallas, y que apenas había usado en el último mes. Tenía la forma de un balón de rugby y llevaba inscrito el nombre de una importante gestora de fondos de inversión americana. La apreté despacio, con fuerza. No sabía qué hacer, aparte de intentar no perder la calma y dar una imagen de seguridad.

—¿Puedes llamar, por favor, a tus contactos en el mercado? Fondos especulativos, los bancos de inversión de Londres... No te lo pediría si realmente no lo necesitara.

—Me hago cargo de la situación —dijo con seguridad—. Esto es una gran putada.

Asentí con la cabeza.

—Además, ya está la prensa indagando —continuó—. El director de *La Verdad* me ha dejado un par de mensajes, que ni he contestado ni voy a contestar. Pero estate preparada, porque ya han hincado el diente.

—Lo que faltaba... —musité cerrando los ojos y apoyando la frente en una mano.

—Te llamo en cuanto sepa más —dijo—. Cuídate y llama para lo que necesites.

—Lo mismo digo.

Colgué el teléfono y dejé caer el torso sobre la mesa, apartando las dichosas pantallas. ¿Qué iba a decir? ¿Qué respuesta iba a dar a los españoles?

Sentí que el mundo se me caía encima. Aquello posiblemente sería mi fin y la ruina de miles de empresas y personas.

7

Todavía no sé si querer u odiar a Antonio. Aunque a veces nos ayudáramos, a menudo pienso que fue él quien me puso al borde del abismo.

Había oído hablar de él toda la vida, pero no le conocí en persona hasta llegar al Ministerio. Tampoco sabía mucho de él ni de los avatares de su banco, que la prensa prefería ignorar para, por su propio interés, no indagar demasiado en los asuntos de uno de los principales anunciantes del país. Antonio llevaba más de veinte años presidiendo el Banco Nacional, la segunda entidad financiera de España, fundada por su bisabuelo y siempre gestionada por miembros de la familia Goicoechea, de origen vasco. Aunque entonces el clan solo tenía un dos por ciento del capital, todavía eran los accionistas mayoritarios y formaban un núcleo de poder al que nunca nadie se había opuesto. No solo controlaban buena parte del crédito que fluía en el país, también eran patronos de fundaciones benéficas, hospitales o clubes deportivos, por lo que siempre convenía llevarse bien con ellos. Como todas las sagas bancarias españolas, eran discretos y vivían detrás de grandes muros en zonas poco accesibles, protegidos por fuertes medidas de seguridad. Nunca concedían entrevistas.

Conocí a Antonio en una comida que GR organizó en Moncloa para presentarme a la cúpula económico-financiera del país poco después de mi nombramiento. El presidente había convocado a los máximos representantes de las principales empresas y bancos del país, pero sin incluir ni a un solo mandatario de las muchas y muy poderosas multinacionales que teníamos y que controlaban algunos sectores estratégicos, como la energía o la informática. Pero así era GR, de la vieja escuela, y en parte por ello destinado a convertirse en uno de los barones que regentaban el partido cuando dejara la presidencia. Con cerca de setenta años, GR había dicho que no se quería presentar a unas nuevas elecciones por cuestiones de salud, que tenía algo delicada. A pesar de sus métodos y hábitos anticuados, el presidente había advertido que su sucesor y el propio partido debían modernizarse y que su delfín tendría que hablar inglés a la perfección para manejarse en un mundo tan internacionalizado. El déficit lingüístico de nuestros representantes, empezando por el propio GR, siempre me ha llamado la atención, además de provocarme a menudo una abrumadora vergüenza ajena. Lo peor es que esa carencia ha hecho que España pierda importantes oportunidades de importación y exportación solo porque todavía muchos de nuestros líderes son incapaces de comunicarse en el exterior. Por eso yo siempre he cuidado mucho el inglés, que pude aprender bien durante mis años en Londres.

Supongo que eso influiría en la decisión de GR, que ya desde esa primera reunión en Moncloa me trató como a una posible sucesora. También pensaría que nombrarme le daría una imagen moderna y rompedora y de partidario de las mujeres. Fueron en concreto las mujeres quienes le votaron masivamente en las anteriores elecciones, así que igual les quería devolver el favor.

Los consejos y la confianza que GR me dio y su manifiesto apoyo público siempre fueron la envidia de mis compañeros de gabinete, quienes unas veces por celos y otras por negligencia de GR hacia ellos, siempre me desdeñaron como la enchufada del jefe. En el fondo, razón no les faltaba y ese día quedó muy claro. Al menos a mí.

Era una mañana de abril y los jardines de Moncloa rebosaban de un ambiente lozano y primaveral más propio de los Pirineos que del centro de Madrid. Las encinas, los olivos y los pinos relucían bajo un sol tenue, mientras que los espléndidos rosales empezaban a abrirse, sanos y frescos. Olía a campo mojado, ese olor que todo el mundo asocia a la calma y la serenidad.

Todos los presentes —por supuesto todos hombres de mediana edad, excepto yo— parecían conocerse entre ellos. Había muchas palmaditas en el hombro, apretones de manos, preguntas por las respectivas familias y comentarios sobre quién había jugado en qué campo de golf el domingo anterior o en qué palco de fútbol se había estado.

Todo eran risas y sonrisas y a nadie parecía importarle estar de pie en tierra de gravilla excepto a mí, pues era la única con zapatos de tacón, que enseguida me empezaron a molestar. Tampoco nadie objetó cuando empezaron a circular bandejas de jamón, tortilla, cecina y vino tinto, todo ello calificado de «tóxico» en mi dieta de ministra. No es que a mí me costara especialmente mantener la línea, pero al llegar a mi cargo me había prometido no pasarme de un máximo, pues si una ministra siempre iba a recibir más críticas que un hombre, no quería ni imaginarme lo que sería si además estaba gorda.

Rehuí como pude las tentaciones culinarias, para sorpresa de todos, y pasamos al comedor de las grandes ocasiones ya dentro del palacio, con toda la parafernalia que hasta entonces solo había visto por televisión: camareros de frac, bandejas doradas, bajoplatos de plata maciza, copas y más copas. No había ni un milímetro para poner mi libreta de notas y ya no digamos para escribir en ella. De todos modos, nadie más parecía interesado en tomar apuntes, a pesar de que aquello era, en principio, una reunión de trabajo. Inmediatamente pensé que si iba a relacionarme con aquellas personas, más les valía irse acostumbrando a verme trabajar con menos ceremonias; devolví todas mis copas al camarero, solo guardando el vaso de agua, y saqué mi libretita de piel, que dejé junto a un bolígrafo al lado de mi plato. A mí siempre me ha gustado estar preparada.

GR me había sentado cerca de él, flanqueada por Antonio y Walter Fürst, los dos principales banqueros del país, quienes al fin y al cabo lo controlaban todo, o casi todo, en España. Llevarme bien con ellos haría mi entrada a ese reducto de poder infinitamente más fácil.

—Bienvenida, señora ministra —me dijeron ambos presidentes con esa galantería obsoleta que en realidad esconde un gran paternalismo machista.

Les sonreí e hice un ligero ademán. Noté que mientras Antonio me miraba con simpatía, los ojos de Walter fueron directos a mi escote, quizá más largo de lo que debiera, pero era cuanto tenía en el armario para ocasiones especiales. Como pude, le aguanté la mirada, pensando que tenía que salir de compras inmediatamente.

El gesto me molestó porque no se trataba de alguien sin modales que no supiera cómo comportarse, sino de un hombre muy calculador y con sobrados conocimientos protocolarios. Más que sexual —Walter era un hombre chato, poco agraciado y medio calvo— aquella era una mirada de poder: me estaba marcando los límites y demostrando quién mandaba allí. Le volví a mirar y me encontré de nuevo con sus ojos fijos y atentos; unos ojos grandes y negros que dominaban su cara redonda.

Me sentí empequeñecida. Menos mal que Antonio pareció percatarse e intentó establecer una buena relación desde el principio.

—Enhorabuena por el nombramiento, ministra, estamos encantados de que nos acompañe —dijo, sirviéndome una copa de vino—. Además, llega en un excelente momento, las cosas nunca han ido mejor en nuestro país —añadió reclinando la espalda en la silla, seguro, orgulloso.

—Parece que por fin ha llegado nuestro momento —le apoyó Walter, cruzando los brazos y parpadeando repetidamente con prepotencia.

—No sé, no sé —dije dubitativa mientras mis alarmas internas se activaban con rapidez.

Los triunfalismos y las euforias son la madre de todas las crisis, algo que aprendí en el máster de Londres y que nunca he olvidado.

—Usted no se preocupe, ministra —añadió Walter extendiendo los brazos—, que nosotros ya lo tenemos todo bajo control.

El banquero me miró con una sonrisa falsa y sin mover un músculo de la cara durante unos largos instantes. Intenté esconder mi estupor ante semejante menosprecio y me dije que era preciso marcar el terreno cuanto antes para que no se fueran aquel día con una impresión equivocada de mí. La que iba a tenerlo todo bajo control era yo.

—Permítanme recordarles que todavía tenemos un problema de paro crónico; queda mucho por hacer —respondí mirándoles a los ojos para que supieran cuanto antes cuáles eran mis prioridades. Con todos mis respetos, yo estaba allí para trabajar y no para lamerle el culo a la banca.

Los dos hombres se echaron hacia atrás, tranquilos, como si no hubiera dicho nada relevante. Walter cruzó las piernas y se encendió un puro, supongo que en ausencia del primer plato. Nadie me preguntó si me molestaba el humo, que siempre he detestado, pero no osé decir nada.

—Es cierto que tenemos paro —afirmó Walter acariciando el habano suavemente—. Pero todos sabemos que existe mucha economía sumergida y que los datos no son del todo reales. Ese sí que es un problema por resolver.

Me sorprendió recibir un encargo tan pronto, como si yo fuera la que trabajara para él. Aquella iba a ser una ardua pelea.

—Eso es verdad —concedí—. Pero solo hasta cierto punto. Todavía tenemos miles y miles de personas que sufren lo indecible para llegar a fin de mes o que dependen de familiares para comer o pagarse el alquiler.

Los dos hombres callaron, mirando uno hacia las puertas de la sala y el otro bajando la vista hacia la mesa. Al cabo de unos segundos, en los que no tuve respuesta, Walter dijo:

—Señora San Martín, una de las ventajas de este club es lo bien que se come; ya verá cómo le encanta el chef de Moncloa.

Me quedé pasmada. ¡Como si estuviera allí para pegarme comilonas! Distraer la atención tampoco era una técnica a la que yo sucumbiera, así que no me dejé amilanar.

—Volviendo al paro —insistí—, que las cosas no van tan bien ya se nota hasta en los mercados. La bolsa ha dejado de tirar y el diferencial de nuestros bonos con el alemán ha subido, poco, pero la tendencia es al alza. Esa es una de mis mayores preocupaciones.

Los dos hombres parecieron sorprenderse. Se miraron el uno al otro hasta que Walter dijo:

—No se preocupe, señora ministra, que de los mercados ya nos encargamos nosotros.

El banquero dio una calada larga a su puro sin dejar de mirarme, esta vez a los ojos y no al escote. Más que humillación, sentí cómo la rabia me subía desde el estómago. Estaba a punto de responderle cuando Antonio, pacificador, se me adelantó.

—En este club intentamos trabajar en equipo —dijo, consciente de que siempre era bueno llevarse bien con el gobierno—. Este foro, de hecho, está concebido para intercambiar impresiones y generar ideas que ayuden al país.

—Me parece una idea estupenda —añadí intentando aparentar calma y control—. Díganme entonces, caballeros, —apunté con intención—, ¿qué ideas han tenido ustedes para reducir el paro?

Walter parpadeó varias veces, como si mi pregunta le ofendiera. Con falsa caballerosidad respondió:

—Más que en el paro, aquí nos centramos en las empresas —dijo en tono de profesor, lo que todavía me irritó más—. Y lo hacemos porque los beneficios empresariales son los motores de la economía, con lo que primero hay que asegurarse de que las empresas ganen dinero y eso ya creará empleo de por sí.

Me miró con una sonrisa paternalista insufrible.

—No siempre —repliqué de inmediato, de nuevo esforzándome por esconder la rabia que sentía ante tanta displicencia—. A veces los beneficios se quedan en la empresa o se reparten entre sus propietarios. Dígame, don Walter, su banco siempre reporta un aumento de beneficios, ¿en cuánto ha incrementado usted su número de empleados?

(Yo ya sabía que, de hecho, la plantilla había disminuido).

Como esperaba, no respondió.

—Esos detalles los lleva mi jefe de gabinete —fue cuanto dijo.

Antonio, de nuevo en un intento de reconducir la tensa situación que sin duda se estaba creando, intercedió:

—Son muchos frentes los que se necesitan para reducir el paro, aunque la salud empresarial por supuesto es uno de ellos.

Les miré a los ojos.

—Y ¿cómo está la salud de la banca? —pregunté para que supieran con quién estaban hablando—. Los números dicen que bien, pero me resulta difícil comprender cómo el sector no refleja la caída de producción que estamos viendo. Pequeña, pero caída al fin y al cabo.

—Nosotros no hemos notado nada —dijo Walter, rápido.

Me quedé callada y sobre todo preocupada porque negar un problema suele ser la mejor manera de hacerlo más grande.

Los tres tuvimos la suerte de que en ese momento empezaron a servir el primer plato, con lo que GR se unió a la conversación y todo fue más fluido. Sobre todo ayudó el apoyo del presidente, quien repitió hasta tres veces a los banqueros su convencimiento de que iba a ser la mejor ministra de Economía de España, y quizá llegara más lejos. Me sorprendió que ni Antonio ni Walter se interesaran por prenguntarle qué había querido decir, aunque fuera solo por curiosidad, lo que supuse que era una manera de expresar su rechazo a la idea. GR tampoco insistió más y la conversación enseguida retomó el aire distendido del inicio.

El presidente y los banqueros, según observé ese día, solo hablaban de fútbol, golf y cacerías. Únicamente durante el postre intercambiaron información sobre contratos públicos o algún plan de compra o venta de entidades semipúblicas, pero sin hacer ninguna referencia a cómo esas transacciones afectarían al españolito de a pie. Solo parecía interesarles quién pagaría a quién y cuánto. Ante mi sorpresa y desilusión, la comida que reunió a la élite económica y financiera del país no dio más de sí.

Las semanas que siguieron a aquel encuentro en el que en principio todo iba sobre ruedas fueron un choque muy duro con la realidad, sobre todo para mí. Claro que no pensaba que todo iba a ser de color de rosa, pero tampoco esperaba encontrarme, nada más aterrizar, con la peor crisis desde la posguerra. Para eso sí que no estaba preparada. Ni yo ni nadie.

La banca fue el primer sector en sufrir la debacle, a pesar de que Walter dijera que atravesaban un momento excelente. Una decena de cajas casi quebraron tan solo unos meses después. Los datos económicos, a su vez, fueron empeorando, algo que yo veía antes que nadie porque el servicio de estudios del Ministerio es uno de los pocos departamentos que funciona de maravilla en la Administración, a pesar de lo que dijera Walter, que por supuesto hablaba sin conocimiento de causa. Existe un equipo de unas veinticinco personas que no solo sigue y produce datos, sino que también realiza encuestas a empresas y consumidores para detectar el grado de confianza e inversión. Ese fue el mejor legado de mi predecesor, que si bien no tomó ninguna decisión importante, al menos había sido un profesor universitario a quien le gustaba estar bien informado y organizó bien esa sección.

Poco a poco me fui dando cuenta de que la situación no solo no mejoraba, sino que podía empeorar de manera peligrosa. Un banco estadounidense había quebrado, causando una tormenta financiera de la que nosotros extrañamente nos salvamos con el cuento de que no teníamos ni hipotecas basura ni banca de inversión. Desconfié de aquello porque, aunque nuestros bancos no habían vendido hipotecas superiores al valor de las propiedades, sí habían facilitado dinero a personas con trabajos temporales o con sueldos tan bajos que no podrían absorber una subida de tipos. Todos conocíamos o sabíamos de algún paleta o administrativo que de pronto conducía un Audi o se había comprado un chalé con piscina.

Aun así, nada me pudo preparar para la crisis que se avecinaba y que estalló tan solo unos meses antes de las elecciones. Recuerdo perfectamente la noche en que Antonio llamó a mi línea directa cuando estaba cerrando todas las pantallas, hacia las nueve o las diez. A esas horas, y procedente del segundo banco del país, solo podían ser malas noticias.

—Ministra, soy Antonio —dijo con una gravedad que me alarmó desde el primer momento—. No sé cómo explicarme... —continuó, balbuceante.

—Por el principio y claro, por favor —apunté. De inmediato tiré del cable del teléfono y me desplacé un tanto nerviosa hacia la ventana. Cogí un extremo de la cortina con la mano.

—Es una desgracia y sentimos mucho lo ocurrido, pero ha habido dos inversiones de dos mil millones cada una que no han salido bien.

Calculé lo que cuatro mil millones representaban para el banco. Ese nivel de pérdidas podría hundir la entidad.

—¿Qué inversiones?

Antonio se aclaró la garganta antes de continuar.

—Son dos torres, que compramos, una en Londres y otra en Nueva York, con deuda sin recurso —dijo—. Al no haber suficientes inquilinos, no hemos podido pagar el préstamo, con lo que lo hemos perdido todo. Los otros acreedores han tenido derecho al poco valor que quedaba, pero nosotros, no.

—Y ¿ahora me lo dices? —exclamé enfurecida. ¿Para qué están los gobiernos si no para negociar en situaciones así?

—Hemos estado hasta el último momento buscando una solución, pero me temo que no ha sido posible. No sabe cuánto lo siento, señora ministra. Esto es horrible —dijo, claramente consternado.

—Y ¿qué pensáis hacer? —pregunté intentando mantener la calma. Aquella situación podía generar mucha inestabilidad.

—Mañana por la mañana emitiremos un comunicado anunciando que los próximos resultados incluirán unas pérdidas de cinco mil millones.

—Las acciones se hundirán y os iréis a la bancarrota.

—Ya lo sé.

Dejé pasar unos segundos para poner en orden mis ideas, pero el enfado se empezaba a apoderar de mí.

—¿Por qué no me has avisado antes, por el amor de Dios? —casi grité—. Siempre os he dejado la puerta abierta precisamente para situaciones como esta. ¿Qué quieres que haga ahora en apenas nueve horas, lo que falta para que abran los mercados?

Antonio guardó silencio.

—Ya lo sé, no hay solución.

Suspiré.

—¿Cómo no te has dado cuenta de esto antes?

—Todo ha sido muy rápido; con la caída del banco estadounidense, el interés de parte de nuestra deuda se ha disparado en apenas dos semanas. En circunstancias normales, habría sido un gran negocio…

—Hace unos meses ya te dije que las cosas no iban tan bien como parecía, o como os creíais vosotros —le interrumpí, seca.

—La economía real sí daba muestras de debilidad, pero la financiera iba viento en popa, ministra.

Estuve a punto de colgarle el teléfono. No tenía suficiente con intentar resolver la tormenta financiera doméstica que seguro se avecinaba en apenas unas horas, ahora también debía soportar que quien precisamente la había causado me diera lecciones de economía.

—Pero, tú, ¿con quién te crees que estás hablando? —le grité.

Guardó un breve silencio, antes de disculparse.

—Lo siento, estoy muy nervioso. Esto es el fin.

—No —dije segundos después—. Nos queda un cartucho.

—¿Qué tiene en mente?

—Elige a las cinco mejores personas de tu equipo y yo cogeré a las mías. Os quiero aquí en una hora. Encontraremos una solución antes de las nueve de la mañana.

Y así pasamos la noche, planeando la primera de las cuatro nacionalizaciones bancarias que tuve que ejecutar en tres meses. La primera llamada, claro, fue a GR, quien se apuntó a la reunión y se quedó hasta las tres de la madrugada, cuando ya no pudo aguantar más y se fue a dormir. El presidente habló por teléfono esa misma noche con el resto del gabinete, que apoyó la medida por mayoría. Solo se opusieron Mario, ministro de Industria y también aspirante a sucesor de GR en la dirección del partido, y cómo no, Carmen. La ministra de Sanidad dijo que no se podía gastar dinero público para ayudar a la banca mientras le estábamos recortando a ella el presupuesto. De nuevo, una lástima que las dos únicas mujeres en el gobierno no se apoyaran.

La noche de ese primer rescate Estrella fue la primera en llegar al Ministerio y eso que era la que vivía más lejos, en Vallecas. Se encargó de toda la logística de manera impecable. Trajo a mi despacho la mesa de José Antonio, a quien todavía no había echado, donde se sentarían los seis del Nacional con todos los portátiles y pilas de papeles que trajeron. Mis cinco colaboradores y yo, incluyendo al director general del Tesoro, Martin Moore, y a José Antonio, nos instalamos en la mesa de reuniones; todos en mi despacho. Estrella pidió pizzas a nombre de Wuri y estuvo toda la noche sirviendo café y agua. Ninguno pegamos ojo, calculando modelos y valores, activos y pasivos desde todos los ángulos posibles.

A las ocho en punto de la mañana emitimos un comunicado, que yo misma redacté, anunciando una ampliación de capital. El Estado compraba un millón de acciones nuevas del Banco Nacional, inyectando cinco mil millones de capital para absorber las pérdidas que se esperaban por las inversiones en las dos torres. Las acciones se desplomaron, pero el banco sobrevivió.

El primer correo que recibí fue del secretario del Tesoro estadounidense. Tim, un hombre joven a quien había conocido en el G20 y con quien me llevaba muy bien, sobre todo desde que me prestara su chaqueta en una reunión en Nova Scotia, Canadá, en pleno invierno, cuando casi nos morimos del frío. Hasta el primer ministro japonés se negó a asistir con traje a las reuniones y se personaba en todas con pantalones de pana y jerséis de lana gruesa. Justo después de nuestro anuncio y a pesar de que fueran las cuatro de la mañana en Washington, Tim fue el primero en felicitarme por el rescate y me recordó que el mal causado por la bancarrota del banco estadounidense había superado sus peores expectativas. La banca era un sector que lo basaba todo en la confianza y si los inversores veían que un banco quebraba, empezarían a retirar su dinero de los demás bancos y eso podía hundir todo el sistema. Le di las gracias por su apoyo, que hizo público al cabo de unas horas a través de un comunicado.

Recibí un sinfín de felicitaciones, salvo por parte de mi homólogo alemán, que me envió un e-mail pidiendo explicaciones. ¿Por qué alimentar a los buitres que se habían aprovechado tanto del sistema? ¿Por qué financiar a los banqueros desalmados con dinero público? ¿Por qué las inversiones de los bancos españoles estaban fuera de control? ¿No teníamos mecanismos para calcular el riesgo?

Razón no le faltaba, pero ¿qué habría hecho él en mi lugar? ¿Dejar que el banco se hunda, como hicieron los estadounidenses, y encontrarse con un problema diez veces peor? Una cosa es hablar y otra gobernar.

Las críticas de la oposición no se hicieron esperar y en la prensa se nos acusó de todo: de bailarle el agua a la banca, de vendernos, de malgastar dinero público o de no conocer los riesgos del sistema bancario, como si nosotros fuéramos los responsables de que el Banco Nacional hubiera comprado esos dos rascacielos por un precio irrisoriamente superior a su valor real. Hasta se dijo que yo había estado a punto de dimitir, o de ser despachada, para coger un puesto bien remunerado en el sector bancario, un favor a cambio del rescate.

Aquellas calumnias dolieron pero, como siempre, intenté centrarme en buscar una solución más que en dejarme abatir por el problema. Necesitaba encontrar un comprador para el paquete accionarial del Estado si no quería recortar el presupuesto público en cinco mil millones, lo que seguro habría provocado una revuelta social. Acudí a los únicos que parecían disponer de fondos en aquellos momentos: los jeques de Oriente Medio, que llevaban ya unos meses acechando Europa como buitres, comprando activos a precio de ganga a gobiernos locales o empresas en apuros. Ya se habían hecho con un par de islas griegas y en Inglaterra hasta habían comprado los grandes almacenes Harrods, aparte de algunos clubes de fútbol, todos ahogados en deudas.

Tenía la tarjeta de uno de los emires más prominentes de Kuwait, quien me había hecho una visita de cortesía tan solo unos meses antes manifestándome su interés por invertir. Le propuse proyectos de transporte pues todavía quedaban muchos kilómetros de AVE por construir, pero él quería activos con rentabilidad más a corto plazo. Le sugerí algún puerto de los muchos que queríamos revitalizar y al final se decidió por el de Tarragona. La proximidad de esa ciudad a una gran refinería encajaba a la perfección con sus planes de exportación de gas y petróleo a España. Cerramos el acuerdo en cuestión de semanas.

El emir al-Surdha agradeció mi llamada pocas semanas después para hablar del Banco Nacional. La operación de Tarragona había funcionado bien y él y su equipo estaban dispuestos a considerar nuevas ideas. Nos invitaron a reunirnos con ellos en su yate, precisamente atracado en la ciudad catalana, donde ya estaban trabajando en sus proyectos portuarios.

Martin no pudo venir pues le había enviado a Asia a defender la nacionalización ante los inversores, por lo que me personé en Tarragona tan solo con Estrella y Antonio. Ninguno de los tres pudimos contener la impresión que nos causó el navío de dimensiones monstruosas. Eran diez plantas habitables de casi doscientos metros de eslora, todo de un blanco brillante, impecable, sin una mota de polvo ni un mísero arañazo. El helipuerto del que el yate disponía estaba preparado para nuestro aterrizaje pues al emir nunca se le ocurrió que pudiéramos llegar en tren. Pero yo lo preferí porque, aparte de no tener dificultades de acceso a internet o al Bloomberg, en el tren no había riesgo de turbulencias, que cada vez me gustaban menos, y también podía reservar una sala en primera clase para reunirme con mi equipo alrededor de una mesa estable. El viaje fue especialmente productivo y entre los tres preparamos bien la reunión. Estrella, que era periodista de profesión aunque nunca había ejercido, retocó las presentaciones en PowerPoint hasta dejarlas perfectas y luego las imprimió en papel de calidad (todo ello imposible en un helicóptero pero perfectamente realizable en un tren). Desde mi llegada siempre insistí en llevar una oficina móvil a todas partes para cuestiones urgentes, precisamente como aquella. Siempre he pensado que si el mundo y los mercados se mueven rápido, los gobernantes deben responder con igual celeridad o arriesgarse a perder comba, lo que para mí nunca ha sido una opción. He visto a algunos políticos hundirse en la miseria, y a sus países también, por esperar a que los mercados se adapten a su ritmo. Tiene que ser al revés.

El viaje también sirvió para limar algunas de las asperezas que habían surgido con Antonio justo después de la nacionalización, cuando impusimos unas condiciones a nuestro rescate que él y su consejo de administración no tuvieron más remedio que aceptar: les quitamos los *bonus* de ese año, cambiamos al director general y despedimos a la mitad del consejo de administración para poner a nuestras personas de confianza. Mantuve a Antonio en la presidencia porque siempre me había parecido una persona ecuánime con la que al menos se podía dialogar. Todo hubiera sido mucho más difícil con otro presidente, porque cada paso hubiera supuesto una batalla. Antonio, en cambio, bajó la cabeza a cambio de mantener el puesto, lo que me convenía.

Y allí estábamos, de pie frente al yate, los tres sintiéndonos ínfimos, diminutos en una soleada mañana de sábado en Tarragona. El Mercedes negro, elegante y amplio, que nos acompañó desde la estación del AVE al puerto parecía casi de juguete junto al gigantesco navío. Estábamos decididos a vender a los kuwaitíes un banco que seguramente valdría menos que aquella embarcación y que algunos de los negocios que allí se firmaban.

El emir nos recibió a pie de escalera. Iba vestido de blanco impecable, con una medalla de oro al frente de la *kufiyya* de cuadritos blancos y rojos que le cubría elegantemente la cabeza; llevaba un fajín negro en la cintura y una chaqueta de tres cuartos con botones dorados en el centro abrochados hasta el cuello. Estaba flanqueado por sus dos secretarios, los mismos que le acompañaron el día que me visitó en Madrid y cuyo nombre todavía hoy me resulta imposible recordar.

—Bienvenida, querida —me dijo en su inglés con marcado acento estadounidense adquirido en Harvard.

Con su gentileza y suavidad habituales saludó a Estrella y a Antonio, quienes le sonrieron y se relajaron ante su presencia, pues al-Surdha siempre emanaba paz y tranquilidad; o al menos siempre que yo le había visto.

Entramos en el barco, por llamarlo de alguna manera, y nos costó hasta diez minutos llegar a la sala de reuniones, donde todo estaba preparado. Subimos en ascensor, cruzamos dos cubiertas, atravesamos dos túneles…, así de grande era el sitio. Todo relucía y los detalles estaban cuidadísimos. La decoración era exquisita, una mezcla de mueble clásico inglés pero con confort americano. Muy acogedor y algo sorprendente dadas las circunstancias, nada intimidatorio.

Nos sentamos alrededor de una mesa redonda en unas sillas danesas que ya había visto en El Corte Inglés, de casi siete mil euros cada una. Todos teníamos una carpeta de piel delante, además de un bolígrafo y un lápiz Montblanc. Sirvieron agua, té y café, todo en juego Alessi de plata reluciente.

Antonio repartió la presentación del Banco Nacional y antes que nada reconoció los fallos cometidos en el pasado. A continuación explicó el potencial de inversión y rehabilitación que las propiedades del banco ofrecían: se podían construir parques temáticos en terrenos de Castilla-La Mancha, explotar más puertos como el de Tarragona, reconvertir algunos edificios antiguos de Madrid y Barcelona en hoteles de lujo, o hasta crear estaciones de esquí tan lujosas como Val d'Isère o Zermat en los Pirineos. Añadí que el coste de la transacción era muy atractivo, pues el vendedor de las acciones del banco era el propio gobierno, y yo no estaba allí para ganar dinero sino para fomentar la iniciativa privada y la inversión en nuestro país. Tan solo queríamos recuperar la cantidad invertida, ni un céntimo más. Les enseñé mi *book*, una presentación muy gráfica sobre los atractivos de invertir en España, que incluía detalles sobre las ventajas fiscales que estábamos dispuestos a negociar.

El emir y su equipo nos hicieron un sinfín de preguntas técnicas, especialmente sobre permisos y costes de inversión o acceso a mano de obra cualificada, que nosotros respondimos bien. Yo me tenía muy estudiada nuestra economía y pude dar ejemplos de cuanto me preguntaban.

Después de tres horas de discusión e intercambio salimos a cubierta, donde se nos sirvió una copa de champán, aunque solo a nosotros porque ellos no beben. El emir se apoyó en la barandilla a mi lado, los dos con la vista perdida en el precioso atardecer del Mediterráneo. Me dijo:

—A la hora de prestar o invertir, tan importante como los números es mirar a los ojos de la persona en la otra parte de la negociación —dijo apretándome la mano de manera muy gentil—. Y yo me fío de usted. Compraremos el paquete de acciones del Banco Nacional al gobierno español.

Aquellas palabras me impresionaron y siempre que las recuerdo se me pone la piel de gallina. Sobre todo cuando pienso cómo se critica a los musulmanes y se les acusa de machistas, a todos sin distinción. Yo no puedo por menos que admirar y defender cómo me trataron siempre los kuwaitíes, aunque también es cierto que sufrí un trato muy diferente en otros lugares próximos a Kuwait. Pero la gentileza y la confianza de al-Surdha nunca se me olvidarán.

Por eso se me rompe el corazón cada vez que pienso en todo el problema que esa inversión le causó, a pesar de que a nosotros nos salvara el cuello (momentáneamente). Ese apoyo al final les costó una cantidad monumental de dinero, con lo que tuve que venderles una parte del corazón de Barcelona para intentar compensarlo. Eso, a su vez, provocó que se me echara la ciudad encima justo el día de las elecciones.

Ese rescate y esa venta al emir fueron un error, que con el tiempo solo empeoró. Igual tendría que haber dejado que el Banco Nacional se hundiera y que fueran sus accionistas y bonistas quienes pagaran el pato, y no los españoles, por más que el secretario del Tesoro estadounidense aplaudiera mi acción. Los alemanes tenían razón, como de costumbre.

Me costó mucho tiempo reconciliarme con mi desacierto, cuya magnitud real no conocería hasta más tarde. En mis horas más bajas en el despacho, sola, de noche, siempre había pensado que lo mejor ante los fallos era reconocerlos y no hacer como Victoria Kent, quien en plena República se opuso al voto femenino y nunca se retractó. Su error fue tan incomprensible como el mío, pues ambos parecían un boicot a todo aquello por lo que habíamos luchado. En su caso, ella negó el voto a las mujeres después de defenderlas más que nadie. Como diputada, Victoria propuso y consiguió enmiendas a la Constitución que equiparaban el salario mínimo de las mujeres al de los hombres, o que permitían a las primeras divorciarse o viajar solas. Pero se opuso a su voto alegando que, influenciadas por curas y maridos, las mujeres votarían masivamente a la derecha, como de hecho ocurrió. La Kent defendió esa posición hasta sus últimos días, incluso cuando ya anciana volvió a España después de cuatro décadas de exilio.

En cuanto a mí, había cogido cinco mil millones de los bolsillos de los españoles para dárselos a la banca, con lo que me costaba a mí recaudar ese dinero para distribuirlo luego en servicios. Aun así, no quería acabar igual de obcecada en mis propias miras como la Kent y, si bien nunca reconocí mi fallo en público, sí negocié una solución que al menos dejó al contribuyente español sin tener que financiar otro agujero bancario.

Dicha solución —la venta a precio de ganga de parte del puerto lúdico de Barcelona— también me creó otro problema con Carmen, la ministra de Sanidad, una nueva brecha entre las únicas dos mujeres del gabinete. Igual que la Kent, que no hacía más que pelearse con Clara Campoamor y Margarita Nelken. Lamentablemente la historia de las mujeres en el poder siempre ha sido la misma: pocas y mal avenidas. Tardé un tiempo en entender por qué.

8

La inversión de los kuwaitíes en el Banco Nacional nos dio un respiro y unas semanas de tranquilidad, ya que se trataba de una inyección de confianza en nuestra economía, un mensaje positivo a los mercados. Aun así, yo sabía que algunas cajas de ahorros atravesaban problemas graves, pero eran demasiado pequeñas para poner en jaque todo el sistema, algo que sí podía hacer el Banco Nacional.

Aproveché esa calma relativa para ponerme al día y cuidar un poco de mí misma, ya que la actividad frenética de los meses anteriores me había dejado con dos kilos de más —demasiada comida a domicilio y nada de deporte—, las ojeras me llegaban a los pies, el pelo parecía el de una *hippy* y mis trajes denotaban el desgaste. Más que una ministra de Economía, parecía una radical de Greenpeace.

Estrella, quién si no, me llevó a El Corte Inglés de Castellana y allí, en tan solo tres horas, renovamos mi vestuario casi al completo, comprando los trajes y blusas que luego ella, con mucho acierto, guardó en el armario del despacho. Pasamos por la peluquería, donde por fin me dejé cortar el flequillo de los hachazos para salir con una media melena sencilla y elegante y, además, sin una sola cana (antes de llegar al Ministerio tampoco tenía ninguna, pero en cuestión de quince meses me salieron todas). Acabamos la mañana en la perfumería, donde me lancé a la cosmética para esconder las ojeras, arrugas y cansancio acumulados en los últimos meses. Lástima que el maquillaje no pudiera disimular la incipiente inquietud que me iba creciendo en el corazón.

Mi relación con Gabi empeoraba, y no solo por las desavenencias en cuanto a tener hijos. Las vacaciones de verano anteriores, en Mallorca, habían sido una decepción, aunque no tanto como para alarmarse o justificar grandes cambios.

Habíamos reservado un hotel de lujo en Deià monísimo, en la montaña pero muy cerquita de unas calas preciosas. La habitación era más cara que la que «Wuri» había reservado, pues por mucho que intentara evitarlo, en la gran mayoría de hoteles o restaurantes de España o me invitaban a algo o me subían la categoría. Es una situación que siempre me ha incomodado, pero a la que, supongo, ya me he acostumbrado. Como al hecho de que a una la reconozcan por la calle; no queda más remedio. Viene en el lote y lo mejor es acostumbrarse, entender que la gente lo hace con buena intención y no darle más importancia.

Mi cumpleaños era esa semana de verano —por eso la elegimos— y a mí me parecía perfecto una celebración en plenas vacaciones, sola con Gabi, sin alardes ni fiestas. Cuando uno está en el ojo del huracán, la tranquilidad es oro.

Pero eso tampoco quiere decir que no quisiera una ocasión especial, que Gabi no se preocupó de preparar. Hace mucho tiempo que aprendí que el querer no debe esperar recompensa, pero una cena de cumpleaños tampoco es tanto pedir. Acabamos en el aburridísimo restaurante del hotel.

Si al menos hubiéramos estado enamorados, o tenido mucho que decirnos el uno al otro, tampoco me hubiera importado, pero nuestras conversaciones cada vez eran más banales, si no tensas. A la mañana siguiente hicimos el amor todo lo rápido que pudimos, y nos quedamos los dos satisfechos, supongo, porque así ya no tendríamos que volver a hacerlo durante el resto de las vacaciones. Dedicamos los últimos días a leer junto a la piscina, los dos enfrascados en nuestras novelas o pegados al iPad. Solo me consolaba ver que no éramos la única pareja que actuaba de esa manera. Alguien me dijo una vez que ese era el sino de todas las relaciones a largo plazo, algo que yo siempre me he negado a aceptar.

Nuestra relación nunca había sido de las que echan chispas, ni explosiva ni dramática. Creo que nunca he derramado una lágrima por él. Pero sí fue durante años una relación que al menos nos satisfacía a los dos, con las dosis suficientes de pasión y con un compañerismo amable que hacía la convivencia fácil y agradable.

Con vistas a recuperar esa dinámica, decidí usar mi puesta a punto de El Corte Inglés para revitalizar mi vida de pareja, y es verdad que la nueva ropa interior le dio un poco de vida a nuestro dormitorio, al menos durante un par de semanas.

Con esa energía renovada y aprovechando el tirón de la inversión kuwaití en el Banco Nacional, me lancé a convocar una gran conferencia, de un día, invitando a los máximos representantes de las mayores empresas extranjeras en España. La prensa internacional se hacía eco casi a diario de nuestro paro creciente, nuestra pérdida de competitividad, el rescate bancario y demás calamidades, así que debíamos cuidar bien a quienes habían invertido en nuestro país y, sobre todo, evitar que se fueran a otros lugares más baratos. China, Europa del Este y hasta Portugal ya nos habían quitado algunas fábricas. En el consejo de ministros conseguí que el gobierno apoyara una serie de medidas para estimular la inversión, incluyendo nuevos descuentos fiscales y la creación de permisos exprés para proyectos que implicaran la contratación de personal local.

Estrella creó una lista de unos trescientos directivos de multinacionales, a quien José Antonio y yo invitamos personalmente, llamándoles uno a uno. Convencimos al Museo del Prado (pagando, claro) de que nos dejara el atrio del nuevo edificio, donde instalamos trescientas sillas y una tarima con una pantalla gigante. Mi jefe de prensa, Lucas, se encargó de publicitar el encuentro cuanto fue posible, aunque yo hubiera preferido más discreción porque lo que quería eran inversiones y no fotos.

La mitad de la lista a la que me tocó llamar contenía nombres interesantes, viejos conocidos o personas de las que había oído hablar pero a quienes no conocía personalmente. Disfruté de esas conversaciones ya que las empresas extranjeras tienen más variedad en su cúpula directiva que las españolas, como percibí el día que GR me presentó a la élite económico-financiera del país en Moncloa: de los veinticinco presentes, absolutamente todos eran hombres de mediana edad, que encima vestían igual (de aburrido) y compartían las mismas aficiones (fútbol, golf, toros..., nada que me interesara a mí). Los extranjeros, en cambio, tenían en el poder a más mujeres, gays, gente de los países más variopintos, jóvenes, mayores... Era muy refrescante. También me alegró ver que todos disponían de líneas telefónicas directas, nada de la martilleante musiquita automatizada que uno debe sufrir en España cada vez que necesita hablar con alguien importante. Pero había un nombre en la lista que me hizo especial ilusión, por eso fue a quien primero saludé a las ocho de la mañana el día de la conferencia, cuando ya llevaba tiempo asegurándome de que todo estaba en regla y él llegó de los primeros. Era Andrés del Soto, antiguo compañero de industriales —el rubito que me había tirado los tejos—, ahora presidente en España de Soft, una de las mayores empresas informáticas del mundo. Había sido muy amable por teléfono, de hecho me había devuelto enseguida la llamada desde Nueva York, cuando allí eran las cinco o las seis de la mañana. La charla fue breve, pero me dijo que si necesitaba a alguien para dar un discurso de apoyo a nuestro gobierno, él lo haría encantado. Accedí.

—Como si hubieras salido del congelador, estás absolutamente igual que en la universidad —me dijo nada más verme con esa galantería anticuada que hoy en día suena más paternalista que elegante.

Le agradecí el esfuerzo de ser amable y de venir a un acto que con tanta ilusión había preparado. Ningún ministro de Economía había organizado una reunión de ese tipo, pues tradicionalmente siempre habían estado encerrados en su despacho o en Moncloa loando a la banca y a los cuatro industriales de siempre. Pero las empresas extranjeras generaban un veinte por ciento de nuestra economía y debíamos comunicarnos con ellas para algo más que recaudar impuestos. Crear foros o programas que sentaran precedente y se pudieran repetir periódicamente era uno de los motivos que me hacía creer en mi trabajo, en la oportunidad que tenía de mejorar el país.

Me había vestido para la ocasión con mi nuevo *look* de El Corte Inglés: taconazos para estar a la altura, literalmente, de los muchos hombres con los que tenía que hablar, medias de seda todo lo lujosas y brillantes que encontré y un vestido rojo con el escote justo, pero provocador, que sin duda llamaría la atención, pero también daría un toque informal al ambiente serio e intelectual del Museo del Prado. Aquello no era una convención académica ni un acto faraónico para presumir o salir en la prensa; lo que pretendía era firmar acuerdos y crear empleo, así que decidí dar al acto un aire ante todo práctico. Si un escote me iba a ayudar, para qué pensarlo. Me puse unos pendientes rojos, a juego con el vestido y más bien poco discretos, y me recogí el pelo en un moño gracioso que Estrella me apañó en el baño del Ministerio a primera hora. Me sentía fuerte, poderosa, guapa y, por una vez, incluso alta. Los tacones, funcionan. Me iba a meter a los guiris en el bolsillo y les iba a sacar hasta el último céntimo.

Yo también vi a Andrés casi igual que en la universidad, o al menos igual de rubio (me pregunté si él también habría pasado por la peluquería e imaginé que sí, solo que a los hombres les cuesta más reconocerlo). Parecía en forma, y sus ojos azules de niño pijo madrileño seguían tan astutos como los recordaba. Le había visto poco desde que acabamos la carrera, tan solo en cuatro o cinco de las reuniones anuales de clase que organizaban todos los años en la Casa de Campo. El núcleo duro que no se perdía ni una cita eran los mismos que dominaban la clase cuando éramos estudiantes. Nunca formé parte de ese clan, que además no me aceptó hasta el último curso. Aun así, no quise perder el contacto pues algunas personas valían la pena y además, con los años uno empieza a recordar solo las cosas buenas. A medida que nos hacemos mayores, la competitividad se transforma en cooperación, ya que entendemos que todos necesitamos ayuda en algún momento u otro. Instinto de supervivencia, supongo.

—Tú también estás igual —le dije a Andrés—. ¿Es el golf? —le pregunté casi sin pensar y recuperando ese tono pasivo-agresivo de la universidad; esa envidia escondida de la chica de provincias contra los todopoderosos pijos-madrileños.

Andrés bajó la mirada, seguramente desilusionado por mi comentario, tan desafortunado. Pocos segundos después volvió a mirarme, con una sonrisa genuina.

—Pues no, ya no juego a golf —me dijo, ante mi sorpresa—. Ahora ¡corro-al-curro!

Nos echamos a reír.

—Y ¿te desgravas el material deportivo? —le pregunté, jocosa.

—Por supuesto, señora ministra —me dijo—. Es más, ya que está usted aquí, ¿podría desgravarme también el vuelo en *business class* a Nueva York que cogí la semana pasada para correr la maratón del domingo?

No pude contener la risa, pues en mi año y medio de ministra me habían pedido muchas cosas descabelladas, pero nada como aquello.

—Iré al infierno socialista si me pillan financiando viajes de ejecutivos a Nueva York en *business*...

Él también se rio, ensanchando sus amplias espaldas, bien marcadas por un traje oscuro, moderno, y por una camisa blanca impecablemente planchada con cuello pequeño, bien marcado por dos pequeños botones de color rojo, uno a cada lado, que daban un aire original y simpático a su apariencia. Llevaba una corbata negra, fina. Ni rastro de los trajes azules cruzados con botones dorados con los que le había visto en las reuniones de la Casa de Campo.

—¿De verdad que corriste la maratón de Nueva York hace dos días? —pregunté impresionada, pues estábamos a martes.

—¿Qué te crees? —me dijo, ahora sí adoptando esa pose chulesca que le recordaba.

Sacó un móvil espectacular del bolsillo interior de la americana, casi parecía un ordenador, pero mucho más pequeño. Enseguida me mostró una foto de él mismo, efectivamente corriendo por la Quinta Avenida con el Empire State Building al fondo. La calidad de la imagen era perfecta, mejor de lo que yo nunca había visto; al fin y al cabo era el presidente en España de Soft.

—Pero ¡bueno! —dije cogiendo el móvil para ver mejor el detalle. Me di cuenta de que la camiseta que llevaba era la de Corre-al-Curro, las que regalamos para fomentar el programa.

—¡No me puedo creer que te pusieras la camiseta verde! —exclamé, gratamente sorprendida.

Andrés guardó el móvil de nuevo en su americana y me miró fijamente.

—Siempre pensé que ese programa era una gran idea —dijo, serio—. Inscribí a Soft y ya desde el primer día empecé a correr para dar ejemplo. Dupliqué el número de duchas en la fábrica y di premios a los empleados que se inscribían. De hecho, dos han venido a Nueva York para correr la maratón conmigo y otros cinco estarán en la de Barcelona la semana que viene. —Dejó pasar unos segundos, en los que me miró discretamente de arriba abajo—. ¿Y tú, cómo llevas el *footing*?

Reí nerviosa.

—Buenoo... Empecé para dar ejemplo, pero ya sabes que la cosa se ha puesto fea y he tenido que estar muy centrada...

Andrés asintió con la cabeza.

—Sí, lo veo, y me hago cargo —dijo—. Por esto la jornada de hoy me parece una idea excelente y estoy encantado de participar. Lo tengo todo a punto.

Ladeé la cabeza, sonreí. Un apoyo así en esos momentos delicados era de agradecer. El poder es solitario y yo ya había visto que las flechas podían venir de todas partes; poder confiar en alguien que uno conoce desde hace tantos años resultaba reconfortante.

—¿Todo listo? ¿Sabes cuándo te toca hablar?

—Estrella, tu *secre,* ha estado en contacto; lo tenemos todo bajo control.

—Fantástico —dije, justo cuando vi aparecer al emir kuwaití, a quien debía saludar—. Andrés, disculpa, tengo que atender al emir.

—Por supuesto —asintió haciéndose a un lado para que pudiera pasar—. Nos vemos luego.

—Gracias —le respondí, mirándole a los ojos.

Al-Surdha apareció sonriente, con un traje de un blanco imperial, un fajín dorado marcando su atlética cintura y una *kufiyya* protegiéndole la cabeza, bien recogida por un *agal* negro y brillante. No le había visto desde el encuentro en Tarragona, aunque habíamos hablado por teléfono para cerrar los detalles del acuerdo. Me saludó con el fuerte apretón de manos de costumbre, seguramente sin darse cuenta de que su anillo de diamantes y rubíes puntiagudos se me estaba clavando en los dedos.

—Mi queridísimo emir, bienvenido —saludé, con toda la elegancia y amabilidad que pude, a pesar del pinchazo que sufría—. Qué honor tenerle entre nosotros.

—El honor es mío.

Le cogí del brazo y entramos al edificio con paso decidido pero lento pues el emir no quitaba el ojo de los Velázquez y Goyas dispuestos a su alrededor.

—Siempre he sido un amante de Goya —confesaba boquiabierto.

Consciente del agujero en las cuentas del Prado, intervine, rápida.

—No se vaya con prisas después del acto, emir —le dije—, que cuando acabemos le puedo presentar al director del museo para que intercambie impresiones con él.

Al-Surdha me guiñó el ojo y con una sonrisa desapareció entre el resto de los invitados, la mayoría ya sentados en sus sillas. El mundo de la política y de los negocios es absolutamente cuestión de relaciones personales y yo no empezaba más que a entenderlo... y hasta a disfrutarlo. Sin malos resultados: el emir se marchó aquel día con un par de Goyas debajo del brazo —no literalmente, claro—, pero pagó una fortuna por dos obras menores que el museo guardaba en el sótano por no considerarlas relevantes. Sé por el emir que esos cuadros están ahora en el yate.

Una vez acomodados todos a la hora en punto —los extranjeros, siempre tan puntuales—, subí al estrado para dar una muy breve bienvenida. Les informé de que en el *pack* que les habíamos preparado en cada una de las sillas encontrarían una presentación sobre las oportunidades de inversión en nuestro país, un resumen de las ventajas que ofrecíamos si contrataban a españoles, además de una lista de asistentes al acto para que ellos también pudieran usar el evento para ampliar su red de *networking*. Atrás quedaban los años de despilfarro, cuando regalábamos vino o aceite de oliva a los extranjeros. No, allí estábamos para recibir inversión y no para regalar nada.

GR, que llegó justísimo, también les dio la bienvenida, más fría de lo que me habría gustado, pero para entonces yo ya le conocía. Él vivía en las esferas de los barones del partido y del grupo selecto de industriales y banqueros que se reunía de forma periódica en Moncloa, donde todo lo decidían entre puros, risas y copas. Mi época, y ya no digamos mi estilo, eran muy diferentes. Nosotros ya éramos una generación internacional, en la que los vaivenes de la economía no dependían de los decretazos en el Boletín Oficial de Estado, sino del precio internacional de muchos activos o de la rentabilidad del bono estadounidense.

De nuevo tomé la palabra, y en un inglés creo que aceptable presenté mis medidas, que según observé tuvieron una buena acogida, y contesté a cuantas preguntas se me formularon, todas técnicas y directas. Seguidamente presenté a Andrés, quien había preparado un pequeño discurso.

Con su seguridad y confianza, que no arrogancia, ya habituales en los tiempos de universidad, mi antiguo compañero subió al estrado y se aclaró la garganta. Dirigió su mirada primero a mí y luego al resto de invitados.

—Señoras y señores, *ladies and gentlemen* —dijo, sosteniendo un pequeño papel que solo consultó en muy breves ocasiones—. Es un honor para mí representar a las empresas extranjeras en España. Soy presidente de Soft. Empezamos aquí tan solo hace cinco años, pero en ese breve espacio de tiempo hemos doblado nuestro nivel de ventas y construido una planta en Alcorcón, que ahora emplea a dos mil trescientas personas. Todo lo que hemos hecho ha contado con el incondicional apoyo de este gobierno, que solo nos ha puesto facilidades. Ni una traba.

Volvió a mirarme. Por fin, pensé, empezaba a ver la cara humana y satisfactoria del poder. Hasta entonces solo había encontrado luchas y puñaladas, por lo que discursos como aquel hacían que todo el esfuerzo mereciera la pena. Cuando me disponía a aplaudir, pensando que Andrés había concluido, este continuó.

—Y, muy especialmente, me gustaría contarles una historia que representa, quizá, lo mejor, lo peor y la esperanza presente de nuestro país.

Aquello me extrañó pero, por la confianza que le tenía, esa historia que proponía me intrigaba más que preocupaba.

—Me gustaría hablarles de nuestra ministra de Economía, Isabel San Martín, a quien debemos agradecerle el acto de hoy. —En ese momento me empecé a preocupar, además de sonrojar—. Gracias a ella y a su tesón —continuó—, este país ha sobrevivido a algunas de sus horas más difíciles. La señora San Martín también ha creado programas que se han exportado al resto de Europa, como Corre-al-Curro, que seguro que todos ustedes conocen. —Ante mi sorpresa, y mientras explicaba su apoyo personal y el de Soft a la iniciativa, puso en la pantalla gigante su foto en la Maratón de Nueva York con la camiseta del programa bien visible. También mostró otras fotografías de corredores camino de sus trabajos en Madrid, Barcelona, Sevilla, Bilbao y hasta en el pueblo de su madre, según contó, un pequeño y recóndito lugar en la provincia de Segovia. Aquello empezaba a ser demasiado para mí, pero la cosa fue a peor—. Yo tuve el honor de conocer a nuestra ministra en la universidad —prosiguió, ahora poniéndome realmente nerviosa. Todavía de pie al otro lado del estrado, no sabía hacia dónde mirar. Junté las manos y puse cara de circunstancia. Andrés continuó—: La conocí justo el primer día de clase —decía—, porque éramos cien chicos y dos chicas, así que ellas no tenían ninguna posibilidad de pasar inadvertidas. Pero yo sí, lo que me permitió observarla con atención durante las primeras semanas y llevarme una gran sorpresa. Acostumbrado como estaba a mi colegio de chicos, nunca había visto a una mujer mostrar una capacidad académica superior a la de muchos de nosotros, yo el primero, o tomar iniciativas que nosotros ni nos atrevíamos. —Noté que me empezaban a flojear las piernas y se me ponía la piel de gallina. Estaba quieta como un palo. Encogí el estómago y tragué saliva. Andrés, con la vista fija en el público, prosiguió—: En una ocasión, nuestra ministra, en su versión estudiantil, propuso un cambio de horarios que mejoraba la semana y sobre todo el fin de semana de toda la clase —dijo, antes de hacer una pausa. Siguió en un tono grave—. Pues entre todos la boicoteamos, no la apoyamos, simplemente porque no nos atrevíamos a reconocer que una chica nos había superado y había tenido la idea a la que todos aspirábamos y el valor de proponerla. —Guardó un breve silencio que para mí duró una eternidad. Nerviosa, fijé por un momento la vista en una lámpara del techo, para luego cerrar apenas un instante los ojos de la vergüenza que sentía—. Yo fui especialmente necio —continuó Andrés—. No solo no la apoyé, sino que poco después le robé la idea, exponiéndosela a nuestro tutor como mía y ganándome el aplauso de toda la clase —dijo girándose hacia a mí, lo que me aceleró los latidos del corazón—. Éramos jóvenes, machistas y antidemocráticos, tal y como se comportaba nuestro país; es la pura realidad —dijo, volviendo la mirada al público, que le escuchaba con mucha más atención de la que me habían prestado a mí—. Por fortuna —siguió—, las cosas han cambiado en España y mujeres fuertes e inteligentes como Isabel San Martín han llegado y ocupado puestos de responsabilidad, y hoy vemos las más que positivas consecuencias de ello. Espero que ustedes así lo perciban —añadió antes de concluir—. Solo he querido contarles mi experiencia como ejemplo de la confianza que tenemos en este gobierno, que nos quiere ayudar para que nosotros invirtamos y creemos empleo. —Me volvió a mirar antes de despedirse—. A todos, y en especial a Isabel, muchas gracias.

Sin más, bajó del estrado y se sentó en su asiento en la cuarta fila.

Con el corazón a mil, apenas reaccioné hasta que Estrella se levantó y de forma discreta se dirigio hacia donde me encontraba para recordarme que me tocaba clausurar el acto. Centrada en evitar cualquier sentimentalismo y rematar bien la faena, me dirigí al pequeño púlpito al otro lado de la tarima y encadené tres o cuatro frases de agradecimiento, prometiendo crear un foro regular para los asistentes de manera que entre todos pudiéramos generar iniciativas o hacer inversiones conjuntas. Di las gracias y me fui al baño todo lo rápido que pude, casi sin oír el aplauso monumental que me dedicaron.

Sola frente al espejo, tuve que hacer esfuerzos para que no se me saltaran las lágrimas. En ese ambiente político-bélico al que me había acostumbrado, nunca nadie se había comportado con tanto señorío como aquel antiguo compañero de clase. La vida, es verdad, te da sorpresas.

Estrella acudió al rescate después de verme correr al baño porque me conocía bien y sabía que aquello me habría afectado. Sin hacer preguntas, me ayudó a retocarme el moño y el maquillaje y me recompuse. Ya más calmada, salí a despedir a los invitados, que tampoco se quedaron demasiado tiempo a merodear. Allí todos tenían trabajos de mucha responsabilidad y no había tiempo que perder.

Después de despedir personalmente a cuantos delegados pude, me acerqué a Andrés, que parecía esperarme en una esquina mientras tecleaba en su móvil.

—Me has sorprendido, muchacho —le dije con una sonrisa.

No pude evitar darle un abrazo largo y fuerte, como los que se dan los hombres entre ellos.

—Solo he dicho lo que te debía —contestó con elegancia.

—Pero ¿por qué ahora, después de tantos años? No hacía falta hacerlo tan público. También podríamos habernos ido a tomar un café, ¡o unas cañas!

—También —concedió—, pero el café, si puedes, nos lo tomamos ahora. ¿Qué te parece?

—Me parece una idea fantástica.

Cuando ya solo quedaban el emir y el director del Prado, encantados el uno con el otro, Andrés y yo fuimos en el coche oficial hacia el café Gijón. Era una mañana soleada, otoñal, preciosa. El aire de la Castellana me recordaba al de cuando estudiábamos en la escuela de ingenieros, tan solo un poco más arriba de donde estábamos. Los árboles tenían los mismos colores tenues y también se respiraba ese ambiente fresco de vuelta a la actividad después del parón estival. Por un momento sentí la misma libertad que cuando tenía veinte años e iba de aquí para allá, libros en mano, mochila al hombro.

Al llegar, nos sentamos junto a uno de los grandes ventanales y pedimos dos cafés.

—Bueno, tú ya sabes de mí por la prensa, pero dime ¿qué es de tu vida? —pregunté, interesada—. La última vez que te vi me enseñaste fotos de tus dos niños, monísimos.

Andrés bajó la mirada, pero le brillaron los ojos en cuanto empezó a hablar de sus retoños.

—Sí, los niños son maravillosos. —Y sacó el móvil de la chaqueta para enseñarme fotos—. Esta es Alicia. —Y señaló la imagen de una niña rubia de rostro casi angelical—. Tiene siete años, y este es Borja, de diez —dijo enseñándome la foto de un crío pelirrojo con cara de ser un verdadero trasto jugando al fútbol vestido del Real Madrid.

—Buuuu, ¡que yo soy del Barça! —dije para provocar.

A mí el fútbol francamente siempre me ha dado igual. Es más, tanta atención me suele irritar sobremanera. Con los problemas que tenemos y todos pendientes de la dichosa pelota; es algo que nunca he logrado entender.

—Son buenos chicos —dijo orgulloso—. Están sanos y van bien en el colegio, ¿qué más puedo pedir?

—¿Dónde los llevas? —pregunté por curiosidad, imaginando algún pequeño y exclusivo colegio privado a las afueras de Madrid.

—Van los dos a la Virgen de Gredos —dijo, mirándome de frente.

Intenté disimular mi sorpresa. No esperaba que Andrés llevara a sus niños a un colegio del Opus, pues nunca le había ni visto ni escuchado ningún interés por la religión. Además, alguna vez había oído rumores, seguramente malintencionados, como todos, de que se le había visto por alguno de los burdeles de lujo de la ciudad. Pero como el tema del Opus es siempre delicado y sus miembros son tan especiales, decidí pasarlo por alto y no meterme en ese jardín. A pesar de que el Opus siempre trató a mi madre con dignidad, yo les he tenido reticencia pues algunas de sus prácticas me parecen deleznables. Sobre todo, cuando tratan de convencer a los menores de edad de que el celibato es una opción.

—¿Estás contento? —pregunté, intentando simular normalidad.

—Pues sí, la verdad es que sí —dijo, como si no quisiera reconocerlo—. Le dan mucha importancia al deporte y Borja siempre nos había dado mucho trabajo, era tremendo, muy inquieto...

—Se le ve... —le interrumpí.

Andrés sonrió.

—El caso es que tanto deporte le viene fenomenal; ha canalizado toda la energía extra que tenía y eso ha hecho que se centre en todo: en clase, en casa... Estamos muy contentos.

Intenté recordar a la mujer de Andrés, a quien tan solo había visto en una o dos ocasiones, y que siempre me pareció más bien despampanante: alta, rubia y no demasiado intelectual, por decirlo de alguna manera. No me la podía imaginar, con sus taconazos y escotes provocativos, en una reunión de padres de un centro del Opus. Ni tampoco veía en una novena a Andrés, quien también tuvo sus días de conquistador fatal, algo de lo que además se vanagloriaba en nuestra época estudiantil. Pero de eso hacía ya veinte años y la vida ya me había enseñado que lo blanco se vuelve negro, y viceversa. Sobre todo cuando a uno le conviene.

—Me parece que he conocido a tu mujer alguna vez en la Casa de Campo, pero, perdona, no recuerdo su nombre...

—Alicia, como la niña —dijo mirando a la mesa, removiendo nerviosamente el café con la cucharilla—. No me puedo quejar, tenemos salud, una casa bonita, un piso en Baqueira; en fin todo lo que necesitamos —añadió, como si quisiera convencerse a sí mismo. Miré por la ventana hacia la Castellana, ahora ya en pleno bullicio—. Y a ti ya te veo, triunfando —dijo con una sonrisa cariñosa—. Nunca me ha sorprendido que hayas llegado tan lejos siendo tan joven —añadió, asintiendo—. Aunque no te hubiera imaginado en la política... —Se detuvo para dedicarme una mirada más bien socarrona—. Con la mala leche que tenías, más bien te veía pilotando una nave industrial, con cientos de personas bien a raya.

Los dos nos reímos.

—Intenté entrar en un par de empresas, pero siempre favorecían a los chicos, nadie quería ingenieras por aquel entonces —dije.

—No saben lo que se perdieron.

—Estoy muy contenta con la política, tiene fases odiosas, como todas las profesiones, supongo, pero uno puede contribuir a mejorar algunas cosas, como esta mañana. Entre todos se pueden conseguir objetivos importantes —continué seria y convencida, porque lo estaba, y todavía lo sigo estando.

—Siempre fuiste una *hippy* —dijo con paternalismo, aunque también con un punto de admiración.

—La suma del total siempre es superior a la suma de las partes. Ya nos lo decían en la facultad...

—Efectivamente —asintió. Guardamos unos segundos de silencio—. Y ¿todavía sigues con el informático, cómo se llama? —me preguntó.

—Gabi. Sí, nos casamos poco después de acabar la carrera.

—¿Niños? —preguntó sin mirarme.

—No —contesté, seca.

La pregunta, como siempre, me violentaba, porque decir «no» siempre implica más preguntas que respuestas. Todos te miran con cara de interrogación, como si esperaran que de repente y en ese mismo instante empezaras a contarles tus intimidades. Por suerte, en ese instante sonó mi móvil. Lo cogí, por obligación, pero también aliviada. Era Estrella diciendo que tenía un sinfín de llamadas después del acto que debía atender. Había sido un éxito y ya habían llegado una docena de peticiones para los permisos exprés que habíamos anunciado.

—Lo siento —le dije a Andrés—. El deber me llama.

—Lo entiendo, no pasa nada —comentó—. Espero que también encuentres tiempo para la diversión.

Yo me reí.

—Ya ni me acuerdo de lo que es eso —dije con una risa algo nerviosa.

—Pues eso hay que remediarlo.

Levanté una ceja y me fui.

9

Eran casi las once de esa noche de viernes antes de las elecciones y seguía sentada en mi silla danesa, notando la blusa y la chaqueta del traje bien pegadas al cuerpo, la mirada perdida en el vacío. Estaba incómoda, tensa. Hacía ya un buen rato que había enviado a Gabi a la mierda, pero todavía me temblaban ligeramente las manos. Estaba abrumada por lo que el muy bruto me acababa de decir. ¿A qué candidato a presidente le abandonan dos días antes de unas elecciones generales? Seguro que eso nunca le pasaría a un hombre.

Sentía la cabeza pesada, repleta de un sinfín de bonos en números rojos, tal y como los había visto en el Bloomberg. Ni Antonio, del Banco Nacional, ni Martin Moore, mi director del Tesoro, sabían nada, mientras que yo no quitaba ojo del correo electrónico por si alguien me decía algo, pero todo seguía igual. La tentación de llamar a mis principales contactos externos era grande, pero me contuve porque una ministra no puede empezar a llamar preguntando qué ha pasado con la deuda de su país. Menuda imagen más lamentable. Miré a mi alrededor y me acerqué a las tres orquídeas que había junto a la mesita del café, pero volví a sentarme de nuevo sin prestarles atención. No sabía qué hacer.

Los nervios empezaban a consumirme y llamé a seguridad para que me subieran tabaco. Solo fumaba en bodas o en situaciones de máximo estrés, que estaban siendo aquellos últimos meses cada vez más frecuentes. Sentí un agujero en el estómago, no sé si de nervios o de hambre, y como no había comido nada en horas volví a llamar a seguridad para que me subieran también una pizza. La noche se presentaba larga.

Fui al baño que tenía en el despacho y me miré al espejo. Me asusté. Estaba blanca, con unas ojeras que, de tan oscuras y largas, parecía que me habían pegado un puñetazo en cada ojo. Me lavé la cara y me puse el corrector de ojeras de Yves Saint Laurent que, aunque mejoró mi aspecto, tampoco podía hacer milagros. Me recogí el pelo en una coleta, corta, pues no daba para más, pero al menos me sentí un poco más aseada.

Por fin vino Paco, uno de los agentes de seguridad nocturnos, con un paquete de Marlboro y la pizza, que empecé a devorar con la mano en cuanto se fue. Allí estaba la ministra de Corre-al-Curro, sentada de cualquier manera en el sofá, fumando, comiendo pizza y bebiéndose un *gintonic* sin casi acordarse de cuándo se calzó unas zapatillas deportivas por última vez. Menudo ejemplo.

Intenté ordenar mis ideas a medida que le daba mordiscos a la napolitana. 1) Tema bonos, 2) tema Gabi, 3) tema actos mañana, 4) tema elecciones. Analicé la peor salida de cada uno de esos problemas e intenté calcular las consecuencias y el esfuerzo que implicaba una posible solución. Tracé un plan.

Primero, llamar a Gabi y disculparme. La discusión me había dejado trastocada, con un vacío que no solo me impedía concentrarme en mi trabajo, sino que me había abocado al tabaco, a la pizza y al alcohol. Suspiré tres veces y justo cuando alargué la mano para coger el móvil de la mesita, este sonó. Era Lucas, mi jefe de prensa. ¿A esas horas? Recordé la última frase de Antonio, quien me había advertido que los medios ya iban detrás del tema de los bonos. Volví a mirar el reloj, esperando que fuera ya demasiado tarde para cambiar la primera edición de los periódicos. Apreté los labios. Todavía podían.

—Dime, Lucas —dije nada más descolgar.

—Ministra, disculpe que la interrumpa a estas horas; ya sé que es muy tarde y que sobre todo este fin de semana necesita descansar de cara al domingo.

Lucas era un encanto, pero tardaba mucho en decir las cosas. Lo había heredado de mi antecesor que, supongo, le habría llevado al Ministerio para devolverle algún favor. Así funcionan las cosas. De todos modos, tampoco es tan difícil atraer periodistas al gobierno, ya que cobran tan poco que cualquier incremento es suficiente para motivar un cambio. Lucas, de mediana edad, tenía dos niños pequeños y su mujer era maestra, por lo que nunca me atreví a relevarle.

—No te preocupes, debe ser algo importante —le tranquilicé—. ¿Qué pasa?

Le oí suspirar.

—Estaba cenando en un restaurante y al salir tenía tres mensajes de Mauro Marcos, el director de *La Verdad* —dijo algo nervioso—. Quiere hablar contigo urgentemente de la caída de los bonos a última hora en Nueva York, supongo que sabrá a lo que me refiero.

—Sí, claro —dije—. Y ¿qué anda buscando?

—Dice que tiene unas declaraciones explosivas de José Antonio, de nuestro José Antonio, diciendo que los kuwaitíes se han puesto a vender porque se han hartado del tema del Banco Nacional.

—¿¡Villegas!? —exclamé, recordando la traición de mi exdirector general esa misma tarde, justo antes del debate televisivo. Inclinada hacia delante, todo el cuerpo en tensión, me quedé pensativa unos momentos. ¿Qué querría ahora ese infame?—. ¿Has visto u oído esas declaraciones? —le pregunté a Lucas.

—No, pero afirma que las tiene grabadas.

—Pues está mintiendo —dije, convencida, y según recordaba mi última conversación con el emir—. Hace solo un par de semanas intercambié unos e-mails con los kuwaitíes y todo estaba en regla.

Los dos guardamos silencio.

—¿Por qué se pondrá Villegas a hablar ahora? —me pregunté en voz alta.

—Solo se me ocurre una cosa —respondió Lucas—. Igual quiere que usted se hunda el domingo para así poder promocionarse dentro del partido.

—Nooo... —dije, sentándome en el extremo de la silla, la espalda erguida como un palo, los ojos abiertos al máximo. El muy hijo de puta ya me había hecho la pascua ese día y durante los casi dos años que trabajamos juntos, a pesar de que él era mi director general y me reportaba a mí y no al revés, como él pretendía. Por suerte estaba en el Ministerio con un contrato de asesoría, así que lo único que tuve que hacer fue no renovarlo cuando este expiró hacía cosa de un mes. El muy listo se fraguó enseguida una salida muy digna y seguro que increíblemente remunerada en el HSC, que ya quisiera yo para mí. No quise perderme en viejas batallas y decidí atacar el problema de inmediato. Había que resolverlo. Como ya había comprobado aquella misma tarde, José Antonio podía ser más peligroso de lo que me parecía. Y yo que creía que me lo había quitado de en medio—. Lucas —dije con autoridad—, llama a Mauro, venid los dos ahora mismo, que me ponga esa grabación y hablaremos. No me creo nada hasta que no lo vea.

—Como quiera, doña Isabel —contestó siempre obediente—. Ahora mismo me pongo en marcha.

Alargué el brazo en busca de la pelota antiestrés, que de nuevo apreté con fuerza en un intento por serenarme. Cuanto más lo pensaba, más claro veía que esas declaraciones me podían costar muy caras. Volví a mirar nerviosa el reloj y pensé que el tiempo jugaba a mi favor. La prensa, y sobre todo *La Verdad,* sufría en gran medida la caída de la publicidad y por más noticia bomba que tuviera, parar las máquinas, cambiar la primera página y volver a imprimir todo el periódico resultaba carísimo. Para algunos periódicos, los costes y la publicidad son muchas veces tan importantes como la propia verdad si no más.

Decidí prepararme bien la reunión. Volví al baño a retocarme, escondí la caja de la pizza, todavía a medio comer, en un cajón y (¡cielos!) tiré las colillas por la ventana, que dejé abierta para que no oliera a humo. Como cuando tenía quince años... También perfumé la habitación con medio frasco de Jo Malone, una pijada de perfume que siempre me compraba en el aeropuerto. El cigarrillo me había costado cincuenta euros solo en fragancias.

Me senté de nuevo ante el Bloomberg para sacar gráficos que demostraran la estabilidad de nuestra deuda después de la inversión kuwaití. Yo misma había conseguido ese apoyo en plena tormenta financiera, evitando un rescate por parte de la Unión Europea y el Fondo Monetario Internacional que nos hubiera restado independencia y también desplumado, dados los altísimos tipos de interés que se cobran estos organismos. De eso hacía ya unas semanas y, desde entonces, nuestra deuda había sido un mar de calma en comparación con la volatilidad y los azotes que sufrieron las de otros países del sur de Europa. Los mercados ejercieron una presión insufrible sobre Grecia y Portugal, que resistieron todo lo posible hasta que ya no pudieron más y acabaron en manos de Bruselas y Washington. Nosotros, afortunadamente, nos salvamos, gracias a los kuwaitíes.

Estaba fresca y concentrada cuando llamaron a la puerta.

—Adelante —dije, levantándome para saludarles.

Entró Lucas primero, con cara de susto. Tenía casi cuarenta años y amplia experiencia, pero no le iban estos trasiegos. Anunció a Mauro Marcos, director de *La Verdad,* y se refugió en un rincón, de pie, junto al ficus. Le hice un gesto para que se sentara en el sofá, una indicación que cumplió de inmediato, después de chocarse con dos maceteros de violetas. La maceta de una de ellas se rompió, pero eso no fue motivo para que ni Mauro ni él se detuvieran a recoger la tierra que se había desparramado por el suelo, o para intentar recomponer aquella maravillosa planta (que yo con tanto cariño había cuidado durante casi dos años). Les miré a los dos, expectante, pero al ver que ninguno reaccionaba, me dije que cualquier mujer, por más importante que fuera, se hubiera parado a recoger el estropicio. No me imaginaba ni a la Merkel ni a Hillary Clinton ignorando la fatalidad de una planta, especialmente en caso de haberla provocado ellas mismas.

Decidí centrarme en lo mío, extendiendo la mano a Mauro, quien me sostuvo la mirada. Vestía unos pantalones rojos chillones, una camisa blanca, sin corbata, y una trenca azul marino que enseguida se quitó. Esa pinta un tanto excéntrica era algo común entre la clase alta madrileña (o entre quienes la servían, como Mauro); ese intento tan obvio de parecer original y creativo, en lugar del conservador aburrido que realmente era, en el fondo no hacía más que reforzar la falta de autenticidad de la imagen que precisamente quería propagar. Por sus canas deduje que debía superar los cincuenta años.

Nos habíamos conocido en alguno de los muchos actos o presentaciones a los que me tocaba acudir. En su calidad de director del periódico de la oposición, no había mantenido grandes conversaciones con él pues mi objetivo principal era no meter la pata y darles así un motivo para que me atacaran. Hay que reconocer que él tampoco había sido especialmente duro conmigo, más allá de algún chiste por el programa de los corredores o las mismas críticas que los demás cuando el rescate de los kuwaitíes al Banco Nacional. De todos modos, y como cabía esperar, tampoco dieron ningún titular positivo sobre el acuerdo con los kuwaitíes que nos salvó del rescate.

—Gracias por atenderme —me dijo, amable.

—Por favor, siéntate —le respondí tan neutral como pude, dirigiéndome hacia mi mesa y señalando la silla donde podía hacerlo. Yo me senté en la mía, percibiendo toda la seguridad que esta (alta y opulenta) y mi puesto me confiaban. El poder se lleva sobre todo en la cabeza, pero también es cosa de símbolos. Me sentí poderosa y quise liquidar el asunto cuanto antes.

—Me dice Lucas que tienes unas declaraciones a las que quieres que responda —dije, seria.

Mauro asintió y, sin más preámbulos, se sacó de la cartera de mano que llevaba una pequeña grabadora, que dejó con cuidado sobre la mesa. No le temblaba el pulso ni un ápice. Su pelo casi blanco, peinado hacia atrás, le daba un aire de experiencia y control que ni Lucas ni yo, mucho más jóvenes, teníamos. Pero yo le superaba en poder, así que me recliné en el respaldo, crucé las piernas y miré la grabadora con toda mi atención. Mauro le dio al *play*.

De inmediato salió la voz de Villegas, exactamente la misma voz grave y resabida que tantas veces me había irritado en ese mismo despacho. Era una grabación de una conversación telefónica: «La caída de los bonos es muy extraña y el silencio del gobierno me inquieta. Al tratarse de un movimiento tan fuerte, no descartaría que los inversores kuwaitíes estuvieran reduciendo su posición, que es sustancial. Deben de estar muy decepcionados con su inversión en el Banco Nacional: el gobierno les vendió su paquete accionarial a cinco euros la acción y en cuestión de semanas los títulos cotizan a tres. Si yo fuera ellos, me replantearía el apoyo a España y a este gobierno, porque ¿qué les aporta?».

No podía comprender que una persona de su categoría intelectual y profesional pudiera emitir esas especulaciones sin fundamento de manera tan pública. Además, me resultaba imposible creer que el emir al-Surdha se hubiera puesto a vender nuestra deuda sin avisarme antes, por más decepcionado que estuviese; y seguro que lo estaba. Pero desde el apretón de manos en el yate en Tarragona, nuestra relación siempre se había basado en la confianza.

Intenté mostrarme impasible mientras maduraba la respuesta. Pero antes de que pudiera decir nada, Mauro se inclinó hacia delante y dijo:

—Hay más.

Apretó algunos botones y cuando encontró lo que buscaba se echó hacia atrás, cruzando piernas y brazos y me miró desafiante. Le dio otra vez al *play:* «Tengo recuerdos buenos y no tan buenos de mi etapa en el Ministerio. Lo mejor, quizá, fue cómo redujimos el paro de una manera tan significativa. Era un proyecto que yo ya le había propuesto al anterior ministro, pero como mi idea surgió justo antes de su nombramiento como director del FMI, tuve que esperar. Fue una pena, porque sentía en mis entrañas lo que estaba sufriendo el pueblo español. Así que al llegar San Martín, enseguida le planteé mi idea y debo reconocer que ella la aceptó de inmediato y me dejó vía libre para implementarla. Fue, ya sabemos, un gran éxito del que me siento muy orgulloso. Quizá es lo mejor que he hecho en mi vida profesional. No hay nada como poder ayudar a tantas personas; es francamente un orgullo».

Se me revolvieron las tripas al escuchar tal sarta de mentiras. La idea de impulsar una campaña para compartir horas de trabajo, lo que redujo el paro de una manera considerable, fue mía. O bueno, mi versión española de un proyecto similar en Dinamarca, que conocí gracias a Ingeborg.

No pude, o no quise, esconder mi sorpresa. Negué con la cabeza repetidas veces.

—Mauro —dije—, tú sabes tan bien como yo que eso no es verdad. Ese era un proyecto danés y hasta en tu periódico nos caricaturizasteis a mí y a la ministra danesa llamándonos el complot *hippy*-feminista de Europa, dibujándonos en una furgoneta Volkswagen de los años setenta camino a Bruselas, fumando marihuana y qué sé yo qué más… —le recordé—. Tú sabes que esa no es la verdad —reiteré mirándole fijamente a los ojos.

—Yo no quiero la verdad; quiero vender —dijo ante mi estupor.

—Eres un director de periódico, por Dios —respondí de manera instintiva.

—Sí, y por eso voy a ser práctico. —Mauro se inclinó hacia delante, apoyando los codos en las rodillas, la vista fija en la grabadora—. No puedo estar tres horas aquí discutiendo lo que es verdad y lo que no. Solo quiero un comentario y marcharme enseguida a cambiar la portada.

De golpe, se reclinó en la silla y me miró.

—He tenido la consideración de venir aquí en busca de una respuesta por parte del gobierno, por cortesía, por respeto a mi profesión.

Noté cómo las pupilas se me dilataban ante tan alto grado de cinismo.

—Yo creía que en tu profesión os dedicabais a buscar la verdad y no a imprimir lo primero que alguien alega sin prueba alguna.

—Estaría de acuerdo si esa persona no hubiera sido el número dos de este Ministerio hasta hace poco más de un mes.

—Eso tampoco le da crédito para especular sobre los bonos o mentir sobre la reducción del paro —dije intentando alargar la conversación para que no le diera tiempo a reeditar el periódico. Continué, segura de mí misma—. Te voy a demostrar por qué es imposible que los kuwaitíes se hayan puesto a vender. —Con cierto aire de superioridad, me enderecé, acerqué el cuerpo a la mesa y entré en el Bloomberg, tecleando despacio. Poco a poco saqué unos gráficos que de hecho ya tenía preparados. Giré la pantalla hacia Mauro, que miraba de reojo su reloj—. Mira —le dije señalando la pantalla—. Esto es antes del acuerdo en Kuwait; como ves, la situación era muy tensa y volátil —comenté señalando una parte del gráfico que más bien parecía una montaña rusa—. Y aquí está mi viaje al emirato —apunté dirigiendo el lápiz hacia un extremo de la línea, que aparecía mucho más plana—. Desde entonces apenas ha habido movimientos exagerados, porque la mayoría de nuestros bonos están en manos de los kuwaitíes, de nuestros bancos o del Estado, que también se ha puesto a comprar deuda para evitar que entren fondos especulativos u otros inversores cortoplacistas. —Mauro miraba las pantallas con atención, por lo que me dije que aquello estaba funcionando. La información sin duda otorga poder, por eso nunca he cancelado mi suscripción al Bloomberg; son veinte mil dólares anuales, pero están más que justificados, y esa ocasión no era más que un ejemplo—. Si quieres, te los envío por correo, por si deseáis reproducirlos —dije ahora sí abusando del poder pues él o su periódico nunca se podrían costear una suscripción. Seguí sacando los distintivos gráficos, elegantemente diseñados, y que se actualizaban en las pantallas en tiempo real. Mauro miraba esas pantallas que no dejaban de destellar con ojos bien abiertos y cierto recelo. Guardaba silencio, y yo lo aproveché para mostrarle un pequeño repunte al alza de la deuda pública durante el último periodo, el de más calma. Le miré—. Incluso después de la tensión el mes pasado —continué, ahora con cierto paternalismo—, cuando el Banco Nacional anunció la segunda tanda de pérdidas, nuestros bonos resistieron bien, precisamente por la estabilidad de nuestra base inversora.

Mauro cruzó las piernas y se ajustó el cuello de la camisa. Parecía que le quedaban pocas respuestas, pensé para mis adentros.

—Aunque no vendieran, seguro que los kuwaitíes montarían en cólera cuando esas acciones se hundieron de nuevo —espetó.

—Claro que estarán decepcionados, ¿quién no lo iba a estar? —respondí, consciente de que la conciliación es la base de una buena negociación—. A todos nos sorprendió y enfadó cuando anunciaron más pérdidas multimillonarias y por eso el gobierno les impuso más sanciones y medidas de control. Pero los kuwaitíes nunca venderían: si ya han recibido un tiro en un pie, ¡no se van a disparar al otro! Si empiezan a vender bonos como locos, los primeros perjudicados van a ser ellos mismos porque el precio no hará más que bajar.

—También se dice que no les gusta negociar con una mujer —dijo de sopetón—. Ya sabes, es una cultura distinta...

—Eso no tiene ningún sentido —le corté, irritada. Era casi media noche, estaba allí jugándome unas elecciones generales y tenía los bonos del país por los suelos. Ya solo me faltaban machistas en mi propio despacho. Intenté mantener la calma para no caer en sus provocaciones. En Inglaterra aprendí que utilizar el insulto o la desacreditación como arma negociadora suele ser el primer indicio de una derrota. Conté hasta diez—. Al-Surdha es un buen amigo, hemos negociado varios acuerdos juntos —dije con una calma que no tenía—. De hecho, se ha convertido en uno de los principales inversores en España. Kuwait es uno de los Estados más abiertos de Oriente Medio y sus líderes, como al-Surdha, han estudiado en universidades inglesas o americanas, están todos muy occidentalizados y más que acostumbrados a tratar con mujeres a estos niveles.

—¿Cómo lo sabes?

Le miré desafiante. Si quería una respuesta, la iba a tener.

—Porque cada vez que nos hemos sentado y yo llevaba una falda corta nunca me ha mirado las piernas; ni una sola vez, algo que no puedo decir de las decenas de hombres españoles con los que me he sentado a negociar. El emir, en cambio, siempre me trata con respeto y amabilidad. Y siempre, siempre, hemos llegado a un acuerdo que ha satisfecho a ambas partes, lo que tampoco puedo decir de muchos negociantes españoles, que van como toros bravos a conseguir lo que quieren ellos, sin pensar en la otra parte.

Me satisfizo ver que Mauro tardaba en contestar. Le había pegado una buena cornada, pensé, con cierta dosis de mala leche.

—Entonces —dijo al fin y volviendo al tema que nos ocupaba— ¿cómo explicas lo que ha pasado con los bonos?

Me recliné sobre el respaldo de mi sillón. Esa era la respuesta que no tenía y ese era el problema. Mauro sonrió con ligera malicia al verme dudar: sabía que un titular diciendo que el gobierno no sabía qué pasaba con sus propios bonos era carnaza pura.

—¿Puedo fumar? —me dijo, como si empezara a disfrutar de la situación.

Miré a mi alrededor y, al no ver ningún cenicero, recordé dónde había guardado (escondido) el que acababa de usar. Sin pensar más, le dije:

—Creo que hay uno en el cajón de la mesa redonda.

No reparé en sus movimientos, concentrada como estaba, estrujándome el cerebro para encontrar una respuesta que no tenía. De repente Mauro se giró.

—¡Ministra! —exclamó sosteniendo un trozo de pizza a medio comer—. ¿Escondiendo pizza en el despacho? —Tragué saliva—. Bueno es saber que nuestras autoridades trabajan duro, pero tampoco hay que esconderlo... —dijo con sorna—. Siento mucho haberle interrumpido la cena, ministra, por favor, siga comiendo...

Aquello ya me estaba empezando a hartar.

—Deja la pizza donde la has encontrado y vamos a acabar con esto —dije, muy seria, sin dejar de mirarle. Después de unos segundos de tensión, Mauro dejó la pizza en el cajón y se sentó frente a mí. Le miré de nuevo, esta vez con los ojos entrecerrados, llenos de rabia—. Tú verás si quieres publicar una especulación tan mayúscula sin ninguna prueba, por más que venga de José Antonio Villegas —le dije—. Pero puedes decir que el gobierno no comenta sobre especulaciones del mercado y que está investigando el movimiento de los bonos en Wall Street. Aunque no descartamos un error técnico, el gobierno, en este momento, desconoce cuáles son las causas exactas de la caída. La economía española ha mejorado de manera considerable y una parte muy importante de nuestra deuda está en manos de inversores estables, como el fondo soberano kuwaití. —Dejé pasar unos segundos y miré a Lucas, que diligente como siempre estaba tomando notas. Enseguida me encontró la mirada.

—Enviaremos un comunicado en breve —afirmó.

Con el tiempo habíamos aprendido a entendernos bien.

—Muy bien —añadió Mauro levantándose y cogiendo su trenca de la silla y colocándosela lenta y delicadamente sobre el brazo. Hinchó el pecho e irguió la espalda, apretando los labios, cabeza bien alta, cejas elevadas, una más que la otra.

Me quedé mirando sus formas altivas y sus pantalones rojos, todo símbolos inconfundibles de aristócrata decadente. Me hizo una ligera reverencia, que me dio repelús, y miró a Lucas, que se levantaba para acompañarle a la puerta.

Dudé en decirlo, pero no pude resistirme. Los golpes bajos están para cuando se necesitan y un titular malicioso después de esa conversación podía hacerme mucho daño. Afrontaba unas elecciones generales en menos de cuarenta y ocho horas y un ataque así por parte de un ex director general podía quitarme miles de votos, por más que ni el desgraciado de José Antonio, ni Mauro, ni nadie tuvieran ni idea de lo que había pasado con los dichosos bonos.

Cuando los dos hombres me miraron con ademán de despedirse, la que cogió del bolso un cigarro y se lo encendió fui yo. Le di una calada larga y me recliné en mi sillón, crucé las piernas y luego expulsé el humo con los ojos fijos en sus caras. Lucas y Mauro me miraban desconcertados.

—Ya me habría gustado ver, Mauro —le dije, usando conscientemente todo mi poder—, que hubieras mostrado el mismo interés por la bancarrota del Sevilla Fútbol Club cuando estabas de director del *Diario de Sevilla,* un tema tan local, ¿no? —Le miré fijamente.

—No entiendo a qué te refieres —dijo a la defensiva.

Eché un poco de ceniza en la papelera, vacía y de metal, como si quisiera quitarle importancia al tema. Con arrogancia, crucé de nuevo las piernas, primero, y luego los brazos. Allí, la que mandaba era yo, por si no les había quedado claro.

—Sí, hombre —añadí, como un machote—. Me sorprendió que siendo el periódico local no escribierais ni una línea sobre la bancarrota del Sevilla, sobre todo después de la impresionante campaña que montasteis para apoyar la construcción del nuevo estadio, que iba a financiar el banco HSC. —Observé cómo Mauro poco a poco iba frunciendo el ceño, aunque sin perder la compostura en ningún momento. Continué—: No entiendo cómo pasasteis por alto el hecho de que ese campo nuevo le reportara grandes beneficios a HSC y a su constructora, a costa de las débiles arcas del Sevilla, que nunca se pudo permitir semejante obra faraónica.

—La bancarrota era un detalle técnico que no tuvo consecuencias deportivas, que es lo que realmente le importa a la gente —respondió sin las agallas suficientes como para mirarme a la cara.

Dejé pasar unos segundos. Me incliné hacia delante y apoyé las manos sobre la mesa. Le miré de frente, sin miedo.

—Detalle técnico… Extraña coincidencia que el club no haya fichado a ningún jugador desde entonces —le clavé—. Pero lo que todavía me sorprendió más, y en consecuencia de lo anterior, fue tu nombramiento poco después como director de *La Verdad*, cuyo principal accionista y anunciante es precisamente HSC. —Mauro miró al suelo. Mi estocada, aunque no sabía si suficiente para parar una rotativa, sí al menos le había metido miedo suficiente en el cuerpo y funcionó como aviso de que conmigo tenía que andarse con cuidado. Había demasiado en juego. Aquel desgraciado no me la iba a jugar. Me levanté, abrí el cajón de la mesa redonda y cogí la pizza—. Gracias por la visita —les dije, pizza en mano—. Y ahora, si me disculpáis, tengo mucho trabajo por delante.

Se fueron inmediatamente, lo que aproveché para pegarle un bocado a la pizza, todavía de pie. Estaba muerta de hambre y harta de la prensa. Si me querían ver gorda y comiendo, que me vieran. Siempre igual, los ministros gordos podían aparecer en fotos pegándose las grandes comilonas, mientras que nosotras siempre éramos esclavas de la línea, bebiendo agua y comiendo ensaladas a todas horas. Y siempre bajo la lupa de los comentaristas, a todas horas pendientes de cómo vestimos o de nuestra apariencia en general.

Mientras se me deshacía la *mozzarella* en el paladar, recordé a Victoria Kent, que se quejaba de lo mismo en sus memorias. Ella, Campoamor y Nelken sufrieron ataques similares de la prensa, que las tachaba de «histéricas», o comentaba que «se ponen como fieras» o «visten de manera provocativa» por llevar un vestido sin mangas en pleno agosto de Madrid. Pensar en la Kent me calmó, aunque seguí pegándole grandes bocados a la pizza. Los mordiscos rebosaban rabia y nervios. Una vez vacía la caja (tamaño grande, ¿por qué no?), me senté en la silla danesa unos minutos para calmarme y para ordenar mi plan de acción. Había tanto por hacer que me fui al mueble-bar (herencia de mi antecesor) y me preparé otro *gin-tonic*. Volví a la silla, sobre la que giré un par de veces, hasta que me calmé. Me quité los zapatos y apoyé los pies en el taburete que venía a juego con la silla.

Mi cabeza estaba en plena ebullición: Tema 1) Llamar a Gabi. Tema 2) Emitir comunicado bonos. Tema 3) Llamar a los kuwaitíes aunque allí fueran las cuatro de la mañana. Tema 4) Volver a llamar a Antonio para ver qué coño pasa. Tema 5) Pedir a Lucas que estuviera toda la noche vigilando internet. Pobre. Bueno, para eso cobra, pensé.

Empecé por Gabi, pero no contestó. Insistí varias veces y dejé un par de mensajes esperando que me respondiera al instante, pero no fue así. Empecé a mosquearme de verdad. Estaba segura de que era la única candidata a una presidencia de un país a la que la abandona su marido dos noches antes de unas elecciones. Mandaba huevos.

Intenté no dejar que aquello me ofuscara. En el fondo estaba segura de que era envidia o un ataque de nerviosismo por no saber manejar la situación. Pensé (o quise pensar) que todo se arreglaría al día siguiente o el mismo domingo. Me imaginé que si ganaba, Gabi me recibiría en casa con un enorme ramo de flores a modo de disculpa. Ese pensamiento me animó.

Continué con al-Surdha, aunque me imaginé que no contestaría por tratarse de su día de descanso, aparte de que allí era madrugada y los jeques tampoco tienen ningún problema tan grave que no pueda esperar a la mañana siguiente. Tienen demasiado dinero como para atender el teléfono a ciertas horas. Para ellos nada es urgente y todo tiene arreglo. Claro.

Recordé la semana que pasé en Kuwait con el emir y su séquito de colaboradores. Fui solo acompañada de Estrella, Martin Moore y su ayudante, Patricio Zoilo, para mantener el viaje en secreto. Habría sido una calamidad que el encuentro saliera a la luz pública, ya que habría impulsado el precio de nuestros bonos y suprimido de cuajo la oportunidad de inversión que queríamos ofrecer a los kuwaitíes. Nosotros necesitábamos su apoyo más que nunca porque la comunidad internacional estaba convencida de que después de los rescates a Grecia y Portugal, nosotros éramos los siguientes.

Había que ir con sumo cuidado para que nada ni nadie torpedeara la negociación. El miedo que tenía era tal que hasta había visto en mi cabeza los titulares del fracaso: «España naufraga en su intento de vender deuda a Kuwait», o «Kuwait echa pestes de la deuda española», o «Portazo de Kuwait a San Martín».

Pero todo fue sobre ruedas y los kuwaitíes nos trataron perfectamente. Muy profesionales, amables y atentos, mucho más mediterráneos de lo que me había esperado. De hecho, a quien no soportaban era a los inversores anglosajones, que según ellos solo pensaban en beber y en cerrar acuerdos lo antes posible. Nosotros teníamos a un británico en nuestras filas, pero por suerte Martin era poco bebedor. Nos trataron con todo tipo de atenciones, y yo hasta creo que el hecho de ser mujer me ayudó. Personalmente, y como equipo, no pensábamos más que en el bien común y en una decisión por consenso, cosa que les agradó. Me dio la impresión de que están ya cansados de la retahíla de banqueros de todo el mundo que les visita a diario, sin más miras que las comisiones individuales que ese tipo de acuerdos suele generar. Nosotros, en cambio, ni nos referimos a ellas ya que como gobierno no las podíamos aceptar y tampoco habíamos fichado a ningún banco de inversión como intermediario a cambio de una comisión. Esa relación la llevaba yo misma, sin necesidad de recurrir o pagar a alguien. Eso, creo que también les gustó. Lo que nunca sospecharon, para mi fortuna, es que a mí me gusta un buen trago tanto como a los ingleses a quien tanto despreciaban por no saber cómo celebrar los acuerdos sin cantidades ingentes de alcohol. Nunca sabrán cuánto añoré esa semana en

Kuwait un buen Matarromera o un *gin-tonic* de los de Estrella. Ni siquiera en el hotel, de gran lujo, teníamos minibar.

Pero a base de agua y zumo las negociaciones con los kuwaitíes fueron siempre amenas y agradables. Ellos iban bien preparados y nosotros también, con lo que no fue difícil llegar a un acuerdo. Nuestra deuda era buena para ellos porque, a pesar de no tener el buen crédito de la americana o la alemana, sí da más rentabilidad, justo lo que andaban buscando.

Compraron tres mil millones de euros de deuda española, salvándonos el cuello en Bruselas, ya que el resto de ministros de Economía me estaban presionando para que pidiéramos un rescate. Decían que un rescate acabaría con la volatilidad que azotaba los mercados internacionales, como si toda la culpa de la crisis global fuera nuestra. A mí esa postura me parecía muy cínica. Si a ellos las cosas les iban tan bien, ¿por qué no nos podían ayudar? Si pudiera haberles hecho un corte de mangas, lo habría hecho de buen gusto. En plena hecatombe de nuestros bonos había encontrado mucho más apoyo en pleno desierto kuwaití que en nuestra querida y vecina Francia, cuya frialdad y falta de apoyo sentí en mis propios huesos. Por no hablar de los alemanes.

Por eso, esa noche preelectoral estaba segurísima de que los kuwaitíes no habían vendido nuestra deuda. Habría puesto la mano en el fuego.

En esas estaba cuando finalmente llamé a Lucas. Era un buen chico y me fiaba de él. Quizá era lo mejor de cuanto me había dejado mi antecesor (aparte del minibar). Comentamos la visita de Mauro y no tardamos en ponernos de acuerdo: él pasaría toda la noche pendiente de los medios en internet y me prepararía el comunicado sobre los bonos para que lo aprobara antes de enviarlo a la prensa.

Había llegado el momento de llamar a GR para explicarle cuanto había sucedido y pedirle que no se alarmara si *La Verdad* publicaba las declaraciones de José Antonio al día siguiente. Fue el único que contestó el teléfono esa noche. Los demás, cobardes, se escondieron todos.

—Presidente, buenas noches —le dije cuando cogió rápidamente el teléfono, por supuesto sabiendo que era yo—. Perdone que le moleste a estas horas.

Eran casi las doce.

—Esperaba esta llamada —me dijo con su voz grave, senil, cargada de experiencia y también de afecto. Él me había apoyado desde que me nombró ministra y muchos dicen que siempre creyó en mí como su sucesora. Sin su respaldo, claro, yo nunca podría haberme presentado a unas elecciones. Le tenía muchísimo respeto, aunque más por su pasado y sus maneras, siempre tan elegantes y diplomáticas, que por lo que le había visto hacer como presidente, que, debo confesar, no fue mucho—. El poder es solitario —me dijo—. Es algo que ya has visto pero que todavía sentirás más en tu propia piel y de manera mucho más cruel a partir del domingo. Arrasarás, querida. —Cerré los ojos y me sentí culpable, pues lo último que deseaba era dar problemas a ese septuagenario que tanto me había ayudado y tanta confianza tenía puesta en mí. Le expliqué como pude la situación, que él escuchó con paciencia y respeto—. Vaya, vaya —dijo cuando concluí—. Creo que es buena idea lo del comunicado y me gusta ver que te defiendes bien, porque *La Verdad* hace tiempo que te tiene ganas; ya sabes lo conservadores y machos que son.

—Sí, lo sé muy bien, sí —afirmé pensando que ya tenía toda la aprobación que necesitaba—. Esperemos que eso les haga replantearse la reedición y que todo salga mañana y el domingo como hemos planeado.

GR guardó unos segundos de silencio, cosa que me alertó.

—Pues sí, lo espero —dijo por fin, ahora con un tono de preocupación en su voz—. Confío en que esto no vaya a más, porque mi nombramiento como consejero de HSC está programado justo al cumplirse los dieciocho meses de veda que tenemos después de terminar un cargo público. Aunque también habíamos acordado unos proyectos *freelance* a través de unas filiales en Sudamérica…

Cerré los ojos. El mundo se me cayó encima. Y no solo porque mi presidente socialista, maestro y mentor, se hubiera asegurado un puesto de oro como consejero de una de las empresas más agresivas y conservadoras del país, símbolo de todo aquello contra lo que luchamos desde el gobierno, sino porque encima ahora era yo la que le podía sabotear el nombramiento si realmente *La Verdad* (y HSC detrás) la tomaban contra nuestro partido. Eso podía tensar mucho las relaciones entre GR y su futuro empleador.

Pedirle que usara sus contactos en HSC para frenar esa rotativa, que de facto el banco controlaba, no era una opción. De hecho, era más fácil que GR me saboteara a mí para salvar su cuello con el banco, asegurándose lujos y confort para el resto de sus días.

En esa encrucijada, estaba claro quién tenía todas las de perder: yo. Colgada al teléfono, no sabía dónde meterme ni qué decir. Sabio como era, a GR mi silencio le debió de hablar a gritos.

—No te preocupes, Isabel —me dijo—. Tu defensa ha sido buena. Esperemos que no lo publiquen y que este asunto quede ente Mauro y tú, y que no vaya a más.

Guardó silencio.

—Esperemos —respondí.

10

El frío se colaba por todos los rincones del despacho, que empezó a parecerme inmenso, como si me viniera grande. Si tan solo unos minutos antes me había sentido poderosa dando latigazos a la prensa pizza en mano, después de esa conversación con GR me vi infinitamente pequeña, con una responsabilidad abrumadora, metida en un laberinto del que no sabía salir. Más sola que nunca. Lo hubiera dado todo por ver una cara amiga, por recibir un abrazo sincero, incluso un apretón de manos como el del emir.

Pensé en Gabi. ¿Qué le podía motivar a dejarme justo antes del día más importante de mi carrera profesional? Consideré de nuevo la envidia, pero él nunca había dado muestras de algo así, y, en cualquier caso, me lo podría haber dicho antes. Es cierto que durante los meses previos a mi elección como candidata y durante la campaña no nos habíamos visto demasiado, pero más que envidioso, le había visto cansado, deprimido incluso, por su situación laboral. Había intentado dejarle espacio, sin presionarle, precisamente para que no se sintiera pequeño a mi lado, para que estuviera tranquilo y fuera a su ritmo. No pasaba nada por estar en el paro, algo que, al fin y al cabo, era mi mayor preocupación como ministra. ¿Cómo no iba a empatizar con mi marido?

Había intentado que mi ascenso no impactara en el funcionamiento de nuestro hogar. Aunque hacía mucho que no cenábamos juntos y que teníamos una asistenta que venía tres veces por semana, continué vaciando el lavaplatos y limpiando la cocina tan a menudo como al principio de nuestra relación... Es decir, siempre. Gabi se encargaba de la instalación de música, del vídeo y de los cuatro ordenadores que teníamos en casa y yo, de las vacaciones y de la comida. Aunque era una división sumamente sexista, el acuerdo nos satisfacía a los dos. Funcionaba.

En la quietud de la noche, sola en el despacho y con la cabeza apoyada en las manos, recordé el piso de Olavide que con tanta ilusión compramos (aunque fuera yo quien lo pagara casi todo). Nunca pensé que fuera solo mío y siempre lo consideré el hogar de los dos, pero ahora me doy cuenta de que eso fue un error ya que Gabi siempre hablaba de «tu piso» y no del «nuestro». Quizá debimos haber comprado algo más pequeño a medias para tener una relación más equilibrada, aunque nunca pensé que él era ese tipo de hombre. Confiaba en que siempre me apoyaría, fueran cuales fueran nuestras circunstancias.

Sentada frente al Bloomberg, miré a mi alrededor y me detuve en la foto que tenía en el extremo de la mesa de los dos tumbados en un parque de Londres, en pleno picnic, felices. Era justo después de la carrera, cuando yo cursaba el máster y él tocaba por las noches en pubs de Camden. Sentí una gran nostalgia de aquellos años que, al menos hasta entonces, e incluyendo mi etapa de ministra, habían sido los más felices de mi vida. Nos sentíamos libres, con ilusiones y con toda la vida por delante.

Formar parte de un gobierno y tener capacidad ejecutiva me había dado un buen número de satisfacciones, pero los disgustos que el cargo acarrea —y esto lo decimos yo y cuantos ministros y exministros conozco— me hicieron cuestionar si realmente valía la pena. Para algunos compañeros, lo mejor de trabajar para el gobierno llega cuando uno deja el puesto y puede hacer caja con la fama y los contactos, todo con un grado mucho menor de responsabilidad. Además, hablar y asesorar siempre es más fácil que gobernar. Pero yo me había centrado tanto en mi labor y en la campaña a la presidencia que nunca había pensado en el después.

Esa noche me pregunté por qué había permitido que mi carrera perjudicara tanto mi vida personal. ¿Para qué? Para nada. Después de lo ocurrido con los bonos, ¿no tenía la obligación moral de dimitir como responsable de nuestro programa económico? No procedía presentarme a presidenta con un fracaso tan monumental a mis espaldas, por más paro que hubiera reducido o corredores que hubiera por las calles del país. El esfuerzo de dos décadas, por el que ya había renunciado a una familia y arruinado un matrimonio, iba ahora a quedarse en nada. Estaba a punto de morir en la orilla.

Noté que se me humedecían los ojos, por primera vez en muchos meses, quizá años. No sé si fue agotamiento, rabia, dolor, o una combinación de todo, pero fui incapaz de controlar alguna lágrima. Cerré los ojos y levanté la cabeza apretando los dientes.

Necesitaba a Gabi. Necesitaba sentir el calor de su cuerpo en las noches frías, verle esos hoyuelos tan graciosos en las mejillas, escuchar su voz grave y serena, ver su guitarra apoyada en la pared del salón, sus pantalones deshilachados dejados de cualquier manera encima de una silla. La política es a menudo un mundo frío y desalmado donde uno no sabe muy bien ni dónde pisa ni dónde está. Gabi, con todos sus defectos, había permanecido a mi lado más de veinte años. Lo habíamos vivido todo juntos. Esa situación era quizá la peor que habíamos atravesado, pero pensé que sería temporal. Ahora le necesitaba más que nunca.

Me sequé los ojos y volví a mirar el móvil. No había llamado ni enviado un mísero mensaje de texto. Después de pensarlo dos veces volví a llamarle, apesadumbrada. Esta vez, y para mi sorpresa, contestó. Me recliné en el sillón, respiré hondo y relajé los hombros. Con él a mi lado todo resultaba más fácil.

—Cariño, soy yo —dije con voz trémula. Debí sonar tan patética que me pareció que se preocupaba.

—¿Estás bien? —preguntó, seco.

—Pues, como te he dicho antes, ha surgido un problema —empecé, deteniéndome a tiempo porque no podía discutir asuntos confidenciales ni con él ni con cualquier persona ajena al Ministerio, y mucho menos por teléfono.

—¿Qué ha pasado?

—Nada, nada importante —mentí—. Pero te llamo para reconducir la situación, Gabi, Gabino, cariño... —balbuceé.

Hubo un silencio.

—Ya sé que en los dos últimos años casi no he estado en casa y que durante la campaña apenas nos hemos visto —dije con un hilo de voz—. De verdad, lo siento muchísimo. Esto es temporal, ya lo sabes, y se irá como llegó. Pero lo nuestro no es temporal, llevamos mucho tiempo juntos, desde el principio... —Él seguía callado, dejándome a mí todo el peso de la conversación—. Solo quería pedirte que, por favor, reconsideres lo que has dicho; que nos demos un poco de tiempo antes de tomar una decisión tan drástica. —Me detuve unos instantes para respirar hondo—. Ya sabes que te quiero —le dije con un gran esfuerzo y dándome cuenta de que era la primera vez que se lo decía en mucho tiempo. Quizá era demasiado tarde. Él siguió sin decir nada—. Gabi, por favor, di algo… —supliqué, por fin, jugando nerviosamente con un lápiz que había encima de la mesa.

—Isabel —empezó—, esto es muy duro para mí. También son veinte años de mi vida…

—Pues entonces reconsideremos —dije esperanzada, irguiendo la espalda—. Voy a sacar ahora mismo los billetes para Santiago y nos vamos mañana a comer al sitio ese de tapas que tanto te gusta. Y luego damos una vuelta por la costa. ¿Qué te parece? —pregunté por un momento ilusionada.

—No es eso, Isabel —respondió—. Además, seguro que tienes un sinfín de eventos mañana y no los puedes dejar. ¡Puedes ser presidenta en menos de cuarenta y ocho horas! Siempre he sabido que eras una *crack*…

Nunca me ha gustado la adulación como mecanismo para quitarse de encima la atención o la responsabilidad, y mucho menos en boca de mi marido.

—Pues si soy tan *crack*, ¿por qué no me apoyas ahora que lo necesito? —solté, para enseguida arrepentirme.

Hubo un silencio tenso, que él alargó todo lo que pudo. Sentí que se estaba apuntando un tanto.

—Perdona, estoy muy nerviosa…

—Ya veo.

—Gabi, por Dios, ¿no te das cuenta de que te necesito?

Dejó pasar unos segundos… crueles.

—Isabel, no es eso —dijo—. Y siento muchísimo no poder estar contigo ahora. Pero la realidad es que estoy en Santiago, tú en Madrid y llevamos vidas muy diferentes.

—Esto acabará y todo volverá a la normalidad, aunque gane las elecciones —insistí.

—No, ya verás como no. Tú ya perteneces a un mundo del que nunca saldrás. El mundo del poder y de la élite; de la fama, de las revistas, de los periódicos.

—Pero ¿qué estás diciendo? —dije, ofendida—. Precisamente soy yo quien ha intentado mantener la normalidad en todo momento, casi más que tú. Eres tú el que te escondes y actúas de manera un poco rara. ¿Por qué no estás conmigo ahora? —De nuevo me arrepentí. Otro silencio. 2-0—. Perdóname —le pedí renunciando a la poca dignidad que me quedaba. Quería a Gabi, le necesitaba y haría todo lo posible para estar en sus brazos otra vez, aunque fuera a costa de anularme a mí misma. Necesitaba su calor; o, simplemente, necesitaba calor humano.

—Yo soy así; soy humilde y quiero una existencia discreta —dijo—. Nuestras vidas han tomado caminos dispares, irreconciliables. Vivimos en mundos diferentes Isabel, nos guste o no. Hay que aceptarlo.

Me quedé seca. Ya no sabía qué decir, más allá de poner todas las cartas sobre la mesa.

—Gabi, ¿todavía me quieres? —Su silencio fue tan alto que casi me ensordeció. Suspiré tres veces, empecé a notar un sudor frío. Me pasé la mano por la frente mientras empezaba a recordar algo que siempre me había merodeado por la cabeza, aunque nunca le había dado la importancia que, entonces comprendí, revestía—. ¿Hay otra persona? —pregunté casi sin respirar, con el estómago apretado hacia dentro.

Pasaba tanto tiempo fuera de casa que mi marido no habría tenido ningún problema para verse con una amante.

De nuevo, otro silencio que se me hizo eterno. El corazón me iba latiendo más fuerte a medida que recordaba un viaje repentino que hizo a Barcelona, por trabajo, no hacía mucho. Me sorprendió que pasara la noche allí, puesto que Barcelona está ahora muy cerca con el AVE y el cliente tampoco parecía tan importante, o al menos no había hablado de él con anterioridad. Empecé a sospechar. Pero la suerte estaba ya echada.

—Cuando te fuiste a Barcelona hace poco, ¿de verdad era para ver un cliente? —pregunté, con el corazón en un puño.

Esta vez no tardó en contestar.

—No.

Me quedé helada, inmóvil. Cerré los ojos y dejé caer el teléfono sobre la mesa. No sabía adónde mirar ni qué hacer, aunque enseguida oí el tono de la línea, señal de que él había colgado o de que se había cortado. La crueldad del momento era insoportable; sentí que el corazón me daba un vuelco súbito y doloroso. Me recliné en el asiento emitiendo un largo y sonoro suspiro. ¿Cómo me podía estar pasando eso a mí, y precisamente esa noche?

Me levanté, fui hacia la ventana y me puse a mirar a la poca gente que quedaba en la calle: borrachos de edad avanzada, jóvenes también ebrios o parejas que salían del cine o del teatro. ¿Habrían sentido alguna vez lo mismo que yo en esos momentos? ¿Eran esas sonrisas solo una máscara que nos ponemos porque, en el fondo, la vida es igual de cruel para todos?

Me temblaban las piernas. Me senté, rendida y de golpe, en la silla danesa y apoyé la cabeza en el respaldo, los pies sobre el taburete. Solo oía el runrún del Bloomberg, la máquina que nunca descansa pues late al son de los mercados. Mis pulsaciones, en cambio, eran cada vez eran más tenues y distanciadas. ¿Era aquello mi fin? Me sentí como cuando tenía ocho años, con mi madre —mi mundo por aquel entonces— en el suelo. Solo que esta vez no había ambulancia que llamar. No tenía a nadie que me pudiera socorrer. El vacío era infinito.

Debí de quedarme dormida o medio desmayada cuando llamó Manolo. Sería casi la una de la mañana cuando su insistencia me despertó.

—¡Por fin! —casi me gritó cuando contesté.

Tardé un par de segundos en darme cuenta de que estaba en el despacho y que era de noche. Lo único que me vino a la mente fue Gabi en las Ramblas de Barcelona con una amante. Enseguida me di cuenta de que aquello no había sido una pesadilla, por lo que tuve que tragar saliva tres veces antes de poder hablar.

—¡Querida! —Manolo de nuevo casi me chilló—. ¿Dónde andas? Está todo el mundo revolucionado con el tema de los bonos, ¿sabes ya algo? Porque si lo sabes, tenéis que hablar antes de que el tema explote.

—¿Qué has oído? ¿Quién se ha revolucionado? —pregunté alarmada mientras me dirigía hacia la mesa del despacho para ver si había titulares nuevos en el Bloomberg. Nada. Resignada, me senté.

—Pues la oposición —dijo Manolo—, que ya anda pensando cómo sacar jugo del tema para dar un giro a las elecciones. Piensan que sería lo justo, después de cómo vosotros les arrebatasteis la victoria hace cuatro años cuando nadie se lo esperaba.

Cogí la bola antiestrés y la apreté una y otra vez con fuerza.

—Y ¿qué piensan hacer?

—Pues imagínatelo: llamar a la prensa, enviar un comunicado, dar a la caída de los bonos todo el bombo que puedan y cargarle el mochuelo a la candidata a la presidencia. Se lo hemos puesto en bandeja.

—Pues estamos buenos —fue cuanto pude decir, cubriéndome la cara con una mano.

—Pero ¿sabes algo ya? Habrás llamado a todo quisque, digo yo... —dijo, claramente preocupado.

—Pues sí, claro que he llamado a todo el que he creído que me podía ayudar, pero o no saben o no contestan. Todavía me tienen que devolver algunas llamadas, incluyendo los kuwaitíes.

—¿Los kuwaitíes? —dijo, extrañado.

Aquello empezaba a complicarse y me sentía en el ojo del huracán. Pero a falta de Gabi, pensé, bueno era Manolo para compartir penas. Al fin y al cabo, era él quien me había puesto allí.

—Los de *La Verdad* tienen una grabación del idiota de José Antonio, ya sabes mi ex director general, diciendo que los kuwaitíes han vendido deuda y que por eso cae.

—¿Los kuwaitíes? Pero ¡si esos no venden ni aunque les apuntes con una pistola! —exclamó sorprendido—. Les conozco bien; son inversores a larguísimo plazo porque les salen los petrodólares por las orejas, no tienen ninguna prisa. ¡Si no tienen ni sala de mercados!

—Ya lo sé —dije con pesar—. Lo suyo son los yates y los apretones de manos más que ventas a destiempo y sin avisar. No me puedo creer que sean ellos; les he dejado un mensaje, pero todavía no han contestado.

—Pues claro, allí son las tantas de la madrugada —repuso Manolo, pensativo—. ¿Con quién has hablado de la redacción de *La Verdad*? —preguntó.

—Mauro Marcos, el director —respondí sin imaginar las consecuencias que aquello acarrearía.

Manolo guardó silencio unos instantes.

—Es una víbora —dijo por fin.

—¿Qué me dices?

Le oí suspirar unas cuantas veces, algo inusual en él.

—Sé lo que me digo.

—No te entiendo.

De nuevo, dejó pasar unos segundos.

—¿Nunca te has preguntado por qué después de ser ministro de Industria durante unos años tan buenos —hay que reconocer que tuve suerte—, dejé la política tan de repente?

Pensé tan rápido como pude. Solo se me ocurría una cosa.

—Porque como consultor te estás forrando, y eso ya sabemos que con la política no se consigue —dejé pasar unos instantes antes de decir algo que nunca imaginé pudiera salir de mi boca—. E hiciste bien. La política es un asco.

—Pues sí lo es, pero esa no es la razón por la que abandoné —dijo en tono grave.

Empecé a alarmarme. Ya no sabía qué más podía deparar aquella noche.

—No sé a qué te refieres…

Enseguida me interrumpió.

—Isabel, ya sabes que siempre te he considerado casi como a una hija —empezó, algo paternalista—. Aunque tengamos ideas diferentes, somos de la misma ciudad y compartimos valores. No tengo ni familia ni hijos y siempre he visto en ti, en tu ánimo, en tus valores y tu espíritu de lucha, un reflejo de mí mismo.

Calló unos instantes.

—Las personas, supongo, somos así de narcisistas —continuó—. Nos juntamos con quienes percibimos como iguales, me imagino que no solo por amor propio, sino también porque así todo resulta más fácil. Para qué negarlo. —Asentí—. El caso es que desde que te conocí en Administraciones Públicas siempre pensé que allí había candidato, perdón, candidata, a la presidencia. Tienes madera de líder, y tú lo sabes. Me di cuenta pronto porque, como dicen, hay que ser uno de ellos para poderlos identificar, y yo fui durante mucho tiempo el delfín del anterior presidente del gobierno. Me preparó durante dos años para sustituirle.

Aquello no me lo esperaba.

—¿Qué pasó? —pregunté, por un segundo casi sin acordarme de los bonos. Tendría que haber sido algo muy grave para que Manolo abandonara una carrera hacia la presidencia—. No quiero ser indiscreta... —añadí por si mi pregunta le hubiera molestado.

—No, tranquila —me dijo cariñosamente—. Si te lo cuento es por algo. No quiero que esa serpiente te haga daño. Ya me lo hizo a mí y no quiero ahora recibir por partida doble.

Se detuvo un momento. Jadeaba ligeramente. Respiraba hondo, rápido.

—Ya sabes que he puesto todo mi empeño en esta campaña, tengo toda la fe del mundo en ti, Isabel —continuó con una voz delicada; quizá el tono más humano que hasta entonces le había escuchado—. Soy conservador pero muy abierto en ciertas cosas y ya es hora de que en este país tengamos a una mujer presidenta. Y todavía más si es de tu calibre.

—Tu confianza me honra, Manolo, ya sabes lo que te aprecio —dije tan comprensiva como pude, al intuir que el pobre estaba pasando un mal trago.

Guardé silencio para darle tiempo y aproveché para encenderme un cigarrillo. Al cabo de unos segundos, continuó:

—No sé si nunca te has preguntado por qué no tengo o no he tenido familia, ni se me ha visto jamás con una mujer.

—Más sorpresas. Por más que alguna vez se me hubiera pasado por la cabeza que Manolo fuera gay, a mí me parecía más bien el típico soltero de oro, uno de esos ricachones de mediana edad que van tres o cuatro veces al año a Tailandia para satisfacer sus necesidades y luego vuelven a su trabajo, en el que están plenamente centrados—. Soy gay —dijo. Me sorprendí, no tanto por la confesión como por el momento elegido. Ser gay ya no era noticia, aunque en su época la cosa hubiera sido diferente. Manolo era un hombre completo y maduro, pero de repente sentí una gran lástima por él, por la necesidad que parecía tener, a su edad, de abrir su corazón como un adolescente a una mujer mucho más joven que él. Y por teléfono y en mitad de la noche. Esperé a que continuara—. Cuando me nombraron ministro tenía solo cuarenta años —siguió— y nadie me presionó demasiado para que me casara. Pero la situación cambió unos meses después, cuando el presidente empezó a insistirme, primero con indirectas y luego ya sin tapujos. Decía que tenía que sentar la cabeza y casarme para dar buena imagen de mí y del partido. Yo, claro, nunca dije que era gay y me refugié en el trabajo que, por suerte o por talento, me iba fenomenal. Fueron años dorados para nuestra industria, con japoneses y estadounidenses haciendo cola para invertir en España justo antes de entrar en Europa, cuando todavía éramos baratos. Ya sabes que en solo cuatro años industrializamos medio país. De repente teníamos fábricas y máquinas en todas partes, tan solo quince años después de ser un país que iba casi a lomos de una mula.

—Si todos los ministros hubieran sido como tú… —apunté, seria. Era verdad. Manolo había sido un pionero y su labor e inversiones todavía daban frutos y trabajo a centenares de comunidades. Una parte importante de mi labor como ministra había sido cuidar y mantener su legado—. Sigue, perdona —le pedí.

—Estaba enamorado, tenía una pareja —continuó, ahora con un hilo de voz—. Nos habíamos conocido en una fiesta literaria en Madrid, en una de esas veladas desenfrenadas de los años ochenta cuando se repartía droga casi como los canapés. Pronto nos dimos cuenta de que queríamos más o menos lo mismo y no tardamos en empezar una relación estable. —Suspiró varias veces—. Pero aquellos eran tiempos locos —siguió—. Ya sabes que tengo una casa en Ibiza, preciosa, fue entonces cuando la compré; está al norte de la isla, en la colina de Na Xamena, a más de veinte minutos del pueblo más cercano. Allí, con unas vistas impresionantes al mar y rodeados de pinos y palmeras, pasé quizá los momentos más felices de mi vida. Había estado años escondiendo mis deseos, sin poder ser la persona que realmente quería ser; viviendo en secreto, con miedo. Pero por fin había salido a la luz, aunque de manera privada, pero con el orgullo y toda la fuerza que el amor te da.

Aquellas palabras me dolieron, por él y por mí. Pensé en Gabi, en nuestros picnics a la sombra de uno de esos árboles tan mayestáticos de los parques de Londres. Entonces todavía estábamos enamorados, lo que me dio fuerza e ilusión para volver a España y empezar una carrera en la Administración, impulsando cambios aquí y allá. Ahora sentía todo lo contrario; el amor había dejado de ser un impulso para convertirse en una losa. Igual que para Manolo, imaginé, o para tantos otros.

—¿Qué pasó? —pregunté, consciente de que aquella historia tenía toda la pinta de acabar mal. Me dije que después le contaría lo mío. Los problemas, compartidos, siempre parecen menores.

—La borrachera de poder, fama y dinero que teníamos le trastocó. Cuando le conocí, él tenía un trabajo estable, aunque también escribía ficción, como *hobby*. Yo había leído algunas cosas y, francamente, no estaban mal. Le animé a que continuara y le propuse que si lo necesitaba, pasara temporadas en Ibiza, por si allí se concentraba más. Yo tenía sueldo de ministro y el *cash* de algunas inversiones que me habían salido bien, así que no era cuestión de dinero. Además, en Ibiza, escribiendo todo el día alejado del mundanal ruido tampoco se podía gastar tanto. En un par de meses dejó su trabajo en Madrid y se instaló en la isla. —Manolo hizo otra pausa. Esta vez oí cómo se encendía un cigarrillo, aunque sabía que apenas fumaba; solo en ocasiones especiales, igual yo. Por desgracia, lo de «especiales» en nuestro caso era más bien sinónimo de estrés y problemas gordos que de fiestas o romances. Continuó—: Fue vivir solo en Ibiza y empezar a deprimirse. Al menos terminó el libro, pero luego no le fue demasiado bien, le rechazaron unas veinte editoriales, que era más o menos las que había en España en ese momento. Dejó de llamarme entre semana, y creo que fue entonces cuando tomó más drogas que de costumbre.

—Lo siento, Manolo… —interrumpí para demostrarle mi solidaridad.

—Es la vida —dijo con tanta razón como de costumbre—. Y luego ya perdió el control. Le veía cada vez más delgado, chupado, por supuesto infeliz. También llegaban paquetes extraños, traídos por mensajeros que a mí siempre me parecieron sospechosos. Hasta que un día le dio un ataque de ansiedad y entonces me quedó todo muy claro. La dependencia era descomunal y necesitaba tratamiento. Se lo quise proporcionar porque le quería de verdad, pero él se negó. —Manolo se detuvo mientras exhalaba despacio el humo del cigarro. Pensé en su edad y me empecé a preocupar por él. Ya había vivido un ataque al corazón y no quería otro.

—¿Dónde estás, querido? —pregunté.

—En Ibiza, precisamente —contestó—. No he venido mucho por aquí desde todo aquello, pero ahora tenía que arreglar un par de cosas antes de alquilar la casa otra vez. No sabes lo bien que pagan los guiris...

—¡Ay, si yo tuviera tu olfato para los negocios!

Pareció que le había arrancado una sonrisa.

—Bueno, no te quiero dar más la tabarra, acabo enseguida —dijo.

—Hablar contigo siempre es un placer —apunté rápida.

—Él se negó una y otra vez a que le ayudara, incluso cuando ya le tenía reservada la plaza en un centro de rehabilitación. Los ataques de ansiedad cada vez eran más frecuentes y violentos: una vez se rompía un jarrón, otra un plato; en una ocasión hasta una silla salió volando por la ventana. Te puedes imaginar.

—Me hago cargo —dije con gran pesar.

La droga, afortunadamente, no era un tema que hubiera vivido de cerca, pero había escuchado casos horripilantes.

—El dinero empezó a ser un problema porque cada vez necesitaba más. Le enviaba *cash* a una cuenta de Ibiza, que él dilapidaba en cuestión de horas, todo en droga. Cuando por fin le dije que no podía financiar aquello, empezó con el chantaje. —Los dos suspiramos a la vez—. Él sabía, claro, que el presidente me había preparado para sucederle en el partido de cara a las siguientes elecciones, por lo que no podía meterme en ningún atolladero. Me pidió la casa de Ibiza, toda para él, seguramente con la intención de venderla y gastárselo todo en heroína. Dije que ni hablar. Él insistió e insistió hasta que un día me dijo que si no se la traspasaba iría a la prensa y a mi partido con fotos comprometedoras.

—No...

El mundo, menudo nido de águilas.

—Pues dicho y hecho —dijo Manolo con una serenidad que me dejó helada—. No le costó ponerse en contacto directo con Moncloa, pues yo siempre dejaba mi agenda y mis cosas por toda la casa, sin esconder nada. Se personó ante el presidente con fotos nuestras en Ibiza, de viaje o haciendo vida normal de pareja. No había manera de negar que aquello era una relación sentimental. Al cabo de dos días, el presidente me citó y me dijo que era imposible continuar bajo esas circunstancias. Estaba dispuesto a darme una segunda oportunidad si me casaba con una mujer pero que tampoco podía correr el riesgo de que aquellas fotos en manos de un majareta vieran la luz pública. Eran los ochenta y resultaba impensable tener un ministro o un presidente gay. Los homosexuales eran la peste de la sociedad y muchos los asociaban con drogas, camisetas de tirantes, tatuajes, vidas descontroladas y tugurios de mala muerte. Imposible ser decente y gay a la vez.

Se me humedecieron los ojos.

—Manolo, lo siento..., habrías sido el mejor presidente...

—¡Hasta que llegaste tú! —exclamó y continuó—: Me tenía pillado por los cojones y no tuve más remedio que poner la casa en venta para hacerle callar para siempre. Pero justo unos días antes de vender, tuvo un ataque mayúsculo. La familia acudió a socorrerle y se lo llevaron a una clínica, donde estuvo interno casi dos años. Al final se recuperó.

No daba crédito. Intenté recordar cómo Manolo salió del gobierno.

—Y tú dimitiste, ¿no?

—Sí, no me quedaba otra. Me lo pidió el presidente y no tuve otro remedio que obedecer. Me había convertido en un elemento peligroso, alguien con demasiado riesgo de crear un escándalo. El presidente necesitaba un sucesor más convencional y estable. Aquellos fueron momentos muy duros... Pensar que no pude presentarme a unas elecciones generales solo porque amaba a otro hombre... Hoy en día esto es impensable.

—Afortunadamente —apunté rápida y convencida.

—Bueno —señaló Manolo—, tampoco es que hayamos visto ningún presidente gay.

—Ya saldrán. Pasará como con las mujeres, ya verás —dije—. Vino una, la Thatcher, y cuando la gente se dio cuenta de que era algo normal empezaron a salir más y ya tenemos a casi una docena por todo el mundo.

Manolo guardó un breve silencio.

—En España tan solo nos quedan cuarenta y ocho horas —dijo. Cerré los ojos y tragué saliva. Por dentro pensé: No. Tenía un pésimo presentimiento. No sé por qué, pero estaba convencida de que nunca ganaría unas elecciones generales. Manolo suspiró y siguió. Noté que tenía ganas de hablar, quizá por estar solo en una casa grande y medio perdida en Ibiza. O igual creía que la que necesitaba sus palabras era yo. No se equivocaba—. El presidente, de todas formas, se portó muy bien conmigo —añadió—. Fue él mismo quien me propuso la consultoría como nueva carrera, prometiéndome contactos en España y Latinoamérica que me podrían generar contratos suculentos. No faltó a su palabra.

Así funciona el mundo, me dije para mis adentros.

—Y tu amigo, ¿no llegó a ir a la prensa? Podría haber continuado con el chantaje después de rehabilitado.

—Podría —dijo—, pero una vez sano volvió a su campo profesional y a otros negocios y ganó mucho dinero, así que tampoco lo necesitaba. Además, yo tampoco voy para presidente de nada y estos son otros tiempos, ¿a quién le importa hoy en día que sea gay? —Manolo dejó pasar unos instantes—. No sé, igual tiene miedo porque yo sé cómo ha ganado parte de su dinero, y en algunos casos no es del todo limpio. No sé si por moral o por miedo, pero la cuestión es que lo tengo a raya.

—¿Sigues en contacto con él?

—No directo, pero es imposible no seguirle; es una figura semipública —Manolo guardó un segundo de silencio—. Lo que no voy a dejar es que te haga daño a ti también. Ya se cargó mi candidatura, no voy a dejar que se cargue la tuya.

No tardé en atar los cables.

—¡Mauro Marcos!

—El mismo.

Me costó unos segundos poner mis pensamientos y sentimientos en orden. La posibilidad de que fuera homosexual se me había pasado por la cabeza alguna vez, pero tampoco me importaba porque, afortunadamente, los gays estaban ya más que aceptados en la sociedad española, aunque no en los núcleos de poder. Lo que sí me había parecido era que sus palabras solían esconder algo más, como si siempre tuviera segundas intenciones. Nunca me había fiado de él.

—Menudo carrerón el de don Mauro... —dije—. Supongo que esta historia tan horrible también te servirá para pararle los pies cuando lo necesites —añadí.

No pude evitar pensar que conocer ese lado oscuro de Mauro me podría ayudar a mí también, aunque nunca pediría a Manolo que hurgara en un pasado tan trágico solo para socorrerme.

—Esperemos —dijo Manolo, quien al cabo de unos segundos sentenció—: No dejes nunca que lo personal manche tu carrera política, porque en este mundo donde se espera que seamos perfectos, cualquier fallo puede representar el fin. Tú tienes suerte, tienes una pareja estable. Cuídala, sobre todo ahora. La vas a necesitar más que nunca.

No sabía qué decir. Más que la verdad.

—Pues entonces estoy apañada —dije sintiéndome hasta cierto punto liberada. Es bueno compartir.

—¿Qué me dices?

Le conté tan sucintamente como pude lo de Gabi, que pareció preocuparle a él casi más que a mí.

—Pues vaya nochecita que llevas…

—Es la vida.

Los dos reímos, por no llorar.

—Oye —me dijo en tono muy serio—. Ya puedes ponerte las pilas y amanecer en Santiago con un helicóptero o en paracaídas, pero tienes que solucionar esto, porque si ser mujer ya va a resultar difícil en la presidencia, imagínate soltera. La prensa se cebará contigo. Serás carnaza pura. Soluciónalo rápido, aunque tengas que prometer esclavitud financiera y sexual de por vida, ¿me entiendes?

—¡Ya me gustaría! —Me reí, contando los meses desde que Gabi y yo no teníamos relaciones sexuales.

—No está la cosa para bromas, Isabel —me riñó, casi con tono paternal.

—¡Qué te voy a decir! —apunté desfallecida, abrumada por todo. Pasaron unos instantes. Me sentía como si estuviera en un cuarto oscuro en el que todas las puertas y ventanas se fueran cerrando, una a una—. No puedo volver con Gabi, Manolo… —empecé.

—¿Por qué? —preguntó, extrañamente sorprendido.

—¡Porque tiene una amante!

—¡Pues que la tenga!

—Pero ¿qué dices?

—Y tú, ¿se puede saber en qué mundo vives?

No lo podía creer. Ya sabía que la mitad de las parejas tienen aventuras alguna vez —precisamente por eso la mitad de matrimonios se divorcian— pero una cosa es tener un desliz, solucionarlo y volver a la vida de pareja, y otra muy distinta es tolerarlo como si nada.

—No puedo hacer una cosa así —dije más serena de lo que me creía capaz—. Tengo un mínimo de respeto por mí misma y lo que desde luego le pido a una pareja es que, como mínimo, me quiera.

—Deja el amor para los quinceañeros —me aconsejó Manolo.

Aquello me horrorizó, no tanto por estar en profundo desacuerdo, sino porque entonces comprendí lo desencantado que estaba.

—Manolo..., por favor —dije.

—Escúchame —me interrumpió—: tú eres una mujer fuerte e impecable —dijo con fuerza y seguridad, ese tono que le hacía ganar tantos contratos—. Siempre has podido con todo y también podrás con esto. No dejes que un *hippy* de pacotilla como Gabi manche tu carrera y haga que cuarenta millones de españoles pierdan la posibilidad de tener un buen presidente del gobierno por fin —no dije nada. Manolo continuó—: Si no lo haces por ti, hazlo por toda la gente que ha depositado su confianza en ti, y también hazlo por mí —dijo, deteniéndose para tragar saliva dos veces—. Recuerda, Isabel, que tú y yo tenemos un compromiso; el compromiso de Davos. —Cerré los ojos solo de pensar en los dos días que pasé en ese pequeño pueblo alpino, donde mi vida dio un vuelco, no sé si para siempre—. ¿Recuerdas lo que acordamos con una sola mirada, o no?

—Sí —respondí por fin—. Claro que me acuerdo.

—Pues ya sabes lo que te toca.

11

Davos supuso para mí un despertar no solo político, sino también de muchas otras cosas. Fue en ese recóndito pueblo suizo donde realmente entendí qué era el poder, cómo se forma y cómo se mantiene, siempre entre la misma gente, claro.

En el primer año como ministra no me invitaron, supongo porque en el fondo, este tan renombrado, prestigioso y publicitado foro internacional no es más que una reunión pública de miembros de un club privado. Allí solo se accede por invitación, y ni ser ministra de Economía del cuarto país de Europa es suficiente para que a una le abran la puerta.

Cuando creía que ya nunca formaría parte de esa élite política, financiera, intelectual y mediática global que se reúne en ese lugar todos los años, me llegó la oportunidad de la mano de Manolo, que me invitó a un debate sobre mujeres y poder. Manolo les conocía bien porque había prestado servicios de consultoría a los organizadores, sobre todo estudios sobre el impacto mediático de la reunión. Para él, Davos era la fecha más importante del año, pues allí encontraba y mantenía a clientes del más alto nivel para su negocio. En las antesalas de las conferencias, en las pistas de esquí o en cenas y cócteles, el consultor alternaba con la flor y nata mundial, a quien luego vendería sus informes a precio de oro. Supongo que con la misma visión estratégica me invitó a mí a participar unos siete meses antes de las elecciones, aunque al llegar al famoso enclave alpino yo ni me podía imaginar cuáles eran realmente sus intenciones.

Me instalé en el mismo hotel que él, que había llegado dos días antes para no perderse ni una sesión. Era un cuatro estrellas con *spa* bastante céntrico, donde nos acomodábamos los participantes de, digamos, segunda fila. Los más famosos, y sobre todo ricos —como presidentes de bancos o de grandes empresas— se alojaban en uno de los tres cinco estrellas del pueblo junto a los de la organización, que, cómo no, se reservaban las mejores habitaciones para ellos mismos. Los *megacracks,* como presidentes de gobierno (relevantes) o multimillonarios consejeros de multinacionales, esos se hospedaban en chalés privados por cuestiones de seguridad, o de fanfarroneo. Por suerte ese año no vino el presidente de Estados Unidos, pues las medidas de seguridad que precisa son tan desproporcionadas que el pueblo, sencillamente, no las puede asumir. Ya he escuchado en otras partes que en realidad invitar al presidente americano no merece la pena, por más publicidad que garantice. El trabajo que implica es tanto y las condiciones tan exigentes que el tiempo y los recursos invertidos en recibirle son incluso mayores que los beneficios directos e indirectos de su presencia.

Manolo y yo, mucho más tranquilos y discretos, quedamos en el vestíbulo del hotel a las siete de la tarde del día que llegué para ir a cenar. Hacía casi un año que no nos veíamos aunque habíamos estado en contacto por teléfono y correo electrónico. Me dio mucha alegría verle.

—¡Manolito, querido! —le dije dándole un fuerte abrazo—. Pero ¡qué bien se te ve! —exclamé, mirándole de arriba abajo.

Había perdido peso, pero no estaba delgaducho sino musculoso y fuerte. Iba impecablemente afeitado y, sobre todo, lucía su típica sonrisa ancha y natural que tan relajada y a gusto siempre me hacía sentir.

Él también me miró de arriba abajo y de su expresión deduje que había pasado el examen.

—¡Para ti el reloj avanza en dirección contraria! —exclamó. Me reí y le volví a abrazar. En el fondo, me encantaban sus formas anticuadas—. Anda, vamos —me dijo, asiéndome del brazo—, que tenemos mucho que hablar.

Bien equipados los dos con esos peludos que tan cómodos y calentitos son, avanzamos por la nieve cogidos del brazo y en pocos minutos ya estábamos en un bonito restaurante donde Manolo había reservado una mesa. Era un chalé alpino de madera clara, tranquilo, no demasiado formal pero con los detalles bien cuidados. Nos sentamos a una mesa al fondo, junto a la ventana, después de quitarnos gorros, guantes, anoraks y toda la parafernalia que uno se lleva a la nieve.

Nos sirvieron un vino caliente enseguida, que los dos agradecimos.

—Bueno, bueno, bueno —me dijo, repasándome con la mirada—. ¿Cómo está la señora ministra? El paro está bajando tanto que casi hay que reconstruir la gráfica...

—Se hace lo que se puede —respondí, cogiendo la carta que nos acababan de traer.

—Pedimos y me cuentas —dijo, tomando la carta de vinos.

Decidimos compartir una *fondue* de carne, sobre todo después de oler la que se estaban comiendo en la mesa de al lado. Manolo, en su francés impecable, pidió.

Nos pusimos al día mientras nos sirvieron un poco de pan y el vino, un Burdeos suave que nos encantó. Al poco tiempo llegó la *fondue*, y todos los cuencos que la acompañan, que disfrutamos entre cotilleos y críticas no demasiado malintencionadas. Siempre me ha encantado hablar con Manolo, y todavía más descubrir su versión de «hombre Davos», ya que es como escuchar en audio una edición económico-financiera del *¡Hola!* Mientras esperábamos a que se cocieran los trocitos de carne, Manolo me explicó que en el fondo, Davos consistía en lo mismo que todas de conferencias: la gente iba a dejarse ver, pero principalmente el tema era quién se acostaba con quién. Cuántos problemas en el mundo se habían resuelto por esa vía tan rápida, me dijo.

Entre risas y cuchicheos, y cuando ya habíamos casi terminado la *fondue*, Manolo se inclinó hacia delante y cruzó las manos sobre la mesa.

—Te he invitado aquí porque tengo una propuesta.

Hacía tiempo que ya nada me sorprendía de Manolo. Genio y figura, era capaz de todo, pero sus propuestas siempre eran interesantes. Era un gran estratega y no solía perder el tiempo en pequeñeces, o en acciones que carecían de sentido. Siempre había una intención detrás de sus acciones.

—Soy toda oídos —dije, más divertida que otra cosa y pensando que se trataría de una jugada menor durante los días del foro. Tomé un sorbito de vino.

—España te necesita.

Solté una carcajada tan grande que casi se me escapa el vino por la boca.

—Pues yo no necesito a España —respondí jovial—. ¡Y ya tengo suficiente con el Ministerio! —Puse los ojos en blanco, sin prestar casi atención a lo que Manolo realmente había querido decir, y le di, ahora sí, un sorbo más largo al vino.

—Escucha —insistió poniendo su servilleta sobre la mesa, apartando el plato hacia un lado y colocando sus gruesas manos en la base de su copa. Como siempre, lucía una manicura perfecta.

—Te escucho —dije con cierta displicencia, pensando que a mí ya había pocas cosas que me podían sorprender.

—GR duda entre Mario y tú como posibles sucesores —dijo.

Me eché hacia atrás casi de golpe, asiendo con las manos el extremo de la mesa. Contuve la respiración durante unos segundos. Me debí quedar blanca.

—Como lo oyes —continuó Manolo—. Los dos estáis haciendo un excelente trabajo en vuestros respectivos Ministerios, pero tú eres mucho mejor y tendrías más posibilidades en unas elecciones, no solo por lo buena que eres, sino por ser mujer. Sería una idea rompedora y original que el país necesita en estos momentos.

Negué una y otra vez con vaivenes de cabeza.

—No sabes lo que dices —contesté—. Te has vuelto loco.

—De loco nada —respondió rápido—. Y tú lo sabes mejor que nadie.

Me quedé unos segundos en silencio, en los que también aparté el plato hacia un lado.

—Hay gente muchísimo mejor preparada —dije.

—¿Quién? —Pensé, pero no supe qué responder—. ¿Te das cuenta? Es todo para ti.

—Seguro que los hay. Mario mismo, es un lince y se lleva bien con todos. Después de ti, es quizá el mejor ministro de Industria que nunca hemos tenido.

—Tú eres mejor.

Cerré los ojos con fuerza. Aquella conversación no me parecía ni interesante ni pertinente, pues que yo llegara a candidata del principal partido de izquierdas no iba a pasar nunca, por más que lo intentáramos.

—Que no Manolo, que no —insistí jugando con el tenedor—. Que soy una mujer y este país no está preparado para tener una presidenta. Todavía es un país rampantemente machista.

—Sí, por eso precisamente necesitamos que una mujer se presente, para que la gente entienda de una vez por todas que es absolutamente normal —dijo.

—Pues que lo pruebe, y se humille otra en el intento. No quiero ser conejillo de indias —respondí, convencida—. Lo único que me faltaba, abocarme al suicidio profesional.

Manolo suspiró un tanto exasperado.

—Isabel —dijo, cogiéndome de la mano, que atrajo hacia sí. Me la apretó, fuerte—. Si tú no entiendes esto, ya, apaga y vámonos. Pero tú sabes tan bien como yo que el país necesita una vuelta de tuerca, un giro de ciento ochenta grados; una ilusión, un borrón y cuenta nueva ilusionante, liderado por una persona diferente: una mujer capaz, inteligente y curtida, con principios y experiencia, que sea práctica a la hora de lidiar con la crisis. La gente está harta de tanta verborrea que nunca se traduce en acciones; quieren alguien con maña, como tú. Y el partido quiere a alguien con ideas propias, pero en sintonía con el grupo; alguien exactamente como tú. —Se detuvo durante unos segundos. Sus ojos me miraban irradiando esperanza, ilusión. Me volvió a apretar la mano, que luego que luego me soltó con delicadeza.

—No —dije, contundente.

—Tienes la obligación moral. Por tu país y por ti.

—De ninguna manera, yo no tengo la obligación de nada —respondí, tajante—. Con el cargo de ministra me sobra.

—Es una oportunidad única, piénsalo. Además, el rival de la derecha es débil; tú le das mil vueltas a Aguado.

—No.

—¿Por qué?

—Porque no tengo ni idea de muchas cosas; no sé nada de defensa, no sabría ni por dónde empezar si hay una guerra —respondí—, y ya no digamos la poca paciencia que tendría con la prensa y con los sindicatos, la Iglesia, las Asociaciones Nacionales... Sería la presidenta menos diplomática de la historia y enseguida se me echarían encima. Soy demasiado honesta o poco disimulada para ser presidenta. Que no.

Manolo se reclinó hacia atrás y repicó con los dedos encima de la mesa durante unos instantes. Esperó a que un camarero recogiera los platos antes de continuar.

—Nadie, absolutamente nadie, llega a la presidencia con ese tipo de conocimientos. Nadie —enfatizó—. Y en cuanto a las guerras, es muy fácil. ¡Sé neutral y no te metas en ninguna! Escoge a un buen equipo y fíate de tus asesores; nadie sabe de todo. La clave consiste en estar bien asesorada, que lo estarás.

Se detuvo para mirarme a los ojos, buscándome con la mirada, y al final, por insistencia, me encontró. Le sonreí, algo que él debió interpretar como un primer paso hacia la victoria.

—Es una gran oportunidad para ti y creo que podría poner a GR de tu parte —me dijo. Volvió a mirarme fijamente—. Y no me creo que alguien como tú no tenga interés en un reto como este. Para nada.

Aquello me silenció. A mí siempre me habían gustado los grandes retos; sobre todo aquellos que me parecían inalcanzables. Pero no por ambición, sino por superación personal, por sentirme realizada, porque con mis obras sentía que podía aportar soluciones.

—Sí o sí —dijo con cara entusiasmada.

Desvié la mirada hacia todas partes menos hacia Manolo. Jugueteé nerviosamente con la servilleta y cogí la base de la copa. Me temblaba la mano.

—La propuesta es un honor —comenté.

—No te desvíes del tema, ¿sí o sí?

Suspiré. En el máster me habían enseñado que cuando uno no sabe qué responder en una negociación, lo mejor es decir, «depende» o pedir tiempo, que es lo que hice.

—Dame unos días —dije por fin—. Tengo que pensar y hablarlo con Gabino.

—Tu marido te apoyará seguro —afirmó convencido.

Gabi y Manolo tan solo se habían visto en una ocasión, con lo que la confianza de Manolo en el apoyo de Gabi era más bien especulativa. De todos modos, yo pensaba que sí me apoyaría, como había hecho hasta entonces, pero más por no entrometerse que por apoyarme realmente.

—Sí, creo que en ese sentido no habría problema —concedí—. Pero aun así déjame que lo piense.

—Muy bien —respondió Manolo, algo resignado, aunque supongo que al menos satisfecho por no haber recibido una negativa—. Mientras te lo piensas, yo me pongo manos a la obra.

—¡Tranquilo!

—No, que aquí no hay tiempo que perder —dijo—. No pasa nada, si al final es que no, lo que te he preparado te servirá igual. Mañana a las nueve te recojo en el *lobby,* con los esquís y las botas y todo, que he organizado una esquiada con un grupo de contactos; gente que te conviene conocer para que apoyen tu candidatura.

Me eché hacia atrás.

—Pero, calma, Manolo, calma; si yo casi no sé esquiar.

—Venga ya, que te vi una vez en Baqueira, ¿te acuerdas de esas Navidades, hace un montón de años? Sabes esquiar perfectamente.

—No tengo botas, ni esquís, ni pantalones, ni nada —dije—. He venido a dar una conferencia y no a esquiar —comenté algo alarmada ya que no tenía aquello programado.

—No te preocupes —añadió con resolución—. Mañana a las ocho te traen todo el equipo, ya lo he organizado. Solo tienes que bajar a probarte las botas, justo al lado de recepción, y a que te fijen los esquís. Una persona te esperará; no tendrás que hacer cola.

Hizo un ademán al camarero, quien enseguida trajo la cuenta; pagó él.

Le miré con admiración. Manolo, en acción, era implacable. Por eso le iba, y le va, tan bien como consultor.

—Vamos que tienes que descansar —dijo—. Mañana te necesito fresca para el esquí, y por la tarde, en la conferencia.

Sonreí, casi sin creerme lo que acababa de suceder. Por más que me hubiera negado hasta tres veces, la insistencia y las palabras de Manolo me halagaban y me llenaban de satisfacción. Por un lado sentía un gran orgullo, pero por otro estaba convencida de que aquello tan solo era un sueño alpino que se acabaría nada más volver a Madrid.

Me desperté al día siguiente con una energía renovada y efectivamente a las ocho en punto se presentó un ayudante que en un abrir y cerrar de ojos me solucionó el complicadísimo tema del equipo de esquiar.

A las nueve y cuarto Manolo y yo ya estábamos junto al primer arrastre esperando a los demás, que fueron llegando poco a poco. Uno a uno, Manolo me fue presentando a ese grupo tan selecto que en un futuro me podría ayudar, según me dijo.

A Frank Gilliot, director general de NorthStar, ya lo conocía porque era uno de los principales gestores de fondos de Europa. También conocía bien a Franz Leisser, el comisario europeo para asuntos económicos, que presidía todas las reuniones del Ecofin. Pero nunca había hablado personalmente con Ralph, el presidente del grupo mediático más grande de Europa, ni con Thomas, presidente europeo de OneWorld, una ONG que impulsa la sostenibilidad en todos los aspectos. Me sorprendió y me alegró que se uniera Pedro Salavert, mi antecesor en Economía y ahora presidente del Fondo Monetario Internacional en Washington. Tal y como se estaban poniendo las cosas de feas en los mercados internacionales, hacer buenas migas con el FMI siempre me vendría bien. Sabía por mi homólogo griego que en su país se estaba hablando en secreto con el organismo por si las cosas empeoraban y el país tuviera problemas con el pago de su deuda. Por supuesto esto no había salido a la luz pública ya que de saberse los bonos griegos se hubieran hundido (algo que al final tampoco pudieron evitar).

La última en llegar fue la única otra mujer del grupo, Gillian, una periodista *freelance* que colaboraba en el *Financial Times*. Era jovencita, dulce y educada, como si estuviera recién salida de Oxford.

Estreché la mano a todos y les saludé de manera anglosajona y amable, tal y como me habían enseñado en el máster en Londres: apretón fuerte, mirada directa y una frase para quedar bien. Más (incluyendo bromas o besos en las mejillas) habría sido «demasiado» para ellos.

Justo antes de ponernos en movimiento, Franz, el comisario, se me acercó para preguntarme directamente por la salud de nuestro sector bancario, pues decía estar preocupado. Le dije que no había problemas graves pues en el fondo así lo creía. Sabía que algunos de nuestros bancos atravesaban dificultades, pero nunca imaginé que estas pudieran ser tan graves como para que el Estado no las pudiera solucionar sin la ayuda de Europa. Con Pedro también intercambié algunas impresiones algo superficiales sobre Davos, cita a la que él, según me dijo, acudía todos los años. Pensé que su nombramiento como presidente del FMI se habría fraguado posiblemente en esas mismas pistas.

Nos subimos al telesilla de cuatro en cuatro. El comisario, Pedro, Frank Ralph y el magnate de la televisión por cable subieron al primero casi sin pensar, dejando a los demás atrás. Yo me estaba acabando de abrochar el anorak y cuando me quise dar cuenta solo quedábamos Gillian, la periodista, Manolo y yo. Subimos juntos. Manolo le habló a Gillian de mi reducción del paro en España, y ella escuchaba con interés pero sin decir gran cosa. Apenas abrí boca, centrada en lo mucho que me apretaban las botas y en intentar recordar las técnicas del esquí, que hacía tiempo que no practicaba.

Llegamos arriba y fuimos a reunirnos con los demás que ya estaban preparados para bajar. No esperaron ni un segundo a que nosotros les alcanzáramos y empezaron el descenso liderados por Gilliot, que no solo era el más poderoso de los allí presentes, sino también, por lo que vi enseguida, el mejor esquiador. Tardé unos segundos en reaccionar y para cuando empecé a moverme, los demás ya habían bajado casi media montaña. Esquiaban casi dibujando una línea recta, mientras que yo bajaba dando amplísimas curvas de un lado al otro de la pista pues no tenía ni el aguante ni la técnica para descender dando suaves y cortos giros de cintura, con las piernas bien juntas y encima a toda velocidad. Gillian, que había salido detrás de mí, supongo que por deferencia, enseguida me pasó. Tan solo Manolo se quedó atrás, aunque tenía que pararse pues su velocidad natural era como de diez veces la mía. Estaba claro que allí todos habían recibido clases de esquí desde pequeños, amparados por unos padres seguramente deseosos de que sus hijos, de mayores, pudieran relacionarse de esa exclusiva manera —un modo tan fácil de dejar atrás a la gran mayoría de personas—. Las élites siempre encuentran la manera de aislarse y apoyarse.

Hacía mucho que había aprendido que el mundo era así de injusto, así que me centré en lo mío, intentando mantener la dignidad. Lentamente y con mucho esfuerzo iba avanzando por la pista y cuando pude levanté la cabeza para ver dónde estaban. Enseguida les vi, en fila, esperándome junto al mismo arrastre que habíamos cogido al inicio. Me dije que también podrían haberme esperado a medio camino, pero ya me había dado cuenta de que ese no era su estilo. Intenté apresurarme para que no tuvieran que esperar tanto y aceleré cuanto pude. Cuando me faltaba poco para alcanzarles, supongo que me debí relajar y al pretender llegar con un cierto estilo lo único que conseguí fue caerme, precisamente encima de Gilliot, que, como era fuerte, paró el impacto. Él no se llegó a caer, pero no pudo evitar que yo acabara rodando por el suelo, con un esquí saliéndose de la bota y deslizándose por la montaña hasta por fin detenerse a unos veinte metros. Me reí, no porque me hiciera gracia caerme, sino para demostrar que yo esas cosas me las tomaba bien; pero nadie más se rio. Es más, parecía como si sintieran vergüenza ajena. Manolo, excelente esquiador, fue a recoger mi esquí, que enseguida trajo. Me levanté como pude —tampoco tuve ninguna oferta de ayuda— e intenté no perder el decoro. Sonreí hipócritamente.

Sin decir más, Gilliot miró al grupo e indicó que nos veríamos a pie de pista, junto a otro arrastre. Todos le seguimos sin rechistar y allí llegamos al cabo de unos minutos. De nuevo yo fui la última, aunque esta vez sin caerme.

Mientras hacíamos cola en un silencio un tanto raro noté una mano en el hombro. Me giré algo asustada y sorprendida y me llevé una grata sorpresa al ver el rostro del emir al-Surdha escondido detrás de un lujosísimo anorak de plumas Armani.

—¡Emir! —exclamé—. Qué coincidencia, no sabía que estaba usted por aquí.

A pesar de que por aquel entonces tan solo nos habíamos visto en una ocasión, para hablar de posibles inversiones en España, guardaba muy buen recuerdo de la visita que nos había hecho apenas unas semanas antes en Madrid.

—Yo sí sabía que la encontraría a usted, doña Isabel —dijo en un tono afectuoso—. Me alegré al ver su nombre en el programa. —Le presenté a Manolo, que estaba a mi lado—. He oído hablar mucho y bien de usted —le comentó el emir.

—Lo mismo digo —replicó Manolo en su tono más fino y elegante, seguro que oliendo próximas facturas de consultoría.

El emir dirigió la mirada al principio de la cola, alertado por alguien que alzaba la mano, y le señalaba un reloj.

—Disculpen —dijo—. Seguridad me avisa de que no tengo más tiempo. Todavía debo preparar una presentación y no sé dónde puedo encontrar una imprenta; hemos tenido un problema técnico de última hora.

Manolo reaccionó enseguida.

—Si quiere le puedo ayudar, emir —dijo con una naturalidad bien estudiada—. Yo mismo recogí unos trabajos ayer, sé adónde puede dirigirse. Si quiere, le acompaño.

El emir le miró con una gran sonrisa.

—Se lo agradecería mucho, sobre todo porque mi reunión es dentro de tres horas y todavía queda mucho por hacer.

Manolo se giró hacia mí.

—Si me permites…

—Por supuesto —le dije comprendiendo que ganaría más haciéndose amigo del emir que preparándome a mí para algo que francamente era casi imposible.

Los dos se fueron y yo miré a mi alrededor en busca de mis compañeros de grupo pero no encontré a nadie. No podía creer que me hubieran dejado atrás, sola, pero enseguida pensé que ellos creerían que estaría con Manolo. Volví a mirar a un lado y a otro y allí no quedaba nadie de los míos. Me subí al telesilla.

Al llegar arriba, a una cima más alta que la anterior, vi al grupo que me estaba esperando, algunos de ellos con cara de irritación. Estaban dispuestos todos en fila como soldados y a punto de iniciar el descenso. Al unirme a ellos, Gilliot se me acercó y me dijo:

—Isabel, nosotros nos vamos a por la negra; tú puedes seguir por esta, que es más fácil. Nos vemos en el mismo telesilla.

No me dio tiempo ni a responder. Sin más, inició el descenso, seguido por todos, entre ellos Pedro, que ni me miró antes de arrancar. Iban descendiendo uno a uno, con la vista al frente, como si dejar a una persona sola en la montaña fuera lo más normal. Yo había bajado pistas con grandes esquiadores y nunca, nunca, había visto a nadie dejar a alguien atrás. No solo por seguridad, ¿qué haría la persona en cuestión en caso de caerse y romperse una pierna?, también por ética. Tenía entendido que dejar gente atrás iba en contra del código no escrito de los esquiadores. La nieve es peligrosa y, dentro o fuera de pistas, siempre se recomienda ir acompañado.

No di crédito a lo que estaba presenciando y me quedé de piedra cuando la última persona, Gillian, gran esquiadora, inició el descenso también sin mirarme. Y yo que había venido a Davos tan contenta a dar una conferencia, allí estaba, sola a tres mil metros de altura y con unas botas que me apretaban como un demonio.

Miré a un lado y a otro y me dije que lo mejor sería bajar despacio y tranquila para llegar al hotel cuanto antes y desembarazarme de tanto trasto. Solo quería aparecer en la mesa redonda, decir las cuatro cosas que había pensado y volverme a Madrid donde tenía un marido y un montón de trabajo esperándome.

Empecé a bajar despacio, una vez más trazando grandes curvas, hasta que paré para tomar un poco de aire. Ante mi sorpresa, Gillian, a quien reconocí enseguida por su cabellera rubia al viento (era la única que no llevaba casco), vino hacia mí y derrapó justo a mi lado.

—Hola —le dije sin gran entusiasmo, aunque evidentemente contenta de verla—. ¿No ibas a por la negra con los demás?

Sin quitarse las enormes gafas de esquí que llevaba, me dijo:

—Sí, pero he pensado que siempre es mejor ir acompañado; bajé solo dos o tres metros, creo que no me viste porque la pista era muy empinada, pero no me ha costado mucho volver a subir y encontrarte. —Sonrió—. Es más divertido así, ¿no? —dijo, dulce.

Asentí con la cabeza. Para mí aquel gesto, aunque bonito, era normal. Y vi que para ella también. Enseguida me di cuenta de que la única persona que había vuelto hacia atrás para hacerme compañía había sido, cómo no, una mujer.

—¿Vamos? —me dijo—. Si quieres, hay un café muy agradable no muy lejos. Si te apetece, paramos un ratito a descansar. Tienen una terraza estupenda.

La idea de un cortado me alegró casi más que su presencia, así que arrancamos despacio, tranquilas, ella detrás de mí todo el tiempo hasta llegar al pequeño chalé de madera alpina que tal y como había dicho era cálido y acogedor.

La invité al café y nos sentamos dentro, junto a la ventana, pues hacía más bien frío. Entonces le vi bien la cara. Tenía una expresión dulce, las facciones finas y bien cuidadas, los ojos vivos e inteligentes. Me dijo que me había visto en algunas ruedas de prensa en Bruselas cuando trabajaba para el *Dispatch* londinense y que siempre me había hecho preguntas, aunque yo no logré recordarla (cosa que disimulé). Le pregunté si estaba allí para realizar un reportaje para *Financial Times* y me dijo que sí, que todo lo relacionado con Davos siempre se vendía bien. Ella misma se pagaba el viaje y la estancia. Me dijo que había conocido a Manolo en una de las fiestas que organizaba el rotativo durante el foro todos los años.

—Me alegro de que te cunda más de *freelance* que en el *Dispatch* —le dije, por decir algo. Bajó la mirada y tomó un sorbito de su café, aunque apenas le quedaba nada. No respondió. Aquel silencio me intrigó, con lo que insistí, tan disimuladamente como pude—. Ya sé que la prensa atraviesa una época muy difícil —comenté—. Seguro que ser *freelance* te dará más libertad.

Me miró fijamente; con una mezcla de miedo y tristeza en sus ojos que no me acababa de encajar.

—Bueno, tampoco fue mi elección —me dijo—. Creía que Manolo te lo habría explicado.

Erguí la espalda. Yo ya había intuido que allí había algo.

—No, no me ha dicho nada. ¿Qué te ha pasado?

Respiró hondo y cruzó los brazos sobre la mesa.

—Me echaron por una historia que era verdad: un pequeño banco irlandés que estaba a punto de quebrar, cosa que al final ocurrió —dijo con gran pesar—. Yo saqué la exclusiva pero como los problemas del banco todavía no eran públicos se pusieron tan nerviosos que amenazaron al periódico con un juicio por difamación y pidieron mi cabeza. El periódico por supuesto me la cortó, nadie me apoyó. Me fui y al cabo de dos semanas el banco se declaró en quiebra, fue una de las primeras señales de la crisis que se avecinaba, por eso estaban todos con los nervios a flor de piel.

Negué con la cabeza una y otra vez.

—Lo siento, chica —le dije, mirándola a la cara, que tenía cada vez más pesarosa—. Pero no me sorprende. La vida es perra. Maravillosa, pero perra.

Gillian giró la cabeza hacia la ventana, apretando los labios con resignación. Era muy inglesa; se veía que estaba acostumbrada a guardarse los sentimientos para sí.

—Cuando salió la verdad, ¿no te propusieron volver? —le pregunté con interés al cabo de unos instantes.

La joven se volvió hacia mí y respiró hondo.

—Me habían pagado por callarme —respondió algo avergonzada—. Me compensaron muy bien ya que les podría haber llevado a juicio y podría haber ganado por despido improcedente. Pero tampoco quise volver. Tengo mi dignidad.

Aquella actitud me gustó y le sonreí. Enseguida vi en esa joven a una potencial colaboradora. Alguien a quien tan solo le había faltado apoyo en un momento clave y que eso le había causado el descarrilamiento profesional, muy a pesar de su talento. Seguro que otros redactores mucho peores que ella estarían ahora en pleno ascenso al poder.

—¿De verdad que no te ayudó nadie? —pregunté.

—Nadie —contestó con la valentía de mirarme a la cara—. En esta vida, sin ayudas no se va a ninguna parte.

—Lo sé. —La miré fijamente—. Es una de las razones que frena a las mujeres a conseguir puestos de poder —le dije, un poco paternalista—. La ayuda es clave para abrir el camino, pero las mujeres tenemos menos apoyos, y menos mentores, porque en el fondo nadie apuesta por nosotras. Los hombres prefieren respaldar bazas seguras, hombres con el perfil adecuado que ofrecen mejores garantías. Apoyar a una mujer es demasiado arriesgado porque nunca se sabe qué va a pasar con el tema de la familia, y porque al fin y al cabo los puestos de mayor responsabilidad todavía los ocupan los hombres, que eligen a otros hombres para rodearse, sucederles o simplemente acompañarles. Y así seguimos, sin cortar este círculo vicioso. —Gillian asintió, con cierta tristeza—. Pues vamos a tener que ayudarnos a nosotras mismas —le dije para infundirle un poco de esperanza (y de paso a mí también).

La joven me sonrió, sellando el que sin duda ha sido el pacto de ayuda mutua más fácil y agradable de toda mi vida.

Seguimos charlando, ahora más animadas hasta que irrumpieron en el bar los miembros de nuestro grupo, o más bien ex grupo. Fueron directos a la barra a pedir cervezas. Ya con una jarra en la mano se giraron para buscar una mesa y sorprendentemente se alegraron de vernos.

—¡Chicas! —dijo Pedro—. ¡Qué maravillosa coincidencia!

Hasta el comisario Franz parecía contento.

—Qué buen final después de semejante aventura —decía—. Hemos bajado por unas negras alucinantes.

Se sentaron alrededor nuestro a contarnos sus aventuras, como si fueran niños o como si regresaran a la cueva después de cazar. Aquel sentimiento me dio casi náuseas. Sentí que para ellos éramos damas de compañía cuya presencia se requería en momentos fáciles, como comidas y cenas. Lo técnico y lo importante, como el esquí y la aventura, y la camaradería que generan, quedaba fuera de nuestro alcance.

Incapaz de aceptar ese papel, me levanté y dije que debía volver para preparar la mesa redonda. Gillian me siguió. Ellos se quedaron con un palmo de narices, con cara de sorpresa, sin entender que no quisiéramos pasar un rato con ese grupo tan selecto. Nos fuimos con la cabeza muy alta.

Me quedé gratamente sorprendida por aquel desplante ya que nunca, al menos eso creo, había hecho algo parecido. Pero la libertad que da el estar al aire libre en medio de las montañas y la creatividad que normalmente emerge cuando uno se siente como un pez fuera del agua, me dieron un soplo de confianza, una energía renovada que decidí aprovechar.

Con la cabeza bien alta y el cuello estirado, me personé en la mesa redonda de la tarde sobre mujeres y poder. Nada que ver con mi habitual pose, algo encogida, siempre vigilante. Sobre la tarima, y mientras se acomodaban los otros invitados, vi cómo la sala se empezaba a llenar, algo que me sorprendió ya que Davos, precisamente, era uno de los enclaves de poder masculino por excelencia. Los otros eran (y todavía son) la final de la Champions, Wimbledon, Silverstone y Ascot. ¿Quién iba a venir a un debate feminista y cuestionar ese núcleo de poder? Pues ante mi sorpresa, y a pesar de pensar que me habían puesto en una sesión minoritaria condenada al fracaso, al final resultó que la charla resultó un éxito.

Compartía estrado con la canciller alemana, que llegó casi dos segundos antes de empezar rodeada de una gran seguridad, el midas mediático Ralph, el todopoderoso Gilliot y Pedro, a quien no esperaba pero que se coló en el panel a última hora, seguramente animado por sus compañeros de esquí.

Después de las típicas presentaciones y unas cuantas banalidades, y con un inglés muy mejorado desde la última vez que le escuché, Pedro amarró el micro para explicar cómo el FMI pensaba aumentar la representación femenina en el consejo de dirección, que ya contaba con dos mujeres en un equipo de veinte personas. El objetivo era elevar ese número a diez, la mitad de los miembros, en tan solo tres años.

Yo por supuesto sabía que aquello era una farsa de cara a la galería pues los equipos de Pedro siempre habían sido masculinos al cien por cien. De hecho, cuando llegué al Ministerio, no había ni baño de señoras en la planta donde estaba mi despacho, y los del director general y el director del Tesoro, o sea, el piso más importante. Nada más llegar, pedí que instalaran uno.

Miré a Pedro fijamente mientras hablaba. De mediana edad, tenía una buena planta y lucía un traje negro y más bien estrecho, a lo Guardiola, que acentuaba su figura. Iba sin corbata. El muy listo, cuando quería podía resultar bastante simpático y entre chistes e historias exóticas del FMI en África, se metió en el bolsillo a un público entregado, que de repente lo vio como abanderado del feminismo. En la audiencia observé que había una treintena de mujeres, que parecían conocerse entre sí (serían miembros de alguna asociación), y que se pusieron en pie para darle una larga ovación en cuanto acabó.

Contagiado por aquel sorprendente populismo, Pedro se puso en pie, micro en mano, y gritó:

—¡Mujeres al poder!

A lo que siguieron más vítores y aplausos. La canciller alemana y yo nos cruzamos una mirada de escepticismo. Ella también había tratado con él.

Supuse que en el FMI habrían obligado a Pedro a establecer esas cuotas que ahora tanto pregonaba, sobre todo por iniciativa del contingente americano, muy sensible por fin a los temas de igualdad. No había otro país en el mundo, salvo los nórdicos, que se tomara la desigualdad de la mujer tan en serio.

Yo no daba crédito a tanta hipocresía. Pero el caso es que su éxito hizo que a sus compañeros de mesa les picara el ego, con lo que Ralph acabó anunciando, allí mismo, que propondría el mismo objetivo en su empresa pero en dos años en lugar de en tres. Desde entonces no me ha quedado ninguna duda: la competencia funciona.

Se enzarzaron para ver quién promocionaba más a la mujer en su empresa, una lidia que nos deleitó a la canciller y a mí, que observábamos en silencio la increíble escena. Nos incomodó que tanto Pedro como Ralph nos pusieran continuamente como ejemplo, aunque sin dejarnos hablar, con lo que durante toda la discusión no tuvimos más papel que el de recibir aplausos y sonreír, como floreros. Yo intenté centrarme en las consecuencias positivas de aquella sesión antes que en mi aportación personal.

Al acabar, unas cincuenta personas se me acercaron, adulándome y dándome la enhorabuena por ser una mujer con poder. Me pidieron hasta autógrafos.

No daba crédito, pero en ese momento entendí que todo era posible; hasta los cambios más grandes y difíciles se podían conseguir siempre que uno tuviera los aliados necesarios, sobre todo si eran masculinos y poderosos. A partir de ahí nada era imposible.

Aquella fue una gran lección, que nunca he olvidado desde entonces.

Con decisión, me adentré en los grupitos que se formaron tras el debate cuando empezaron a servir las bebidas y los canapés. Me propuse saludar a todos los presentes para lucir mi sonrisa más amplia y ganarme su apoyo. Sin sentirme mal por ello, rehusé a las mujeres que querían entablar una conversación íntima o seria (consumía demasiado tiempo) y me centré en tejer una red de contactos más amplia, aunque también más superficial, pero más práctica a la hora de conseguir objetivos. Mi red iba a ser como la de los hombres. Nada de amigas: solo aliados.

Entre apretón y apretón de manos vi por el rabillo del ojo que Manolo me miraba desde la puerta. Vislumbré una gran sonrisa en su cara, rebosante de satisfacción.

Le devolví la sonrisa, satisfecha, feliz. En Davos había aprendido que las grandes transformaciones eran posibles, con lo que una corriente de ilusión me recorrió el cuerpo y se asentó en el corazón. De repente estaba llena de esperanza y me permití hasta soñar. ¿Por qué no podía ser yo quien liderara ese tipo de cambios en mi país, como presidenta? ¿Por qué no?

Miré y sonreí de nuevo a Manolo, que observaba orgulloso mi nueva pose más presidencial, con la que cada vez me sentía más cómoda. No había más que hablar. El compromiso de Davos entre Manolo y yo había quedado sellado. Quería ser candidata.

12

Durante aquellos días de euforia en Davos jamás hubiera imaginado que varios meses después y cuarenta y ocho horas antes de unas elecciones generales en las que en principio era favorita, me encontraría sola y desesperada en el despacho en plena madrugada. Como tampoco me podía imaginar que después de aquel foro tendría que nacionalizar cuatro bancos e intentar evitar un rescate por parte de la Unión Europea. Parecía mentira cómo había empeorado la situación en tan poco tiempo.

Seguía recostada en el sofá con la manta que guardaba en el armario; la había llevado allí durante el primer rescate bancario, cuando empecé a pasar algunas noches en el despacho. Aunque parezca mentira, algunos días no tenía ni tiempo de cruzar la calle y dormir en el hotel Palace. Lo que habría tardado en salir, entrar y acomodarme, más la seguridad y toda la parafernalia que lamentablemente acompañan a mi cargo suman un tiempo precioso que en algunas ocasiones no he tenido.

Estirada y con los ojos bien abiertos, no podía parar de pensar. Esperaba llamadas de Antonio, Martin o de los kuwaitíes para resolver el tema de los bonos y también, ilusa, de Gabi, con la esperanza de reconducir nuestra situación.

A pesar de tener buenos amigos y miles de personas que me admiraban, la realidad es que estaba sola y sentí miedo, mucho miedo. Como no lo había sentido nunca. Todavía notaba la blusa y los pantalones negros pegados al cuerpo, acartonados, como si me oprimieran. Las manos me temblaban ligeramente, impregnadas del mismo sudor frío que me recorría la espalda. Apreté los puños, también los dientes.

No tenía miedo al poder en sí. De hecho, había tenido miedo a muy pocas cosas en la vida, y la mayoría habían sido situaciones aisladas y fuera de mi control, como algún viaje accidentado o un callejón demasiado oscuro en algún lugar remoto. Pero el poder en sí, no me intimidaba. Era emocionalmente fuerte y, por lo general, mi capacidad ejecutiva y mi autocontrol hacían que se me respetara allí donde fuera. Creo que siempre he sabido estar, sin arrugarme. Me imaginé en Moncloa, sentada en el sillón presidencial de GR. Su despacho era un espacio enorme, hasta cinco veces mayor que el mío, moderno, todo pintado de blanco y con unos grandes ventanales que daban a un jardín precioso y extenso, con hayas, robles y castaños. GR había redecorado la dependencia nada más llegar, quitando los cuadros de caza del siglo XVII y las mesas y las sillas de madera, antiguas, incómodas y pesadas, que llevaban allí desde principios de la transición. Había colgado dos cuadros de Miró, originales y maravillosos, que daban a la estancia precisamente el aire rompedor que quería transmitir.

A mí me gustaba ese estilo claro y directo, cómodo y nada intimidatorio. El glamour y la parafernalia oficial —cartas con membrete, papel acanalado, banderas y demás símbolos— hacía tiempo que habían dejado de impresionarme. Como todo, eran simples objetos, de mayor o menor valor, a los que al final uno se acostumbra sin más.

Tampoco me daba miedo la responsabilidad. Como ministra de Economía, ya había asumido decisiones importantes, incluso más que las que había tomado el propio presidente, como las nacionalizaciones bancarias o el acuerdo con los kuwaitíes para evitar el rescate.

Desde mi conversación con Manolo en Davos tampoco temía tomar decisiones en un campo que no fuera el mío, como Cultura o Educación. Al fin y al cabo, la vida tampoco es tan complicada, siempre que uno sepa lo que quiere (muchas veces, ese es el verdadero problema). En mi caso, estaba en política para dejar un mundo mejor, así que siempre optaría por aquello que favoreciera al máximo número de personas, sobre todo si estas no se podían ayudar a sí mismas. Los que tenían más recursos se podían organizar solos.

Pero sí sentía miedo de la gente que me iba a encontrar y ese podía ser mi punto débil. Yo era ingeniera y tenía la capacidad de leer informes, analizar pros y contras y decidir de manera neutral, con la cabeza fría. Me desenvolvía bien en un mundo racional, pero el caos o las medias verdades me desestabilizaban. Sobre todo me daban miedo las personas que no estaban en la política para solucionar problemas, sino por interés personal. Con esas personalidades siempre había chocado porque nunca las entendí. Solían enturbiar las negociaciones pues nunca había un punto de salida o de llegada común, con lo que las reuniones se alargaban de manera innecesaria y luego resultaba muy difícil llegar a una resolución. Siempre he pensado que todos, o la gran mayoría de problemas, tienen solución, y que si no se resuelven es porque a alguien no le interesa. Por desgracia me había encontrado con un sinfín de personas de esta índole a lo largo de los años y no solo en política, también en la banca, asociaciones culturales, deportivas y hasta benéficas. Detrás de esa ambivalencia, en la mayoría de los casos siempre he encontrado incompetencia o, cómo no, corrupción.

Ser ministra me abrió los ojos al altísimo grado de sinvergonzonería que, por desgracia, todavía impera en nuestro país: centenares de Ayuntamientos continúan tomados por alcaldes y concejales que se han forrado dando permisos de construcción a amigos o, solo, a quien les pague. Tenemos la mala suerte de ser un país con un nivel de educación bajo y de que la profesión de político, debido a nuestra breve historia democrática, no tenga ningún caché. Si uno es listo, se va a la banca o a la industria para ganar dinero, con lo que la política se queda para ilusos como yo o para perfiles medio-bajos con ganas de enriquecerse pronto.

Que España es así ya lo sabemos todos, pero lo que me sorprendió todavía más fue encontrarme una situación similar o hasta peor en Europa. Aquí al menos tenemos la excusa de ser más pobres y estar peor educados, pero en Bruselas me cuesta entender tanta negligencia. Esa batalla también me daba miedo de cara a una posible presidencia, pues tendría que lidiar con personas como Leisser, el comisario europeo a quien gané el pulso del rescate, por lo que me tenía ganas.

Alto, rubio, teutón de libro de texto, nos conocimos en mi primer Ecofin, que él siempre lidera. Su primera frase cargada de paternalismo me sirvió de aviso.

—¡Qué buen inglés tiene, Mr. San Martín! —me dijo con una sonrisa helada.

Razón no le faltaba, pues España tiene una tristísima historia de representantes hidalgos que no saben idiomas, aunque en los últimos tiempos vamos mejorando, lo mismo que los griegos e italianos. Aun así, mis homólogos de esos países, hombres los dos, no merecieron un elogio semejante porque se suponía que hablaban bien el inglés. Pero yo, simplemente por ser mujer, no.

Ingeborg y yo éramos las únicas mujeres en las reuniones del Ecofin. Los otros quince participantes eran hombres y más o menos de la misma edad y apariencia que Franz: rondando la cincuentena, solían llevar un traje azul bien cortado, zapatos negros lustrosos y una corbata más bien aburrida; su cara bien cuidada era de niños bien, con gafitas delicadas para dar una imagen de sensibilidad y refinamiento. No se veían ni barbas ni bigotes ni calvicies, por lo que Ingeborg y yo pensamos que o no trabajaban mucho o allí había mucha cosmética encubierta porque, en nuestro caso, las largas horas en el despacho y los disgustos se empezaban a hacer visibles en forma de arrugas y canas. En cambio, nuestros compañeros parecían sobrevivir la tensión de los años más difíciles en Europa desde la Segunda Guerra Mundial sin que se les moviera un pelo. Más tarde comprendí por qué querían mantenerse tan jóvenes.

Recuerdo en especial el día en que estuvimos al borde del abismo, cuando el Banco Nacional anunció una segunda tanda de pérdidas (incluso después de que lo hubiéramos rescatado y vendido la participación estatal a los kuwaitíes).

Era un jueves por la tarde y estaba en mi despacho, apenas un mes antes de las elecciones. Antonio Goicoechea, el presidente, me había llamado para adelantarme la noticia, que se hizo pública al cierre de los mercados, a las cinco de la tarde.

El teléfono sonó justo un par de minutos después. Estrella, cuya mesa estaba en una pequeña antesala a mi despacho, me anunció que me llamaba Franz.

—Isabel —me dijo el comisario en tono grave pero tranquilo—, ya te dije en Davos que los bancos españoles nos preocupaban y tú me aseguraste que los tenías bajo control. ¿Qué es esto?

Nunca ha dejado de sorprenderme la capacidad de Bruselas de centrarse en todo menos en encontrar soluciones. El juego de culpas, de esconder problemas o de pasarse la pelota los unos a los otros ocupa el tiempo y la energía de todos los implicados en cualquier dilema. Mientras, nadie considera que el asunto pueda resolverse y ya no digamos en las consecuencias de la situación para el ciudadano de a pie, por más que este financie los sueldos de seis cifras, de hasta siete en el caso de Franz, de semejantes personajes.

—Franz —respondí con sequedad—. Sí, ha sido una sorpresa cuando me lo han comunicado esta mañana...

Me cortó.

—¿Por qué no me lo has dicho enseguida? —preguntó en tono marcadamente dictatorial.

—Porque llevo todo el día buscando una solución —repliqué, escueta.

Desde el primer día no nos habíamos llevado bien y ninguno de los dos, supongo, habíamos hecho nada por remediarlo. En Davos, por ejemplo, y salvo el breve intercambio que mantuvimos sobre la salud de la banca española, nos evitamos todo lo que pudimos, algo de lo que ahora en parte me arrepiento. Con el tiempo he aprendido que hay que ser más diplomático.

Pero es que su pose altiva, su falta de empatía y su desprecio por el sur de Europa siempre me parecieron intolerables. Leisser siempre acudía a las reuniones con estadísticas sobre si en España se trabajaba menos, sobre si la productividad por hora era casi la mitad que en Alemania, y similares. Estaba harta de él y de su actitud pasivo-agresiva porque nunca, nunca, nos había aportado ninguna solución. Ingeborg también estaba hasta el gorro de que Franz nunca le hiciera ni caso; pero también es verdad que Dinamarca es un país demasiado pequeño y antieuropeo para que nadie en Bruselas lo tome en serio. La suya es una relación fría porque así lo quieren los daneses y porque son lo bastante ricos para permitírselo. Pero nosotros, por desgracia, necesitamos el apoyo de Bruselas, sobre todo en momentos tan delicados como ese.

—Estarás viendo la cotización de la deuda española, ¿no? —preguntó, displicente.

Tenía delante el gráfico de nuestros bonos en el Bloomberg desde justo después del anuncio. Pero Franz había llamado tan pronto que apenas había habido movimiento cuando atendí su llamada. Dos minutos después, volví la vista a las pantallas, que ahora sí reflejaban una caída en picado. La bajada era casi vertical, estrepitosa. El interés de nuestra deuda había pasado del 5 al 7,2 por ciento en cuestión de minutos, una cifra peligrosamente cercana al 8 por ciento, el nivel a partir del cual nuestra economía no se podía sostener.

—Claro que lo sigo —dije, a la defensiva.

—Los mercados creen que el problema es endémico a toda la banca española y que el Estado no podrá pagar un rescate a todo el sector —explicó como si yo no lo supiera ya.

Dejé pasar unos segundos, impaciente. Franz no decía nada.

—Mr. Leisser —respondí por fin—. Si me permite, le voy a dejar porque tengo un millón de llamadas que atender. Como usted bien dice, tenemos un problema.

—La llamada más importante, Mr. San Martín, es la que tiene en estos momentos. Voy a convocar un Ecofin mañana en Bruselas donde ultimaremos el rescate de la Unión Europea a España —dijo con solemnidad—. Europa debe velar por sus intereses y no puede permitir esta volatilidad que se contagiará a todos si no actuamos.

—No se precipite, Leisser —contesté sabiendo que ya me quedaba poco por perder y que sería difícil resistirse a la presión de los países del norte de Europa, que querían tenerlo todo bajo control—. Ya sé que tres mil millones es mucho dinero, pero nuestro sistema los puede absorber perfectamente sin necesidad de ningún rescate. Somos la cuarta economía de Europa, no una pequeña república bananera —le espeté.

—El mercado sospecha que el resto de la banca española tiene los mismos problemas —repitió, rápido.

—Pues que lo demuestren —respondí, ya en tono subido.

Franz dejó pasar unos segundos. Me lo imaginé suspirando con exasperación.

—Mi secretaria enviará la convocatoria ahora mismo —dijo por fin—. Hasta mañana.

Sin decir nada, esperé a que él colgara. Qué ganas nos tenía el desgraciado. Siempre había pensado que Franz estaba en Bruselas para salir de su aburridísima vida vienesa, donde se había hartado de tés, de pastelerías rococó y de una familia perfecta, con una mujer rubia, amable y guapa y tres niños angelicales. De eso no le podía culpar; a mí las vidas perfectas, en su mayoría encorsetadas y claustrofóbicas, me dan ganas de gritar.

No tuve más remedio que ir a Bruselas al día siguiente para empezar la reunión a las tres de la tarde. Como Martin y yo habíamos pasado la mañana haciendo llamadas a medio mundo para que compraran nuestros bonos, al final tuvimos que coger un avión del Ejército para llegar a tiempo. Odiaba volar con las Fuerzas Armadas, no solo porque era un derroche de dinero público, sino también porque los saludos y las formas militares siempre me han parecido desproporcionados. Los aviones son además decadentes, con toda la tapicería de un verde horrible y, lo peor, solo sirven comida de soldado: bocadillos de jamón (sin tomate) y café con leche entera. Eso sí, el servicio es rápido y llegamos a Bruselas a tiempo. Al llegar al edificio de la Comisión, Martin entró por la puerta habitual de empleados para reunirse con el resto del equipo, que había llegado por la mañana para dar a las delegaciones alemana y austriaca una pequeña presentación sobre la solvencia de nuestro sistema bancario, la misma que pretendía hacer yo.

Continué sola en el Mercedes oficial, que me dejó delante de otra puerta, más pequeña, por donde entran los ministros ya que está más cerca de la sala donde se celebran las reuniones del Ecofin. La prensa ya estaba esperando, como de costumbre, aunque esa vez eran muchos más. Los veinte o treinta metros de alfombra roja que van del coche a la puerta de entrada se me hicieron más largos que nunca. Por lo general a mí solo me paraba la prensa española, siempre en el mismo rincón, pero esta vez tenía a periodistas de todos los países disparando preguntas, alargando brazos con grabadoras y blocs de notas hacia mí. Siempre había tenido buena relación con ellos, pues entendía que los pobres se pasaban allí horas esperando, a la intemperie, sacar algún titular. Yo les daba alguna declaración siempre que podía, pero ese día, justo cuando más lo necesitaban, apenas pude abrir la boca porque la situación era más que delicada.

—¡Ministra, ministra! —gritaban para llamar mi atención.

Hacía mucho que me había acostumbrado a no mirar a los ojos a nadie, un truco que usan las personas con cargos de poder porque lo cierto es que no hay tiempo ni energía para prestar toda la atención que a uno le piden.

Me detuve a derecha y a izquierda para decir obviedades:

—Hoy negociaremos por los intereses de España. Todavía no hay nada decidido. El sistema bancario español es solvente.

Los periodistas apuntaban con celeridad mis palabras, que en tan solo segundos llegarían a medio mundo y, esperaba, impulsarían el precio de nuestros bonos.

Por fin entré en el edificio de la Comisión, un oasis de tranquilidad después de los diez minutos que había pasado acribillada por cámaras y focos. Justo detrás de mí entró Ingeborg, a quien nadie le preguntó nada. Juntas, llegamos a la sala con un ligero retraso; los otros quince ministros de Economía ya estaban en sus asientos, con el nombre de su país enfrente de cada uno. Era una estructura hexagonal, grande, con amplio espacio entre unos y otros para que pudiéramos instalar nuestros portátiles y documentos. Detrás de la mesa había tres filas de asientos, a su vez detrás de una mesa alargada, donde se sentaban nuestros equipos.

Todos se callaron al verme entrar, algo que no me había sucedido nunca, pues mi presencia en esas reuniones siempre había sido discreta, en línea con nuestro peso real en la Unión.

Franz miró el reloj y me lanzó una mirada reprobatoria, como si fuera una niña que hubiera llegado tarde a clase. Ingeborg y yo nos sentamos.

El comisario abrió la sesión haciendo un breve resumen de los hechos del día anterior, de poco más de tres minutos, y concluyó:

—La situación en España ha provocado una oleada de pánico, como ya ocurrió con la primera nacionalización bancaria, y que como entonces nos afecta a todos en Europa —dijo, mirando con intensidad a todos los ministros menos a mí—. La Unión Europea no puede ni debe permitir una situación así pues es nuestra responsabilidad y obligación mantener la estabilidad en nuestra región. El contagio del pánico puede ser mayúsculo si dejamos que la incertidumbre continúe, por lo que propongo acordar un rescate inmediato para España.

Hubo un ligero runrún en la sala. Noté que el ministro griego —a quien la Unión ya había rescatado hacía unos meses— me dedicaba una mirada gélida. Sabía que aquello significaba: «No sabes lo que te espera», pues me había contado en alguna ocasión cómo los tecnócratas de Bruselas, con Franz al frente, se habían apoderado del país: tenían control de todas las cuentas y hacían con la economía lo que les daba la gana con el único objetivo de devolver el préstamo que les había hecho Bruselas, a un altísimo interés, sin pensar ni un momento en ayudar a los griegos a salir de su crisis. Mi intención era evitar a toda costa una situación similar.

Pulsé el botón para pedir la palabra, percibiendo que era la primera en hacerlo pues delante de nosotros se encendía una lucecita roja para indicarlo. Aun así, Franz continuó:

—Europa nunca se ha distinguido por su velocidad y capacidad ejecutiva en situaciones difíciles —dijo—. Esta es una oportunidad para demostrar al mundo que tenemos la situación bajo control y que nosotros mismos resolvemos nuestros problemas de manera rápida y eficiente.

Que los buitres aprovechan el mal ajeno en busca de su beneficio ya lo sabía. Pero poner a cuarenta millones de españoles al son del *tempo* teutón solo porque un austriaco tenía ganas de notoriedad era más de lo que nunca habría imaginado. Volví a pulsar el botón, ahora con más fuerza. Observé que el ministro alemán también había pedido la palabra, igual que otros, hasta Ingeborg, quien apenas intervenía en esas reuniones por considerarlas una soberana pérdida de tiempo. Razón no le faltaba, pues en realidad nunca decidíamos nada relevante. En Europa estamos juntos, pero no revueltos, así que cada país sigue actuando según le conviene.

Franz, cómo no, concedió la primera intervención al ministro alemán a pesar de que yo hubiera pedido la palabra primero.

—Es hora de demostrar a los mercados quién manda en Europa —dijo este con un marcadísimo acento sajón—. También es hora de que los países irresponsables del sur de Europa empiecen a entender que el hecho de pertenecer a la Unión Europea tiene sus derechos, que tanto invocan, pero también sus obligaciones —subrayó mirándome a mí fijamente y luego a los ministros de Grecia y Portugal.

Le miré con rabia, aunque la verdad es que nada de aquello era nuevo; la misma historia de siempre, solo que entonces me tocaba rebatirla por todo lo que estaba en juego.

Esperé mi turno con paciencia, pero este tardó en llegar más de lo que esperaba, pues el ministro alemán, así como el francés y de nuevo Franz dedicaron más de una hora a recordar y analizar todas las ayudas que España había recibido de la Unión Europea. Por una vez, se habían preparado bien la sesión. Volví a pulsar el botón para poder intervenir, ahora ya de forma compulsiva e insistente. Franz me miró con un aire triunfal que me dio asco. Al menos tuvo la decencia de darle el turno a Ingeborg, quien me miró comprensiva, transmitiéndome su apoyo.

—Es muy fácil, señoras y señores —empezó, calmada como siempre—, venir aquí y señalar la paja en el ojo ajeno. —Ingeborg se detuvo y miró a todos los ministros, uno a uno, algo que sin duda les incomodó, por lo que empezaron a mirar sus blackberrys y a ojear documentos sin tan siquiera disimularlo. Después de un tenso silencio, continuó—: Estamos aquí para ayudarnos y no para reprocharnos, ¿no? —dijo, aunque ya había perdido la atención de todos, que continuaban a lo suyo: bien con los móviles o pensando en otras cosas, incluso mirando al techo con cara de aburrimiento. Yo era la única que la escuchaba. Franz tomaba notas, pero por lo que veía no era sobre lo que hablaba Ingeborg, ya que tenía los ojos fijos en unos papeles que tenía sobre la mesa. Siempre breve, Ingeborg no tardó en acabar, pero nadie recordará nunca que en ese momento propuso una idea que de hecho luego la Unión adoptó, aunque poco, tarde y mal. De haber escuchado a Ingeborg y su propuesta de realizar tests de solvencia a la banca, la Unión se habría ahorrado millones de euros y de problemas, ya que el plan hubiera arrojado claridad sobre el estado real del sector bancario europeo. Reconocer la verdad ante los mercados y proponer soluciones era la mejor opción para atajar la crisis y dar estabilidad, como más tarde demostraron los estadounidenses. Fue la propia Ingeborg quien convenció al simpático secretario del Tesoro estadounidense de que la idea merecía la pena. Más abiertos de miras, los americanos enseguida la implantaron, inyectaron dinero donde hacía falta y acabaron con el pánico. Asunto zanjado—. La verdad nos hará libres —sentenció Ingeborg a una audiencia que hacía mucho que no la escuchaba pero que pareció despertar con esta frase tan bíblica.

Franz tomó de nuevo la palabra y enseguida observé cómo los ministros dejaban sus blackberrys o cerraban las carpetas que habían estado ojeando durante la intervención de Ingeborg. La danesa también se dio cuenta y me miró con complicidad. Pero para ella no era crucial que no la escucharan, porque Dinamarca estaba mejor fuera que dentro de la zona euro. A mí sí que me importaba, y mucho, porque su idea podría ayudar en gran medida a millones de españoles. Pero nadie prestó atención hasta que tres años después el plan se adoptó por considerarse una gran iniciativa de los americanos que había que imitar.

Franz concedió un breve descanso de diez minutos. Se formaron los grupitos de siempre: los ricos y poderosos del norte de Europa en un corrillo cerrado, alrededor de Franz, mientras que italianos, griegos, portugueses y españoles nos reuníamos de manera más informal y menos cerrada junto a la mesa del café y las pastas (nunca había fruta, por más que Ingeborg y yo la hubiéramos pedido en repetidas ocasiones). El ministro griego y el italiano me dieron palmaditas en la espalda, pero yo no tenía tiempo que perder y me dirigí a mi equipo para que me buscaran inmediatamente datos de exportaciones alemanas a España.

Reiniciamos la sesión al cabo de veinte minutos, más de lo que necesitábamos, pero ya se sabe que en Bruselas parece que a uno le paguen por el tiempo que pasa reunido más que por lo que se acuerda en las reuniones. Por fin se me concedió la palabra.

Me levanté, aunque nadie lo había hecho todavía ni tampoco se solía hacer. Eran ya casi las seis de la tarde, llevábamos más de tres horas reunidos y todos parecían cansados.

—Señoras y señores, gracias por su interés en mi país: estoy segura de que todos queremos lo mejor para los ciudadanos españoles y europeos —dije. Hasta a mí me sonó rara la palabra «ciudadanos» en una reunión de alto nivel en

Bruselas. No se escuchaba a menudo—. Todos sabemos que el estigma de un rescate tiene un precio muy alto a medio plazo, porque es como reconocer que uno no ha tenido ni la sabiduría ni la disciplina de mantener su propia casa en orden. —Observé expresiones de aprobación, hasta en Franz, y continué aunque sin el valor de mirar a mi colega griego—. Sabemos que el rescate a Grecia no ha funcionado porque el esfuerzo para devolver el préstamo a la Unión Europea es tal que anula de manera automática cualquier posibilidad de revitalizar su economía, que era precisamente el objetivo, ¿no? —pregunté a la sala, aunque solo encontré miradas de piedra, caras sin ninguna expresión, salvo la de Ingeborg, que asentía—. Además —continué, asiendo con fuerza la presentación que sostenía en la mano—, sumir a España en una crisis peor de la que ya tiene no solo es malo para el país, también para ustedes —dije, detectando una sonrisa sarcástica en la cara de Franz—. Sí —continué con la vista fija en el comisario—. España es primer mercado europeo de exportación de coches alemanes, servicios de telefonía ingleses y energía francesa. —Guardé silencio para dar mayor efecto a mis palabras. Igual que había hecho Ingeborg, miré a los ministros a la cara y uno a uno: sobre todo a Franz y a los ministros alemán y francés. Los tres me rehuyeron. Continué con mi lista de ejemplos argumentando que si España se iba a la picota muchas empresas alemanas y europeas lo sentirían más de lo que sus representantes estaban dispuestos a reconocer—. Por ello, señores, les pido que reconsideren la propuesta de nuestro comisario de preparar un plan de rescate para mi país. Ni lo necesitamos ni nadie ha podido demostrar que todo nuestro sistema bancario esté en crisis. Tenemos un problema en un banco en concreto y únicamente necesitamos tiempo para resolverlo. Pero no necesitamos ayuda, muchas gracias —dije, aseverativa—. Así que, por favor, procedamos a una votación —añadí, y me senté.

Hubo un silencio sepulcral, tenso, de casi un minuto. Observé cómo Franz volvía a mirar el reloj. Creía que votaríamos inmediatamente, como era costumbre, pero esta vez no fue así. Franz tomó la palabra.

—Llevamos horas discutiendo un asunto delicado que requiere máxima ponderación —dijo con el ceño medio fruncido—. Propongo continuar el debate mañana sábado para que nos dé más tiempo a deliberar y a votar.

No me lo podía creer. Me senté al borde de la silla y apreté el botón de las intervenciones con insistencia. Franz me ignoró y empezó a recoger sus papeles, como si estuviera a punto de cerrar la sesión.

Me levanté de nuevo y alcé la voz.

—¡No puede ser, comisario! —exclamé—. Está toda la prensa esperando, los mercados están locos, tenemos que salir diciendo algo, ¡todo el mundo está pendiente de nosotros!

—Pues que esperen —añadió sin mirarme, volviendo a ordenar sus papeles.

Me tapé la cara con las manos. Si salíamos de allí sin una declaración, el mercado lo interpretaría como una falta de unión y de apoyo y eso penalizaría todavía más nuestros bonos, subiendo el coste de nuestra deuda, que por supuesto pagaría el españolito de a pie. Pero eso a nadie le importaba.

—¡Por favor, señores! —supliqué, desesperada. Nadie me escuchaba. Todos recogían sus cosas.

Franz, sin mirarme, clausuró la sesión y nos convocó a las tres de la tarde del día siguiente, sábado. Los ministros y Franz fueron saliendo de la sala, apresuradamente, excepto Ingeborg, que me esperó. Ninguno vino a ofrecerme una palabra de apoyo.

Me fui, con el ceño fruncido, hacia Martin y el resto del equipo y les convoqué al día siguiente a las ocho de la mañana para preparar más munición. La íbamos a necesitar. Había que detener a toda costa el rescate que a Franz se le había metido entre ceja y ceja.

Para evitar a la prensa salí del edificio por una puerta trasera, donde Ingeborg ya me estaba esperando, maja y rolliza como era, para proponerme irnos a cenar. Acepté, pues necesitaba una amiga, un poco de humanidad en aquel mundo devorador. Le pedí que fuéramos directamente porque quería acostarme pronto para estar fresca al día siguiente.

Cogimos un taxi hacia un restaurante local en una callecita oscura no muy lejos de la plaza mayor de Bruselas. Ingeborg me dijo que allí los mejillones eran espectaculares, aparte de que nadie nos reconocería y de que no nos encontraríamos a ningún funcionario comunitario; estos solo comían y cenaban en los restaurantes más caros y *chic* de la ciudad, por supuesto a costa del contribuyente.

La callejuela me dio un poco de impresión por la cantidad de luces rojas que había.

—¡Menudo sitio has escogido! —le dije, extrañada, mirando a un lado y a otro.

—Los españoles siempre tan recatados —respondió con una sonrisa—. En Dinamarca estamos a punto de aprobar un sistema de pensiones para prostitutas.

Me reí. No quise ni imaginar lo que me pasaría si yo propusiera una medida similar en España... Imposible.

Al cabo de poco rato estábamos en un pequeño local, sentadas a una mesa tranquila y discreta junto a la ventana, compartiendo una botellita de un vino blanco pescador delicioso y unos mejillones exquisitos. Justo lo que necesitaba.

Suspiré y miré por la ventana hacia la noche tranquila y aburrida de Bruselas. Fue entonces cuando vi a Franz y al ministro alemán avanzar a paso rápido, las solapas del abrigo altas, pero no había duda de que se trataba de ellos. Hice un ademán a Ingeborg para que mirara. Los dos hombres habían entrado en un burdel.

Me giré y miré a Ingeborg con ojos como platos.

—Pero ¿qué te piensas? ¿De qué te sorprendes? —me dijo, pinchando una patata frita para comérsela tan tranquila.

—¿El comisario europeo yéndose de putas mientras una crisis nos puede dejar a todos desplumados? —pregunté, incrédula.

—¿Por qué crees que no hemos votado hoy? —respondió Ingeborg hasta cierto punto sorprendida y dejando el mejillón que había cogido sobre el plato.

—¿Qué quieres decir?

—Llevas poco tiempo viniendo a Bruselas, querida —me dijo, ahora cogiéndome cariñosamente de la mano—. Todo se pospone y tarda tanto porque así están varios días aquí, disfrutando de noches fuera de casa que, como ves, aprovechan al máximo. Cuando te preguntes por qué hay tanta burocracia en Bruselas, calcula también cuántas noches puedes pasar aquí, las posibilidades que eso ofrece y cuánto puedes ahorrar viviendo media semana con los gastos pagados.

Negué con la cabeza.

—Y mientras, el contribuyente venga a pagar impuestos —dije, de nuevo mirando por la ventana, hacia la nada.

Ingeborg sonrió.

—Así es el juego, querida.

13

Para mi sorpresa, no conté con el apoyo de griegos y portugueses, que votaron a favor del rescate (y en contra nuestra), a cambio de una rebaja de la deuda que tenían con la Unión, según supe después. Fue Ingeborg —quién si no— la que nos salvó, al romper con su voto en contra el requisito de unanimidad necesario para aprobar la propuesta. La danesa argumentó que los problemas de la Unión Europea eran mucho mayores y profundos que la crisis en España, y que si Franz y los suyos querían resolver los problemas de Europa, deberían empezar por crear una estructura comunitaria más eficiente y práctica. Me sentí muy agradecida con ella, aunque el apoyo le costó caro a la pobre. Su voto en contra fue percibido como una falta de lealtad hacia los países del norte, por lo que Dinamarca vio recortadas de manera sustancial las ayudas comunitarias que recibía de forma anual.

Para mí aquello resultó ser una magnífica victoria que me permitió salir delante de las cámaras asegurando desde Bruselas que España no necesitaba ninguna ayuda y que el gobierno tenía la situación bajo control. Un rescate habría supuesto otro estigma para nuestro país, que de repente se habría visto prácticamente excluido de los mercados internacionales o de cualquier fuente de financiación. Ello a su vez habría disparado el coste de la deuda de nuestras empresas, dejando a muchas con el agua al cuello, generando más desempleo. Por no mencionar el coste desorbitado que la Unión Europea y el Fondo Monetario Internacional nos hubieran cobrado por los préstamos. Lo que la Unión Europea vende como un rescate o un favor a un país necesitado no es más que una operación de saqueo a quien atraviesa horas bajas y no puede defenderse.

Pero esa no era la razón de que políticos, empresarios y banqueros en España temieran un rescate. Ni mucho menos. El *establishment* estaba especialmente nervioso porque una intervención habría obligado al gobierno y a las administraciones locales a una transparencia hasta entonces desconocida en nuestro país. Habrían salido a la luz los sueldos de altos cargos públicos, sus objetivos más que modestos o indefinidos, o los presupuestos de miles de programas absolutamente inútiles que todos los gobiernos de la democracia se habían tenido muy callados. Yo conocía esos números, aunque no porque fueran públicos o porque hubiera un sistema eficiente de información, sino porque se los reclamaba a las comunidades autónomas y a las provincias, que no tenían más remedio que facilitármelos porque, al fin y al cabo, la que firmaba sus transferencias regionales era yo. Las cifras eran verdaderamente sorprendentes; nadie le podría haber explicado a los alemanes cómo la directora de la Comisión de

Fiestas del Ayuntamiento de Madrid cobraba trescientos mil euros al año, o que el presupuesto para impulsar el inglés en las escuelas gallegas fuera de diez millones de euros anuales, desde hacía más de diez años, sin que hubiera ningún control de progreso o la más mínima mejora de las notas de inglés en la Selectividad de los estudiantes gallegos. A ver quién le explicaba a la Merkel que había un tren de alta velocidad entre Cuenca y Ciudad Real con tan pocos usuarios que al gobierno le habría salido más rentable pagarles un taxi. Eran situaciones difíciles de justificar y, por supuesto, en todos estos casos la tijera alemana se habría aplicado sin compasión. Centenares de cargos y programas públicos de efectividad más que dudosa se habrían ido al garete, y esa era la razón principal por la que políticos y empresarios se oponían al rescate. El debate nunca se centró en si esa medida convenía o no a la economía española.

Salvamos el pellejo por poco y, por una vez, pudimos cantar victoria en Bruselas. Después de la rueda de prensa que siempre se convocaba al concluir cada Ecofin —en aquella ocasión más concurrida que de costumbre—, volví al hotel para ponerme cómoda de cara al viaje de vuelta. Tenía muchos informes que leer y dos reuniones que preparar.

Cuando estaba en el coche oficial camino del aeropuerto (sola pues Martin había vuelto con el resto del equipo un poco antes) recibí una llamada de Lucas, mi jefe de prensa. Pensé que querría más detalles sobre la votación, pero me equivocaba.

—Doña Isabel —me dijo, amable como de costumbre.

—Dime, Lucas —contesté, siempre al grano.

Se aclaró la voz antes de empezar, un gesto que me puso en alerta.

—Tenemos un problema, ministra —me dijo.

Cerré los ojos, ya que Lucas no era de los que exageran y su franqueza indicaba que el asunto era grave.

—¿Qué pasa? —pregunté, inquieta.

—Carmen Estrada.

Lucas guardó unos segundos de silencio.

—¿Qué ha hecho? —pregunté sorprendida, ya que nuestros asuntos apenas colindaban.

Pensé que se trataría de alguna metedura de pata sobre el funcionamiento de los hospitales u otro dato de gestión sanitaria que había empeorado. La verdad es que Carmen sabía más bien poco de medicina y tenía a la oposición volcada en contra de ella porque, en verdad, no era muy buena en lo suyo. También acostumbraba a caer en provocaciones de una manera un tanto ingenua, saliendo al paso de todas las críticas. Yo, en cambio, siempre me he cuidado mucho de seleccionar mis respuestas porque resulta imposible contestar a todo y muchas veces enfrascarse en una pelea dialéctica no hace más que empeorar la situación. A menudo lo mejor es morderse la lengua y callar. Además, la gente, la prensa y los políticos tienen una memoria sorprendentemente corta, con lo que en cuanto salta otra noticia, la atención se desvía y ya nadie se acuerda del tema que tanto preocupaba.

Pero en esa ocasión, y ante mi sorpresa, la llamada de Lucas no respondía a ningún asunto sanitario.

—Carmen se ha ido de la lengua —dijo por fin.

—¿Qué ha pasado? —volví a preguntar, ahora con ansia.

Lo último que me faltaba era Carmen metiéndose en los asuntos de mi Ministerio.

—La prensa la ha pillado poco después del anuncio de rescate, o del no-rescate, a la salida de un hospital de Valencia que había ido a inaugurar. —Lucas tomó aire un momento—. Ha dicho que evitar un rescate es una excelente noticia, que el gobierno actual es muy disciplinado y que, por ejemplo, en ese sentido ahora nos estamos planteando recortar las pensiones para bajar la deuda. —Lucas se detuvo, consciente de la magnitud de aquellas palabras.

Me quedé de piedra. ¿Con qué derecho hablaba ella de los proyectos o planes de mi Ministerio, en público, y además de cosas que aún no estaban ni decididas? Anunciar que íbamos a recortar las pensiones era como dispararse un tiro al pie, o más bien a la cabeza. ¿A qué bocazas se le ocurriría hacer público algo así, que nos podría costar casi las elecciones? ¿Algo, que, además, no estaba confirmado?

—No es verdad —dije.

—Lo siento doña Isabel, pero lo es —contestó Lucas, guardando de nuevo un silencio cargado de tensión.

—¡Será idiota! —no pude más que exclamar.

Durante esa semana había estado tan absorta en el rescate que apenas había prestado atención a los demás Ministerios y tampoco había leído más prensa que la económica. No podía entender por qué demonios Carmen había elegido hablar de las pensiones y por qué en ese momento tan delicado.

—Nadie ha hablado de pensiones últimamente, ¿no? —pregunté a Lucas, por si me había perdido algo.

—No —respondió—. El tema de las pensiones está tranquilo desde hace un tiempo. Nadie dice nada y desde el gobierno tampoco se ha hecho ningún comentario al respecto.

Lucas no conocía lo que discutíamos en el consejo de ministros, donde yo, es cierto, había mostrado mi preocupación por el asunto dos semanas antes. España se estaba convirtiendo en un país de viejos, con muy pocos niños, así que iba a ser muy complicado pagar las pensiones en veinte o treinta años. Tan solo había planteado el tema, pero GR lo había aplazado al consejo del viernes siguiente para hablarlo con más calma.

—Es increíble —dije—. Lo comenté en el consejo, pero no es ni una propuesta, se trata tan solo de una idea. ¿Por qué habrá dicho algo así? ¿Ha pasado algo en Sanidad?

Lucas se lo pensó unos segundos antes de responder.

—Bueno, lo de siempre; más días de espera para operaciones, huelgas en hospitales… —dijo.

La gestión de Carmen era calamitosa, pero a mí eso nunca me había sorprendido pues ella era abogada de profesión, no médico, y a mí, personalmente, siempre me había parecido algo desorganizada y sin capacidad para expresarse clara y concisamente. Me ponía nerviosa en los consejos de ministros cuando se iba por las ramas y nos hacía perder un tiempo precioso a todos.

Suspiré, mirando por la ventanilla del coche. Estábamos ya cerca del aeropuerto. Había que actuar rápido, pues aquello era una bomba mediática que debíamos contener.

—Lucas —dije, con autoridad—. Ya puedes, por favor, preparar un comunicado urgente desmintiendo semejante barbaridad, diciendo que el gobierno no tiene absolutamente ningún plan de recortar las pensiones.

—¿Digo que ni ahora ni en un futuro?

Pensé. Tampoco podía mentir y yo, de hecho, tenía claro que o recortábamos las pensiones o no las podríamos pagar. Pero tampoco podía decir una cosa sin haberlo debatido antes, y mucho, con el resto del gobierno.

—¿Futuro inmediato? —propuse.

—Hum…, la gente entenderá que a medio plazo se recortarán.

—Cierto.

—¿Y si lo dejamos en que no existe ningún plan y punto? —propuso Lucas.

—Bien.

Me quedé pensativa, considerando si debíamos añadir alguna cosa más, pero al final decidí que no porque siempre he creído en los mensajes breves y claros.

—Envíalo cuanto antes —pedí.

—Por supuesto —respondió Lucas, siempre diligente.

Habíamos llegado al aeropuerto. Mi teléfono no dejó de sonar con insistencia durante el tiempo que tardé en llegar al avión, esta vez un vuelo regular de Iberia. Siempre intentaba recortar gastos, porque creía que sobre todo en época de crisis había que dar una imagen de sensatez y sobriedad. Fui muy consciente de que todo lo pagan los ciudadanos con sus impuestos y de que no se les puede engañar diciendo que necesito un avión del Ejército solo para mí cuando puedo ir perfectamente con Iberia (pero no menos; a Ryanair nunca me rebajé).

Ya sentada en el avión, volví a consultar la blackberry. Había un centenar de correos electrónicos y siete llamadas perdidas, pero ninguna de Carmen. No sabía si esperar disculpas o no. Había resistido el impulso de llamarla, pensando que era mejor no reaccionar en caliente para evitar decir alguna temeridad de la que luego me pudiera arrepentir. No siempre hay que reaccionar a los hechos de inmediato; en muchas ocasiones, lo mejor es no hacer nada.

Me pasé el viaje pensando qué podría haber llevado a Carmen a jugármela de esta manera precisamente en un momento tan delicado para el país. El *timing* era increíble: justo después de que yo saliera en televisión, radiante, anunciando que nos habíamos librado del rescate, y semanas antes de unas elecciones generales de las que yo podía ser la protagonista.

Radiante. Protagonista. Ese podría ser el problema. Carmen recibía muchas más críticas que yo y, al ser casi diez años mayor, me debía ver como un obstáculo a su proyección mediática. Yo era más joven, también más guapa —para qué mentir— y mi Ministerio funcionaba mejor porque me dedicaba en cuerpo y alma a mi trabajo. Ella, en cambio, daba una imagen de inseguridad, siempre parecía sentirse incómoda, por ejemplo llevando ropa más bien ajustada que no hacía más que empeorar su apariencia. Yo intentaba dar una imagen lo más discreta posible, por lo que elegía siempre colores beige o claros, poco vistosos.

Igual mi éxito en Bruselas había activado su inseguridad y la mejor manera de apuntarse un tanto era fastidiarme y ponernos así al mismo nivel. La muy avispada, también había elegido un momento en el que yo estaba en el extranjero, desde donde siempre resulta más difícil responder. Después de considerar la situación durante todo el vuelo de regreso a Madrid, al final no me quedó casi ninguna duda de que aquello era envidia, a tenor del resultado: yo había pasado de ser «la buena» a «la mala», la heroína venida a menos que ahora recortaba las pensiones y dejaba a los viejitos sin pan.

Siempre había sospechado que Carmen no era de fiar. Lo intuí desde el primer momento cuando la conocí en mi primer trabajo en Administraciones Públicas, donde ella ya era directora general. Entonces era ya mandona y nunca pedía las cosas por favor ni daba las gracias por nada. Pensaba que sus subordinados estaban allí para servirle. Con la excusa de ser mayor que los demás, tenía hábitos de vieja escuela que a mí me resultaban poco apropiados. No quería que nadie la tuteara y nunca contestaba el teléfono personalmente. Incluso cuando las dos ya éramos ministras, me daba mucha rabia que las pocas veces que me había llamado, tuviera primero que hablar con su secretaria antes de que esta le pasara la llamada. Para mí aquello era una gran pérdida de tiempo, mío y también de la secretaria. En el Ministerio que yo dirigía hacía meses que había hecho instalar líneas directas para todos, para tratar a cada uno como a un profesional, sin servilismos.

Pero Carmen, ya desde entonces, siempre había mirado a todos por encima del hombro, altiva, esperando a que las puertas se abrieran a su paso. Nunca daba la mano y apenas había expresado palabras de simpatía por nada ni por nadie. Era una persona dura y en los consejos nunca me ayudó ni mostró simpatía alguna. Por fortuna, yo tampoco esperaba nada de ella.

Durante aquel viaje de Bruselas a Madrid pensé en Victoria Kent, quien no se llevaba nada bien con Clara Campoamor ni con Margarita Nelken; tampoco con La Pasionaria o Federica Montseny. Entre ellas nunca se apoyaron. La Kent y Campoamor tuvieron sonadísimas batallas en el Congreso, sobre todo acerca de la cuestión del voto femenino, al que la Kent se oponía y que Clara Campoamor defendió con uñas y dientes. Esos enfrentamientos entre las dos mujeres adquirieron una gran notoriedad en la prensa de la época, más centrada en las formas de las «guerreras» (como las llamaban) que en el debate en sí. Es cierto que ellas también entraban al trapo y creaban un espectáculo más propio de un circo o del teatro que de una sesión parlamentaria. A la prensa eso le encantaba, pues vendía ejemplares y era sin duda más divertido que los aburridos sermones de otros políticos. Observar a dos mujeres lanzarse anzuelos y ver cómo picaban se convirtió en uno de los pasatiempos preferidos de la clase política y empresarial madrileña de la época. Eso, claro, ayudó poco al progreso de la mujer, pues reforzó la idea de que no encajaba bien en un ambiente serio y profesional, por lo que era mejor que se quedara en casa.

Me he preguntado muchas veces el porqué de esta injusticia tan grande, contra la que ya se luchaba en tiempos de la República, pero que sigue existiendo en pleno siglo XXI. A menudo pienso que las mujeres estamos menos acostumbradas a trabajar en equipo que los hombres, por eso no estamos tan naturalmente dispuestas como ellos para establecer alianzas, tan necesarias para llegar y mantenerse en el poder. También vamos más con el corazón en la mano, apoyando o rechazando ideas según el valor que les demos, mientras que los hombres parecen guiarse más según les convenga: tú me ayudas a mí y yo te ayudo a ti, y mi opinión sobre el asunto en cuestión pasa casi a segundo plano.

Con la competitividad ocurre algo similar, como se aprecia ya en el patio del colegio. Los niños compiten entre sí —a ver quién mea más lejos— o aprenden a formar equipos a través del deporte, mientras las niñas suelen sentarse en corro para hablar, tranquilas. Es decir, ellos en plena acción y nosotras mirando, pasivas. La vida misma.

Los hombres también suelen ser más prácticos y no pierden el tiempo en debates estériles o en luchas por defender un principio; por lo general miran hacia arriba y solo se meten en líos si pueden sacar provecho de ellos. Mientras, nosotras nos enfrascamos en batallas como la del voto femenino durante la República, o las pensiones en el caso de Carmen, que no nos aportan nada, más que tiempo y descrédito. La pelea entre la Kent y Campoamor se tradujo en que ninguna de las dos llegó a ser ministra, perpetuando los gobiernos formados solo por hombres. Quizá el hecho de que haya tan pocas vacantes para mujeres en puestos de poder también hace que tengamos que luchar más entre nosotras para conseguirlos, con lo que los recelos aumentan. Triste, pero cierto.

Precisamente para evitar una riña de gatas no llamé a Carmen desde Bruselas. Decidí ser más profesional y dejar el asunto para el consejo de ministros del viernes siguiente. Prefería debatirlo ante GR, quien seguro me apoyaría, y no en una conversación privada con Carmen, que solo crearía resentimiento. Tampoco le quería dar la oportunidad de excusarse en privado; prefería que el ejecutivo en pleno analizara su desplante en todo su esplendor, y que quedara en evidencia delante de todos. La jugada que me había hecho había sido monumental y tendría que cargar con las consecuencias.

El viernes no tardó en llegar, tras una semana de cierta calma una vez se disipó la incertidumbre del rescate. En cuanto a las nuevas pérdidas del Banco Nacional, decidimos inyectarles más capital, que de momento el Estado podía absorber pues no eran tan cuantiosas como en la primera crisis. El asunto de las pensiones también había desaparecido del mapa desde el miércoles, cuando el Real y el Atlético de Madrid disputaron un partido de la Champions que monopolizó la atención pública. Siempre he pensado que en este país, el fútbol es el mejor aliado de los políticos, como el circo lo era de los emperadores romanos: un gran mecanismo para desviar la atención.

El consejo de los viernes empezó, como siempre, a las tres de la tarde. Los nueve ministros estábamos en nuestros puestos de costumbre, el mío justo a la derecha de GR, tal y como él había dictado cuando me incorporé a su equipo. Carmen estaba en la esquina izquierda de la mesa rectangular, que era de una madera de nogal maravillosa. La estancia, en Moncloa, era más bien anticuada, todavía con motivos florales o de caza en las paredes. GR había modernizado su despacho, pero aseguraba que había estado demasiado ocupado para redecorar la sala de reuniones. Al menos había instalado cables y enchufes por debajo de la mesa, muy discretos, para que pudiéramos usar y cargar móviles o portátiles. La luz era clara y otoñal; desde la mesa veíamos las encinas y los olivos tan espléndidos que hay en los jardines de Moncloa.

GR fue el último en entrar y sentarse. Iba elegante como siempre, con su impecable traje azul de corte moderno y camisa blanca. Como de costumbre no llevaba corbata, sin que ello le restara un ápice de distinción.

Se ahorró los preámbulos.

—Señoras y señores —dijo, solemne—. ¿Se puede saber qué chapuza ha pasado con el tema de las pensiones? Hablamos del asunto aquí hace dos semanas y lo dejamos todo en el aire. No hubo ni hay ninguna propuesta de recortar pensiones, Carmen —le preguntó mirándola fijamente con más bien poca simpatía—, ¿por qué dijiste algo así? No es verdad y para colmo nos da una imagen de descontrol y desorganización.

Carmen, con la respuesta bien preparada, explicó que lamentaba su error y que no volvería a ocurrir; que solo había intentado dar una imagen de gobierno activo y disciplinado con los gastos. Por una vez fue breve, supongo que para minimizar los daños y cambiar de tema enseguida.

Pero GR no iba a dejar pasar algo así de manera tan ligera y nos largó un monólogo de casi diez minutos sobre la importancia de ofrecer una apariencia unificada y de no meternos los unos en los asuntos de los otros. Era el estilo que le gustaba al presidente, quien dirigía un gobierno sobrio pero que funcionaba poco como equipo. Cada uno llevábamos nuestro Ministerio y aunque en el consejo escuchábamos lo que hacían los demás, apenas debatíamos nada ni teníamos prácticamente contacto entre nosotros durante la semana. Creo que GR quería una estructura más bien celular, con las partes desconectadas entre sí y que daba más poder a quien está por encima de todo, él en este caso. Aquella estructura me sorprendió al llegar, pues había imaginado que un gobierno democrático sería como un equipo de fútbol en el que cada uno, desde su puesto, jugaba más o menos con el mismo estilo y un objetivo común. Se trataba de gobernar el país desde muchos aspectos —el económico solo era uno de ellos—, por lo que yo creía que trabajaríamos juntos hacia un mismo fin, pero pronto me di cuenta de que no. Allí cada uno hacía lo que debía, o podía, pero a su propio son. Eso también se reflejaba en la sociedad, que carecía de objetivos capaces de despertar ilusión, en gran parte porque el gobierno no los había definido. Cuidábamos de los árboles, pero nadie miraba el bosque. Y así iba el país. ¿Hacia dónde? Hacia ninguna parte.

Carmen reiteró sus disculpas al final del soliloquio de GR, quien añadió, ahora mirándome a mí:

—Y esto, Isabel, significa que tenemos que olvidarnos de la idea de recortar pensiones —dijo.

—Supongo que te refieres a durante un tiempo, ¿no? —pregunté—. Ya comenté hace un par de semanas que los números no cuadran y que no tendremos más remedio que recortarlas tarde o temprano. Si no, en tan solo diez años no las podremos pagar.

—Pues que sea el próximo gobierno quien las recorte, pero nosotros no. Nos haría demasiado daño electoralmente —apuntó GR, rápido.

Dudé en si seguir debatiendo o no, porque tampoco era cuestión de llevar la contraria al jefe. Aun así lo hice, porque lo creía mi deber: había que empezar a recortar algunas dotaciones si queríamos una gestión eficaz y responsable en el futuro. Como ministra, no podía dejar unos compromisos de pago de pensiones que supusieran un problema grave al próximo gobierno. No era ético. Yo estaba allí para velar por la economía del país, presente y futura.

—Me temo que es un tema delicado y que nuestra natalidad es la menor de Europa. O nos hacemos más ricos, o recortamos —dije.

—Pues nos hacemos más ricos —respondió enseguida GR.

Miré alrededor de la mesa, sobre todo a Mario, ministro de Industria y rival (por entonces ya vencido) en la batalla por la sucesión en el partido. Sabía que él conocía bien el problema porque era economista y además se había mostrado de acuerdo con mis ideas anteriormente. Permaneció callado.

El tema se zanjó y cuando creía que ya no había más asuntos económicos en la agenda, GR apuntó:

—Ah, Isabel, me parece bien endurecer las condiciones para que los fondos de inversión extranjeros operen en España —dijo, ante mi sorpresa—. Me lo comentó Villegas el otro día.

—¿José Antonio? —pregunté, con una ceja levantada.

—Coincidimos esta semana en una cena con el presidente mexicano en la Zarzuela cuando tú estabas en Bruselas y él fue en tu lugar.

—Pero ¿qué te dijo? —pregunté todavía en estado de shock, puesto que no sabía absolutamente nada del tema. Yo era la ministra y en ningún momento se había planteado ningún endurecimiento de las barreras de entrada a los fondos extranjeros.

GR percibió mi sorpresa, lo que no era una buena señal porque daba a entender que no estaba al tanto de lo que se cocía en mi propio Ministerio.

—Dijo que hay una importante gestora de fondos estadounidense, NorthStar o algo así, que pretende venir a comerse el mercado nacional y que planean unas inversiones multimillonarias. —Permanecí callada porque todo aquello era nuevo para mí, pero intenté que no se notara. Las manos me empezaron a sudar debajo de la mesa. GR continuó—: Me dijo que eran unas medidas fuertes, pero simples, para proteger a los bancos españoles, ahora muy necesario en tiempos de crisis.

El NorthStar de Gilliot desde luego no era santo de mi devoción, pero una medida así de aislacionista, en finanzas, era casi como volver a la autarquía de Franco. No podía estar de acuerdo, de ninguna de las maneras.

—Es importante que el ciudadano español pueda invertir en fondos extranjeros para tener más elección y también acceso a inversiones que no son posibles desde aquí —dije tan diplomáticamente como pude y sobre todo convencida.

GR me miró, así como Mario, ministro de Industria, que esta vez sí intervino pero no precisamente para ayudarme.

—Los mayores bancos españoles ya ofrecen acceso internacional —dijo con cierto paternalismo, como si fuera algo que yo no supiera—. Pero ahora es importante que nos centremos en cómo fortalecer o proteger a nuestra banca más que en plantearnos si los españoles invierten en Vietnam o no.

GR asintió con la cabeza. Yo les miré a los dos. Una vez más, tomábamos una decisión donde nadie se cuestionaba las consecuencias para el consumidor final, que se quedaría, en este caso, sin un abanico muy importante de posibilidades de inversión.

Por prudencia me callé, aunque en ese momento empecé a maquinar la salida de José Antonio de mi equipo. Siempre había sido un problema y aquello era la gota que colmó el vaso. Ya no lo quería en mi Ministerio. No quería a nadie que actuara a mis espaldas, y encima para defender algo por su propio interés. Estaba segura de que en el futuro José Antonio se cobraría de una manera u otra este favor a la banca. Como de hecho ocurrió ya que poco después entró en el consejo de HSC.

Me empecé a hartar de tanta hipocresía y negligencia, no solo en el caso de José Antonio, sino del gobierno en pleno. ¿No estábamos allí para construir un país mejor? ¿Por qué íbamos a suprimir opciones para el españolito de a pie solo para proteger a nuestra banca? Como si los bancos españoles fueran pequeños e indefensos: controlaban el país dominando las industrias más importantes, decidiendo ellos solitos qué sectores prosperaban y cuáles no (a los que les limitaban el crédito). Con sus donaciones, también tenían gran poder sobre centenares de asociaciones culturales que dependían financieramente de ellos, y para colmo controlaban la prensa, que vivía de su publicidad. ¿Por qué un gobierno de centro-izquierda como el nuestro tenía que sucumbir a un oligopolio como la banca?

Ese día en el consejo de ministros me sentí pequeña, muy pequeña. Como si el hecho de ser ministra de Economía no fuera suficiente, pero no porque no me dejaran hacer cuanto creía que debía hacer —de eso hacía mucho que me había dado cuenta—, sino porque estábamos vendidos a la todopoderosa banca. Éramos el gobierno, pero teníamos poco poder. Aquello había que cambiarlo.

14

La llamada que había estado esperando toda aquella noche preelectoral me despertó de golpe. Debía de haberme quedado dormida de puro agotamiento después de hablar con Manolo, porque cuando sonó el móvil, que estaba tirado en el suelo junto al sofá, eran casi las dos de la mañana. Lo cogí con tanta ansiedad que se me volvió a caer, pero afortunadamente el emir al-Surdha era una persona paciente e insistente y el artilugio siguió sonando hasta que por fin le di a la tecla adecuada.

—¡Emir! —exclamé poniendo los pies en el suelo y enderezándome. Tenía el corazón en un puño. Sentía una mezcla de angustia y pánico por si hubieran sido ellos los vendedores de nuestros bonos, pero también una sensación de calma por si aquella caída era un fallo técnico que se aclararía pronto.

—Querida ministra —me dijo tan tranquilo, correcto y caballeroso como de costumbre—. Espero no haberla despertado, pero como en sus mensajes me pidió que la llamara a cualquier hora, aquí me tiene.

Para él eran las seis de la mañana del sábado. Me lo imaginé en su palacio con su pijama de seda natural, de pie frente al mar, móvil de plata en mano. Quizá tres mujeres le esperaban en la cama, pero preferí no pensarlo.

—Y yo se lo agradezco muchísimo, emir. Buenos días —dije, ahora un poco más tranquila.

Al-Surdha no se anduvo con rodeos.

—¿Qué ha pasado?

Suspiré. Su ignorancia demostraba que ellos no habían vendido. De todas maneras, si algo he aprendido en política y en la vida en general es que uno no se puede fiar de nada. O de casi nada, nunca.

—De eso precisamente quería hablarle, emir —contesté de la manera más delicada que pude—. La caída de los bonos nos ha sorprendido muchísimo porque no existe ningún motivo que la justifique: no hay datos negativos que vayan a salir la semana que viene ni ninguna sorpresa desagradable que desconozcan los mercados. Nuestra economía, desde luego, no va tan bien como quisiéramos, pero tampoco vislumbramos ninguna desgracia que explique esta hecatombe —dije, intentando dar confianza a nuestro principal inversor. El fondo soberano kuwaití tenía casi un veinticinco por ciento de nuestra deuda pública.

El emir permaneció callado durante unos segundos.

—No lo entiendo —dijo—. Desde luego que no hemos sido nosotros. Ya sabe, señora ministra, que firmamos un pacto de inversión a largo plazo con el gobierno español y no es nuestro estilo cambiar de idea de una manera tan repentina, y mucho menos sin avisar. Si quisiéramos vender, hablaríamos primero con usted y trazaríamos un plan para que la salida fuera ordenada.

Respiré más que aliviada. Era francamente difícil encontrar personas de esta entereza y palabra en el mundo de la política, y ya no digamos en el de las finanzas, donde todo vale con el fin de ganar dinero.

—Se lo agradezco muchísimo, emir —dije de corazón—. Nunca he dudado de su palabra.

—Eso no significa que no estemos disgustados con el tema del Banco Nacional —apuntó—. No esperábamos esa segunda tanda de pérdidas, pero confiamos en recuperar el dinero cuando la economía mejore y el banco se venda a algún oligarca extranjero, o a otra entidad.

No supe qué decir, pues la banca española era un oligopolio que controlaba, y todavía controla, todo el país y antes me cortarían la cabeza, y la del emir también, que permitir que el segundo banco de España acabara en manos extranjeras, por más que los kuwaitíes y el propio Estado fueran los principales accionistas. Ningún gobierno se atrevería a fastidiar a la banca. Intenté volver al asunto principal.

—Emir, ¿ustedes han visto, leído o escuchado algo sobre el movimiento de los bonos? —pregunté, consciente de lo «cutre» que resultaba que la ministra de Economía de un país como el nuestro preguntara a su principal inversor qué demonios había pasado con su deuda. Pero no tenía más opción que preguntar; estaba desesperada.

El emir pareció dubitativo durante unos instantes.

—Pues no sé… —empezó—. Podría ser un ataque por parte de los fondos especulativos, pero eso siempre ocurre antes de alguna noticia o algo gordo… —Hizo una pausa—. O igual alguien está apostando que algún partido radical izquierdista gane las elecciones el domingo, lo que desde luego provocaría una debacle en los mercados. ¿Existe alguna posibilidad de que gane algún partido comunista o similar?

—Ni hablar, son minoritarios —dije sin apenas pensar. Era cierto que la crisis había aumentado el descontento social de manera considerable y que algunos partidos populistas y de extrema izquierda habían ganado prominencia en internet, pero al final la cosa se había quedado en mucho ruido y pocas nueces. Esos grupos apenas habían sabido organizarse y su campaña fue más bien pobre, con pocas ideas sobre la mesa. Parecía que la gente se había cansado de ellos después de un ligero auge inicial.

—Pues entonces no sé qué más puede ser —apuntó el emir, pensativo—. A no ser que la Unión Europea esté preparando un rescate de España.

—No, eso no es verdad —dije con toda la certeza del mundo—. Si fuera así lo sabría y no es el caso.

—¿Seguro? —cuestionó el emir—. Y ¿si lo están haciendo por detrás, sin contar con su colaboración?

—Eso atacaría cualquier principio democrático —respondí—. La Unión Europea no puede actuar como uno de esos fondos especulativos —dije mientras alzaba las cejas—. Ya solo nos faltaría eso.

—No sé, no sé —respondió el emir poco convencido—. Yo, por si acaso, me aseguraría de que ni la Unión Europea ni el Fondo Monetario Internacional tengan algún as en la manga o alguna mala noticia o advertencia que vayan a publicar la semana que viene. Podrían haber dado el soplo a algún inversor y que este haya actuado con antelación para lucrarse. —Aquella era una posibilidad que no se podía descartar, sobre todo ahora que teníamos a un español al frente del FMI. Tendría que indagar—. Pero con lo que puede contar —prosiguió el emir— es con que nosotros no hemos tocado nuestra inversión ni lo haremos en un futuro próximo —reiteró. Suspiré con gran desahogo—. De todos modos —continuó al-Surdha alertándome—, y ya que estamos manteniendo una conversación tan franca, me gustaría saber si sería posible recibir una pequeña compensación por nuestro apoyo en un momento tan crucial —dijo con delicadeza.

Cerré los ojos y me lamenté por no haber previsto aquella situación. De haberlo pensado antes, quizá hubiera podido ofrecer alguna recompensa menor de la que en ese momento a buen seguro me tocaría pagar. Estaba atada de pies a manos.

—Escucho —dije.

¿Qué otra cosa podía hacer? Enojar a los kuwaitíes habría sido lo más contraproducente en aquel momento.

—Soy consciente de que Kuwait cuenta con una posición privilegiada —empezó—. Es cierto que el petróleo y el hecho de ser un país tan pequeño nos ayuda en gran manera, pero somos responsables y tampoco podemos tirar el dinero, por Alá.

—Claro —dije, intentando mostrar el máximo respeto. Pero por Alá, ya me gustaría a mí tener sus pozos de petróleo.

—La realidad es que en España hemos perdido dinero, y mucho, primero con el Banco Nacional y ahora con los bonos —continuó el emir.

—Son inversiones que se recuperarán —añadí más bien con poca convicción.

—No me cabe la menor duda —contestó al-Surdha—. Nosotros, ya le he dicho, tenemos confianza en la economía española; es más, ahora estamos interesados en una zona algo deprimida junto al puerto de Barcelona —dijo con convicción.

Seguro que llevaba tiempo dando vueltas a esa idea, porque los kuwaitíes ni actúan con prisas ni toman decisiones espontáneas. De todos modos, era la primera vez que me la mencionaba.

—¿Barcelona? —pregunté intentando disimular mi falta de sorpresa. La ciudad catalana se había convertido en objeto de interés de multimillonarios de todo el mundo. Atraídos por su luz y belleza, estadounidenses, asiáticos, rusos, chinos y jeques árabes pagaban fortunas por comprar pisos de lujo frente al mar o por estar cerca de algunos de los mejores restaurantes o de la mejor arquitectura del mundo. Barcelona se había convertido en la ciudad-juguete de la élite internacional. Yo había luchado para que esos millonarios trajeran inversiones, empresas, fábricas o puestos de trabajo, pero no había manera. Esa élite solo quería Barcelona como pasatiempo de fin de semana, con helipuertos privados y residencias exclusivas para disfrutar de la ciudad; venían en busca del colorido de las Ramblas, de las tiendas del Eixample, del exotismo arquitectónico, de la sofisticada vida nocturna, los paseos a la sombra de las palmeras de la Diagonal o incluso del fútbol. Pero ni hablar de trasladar allí sus oficinas o empresas, o simplemente de realizar inversiones que crearan empleo. Respiré hondo y exhalé despacio, esperando que las demandas del emir no fueran desorbitadas—. ¿A qué zona se refiere en concreto, y qué planes tiene?

El emir tosió ligeramente, pero enseguida se explicó:

—Es la zona del Poblenou, no muy lejos del puerto.

—Sí, sí, la conozco —apunté. Siempre me había gustado aquel barrio de pescadores, hoy también urbanizado con apartamentos de lujo pero que al menos conservaba lo poco de original que le quedaba a la zona portuaria de Barcelona, básicamente reconvertida en parque temático para turistas.

El emir prosiguió.

—Nos gustaría desarrollar un puerto privado para barcos y yates de gama alta, con un muelle repleto de restaurantes y servicios y la posibilidad de construir chalés justo detrás.

Me llevé una mano a la cabeza y cerré los ojos. Saltaba a la vista que aquella era una idea que ya tenían muy madura.

—O sea, un puerto privado solo para ricos, casi en el centro de Barcelona.

—Bueno, está un poco alejado —apuntó el emir.

—Desde luego no está al final de las Ramblas, pero se tarda diez minutos en llegar al centro —dije.

—Sí, por eso nos interesa —apuntó al-Surdha.

Guardé unos segundos de silencio. ¿Cómo iba a aprobar semejante proyecto? ¿Dónde se había visto a una ministra en principio de izquierdas vender el corazón de Barcelona a los kuwaitíes? Yo, cerrando el último reducto genuino de playa que le quedaba a Barcelona para dárselo a la élite internacional, que encima no quería mezclarse con la población local; solo buscaban un lugar privado donde atracar, comer y dormir, todo en la misma zona. Me angustió pensar que no tenía alternativa.

El emir prosiguió con su increíble talento negociador.

—Ni que decir tiene, que veríamos esta inversión en la economía local como una apuesta tan a largo plazo como la entrada en la banca o en los bonos soberanos —dijo con convicción—. Ya sabe, ministra, que somos personas de palabra y que cuando llegamos a un sitio es para quedarnos. No somos un fondo especulador y estamos muy ilusionados con nuestros proyectos en España. Creemos que esta relación puede ser muy satisfactoria para las dos partes.

Sí, claro, pensé, hasta que nos acabéis comiendo. Verdaderamente era una desgracia ser un país pobre. Los griegos ya habían hasta vendido algunas de sus islas a jeques y a chinos, y yo estaba a punto de entregar un pedazo del corazón de Barcelona a los kuwaitíes. *Porca miseria.*

Me recliné en el sofá e intenté pensar con rapidez. Recordé el Portal Vell de Mallorca, no muy lejos de Port d'Andrax, una pequeña localidad que habían reconvertido en un puerto nuevo para millonarios rusos. Aunque en una zona maravillosa de la costa mallorquina, el enclave es totalmente nuevo y sigue dominado por tiendas de lujo, como Gucci, Hermès o Prada. Ningún mallorquín va allí más que a servir a la élite, que paga cinco euros por un café y quince por una copa de cava. Las cuidadísimas carreteras y accesos que llegan al lugar están plagadas de porsches y todoterrenos de desproporcionadas dimensiones que llevan y traen a los millonarios desde un helipuerto privado cercano a sus barcos.

Me imaginé un panorama similar en el Poblenou ante la mirada atónita de los residentes locales, a quienes por supuesto habría que desalojar y mandar a otra parte. Recordé un restaurante de pescado maravilloso en una placita encantadora, con casas de no más de dos pisos de altura alrededor de un pino majestuoso que daba una sombra fabulosa en verano. Allí había pasado veladas veraniegas muy agradables, con los niños del barrio correteando y tirando petardos en la noche de Sant Joan, mientras sus padres y abuelos se sentaban a cenar ante mesas de plástico, con manteles de papel. No había más que hacer que disfrutar de la compañía de amigos y familiares en ese espacio mediterráneo tan tranquilo y especial.

A esas personas ahora me tocaría explicarles que debían dejar sus casas amplias y soleadas para mudarse a la planta veintidós de un edificio en Badalona u Hospitalet, lejos de sus vecinos de toda la vida. Se me encogió el corazón. Intenté no adoptar un tono de súplica, sino de realismo.

—Esa zona, señor emir, es muy delicada —dije—. Está muy ligada al espíritu de la ciudad. Es de lo poco genuino que le queda.

—Ya sé, ya sé, señora ministra —dijo el emir—. Precisamente por eso nos interesa.

Guardé silencio. Solo quedaba implorar.

—¿Habría alguna manera de compartir ese espacio con los actuales vecinos, de que no todo acabara en manos privadas?

El emir emitió un ligero suspiro.

—Por supuesto que nos encantaría, y comprendo su posición —dijo—. Pero me temo que el espacio no es lo bastante grande para todos. Y si compartimos aunque sea un poquito, el proyecto fracasaría, porque no sería lo suficientemente exclusivo para este perfil de cliente. De verdad que lo siento.

Fruncí el ceño mientras me estrujaba el cerebro buscando alternativas.

—No sé, emir, no sé. Es una cuestión delicada. ¿No podríamos pensar en otra solución? Tenemos otras zonas portuarias en España que precisan inversión y que cuentan con más espacio. En Asturias, por ejemplo...

No me dejó continuar.

—Queremos esa zona en Barcelona. El público en el que pensamos nunca atracaría en Asturias.

Razón no le faltaba, pensé. Intenté ganar tiempo.

—Emir, me gustaría madurar esta decisión, hablarlo con el resto del gabinete si usted me lo permite...

Me volvió a cortar, algo que me sorprendió, pues al-Surdha siempre había sido suave como la seda.

—Me temo que no podemos esperar... —Dejó pasar unos instantes—. Las personas detrás de este plan podrían quedarse muy descontentas si les hacen esperar, por lo que podrían empezar a vender bonos españoles... —dijo, aclarándose la voz.

Nunca me habían hecho un chantaje tan directo. Y me dolió. Era cierto que el mundo siempre se ha movido por intereses, así que no sé de qué me sorprendía. Pero resultaba muy desagradable estar en esa situación. Volví a pensar en las hogueras de Sant Joan, en esas plazas tranquilas y silenciosas en las tardes de verano. En esas familias movilizadas hacia un barrio obrero, ya no pescador, a las afueras de Barcelona. Pensé en ese restaurante tan acogedor, cerrado y sustituido por otro sirviendo ostras y champán a oligarcas rusos de sesenta años acompañados por rubias de veinte. Se me revolvió el estómago, pero no tenía opción. La alternativa era otra hecatombe de nuestros bonos, lo que aumentaría tanto el coste de nuestra deuda que nos lanzaría directos a un rescate. Los kuwaitíes nos tenían cogidos por los cojones.

—Veré lo que puedo hacer —dije por fin.

—Estoy seguro de que como ministra de Economía lo puede hacer todo.

Suspiré.

—Lo intentaré —claudiqué, con gran pesar.

El emir guardó unos instantes de silencio. Por fin concluyó:

—Ministra, siempre es un placer tratar con usted.

Yo solo pude añadir:

—Gracias por llamar, emir.

Sin más, al-Surdha colgó el teléfono.

Eran las dos de la mañana, me jugaba unas elecciones generales, mi país estaba al borde de la bancarrota —si el tema de los bonos no se resolvía—, y acababa de vender un trocito del corazón de Barcelona a los kuwaitíes. Me preparé un *gin-tonic* y me dije que ya solo me quedaba rezar sin saber muy bien a quién, ya que nunca había creído en nada más que en la vida misma.

Fui al baño a refrescarme. Me lavé la cara y observé unas grandes ojeras que me llegaban hasta las mejillas. Tenía la tez blanca, los ojos casi apagados, el pelo revuelto. Casi giré la cara de lo poco que me gustó lo que vi. Estaba agotada, las circunstancias claramente me superaban. Igual aquel puesto requería más de lo que yo podía dar. Igual era un error haberse presentado a la presidencia. Igual no era capaz. Pensé en GR, en su incapacidad para actuar, en las pocas decisiones que había tomado —siempre eligiendo la opción fácil, la que le mantuviera en el poder—, pero en ese momento entendí que, por lo menos, fortaleza no le faltaba. Nunca le había visto destrozado, apagado, como lo estaba yo en ese momento. Me tapé la cara con las manos y sentí los ojos húmedos. Noté cómo las lágrimas estaban a punto de aflorar, pero las contuve al ver a través de la ventana la luz del despacho de Martin encendida. Aunque no le había pedido expresamente que viniera al despacho, la presencia de mi director general de Tesoro me reconfortó. Le conocía bien y estaba segura de que estaría trabajando a destajo para saber qué demonios había pasado con los bonos. Como yo. Cuando me disponía a acercarme para saludarle, mi teléfono volvió a sonar.

Corrí a cogerlo porque una llamada a la línea directa y en plena madrugada solo podía significar algo importante. Esperaba que fuera Antonio o Lucas, o alguien que me pudiera explicar la terrible situación que estábamos atravesando.

Me sorprendió ver el número de móvil de Estrella, aunque pensar en ella me tranquilizó. Por fin una voz amiga, alguien de quien me podía fiar, mi secretaria leal durante más de diez años. Mientras la saludaba, fui a por el *gin-tonic* que había dejado sobre la mesa y me senté en el sofá, más relajada.

—Estrella, querida, qué sorpresa tan tarde —dije mirando el reloj de la pared. Eran las dos y media de la mañana. Le di un trago al *gin-tonic.*

—Isabel —me dijo tan cariñosa como de costumbre—, perdona que te moleste a estas horas, pero iba en coche de camino a casa con una amiga y he visto luz en el despacho y me ha extrañado. Solo quería asegurarme de que todo está bien, preguntarte si necesitas algo.

Aquella preocupación tan natural por parte de alguien a quien apreciaba y todavía aprecio me infundió ánimos. No todo el mundo era un desalmado y un interesado; todavía quedaban personas en quien poder confiar, por las que una podía y debía trabajar.

—Estrella, querida, sí, bueno, estoy aquí. —No sabía qué decirle, pero estaba demasiado cansada o agotada para mentir o esconder la verdad. Al fin y al cabo, ella había sido mi aliada más fiel. Respiré despacio.

—¿Ha pasado algo? —preguntó.

Estrella era discreta y no husmeaba, pero siempre percibía cuándo algo me preocupaba.

—Pues sí, Estrella, hija, sí ha pasado —le dije casi como una madre a pesar de que ella tuviera algo más de treinta años y yo apenas le llevara diez. Dejé el *gin-tonic* en la mesa y me dispuse a explicarle cuanto sucedía, pues ella, que leía mis correos y atendía mis llamadas, podría tener alguna pista sobre algún comportamiento extraño por parte de un inversor. Igual gracias a Estrella podríamos atar algún cabo suelto—. Resulta que los bonos se han hundido en Wall Street y nadie sabe por qué —confesé, apoyando la espalda en el sofá y los pies sobre la mesita de cristal.

—Ostras... —exclamó haciéndose cargo de la situación de inmediato.

—Y José Antonio le ha dicho a la prensa que han sido los kuwaitíes quienes han vendido porque están hartos de las pérdidas en el Banco Nacional —añadí. Estrella sabía perfectamente que José Antonio y yo nunca nos habíamos llevado bien; incluso alguna vez me había contado que José Antonio le había pedido que no siguiera mis indicaciones, sino las suyas. Pero Estrella siempre se las había ingeniado para no obedecerle.

—Qué hijo de puta, ¿no? —dijo.

—Pues sí que son unos comentarios muy poco afortunados en este momento; nos hacen mucho daño. Seguramente solo me querrá fastidiar a mí, pero lo único que va a conseguir es arruinar a miles de españoles. —Me detuve un instante para dar otro trago. Hablar con Estrella me relajaba—. El caso es que no han sido los kuwaitíes quienes han vendido porque acabo de hablar con el emir y me lo ha confirmado —dije.

—Ah, el emir... —suspiró—. Estoy segura de que al-Surdha nunca nos haría daño, Isabel. Recuerdo muy bien cómo nos trató en Tarragona y en Kuwait. Es un encanto y todo un caballero —añadió.

Estrella y el emir siempre se habían llevado bien. En Tarragona y en Kuwait, al-Surdha se había deshecho en atenciones con ella, tratándola como a una persona más del equipo y sin menospreciarla por ser la secretaria, como muchos. Eso Estrella lo apreciaba y siempre le trataba bien, dándole preferencia frente a otros inversores, quienes a menudo le daban órdenes directas como si fuera su propia secretaria. Continué:

—Estrella, querida, ¿tú has notado alguna cosa rara o fuera de lo común en las llamadas de los inversores en las últimas semanas? ¿O algún correo que te llamara la atención?

Estrella titubeó unos momentos...

—Pues no, Isabel, no... No he notado nada raro... —Dejó pasar unos segundos, pero luego añadió—: Lo que no me extraña, si tengo que serte sincera, es que José Antonio te la juegue —dijo y se quedó callada.

—¿Qué quieres decir? —pregunté. Ya nada me podía sorprender aquella noche.

Estrella tardó unos segundos antes de continuar.

—Todo esto es confidencial y no se me tendrá en cuenta, ¿no? —me preguntó.

—Por supuesto, querida, ya sabes que te puedes fiar de mí como yo llevo diez años confiando en ti —dije dándole otro trago a mi *gin-tonic*.

El comentario pareció darle seguridad y no tardó en abrirse.

—Siempre he sospechado de él —empezó—. Siempre. No solo porque ya te he advertido en alguna ocasión que me ha contradicho tus órdenes, sino porque yo ya le conocía de antes.

—¿Ah, sí? —pregunté, extrañada. No podía imaginar cómo una periodista de un pueblo de Soria podría haber coincidido antes de llegar al Ministerio con José Antonio, miembro de la élite tecnócrata madrileña, criado en el barrio de Salamanca, rodeado de familias de embajadores y ministros y descendiente directo de uno de los últimos regentes de algunas provincias del Perú—. ¿De qué os conocíais?

Estrella respiró hondo, nerviosa, por lo que yo empecé a intuir que allí había más historia de la que parecía. Descarté de inmediato un *affaire*, porque a José Antonio no se le conocía mujer alguna. Es más, yo siempre había pensado que podría ser gay.

—Pues, Isabel... —empezó Estrella, titubeando.

—Tranquila, Estrella —le dije—, las cosas nunca son tan malas como parecen.

Después de una breve pausa, por fin arrancó:

—Nunca te lo he contado, Isabel, pero mis años en la universidad en Madrid fueron un poco extraños... —dijo—. Yo venía de provincias. Ya sabes que soy de Almazán, un pueblecito agrícola de Soria donde nunca pasa nada, donde la gente vive tranquila, aceptando su destino, sea el que sea. El que es rico, lo es siempre, y el pobre, lo mismo; a los guapos les sobran las ofertas, mientras que los feos se tienen que espabilar. Nadie protesta, nadie dice nada. Por eso me quise ir y estudiar una carrera como periodismo, que me abriera nuevos horizontes; quería tener oportunidades en la vida. —Me recosté en el sofá. Debía ser paciente y dar a Estrella todo el tiempo que necesitara. Ella seguía hablando—. Mis padres, que no eran ricos en absoluto, pero sí precavidos, tenían unos ahorrillos que habían acumulado a lo largo de los años. Sin más hijos que yo y con unas tierras que daban el suficiente volumen de trigo para ir tirando, ahorraron para que yo pudiera ir a estudiar a Madrid. —Estrella hizo una pausa, pero enseguida continuó—: No sé quién eligió el colegio mayor en el que me alojé; no sé si lo encontró mi madre o fue una recomendación de una tía lejana que teníamos en Madrid, a la que apenas veíamos. El caso es que me planté en aquel lugar una tarde fría de otoño sin saber que aquello era una residencia universitaria del Opus Dei. —Así con más fuerza el vaso de *gin-tonic* a medida que me venían ideas a la cabeza. Se me encogió el estómago al pensar que el carácter frío y distante de José Antonio no se debía a que fuera gay, sino por ser miembro del Opus. Por más deleznable que fuera su actitud, aquello poco a poco iba cobrando sentido. Si era verdad, él y su grupo no podrían tolerar a una presidenta como yo, cosa que también explicaba su traición en el debate televisivo, con esa grabación sacada fuera de contexto. Negando con la cabeza una y otra vez, seguí escuchando—. En el colegio mayor me trataron fenomenal y desde el principio me explicaron muy bien quiénes eran, sin secretos —continuó Estrella—. Antes de llegar, solo sabía que eran una especie de secta ultrasecreta, pero una vez allí, el ambiente me pareció abierto y sobre todo agradable. También muy profesional. La Complutense estaba repleta de impresentables —para qué engañarnos—, de grupos cerrados de pijos o de colgados que nunca iban a clase. La desorganización era absoluta y con doscientas personas por aula, no había manera ni de aprender ni de hacer amigos. Yo quería gente sana y sencilla, como los de mi pueblo, y en la universidad nunca la encontré. Pero sí en el colegio mayor.

—Lo entiendo, yo también sentí algo parecido cuando llegué de Pamplona —le dije para empatizar y darle apoyo mientras abría su corazón de una manera tan sincera.

—La verdad es que la vida en Madrid es muy diferente —continuó—, y de eso no sabemos nada en provincias. España está regentada por una élite en la capital que hace y deshace a su antojo. Para el que viene de fuera es imposible entrar, ya que las reglas del juego no son públicas; todo queda en un círculo muy cerrado. —Estuve plenamente de acuerdo, pero preferí seguir escuchando—. En cambio los del Opus, con todos sus secretismos, me abrieron los brazos, y me hicieron sentir querida y respetada. Yo les admiraba y también me divertía, ya que organizaban un buen número de reuniones con periodistas profesionales e íbamos a visitar periódicos y revistas, todos afines a la causa, claro. Aprendí mucho, ya que aquellas sesiones tenían más de debate y discusión que de lecciones magistrales, como en la universidad, donde uno solo escuchaba como un borrego para después repetirlo en el examen. Feliz por haber dejado atrás la vida provinciana, me adentré en ese sistema convencida de que ante mí tenía una carrera profesional como la de aquellas mujeres, a quienes yo veía sanas, independientes, con voz propia. —Hizo una pausa para tragar saliva y continuó—: También íbamos a conferencias en centros mixtos, porque aunque separan mucho el mundo de los hombres y de las mujeres, a veces nos mezclaban en alguna de las muchas iglesias que tienen por Madrid o por toda España, supongo que para dar una imagen de unión y fuerza. Fue en uno de esos encuentros donde escuché a José Antonio por primera vez. Me dijeron que era numerario.

Dejé el *gin-tonic* y cerré los ojos. Y yo que pensaba que era gay...

—Sigue —le pedí.

—Se trataba de una conferencia sobre la economía española, cómo no, pero me sorprendieron mucho sus comentarios sobre la estructura de la sociedad y su visión económica. Más o menos nos vino a decir que era mucho más eficiente para la economía que las mujeres tuvieran muchos hijos y se quedaran en casa para cuidarlos y dejaran que los hombres llevaran el país porque siempre lo harían de una manera más racional. Así de claro. —Negué con la cabeza una y otra vez. En pleno siglo XXI... Estrella continuó—: Durante la cena de después de la charla le pregunté a esas periodistas tan independientes qué les parecía lo que habíamos escuchado y no sabes la sorpresa que me llevé cuando todas dijeron que estaban plenamente de acuerdo. Les pregunté por ellas mismas y por sus carreras, pero me dijeron que eran numerarias y que su labor consistía en santificar su trabajo, pero que si hubieran decidido tener una familia habrían seguido ese camino sin dudarlo. —Estrella se detuvo para dar un sorbito a lo que se estuviera tomando. Seguramente un *gin-tonic* como el mío—. Entonces empecé a darme cuenta de que no todo era tan perfecto en ese mundo prístino y exitoso del Opus Dei. El problema es que para entonces ya me habían presionado lo suficiente para que firmara unos papeles, haciéndome numeraria... —dijo con voz temblorosa.

—¿Numeraria? ¡Tú! —exclamé casi sin poder creérmelo. Estrella era una chica rebosante de sentido común, con toda la sabiduría que se aprende en la calle, en las familias humildes. Era la antítesis de un miembro del Opus.

—Sí, Isabel, sí, ya lo sé —dijo con mucha resignación—. Pero era muy joven e ignorante. ¿Qué iba a saber? Solo quería imitar a esas mujeres, quería ser y vivir como ellas. Era una opción tan diferente a la de mis padres, rodeados de campos de trigo y granjas, y de personas, para qué mentir, bastante ignorantes. Aquellas mujeres habían viajado por todo el mundo y yo quería emularlas. Además, también me hicieron un poco de chantaje...

—Como siempre... —apunté.

—Al tercer año de carrera me dijeron que el colegio mayor a partir de esa edad era solo para numerarias, así que si me quería quedar, debía unirme. No tenía adónde ir y no quería dejar a las amigas que había hecho. En tres años formamos un grupito majo, todas estudiantes de periodismo. Mi mejor amiga era Pilar, una chica de Sevilla con quien compartía habitación y con quien había congeniado muy bien, ya que procedíamos de ambientes similares. Éramos las únicas no numerarias del grupo, así que nos hicieron el mismo chantaje: o entrábamos en el Opus o a la calle. Accedimos aunque solo por continuar con ese estilo de vida tan trepidante y por seguir juntas...

Se me pasó por la cabeza que quizá no era José Antonio el gay, sino Estrella... Pero no entendía nada, pues que yo supiera ella tenía un novio del que no paraba de hablar.

—¿A qué te refieres?

—Las dos nos sentíamos un poco en la cresta de la ola, con toda la vida y todas las oportunidades por delante. Éramos uña y carne, todo lo hacíamos juntas: deporte, la universidad, estudiar, todas las actividades del colegio mayor, hasta las charlas nocturnas en la habitación antes de dormir. Nos sentíamos muy cómodas la una con la otra. Además, como en el Opus fomentan mucho las parejas para que la gente no se desmadre, nos incentivaban a que fuéramos juntas de retiro o las dos solas a esas casas de ricos que tienen por la sierra. —Estrella calló unos instantes. Oí cómo tomaba aire—. El caso es que Pilar, que es lesbiana, se enamoró de mí y empezamos un romance, precisamente en esas casas de la sierra... —Me eché a reír, pues aquello no me lo esperaba. Estrella se rio también—. De verdad, lo que hace una... —dijo—. Yo no soy lesbiana, pero aquel romance fue maravilloso. No tenía ninguna experiencia de nada, pero aquello me abrió los ojos a cómo una tiene que querer y ser querida. Lo pasábamos tan bien, nos apoyábamos tanto la una a la otra, fueron unos meses fabulosos, con tanto cariño, tanta pasión, tanta aventura... Y el secretismo lo hacía todo más fascinante. Imagínate, cogiéndonos de la mano en plena misa, haciendo manitas en los retiros escondidas entre los arbustos. Bueno..., para qué te voy a contar. —Me reí ya sin disimulo y me acabé el *gin-tonic* de un trago. La vida era francamente sorprendente. Estrella suspiró—. La cosa acabó mal, claro, porque como cabía esperar, terminaron por descubrirnos. Cada vez sospechaban más y un día entraron en nuestro cuarto cuando no estábamos. Se encontraron una de las dos camas sin deshacer y un montón de cartas y escritos que revelaban nuestra relación. Nos expulsaron. Yo acabé en un piso de alquiler en Tres Cantos y a Pilar sus padres la obligaron a regresar a Sevilla después de cortarle la manutención. En un intento por salvar el cuello, le expliqué a la directora del centro que no era lesbiana y que todo había sido un error, con lo que al menos conseguí que no llamaran a mis padres. Pilar en cambio dijo que ella sí lo era y su sinceridad le costó no acabar la carrera.

—¿Qué ha sido de ella? —pregunté, curiosa.

—Por suerte rehízo su vida —dijo Estrella—. Todavía nos escribimos. Abrió un café hace un par de años, que le va bien y vive con su pareja, una chica también de Sevilla con la que lleva casi diez años. Estoy contentísima por ella.

Suspiré aliviada por aquella chica tan valiente.

—Estrella, cariño, y a ti, ¿te van las cosas bien, no? —le pregunté con cierta preocupación, porque el Opus suele dejar secuelas.

—Sí, sí —dijo, convencida—. Luego empecé a salir con chicos y nunca he dudado de que es lo mío. Además, he podido mantener la amistad con Pilar. El único fleco que me ha quedado es el Opus. El resentimiento por cómo nos trataron, por cómo nos presionaron para entrar, el chantaje, y luego cómo nos expulsaron de una patada, seguramente porque ninguna de las dos éramos ni ricas ni tampoco muy listas. Juegan sucio, pero bajo una máscara de refinamiento que, en el fondo, no tienen.

Asentí con la cabeza y empecé a pensar en José Antonio, mi siguiente llamada.

—Estrella, cariño —le dije—, te tengo que dejar. Muchas gracias por haberme llamado y explicado esto. Me ayuda mucho porque tengo que llamar a José Antonio ahora mismo. Y ahora sé a qué atenerme.

—Me alegro, Isabel —se despidió—. Mucha suerte con todo y ya sabes que estoy aquí para lo que necesites.

—Gracias —le respondí con toda la sinceridad del mundo—. Te dejo, me tengo que poner a trabajar.

15

Antes de llamar a José Antonio, me adecenté de nuevo en el baño y salí al corredor para ver si Martin estaba realmente en su despacho o si alguien de seguridad se había dejado la luz encendida. Me sorprendía que de estar en el despacho no hubiera llamado a mi puerta. Había hablado con él unas tres horas antes, pero imaginaba que las gestiones que le había pedido las haría desde casa.

Crucé la antesala que ocupaba Estrella y salí al pasillo, amplio y largo, que comunicaba los despachos más importantes del Ministerio. Todas las luces estaban dadas y, como de costumbre, había un miembro de seguridad, armado, sentado junto al rellano que daba a las escaleras. Al girarme hacia el otro lado enseguida vi a Martin y a Patricio Zoilo, su ayudante, que se me habían quedado mirando de pie, justo debajo de una de las tres arañas que iluminaban el corredor.

—No sabía que estuvierais aquí —les dije, en el fondo contenta de saludarles, de no estar sola—. ¿Por qué no me habéis avisado?

Martin, tan educado como siempre, me hizo una ligera reverencia con la cabeza, y empezó a andar hacia mí. Zoilo le siguió, con lo que nos encontramos a medio camino, con el único sonido de fondo de nuestros zapatos sobre el suelo de mármol, tan reluciente como de costumbre. Los dos iban de sport, aunque Martin llevaba americana. Zoilo iba en mangas de camisa.

—Di unos golpecitos en su puerta, doña Isabel, pero no hubo respuesta, y le envié un correo informándole de que estábamos aquí trabajando, por si usted necesitaba algo —dijo Martin al llegar junto a mí. Los ingleses, siempre tan educados, son incapaces de responder desde el otro lado del pasillo.

Me miraban con gran preocupación aunque para la hora que era se les veía más frescos que yo.

—Igual justo llamaste cuando me quedé dormida —respondí, para luego suspirar bien hondo—. No os podéis imaginar la nochecita que llevo...

—Todavía no me puedo creer lo que ha pasado —dijo Martin con su marcado acento inglés, pero con una gramática perfecta. Había aprendido el castellano de su madre, española, casada con un inglés, pero se había criado toda la vida en Inglaterra. Hacía casi un año que le había fichado, procedente del departamento del Tesoro británico, ofreciéndole un buen sueldo y un estilo de vida más tranquilo (en principio) y soleado del que tenía en Londres.

—¿Habéis encontrado algo? —pregunté, directa.

Los dos negaron con la cabeza.

—He intentado hablar con los directores de tesorería de todas las cajas y bancos nacionales, pero apenas he dado con la mitad —contestó Martin—. No he podido localizar al resto simplemente porque no tenemos sus teléfonos móviles o un contacto de emergencia —añadió con pesar. Los tres nos quedamos en silencio unos segundos con la vista clavada en el suelo o en los cuadros horribles que todavía decoraban el pasillo y que no me había dado tiempo a cambiar (bodegones descoloridos o retratos de virreyes de Latinoamérica, todo verdaderamente *passé)*—. Es un problema, doña Isabel —continuó, extrañamente insistente, pero señal del compromiso que tenía por arreglar las cosas—. Debemos adoptar urgentemente mecanismos regulares de intercambio con la banca para conocernos mejor los unos a los otros y evitar situaciones de este tipo.

Hacía tiempo que Martin me había propuesto organizar unas reuniones mensuales con los veinte bancos y cajas más importantes del país, además de un encuentro anual con el sector. Él creía en institucionalizar esos encuentros como mejor manera de garantizar el diálogo de una forma organizada y civilizada. Siempre me ponía como ejemplo la noche que el ministro de Economía británico acudía a la City todos los años, siempre en el palacete de Mansion House y siempre el último lunes de febrero. Allí, gobierno y banca intercambiaban mensajes y, entre vino y chistes de ceja alta, al final solían llegar a acuerdos. Ese encuentro anual en Mansion House tenía hasta cuatro siglos de tradición y también servía para que ambas partes tuvieran una relación más humana, clave para lograr cualquier acercamiento. Después de todos los oficialismos y la tensión de una cena de fracs y pajaritas y de debate cruzado, el centenar de personas que habitualmente asistía a la cita siempre acababa en mangas de camisa en un bar cercano bebiendo y riéndose un poco de todo. Las relaciones, aunque a veces difíciles, al menos eran fluidas.

Nosotros no teníamos nada de este estilo, de nuevo, un ejemplo más de nuestra incipiente democracia. Esa ausencia de diálogo establecido y constante, como vi esa noche, se traducía en una falta de proximidad que nos perjudicaba a todos. No disponíamos ni de los teléfonos de urgencia de la mitad del sector bancario español. Por más que yo tuviera a los banqueros más importantes bien controlados, los demás también contaban, sobre todo en momentos de necesidad como ese.

Martin tenía toda la razón del mundo, pero aquella noche, y a esa hora, teníamos asuntos de mayor urgencia.

—Lo haremos, Martin, queda pendiente para la próxima legislatura —dije—. Si la hay. —Los dos pusieron cara de circunstancias. Ya nadie creía en mí, pensé. Tragué saliva y decidí continuar, pues por lo pronto esa era mi obligación—. ¿Con quién habéis hablado? —pregunté. Había que ponerse manos a la obra.

—Hace un rato he encontrado a Gilliot, de vacaciones en Tailandia, que se acababa de despertar; no sabe nada —dijo Martin—. Al principio sospeché que igual nos la estaba jugando por el enfado tan monumental que tiene después de que cerráramos a su fondo las puertas de entrada a España.

Asentí con la cabeza.

—Ya sé, ya sé —dije moviendo la cabeza con pesar—. Eso no fue iniciativa mía, eso se lo coló José Antonio a GR para proteger a la banca, y mirar dónde está ahora, en HSC. —Vi cómo se les dilataban las pupilas a los dos—. Por favor, no me hagáis preguntas ahora, que tenemos mucho por resolver —les pedí. Todo era tan complejo.

—No es la primera cosa que me extraña de José Antonio esta noche —dijo Zoilo que hasta ahora había permanecido callado. Martin y yo nos volvimos atónitos hacia él. Zoilo era más bien menudo y joven como yo, pero muy discreto, supongo que por timidez. Economista de profesión, había llegado al Ministerio de la mano de Martin, que se lo había traído después de conocerlo en el Tesoro británico, donde este había realizado un intercambio procedente del Banco de España. Yo había hablado muy poco con él, pero siempre me había gustado. Siempre atento al detalle, sus apuntes solían aportar. Le miramos expectantes, por lo que continuó—: Martin me ha pedido que repase todas las transacciones de bonos superiores a un millón de euros del último año para ver si así podíamos encontrar alguna pista —dijo. Miré a Martin con aprobación: eso era exactamente lo que necesitaba de un director general del Tesoro. Él me entendió con la mirada. Zoilo prosiguió—: No he encontrado nada raro, ni ningún inversor, aparte de los kuwaitíes, que haya comprado una suma lo suficientemente grande para provocar con la venta una caída de este tipo —dijo—. Pero sí me ha extrañado mucho ver una transacción de José Antonio hace unos seis meses comprando un millón y medio de bonos a cinco, diez y veinte años para venderlos tan solo una semana más tarde. —Miré a Zoilo con gran sorpresa—. Se lo estaba explicando a Martin ahora mismo —continuó—, y de hecho, íbamos de camino hacia mi despacho para que lo pudiera ver.

Martin asintió, con rostro grave.

—Vamos pues —les dije, dirigiéndome hacia la pequeña oficina que Zoilo tenía al final del pasillo junto a los baños.

El despacho, al que creo que tan solo había entrado un par de veces, era minimalista, como quien lo ocupaba. La estancia estaba dominada por una gran mesa, en ese momento totalmente cubierta por unos listados de hasta dos y tres metros que Zoilo habría estado examinando. Enseguida cogió uno y nos mostró una información que había destacado en fosforito.

«Villegas, JA. - EUR 500,000 - EUR 700,000 - GSPG10YR, GSPG20YR, GSPG5YR».

Efectivamente allí estaba la compra, y en otro listado, la venta.

—Todavía me ha sorprendido más —continuó Zoilo— que esa misma semana, justo después de que él comprara pero antes de que vendiera, nosotros anunciamos esa reducción del déficit tan grande que vimos en abril, cuando se hundió el precio del petróleo y las importaciones cayeron en picado.

Apreté los labios y estiré el cuello, mirando al techo. Encima de cabrón, criminal. ¿Cuántas jugadas me podía hacer ese imbécil en un solo día? Primero casi me arruina el debate televisivo, luego amanece con unas declaraciones tóxicas y todo mientras se está haciendo de oro con información privilegiada. Pero eso último podía jugar a mi favor; negociar con temas confidenciales estaba terminantemente prohibido en el Ministerio, como en todas partes, ya que el uso de información privilegiada era una acción criminal que le podía llevar directo a prisión.

Miré a Zoilo con ojos centelleantes porque ese hecho sí podía detener una rotativa.

—Gracias —les dije a los dos—. Muy, pero que muy interesante. Precisamente ahora estaba a punto de hablar con él, por otro asunto.

Martin y Zoilo todavía no sabían nada de las declaraciones de José Antonio en *La Verdad*, pero no tenía tiempo de explicárselo. Había que acorralar a Villegas e intentar detener esa rotativa.

16

Cogió el teléfono enseguida. A pesar de que fueran casi las tres de la mañana, si algo tenía José Antonio era sentido de la responsabilidad; siempre respondía. Su vida era ordenada, predecible como un reloj. Ahora entendía tantas cosas.

—Buenas noches, ministra —dijo, con voz natural, nada somnolienta, como si no hubiera pasado nada. Como si no me hubiera engañado en el debate, como si no supiera el daño que me podían hacer sus declaraciones en *La Verdad*.

—Buenas noches, José Antonio —saludé todo lo tranquila que pude—. Disculpa que te llame a estas horas intempestivas —me excusé con falsedad. Si él iba de elegante, yo también. La hipocresía, dicen, es el tributo que el vicio rinde a la virtud.

—No hay problema, faltaría más —añadió, haciendo una breve pausa—. Dígame en qué puedo ayudarla.

Él siempre tan eficiente, tan robótico, tan poco humano. Me lo imaginé en la cama, con un pijama clásico de rayas, su cara alargada y seria, sus ojos negros, grandes y misteriosos mirando a un lado y a otro, siempre avizor. Seguro que tendría una habitación ordenada, minimalista, con las zapatillas perfectamente alineadas junto a la cama. Todo impecable. Solo de pensarlo me daban ganas de gritar.

Sentada a la mesa del despacho, cogí la bola del estrés con fuerza y cerré los ojos unos instantes. Me erguí y me incliné hacia delante para tomar control de la situación. Me dije que era mejor dejar mi gran baza para el final, para cuando realmente la necesitara, aunque también debía atacar la cuestión de frente y sin miedo.

—Por lo que veo te estás cebando conmigo —le dije directa—. Para empezar, menuda sorpresa la grabación de nuestra conversación en pleno debate televisivo...

Me cortó de inmediato.

—No fue idea mía.

Me reí.

—Y ¿de quién si no? ¿Del Espíritu Santo?

Escuché un ligero resoplo. Seguramente mi comentario habría ofendido sus ideas religiosas. Pobrecito, qué sensible, me dije, apretando la bola antiestrés con tanta fuerza que las venas se me marcaron en la piel como nunca antes las había visto.

—Después de nuestra conversación asistí al último almuerzo de campaña, con Aguado, a quien comenté el tema enfrente de su encargado de prensa. Me pidieron la conversación sin decirme para qué y se la pasé. Nunca sospeché que la usarían de aquella manera.

Lancé la bola a la papelera, en un gesto instintivo, seco.

—Pero tú ¿con quién te piensas que estás hablando? —le grité moviendo la mano como si todavía tuviera la pelotita.

Dejé pasar unos segundos, en los que emití un largo suspiro y rescaté la bola de la basura, que a buen seguro iba a necesitar. Por más que quisiera ahondar en la herida del debate, aquello afortunadamente ya había pasado; de hecho, lo había solucionado bien, así que ahora debía centrarme en las declaraciones, que todavía podían dañarme.

—Tampoco me puedo creer tus comentarios a *La Verdad*. ¿Cómo te atreves? —José Antonio guardó silencio, por lo que yo continué—: ¿Cómo te atreves a decir que los kuwaitíes se han puesto a vender nuestra deuda pública si tú nunca has tratado con ellos? Y ¿cómo puedes decir que el proyecto «Compartir» para reducir el paro fue idea tuya, si lo copié yo de Dinamarca, por Dios?

—Ministra —dijo José Antonio después de un tenso silencio—. En cuanto a los bonos, tengo mis propios contactos. No he dicho más de lo que he oído de fuentes fidedignas.

—Pero ¡cómo te atreves! —exclamé ahora casi gritando—. Una persona como tú, que has ocupado una secretaría general, ahora te dedicas a hacer circular rumores y especulaciones, pero ¿qué clase de responsabilidad pública tienes? ¿Qué clase de apoyo al gobierno al que serviste es este?

—Yo siempre he sido independiente —respondió rápido—. Mi cargo era técnico y profesional, con lo que mi objetivo ni era ni es apoyar a ningún gobierno, sino hacer mi trabajo.

—Y ¿desde cuándo los técnicos profesionales actúan como especuladores irresponsables?

—Ya le he dicho que tengo mis fuentes.

—¡Y yo las mías! —le volví a gritar—. Y resulta que las mías son las más fiables de todas porque son los kuwaitíes en cuestión: y ellos han negado cualquier venta. —Hice una pausa—. El emir en persona me lo ha confirmado —sentencié esperando que aquello fuera el fin de la conversación.

—¿Van a confirmarlo también en un comunicado? —preguntó.

Tardé un segundo en contestar, porque la respuesta me dolía.

—No —dije, seca—. Pero me lo han asegurado a mí y eso es suficiente.

José Antonio dejó pasar unos segundos. Imaginé una sonrisa cruel en su cara.

—Si no están dispuestos a manifestar su apoyo en un comunicado, yo dudaría de su palabra...

El muy cabrón, pensé. No tenía más remedio que dar explicaciones.

—La que no quiere ningún comunicado soy yo, de momento, hasta que no tengamos más información —añadí—. Como te imaginarás, no podemos salir diciendo que no sabemos por qué han caído los bonos. Estoy esperando a que me llamen otros contactos, a ver si podemos llegar al fondo de esta cuestión. Que nosotros sepamos, no hay nada detrás. No hay ningún dato catastrófico que esté a punto de salir y nunca hemos dejado entrar a los fondos especulativos en nuestra deuda. Si tienen alguna inversión, es más bien pequeña, con lo que es imposible que esto lo puedan haber movido ellos.

—Solo pueden ser los kuwaitíes —insistió—. Pero estoy de acuerdo en que no sería deseable sacar un comunicado reconociendo que el gobierno no sabe qué ha pasado. La imagen sería pésima.

—Pues gracias a ti todavía es peor —apunté rápida—. Espero que te retractes públicamente y que pidas disculpas de inmediato.

—No tengo por qué disculparme —respondió—. Era una entrevista y contesté lo mejor que pude. Esas son mis fuentes y esa mi opinión.

No podía creer que una persona del nivel de José Antonio fuera tan cerril, ni por qué se quería meter en semejante berenjenal. ¿No tenía ya un puesto de consejero en el principal banco del país y una vida agradable y tranquila?

—Repito que quiero una corrección y unas disculpas —insistí.

—Me parece que lo mejor es esperar a que se aclare la situación, a que la verdad salga a la luz pública —dijo, aparentando una actitud conciliadora que en realidad casi desenterraba el hacha de guerra.

Pensé durante unos segundos antes de responder.

—Entonces te morirás de la vergüenza y del escándalo —le amenacé—. Al menos, si te retractas ahora evitarás un ridículo mayúsculo más tarde.

—Con todos mis respetos, señora ministra, déjeme decidir a mí lo que me conviene y lo que no.

Tomé aire y lo expulsé lentamente. Era muy tentador mencionar su compra-venta de bonos en ese momento, pero me contuve porque una retractación voluntaria siempre era mejor que un giro causado por un chantaje, al que él siempre podría aludir y que de hecho todavía no estaba confirmado. Lo intentaría un poco más.

—José Antonio, ¿por qué haces esto? ¿Porque me quieres debilitar o contribuir a que pierda las elecciones? ¿Por qué?

—Señora ministra —dijo, aclarándose la voz—, no le deseo nunca ningún mal a nadie, pero siempre he creído que la verdad nos hace libres y que los españoles deben conocerla. Si se nos vendió que los kuwaitíes nos salvaron de un rescate, pero resulta que ahora nos dan la espalda, creo que el ciudadano tiene el derecho a saberlo.

—Pues deja que sean los kuwaitíes quienes lo digan y no tú —respondí, agresiva.

—Los kuwaitíes nunca reconocerán nada de esta índole en público; nunca se crearían enemigos —dijo—. Por eso hay que decirlo. Para mí es un ejercicio de responsabilidad.

—Es una mentira y lo sabes perfectamente —dije con rabia.

—Su palabra contra la mía, ministra. —Negué con la cabeza—. José Antonio, eres un mentiroso —le solté— y lo sabes. Y lo del paro, pero ¿cómo eres capaz de algo así? Sabes tan bien como yo que encargamos esos informes sobre el paro en el mundo y que la idea de compartir empleo salió de Dinamarca. ¿Cómo te atreves a decir que fue tuya?

—Porque antes que en Dinamarca, ese programa ya se había aplicado en Suiza y Austria, algo que yo estudié en la Universidad de Heidelberg cuando hice allí mi doctorado. Incluso antes de que usted llegara a ministra yo ya había escrito informes al respecto.

Apreté los dientes con fuerza mientras negaba con la cabeza. ¿Cómo se podía intentar rebajar el éxito de un programa que ayudó a tanta gente?

—Seguro que nadie inventa la rueda por segunda vez —respondí—. Si los daneses sacaron la idea de los suizos, seguro que estos también se inspirarían en alguien más. De todos modos, José Antonio, ¿no fui yo quien propuso la idea, quien consiguió el apoyo y quien la ejecutó?

—Sí, usted hizo esas cosas, claro que no lo voy a discutir —concedió—. Pero no es menos verdad que yo ya había presentado esa propuesta antes de su llegada.

Aquello se había convertido en un diálogo de besugos, que había que cortar de inmediato. Había llegado el momento.

—Muy bien, José Antonio —concluí—. Te he llamado para intentar encontrar una solución conciliadora y dejar esto atrás, pero veo que no estás dispuesto.

—La solución que propone solo le interesa a usted —dijo.

—¿Ah, sí? —exclamé, ahora con sarcasmo—. Y ¿se puede saber qué soluciones propones tú?

—Ya he dicho que lo mejor es dejar que la verdad salga a la luz —dijo con ese tono de superioridad que tanto me irritaba—. Los mercados no engañan y el precio de los bonos refleja el nivel de confianza que los inversores tienen en nuestra economía, ni más ni menos. Y este precio nos envía un mensaje muy claro: nadie da un duro por nosotros —terminó con un punto de exaltación.

—Parece como si hasta te alegraras —comenté.

—Por supuesto que no —respondió rápido—. Pero la verdad siempre es el mejor camino.

Ya tenía suficiente de aquella conversación.

—Muy bien —dije para concluir. De los nervios, supongo, me puse en pie—. Pues si no estás dispuesto a retractarte, me veré obligada a investigar hasta el fondo una compra que hiciste personalmente de nuestra deuda justo antes de anunciar la reducción del déficit de abril, que tú conocías perfectamente antes de que se hiciera pública. Seguro que ganarías una buena cantidad al vender los bonos días después del anuncio.

Hubo un tenso silencio.

—No sé a qué se refiere —dijo por fin, impasible.

—Lo sabes perfectamente —respondí, sin tiempo para ponerme a jugar al gato y al ratón.

Se produjo otro silencio que al final él rompió.

—Yo hace años que no he comprado ningún bono español.

—Pues tu nombre sale clarísimo en la lista.

—Hay miles de José Antonio Villegas en España —respondió con rapidez.

—Investigaré hasta el final.

—Como usted quiera —dijo con una seguridad que no me esperaba, y que me asustó.

Inmediatamente me pregunté si había sido una ilusa, y si él ya habría pensado en aquella posibilidad, escondiendo el destino de esas ganancias en cuentas extranjeras que nos sería imposible identificar.

Con rabia y sin más colgué el teléfono. Me senté de nuevo en el sillón, agotada. Solo se me ocurría pensar que José Antonio tendría ambiciones políticas o que con aquellas declaraciones buscaba publicidad; ganar presencia pública y entrar en otro consejo de administración. Como los parásitos, se estaba aprovechando de mi notoriedad preelectoral para darse publicidad a sí mismo, acaparando titulares.

Nunca me había fiado de él por su carácter distante y serio, y porque siempre le buscaba las cosquillas a todo el mundo. Lo había heredado de mi predecesor y encajaba más bien poco en el equipo que formé nada más llegar al Ministerio. Era un grupo que se complementaba bien, con una mezcla sana de técnicos y creativos, pero todos con una mentalidad práctica y ganas de solucionar problemas. José Antonio, en cambio, parecía centrarse más en los problemas que en las soluciones, lo que exasperaba al personal y retrasaba los procesos. Aunque siempre he creído en cuestionar como mecanismo de mejora, llega un punto a partir del cual resulta contraproducente, y José Antonio era un experto. Lo bordaba. Con la excusa de que era el intelectual de la casa por su pasado académico —había sido catedrático de economía en la Universidad de La Laguna, en Tenerife—, se había pasado el primer año que trabajamos juntos cuestionando todas mis decisiones. Con toda sinceridad, lo poco que pudo aportar con sus críticas nunca compensó el tiempo y energía que nos hizo perder a todos con sus constantes interrupciones.

Ya hubo un aviso serio un par de meses antes de su última jugada, cuando durante uno de mis viajes a Brasil se dedicó a cambiar el sistema de ayudas a las universidades, favoreciendo —entonces entendí— a aquellas cuyos rectores pertenecían al Opus. En mi ausencia se cargó el sistema que yo había diseñado e implementado y que intentaba favorecer a las instituciones con menos recursos.

Él argumentó que no me había dicho nada porque yo tenía cuestiones mucho más importantes que atender, como el rescate al Banco Nacional, y que la financiación de las universidades apenas representaba un dos por ciento de nuestro presupuesto.

Supongo que pensó que nunca me daría cuenta del cambio porque estaría centrada en la crisis bancaria. Y seguramente hubiera sido así de no ser por Estrella —con el tiempo entendí tantas cosas—, que me alertó a mi regreso, dándome tiempo a revocar el plan.

Aquella maniobra a mis espaldas me molestó no solo por la falta de disciplina, sino también porque me había costado una buena batalla política luchar contra las universidades de Madrid, Barcelona, Valencia y Bilbao. Les recorté el presupuesto para aumentar el de los centros en ciudades más pequeñas, que hasta entonces era ínfimo. Siempre he creído en la sostenibilidad provincial, si no acabaremos todos aglomerados en cuatro grandes capitales, sin pueblos o ciudades más pequeñas. Hay que distribuir los recursos.

Por supuesto, José Antonio tenía derecho a una opinión diferente, pero más que una cuestión de ideas, aquello era una falta de respeto a la autoridad. No podía deshacer a mis espaldas lo que a mí me había costado tanto trabajo conseguir. A pesar de que ganas no me faltaron, no le pude despedir porque su contrato con el Ministerio seguía vigente y una ruptura drástica podría haber desatado una tormenta política en un momento de crisis delicado. Así que le avisé de que a la próxima no tendría tanta paciencia. Siempre he tenido empatía con las personas, pero cuando lo he necesitado no me ha temblado el pulso a la hora de tomar decisiones. José Antonio se estaba convirtiendo en un elemento tóxico en el equipo, que ni hacía ni dejaba hacer. Le aparté todo lo que pude de los proyectos más importantes, con lo que nos quedamos más tranquilos. Mantenerle alejado (le enviaba a proyectos a Sudamérica o Asia) nos vino fenomenal, ya que se avecinaban más problemas con el Banco Nacional y el rescate kuwaití y pudimos centrarnos en las soluciones y trabajar con menos tensión. Con él merodeando por el Ministerio todo habría sido más difícil.

Todavía en el sillón, me pregunté cómo era posible que un miembro del Opus se hubiera infiltrado en un Ministerio socialista y que hubiera estado a punto de salirse con la suya en el tema de las universidades. Yo sabía que la enseñanza superior era uno de los objetivos del Opus, no solo para asentar su doctrina en los ambientes más intelectuales, sino también para captar mentes brillantes todavía en formación. Las universidades españolas aún estaban plagadas de gente del Opus a la busca y captura de nuevos miembros, siempre bajo la protección de profesores y catedráticos afines, y todo financiado, de manera increíble, por el contribuyente español. Para mí era un misterio que esa actividad pudiera existir y pasara inadvertida.

Apoyé los codos en la mesa y la cabeza en las manos, y busqué con la mirada las memorias de Victoria Kent sobre la mesita del café. Me había sorprendido encontrar en aquel libro un informe elaborado en el exilio sobre el ascenso del Opus dentro del régimen franquista. Con la excusa de proponer una reforma administrativa, muchos miembros de la Obra se habían convertido en ministros de Franco, lo que les ayudó a extender sus tentáculos en sectores clave, como la educación, la industria y la banca. Ese informe, que recibió Victoria Kent en Nueva York y que por suerte incluyó en sus memorias, describía al Opus como una «nube radiactiva que había caído en España». El ensayo, de unas quince páginas, explicaba cómo los miembros de la Obra poco a poco empezaron a copar cátedras en numerosas universidades, favoreciendo el nombramiento de profesores afines. Pero lo que realmente les catapultó en esa España de los años cincuenta fue el control del recién creado Consejo Superior de Investigaciones Científicas (CSIC), presidido por uno de sus miembros, ya que allí se preparaban la mayoría de oposiciones al cuerpo técnico del Estado. Controlar el CSIC les daba poder sobre muchos procesos de oposición, con lo que podían ayudar a sus retoños a lograr esos puestos. Generosamente financiado por Franco, el CSIC también permitió al Opus enviar a sus personas más brillantes al extranjero, abriéndoles las puertas a cátedras o ministerios a su vuelta. Cómo no, los preciados terrenos junto a la Castellana donde se construyeron los monstruosos edificios de la institución se compraron a precio de oro a miembros del Opus. El informe de la Kent también aseguraba que la constructora y el arquitecto que diseñaron el centro eran próximos al grupo, con lo que el CSIC se convirtió en una inyección de *cash* e influencia descomunales para la Obra.

Me pregunté si esa influencia seguiría vigente y si la pertenencia de José Antonio al Opus tenía algo que ver con sus declaraciones, si serían estas un complot de la Obra para que yo perdiera el domingo. También me cuestioné si podían estar aliados con los kuwaitíes, pero enseguida lo desestimé: una alianza entre musulmanes y el Opus ya habría sido lo último.

Me preparé otro *gin-tonic* para calmarme y pensar en el siguiente paso. Todavía esperaba que Antonio me llamara con noticias sobre si sus contactos en Londres sabían algo de los bonos y, por si fuera poco, también esperaba un milagro de Gabi.

Eran ya casi las tres de la mañana y tenía poca fe en resolver algo esa misma noche. Salí de nuevo de mi habitáculo para buscar a Martin y a Zoilo, a quienes encontré en el despacho del primero en silencio, ambos sentados a la misma mesa, cabizbajos. Parecía que les salía humo de la cabeza, a los dos.

—Martin, Zoilo, creo que esta noche ya no podemos hacer más —les dije desde la puerta, que como siempre estaba abierta.

Me miraron con una cara de cansancio que ahora no podían esconder.

—Igual es mejor retirarnos y estar frescos mañana, por lo que pueda pasar —dijo Martin, siempre tan sensato.

Asentí con la cabeza. Empezaron a recoger sus cosas y acordamos tener el móvil junto a nosotros a todas horas por si acaso.

Regresé a mi despacho y cerré la puerta tras de mí pues suponía que me pondría a dormir, pero antes me senté en la silla danesa y encendí el iPad para mirar los correos personales. No había noticias de mi marido, tan solo algunos e-mails basura de suscripciones que había intentado borrar en numerosas ocasiones, sin éxito. También había uno de Andrés del Soto, enviado hacia las once de la noche, que no había visto antes.

¡Vamos presidenta! Coge fuerza, cuídate y mucha suerte, decía.

Sonreí. Por fin alguien me daba apoyo. Le respondí enseguida.

La candidata está agotada, estresada, atacada... Pero gracias por el apoyo.

Fui al baño intentando no ver mi aspecto horrible en el espejo, lo que no pude evitar, pero decidí pasar de todo y seguir a lo mío. A esas horas todo era ya muy relativo.

Al volver tenía respuesta de Andrés. Eran las tres de la mañana.

He visto lo de los bonos, ¿todo OK?

No supe si responder o no. Me dije que mientras esperaba noticias de la banca o de Gabi, ¿por qué no distraerme un poco? La tentación de engancharse a una conversación de mensajes de texto o correo electrónico a veces es irresistible.

No respondí. ¿A quién iba a engañar?

Andrés volvió a escribir al cabo de un segundo:

¿Necesitas algo?

No dudé en responder:

Una copa.

¿Ahora?, preguntó.

Dudé un instante, pero me acordé de una película que siempre me ha encantado, *Jo, qué noche,* ya que siempre he pensado que las mejores noches suceden cuando uno menos lo espera o cuando las expectativas son bajas. Después de tanto trabajo y dramas, ¿por qué no echar una canita al aire? Necesitaba unas risas, algo que me devolviera la salud mental.

Si puedes, te lo agradecería, respondí.

Es verdad que los amigos son un tesoro. Le envié otro e-mail enseguida:

¿Estás en casa?

Intuía que no era así, sobre todo después de haber escuchado rumores sobre sus visitas a burdeles de lujo de Madrid. Era viernes de madrugada y me lo imaginaba en algún bar o club más que en casa con su mujer e hijos. Él lo tenía muy fácil para dar excusas, siempre podía decir que debía asistir a cenas o actos con clientes.

No, respondió al cabo de un minuto largo. *Pero puedo verte, por supuesto.*

La sonrisa me salió natural, y el suspiro, también. No sé por qué pero me sentí más segura y aliviada. Necesitaba hablar con alguien cercano, alguien que estuviera de mi lado. Solo necesitaba fuerza y comprensión.

Ok, ¿sabes de algún lugar discreto que esté abierto a esta hora?, pregunté convencida de que él conocería bien la noche madrileña.

El lapso que precedió a su respuesta fue mayor que en intercambios anteriores.

Mejor algo más privado; no es bueno que se vea a la candidata a las tantas.

Tenía razón. Pero sospeché que más que por mí, quien no quería ser visto en público era él. O igual eran imaginaciones mías. La cabeza me estallaba. Justo cuando le iba a preguntar qué proponía, Andrés envió otro correo.

Tengo un pequeño piso en Salamanca, en Hermosilla, justo encima del Teatriz. ¿Qué te parece?

Ay…, hombres, hombres…, ¡putos hombres!, pensé. Siempre igual, primero se gastan el dinero en juguetes: la moto, el coche, teléfonos móviles, televisiones de plasma…, y luego en pisos clandestinos para ver a sus amantes. ¿Sería posible? Pero yo no era quién para juzgar y, con o sin amantes, Andrés se había portado como un caballero conmigo. En ese momento, además, solo podía pensar en que necesitaba una mano amiga.

Ok. Dame la dirección, respondí.

17

Me arreglé tan rápido como pude. Un poco de maquillaje, una blusa limpia y entallada que tenía en el armario y el mismo traje chaqueta, que todavía podía aguantar un par de horas. Tenía el frasco de perfume en las manos, pero me detuve antes de apretar el dosificador. De ninguna manera. Me jugaba unas elecciones generales, había metido a mi país en la ruina, no era momento de flirtear.

En menos de media hora me presenté en el cuarto y último piso de un edificio clásico en pleno barrio de Salamanca, aunque para ello tuve que despertar a mi chófer, que se había quedado dormido en el coche oficial que siempre me esperaba en el patio interior del Ministerio.

Antes de que pudiera pulsar el timbre Andrés, abrió la puerta. Las luces eran tenues y la estancia, pequeña y agradable. Había una botella de ginebra sobre la mesita del café junto a dos vasos de un cristal tallado precioso. Por un momento me pregunté si ese detalle era para mí o un vestigio de la visita anterior que no le había dado tiempo a recoger.

—Hola, *presi* —me dijo con una sonrisa—. Vaya victoria más rotunda en el debate, ¡has estado fenomenal! ¡Vaya cornadas! ¡Así me gusta! —añadió algo exaltado.

La adrenalina del debate me quedaba ya muy, pero que muy lejos, con lo que no dije nada. Me limité a sonreír, sin poder evitar mirar a Andrés de arriba abajo. Hacía muchos años que no le veía en ropa de sport, ya que cuando vino al Museo del Prado llevaba un traje impecable y a las reuniones de la Casa de Campo siempre había acudido con corbata y americana. Ahora llevaba vaqueros (Armani) y una camisa a rayas azules de Ralph Lauren que, hay que reconocer, le marcaba los hombros anchos, le hacía juego con esos ojos siempre brillantes y azules y, en suma, le sentaba de maravilla. Su pelo seguía tan rubio como de costumbre, incluso de madrugada, a pesar de que estuviera algo despeinado. No quise imaginar de dónde venía, o qué habría pasado en aquel piso antes de llegar yo. Solo pensé que parecía haber tenido una buena noche.

Nos adentramos en el pequeño salón, decorado más bien como una habitación de un hotel de lujo. Confortable, pero impersonal. No había ni una fotografía, todo eran jarrones aburridos y algún cuadro de caza antiguo. Vi una pequeña cocina integrada en el mismo salón, de tonos beige, y tan solo dos puertas; supuse que darían al baño y al dormitorio. No había más.

—Esto sí que es una sorpresa —me dijo siguiendo mis pasos—. Siéntate, por favor. —Obedecí—. ¿*Gin-tonic*? —preguntó cogiendo la botella de la mesita—. Al menos hace veinte años era tu bebida preferida, ¿no? —dijo de pie junto a mí jugueteando con la botella de Hendricks como si estuviera algo nervioso.

—Tienes buena memoria —repuse desviando la mirada para disimular la sorpresa porque recordara ese detalle.

—Ya eras una visionaria entonces, mira cómo se han puesto de moda ahora —sentenció, dirigiéndose hacia la pequeña cocina.

—Pues sí, ya llevo veinte años tomando *gin-tonics*... —reconocí. Al cabo de unos segundos, añadí—: Madre mía, veinte años desde que acabamos la carrera... No lo quiero ni pensar —dije de repente nostálgica. Me levanté y me acerqué a la barra americana que separaba el salón de la cocina, donde estaba preparando las bebidas—. No sabes cómo necesito esta copa, Andrés —le confesé—. Llevo una noche..., no te puedes imaginar. Te lo digo muy en serio.

Enseguida levantó la mirada y apretó los labios, asintiendo con la cabeza.

—Me hago cargo.

Le devolví el gesto.

—¿Has visto lo que ha pasado con nuestros bonos, no? —pregunté.

—Sí, claro —respondió en tono grave—. Todo el mundo estaba hablando de ello en el Lucy Bombón.

Ya. El Lucy Bombón era el bar de moda entre la clase empresarial madrileña, que iba allí por las noches para hacer negocios entre cóctel y cóctel. Y yo que pensaba que tenía pinta de haberse ido de putas.

—¿Sabes qué ha pasado? —preguntó—. Nadie daba crédito en el bar.

Negué con la cabeza, mirando al suelo.

—Y tú, ¿has oído algo? —le pregunté casi desesperada. Me miró negando con la cabeza y apretando de nuevo los labios. Empecé a reírme, por no llorar. Supongo que se trataba de esa risa que le sale a uno cuando no sabe qué hacer y tiene los nervios a flor de piel. Al final nos acabamos riendo los dos, con ganas. Muchas ganas. Volví al sofá y no dijimos más hasta que Andrés regresó con las dos copas al cabo de un momento: el *gin-tonic* estaba delicioso, con el borde bien recubierto de limón. El hielo del bueno, comprado; la ginebra, una de mis preferidas, y las bolitas de enebro le daban un aroma muy distintivo. El primer trago, larguísimo, me sentó de maravilla. Me recliné hacia atrás, relajándome por fin—. No sabes cuánto necesitaba esto —repetí.

—Lo imagino —dijo, apoyando él también la espalda en el sillón donde se sentó, junto al sofá—. El poder es solitario, tú lo sabrás mejor que nadie.

—Si yo te contara... —dije con una sonrisa falsa. Miré con atención su cara de niño bueno. A pesar de su apariencia de hombre perfecto, la realidad es que se estaba tomando una copa conmigo en su piso de soltero mientras sus hijos angelicales dormirían tranquilos entre sábanas de seda en su casa de Puerta de Hierro. Su mujer estaría esperándole pacientemente en casa, suponiendo que su marido estaría en una cena de negocios. Uno nunca puede dar nada por hecho, pensé. Nunca. Pegué otro trago al *gin-tonic* y miré a mi alrededor. Apenas había mobiliario, a excepción del sillón y el pequeño sofá, un pequeño televisor y, eso sí, un buen equipo de música—. Así que este es tu escondite urbano, ¿eh? —pregunté socarrona.

—Es práctico tener un piso en el centro —respondió.

—Me lo imagino —dije, levantando una ceja.

Se hizo un silencio un tanto extraño, en el que los dos dimos otro sorbo al *gin-tonic*.

—¿Por qué no estás con Gabi? —me preguntó a bocajarro, pero tranquilo. Tenía las piernas elegantemente cruzadas, la bebida en una mano, la otra apoyada en el brazo del sillón. Me miraba fijamente, lo que me incomodó un tanto.

Le observé. Ninguno de los dos queríamos o teníamos tiempo para una conversación banal a esas horas de la madrugada. Estábamos demasiado cansados y teníamos cargos con demasiada responsabilidad para perder el tiempo. Suspiré.

—Por las mismas razones que tú no estás con tu mujer, supongo —respondí.

Desvió la mirada hacia el aparato de música, un Bang Olufsen que parecía bastante nuevo.

—Disculpa —dijo, levantándose hacia el equipo. Después de seleccionar una emisora o un CD de jazz, volvió a sentarse en el sillón. El ambiente era ahora más cálido, lo que me ayudó a sentir que estaba en el piso de un amigo y no en un picadero—. Creía que lo vuestro funcionaba bien, sobre todo con lo que te juegas el domingo —dijo.

—Pues mira, ya ves —añadí con pesar—. Precisamente esta noche me ha dicho que la vida de consorte no es para él y que adiós muy buenas.

Andrés se enderezó, dejó el *gin-tonic* sobre la mesa y se inclinó hacia delante apoyando los codos en las rodillas, las manos juntas sosteniendo la barbilla.

—¿Qué me dices? No es posible.

—Como lo oyes.

Estiró las piernas y suspiró, para volverse hacia mí y cogerme la mano con gentileza. La apretó. Aquel fue un gesto genuino, de amistad, que yo le agradecí. Fue al sentir el calor humano de ese apretón cuando cerré los ojos y bajé los hombros. Sentí en las entrañas una punzada que dolía y que empezó a subir poco a poco por mi torso. Sin darme cuenta, se me empezaron a caer las lágrimas. Seguramente por el estrés, el alcohol y la tensión de la noche, ese momento de paz hizo que brotaran mis emociones. Yo, que siempre había mantenido el control, en ese momento fui incapaz. Me tapé la cara con las manos y lloré unos minutos, no sé cuántos. Al principio solo fueron unas lágrimas, y recuerdo que Andrés me volvió a coger de la mano sin decir nada. Aquel gesto, por algún motivo, me despojó de todas mis defensas, quizá porque pensé que ya no las necesitaba, con lo que las lágrimas se convirtieron en sollozos, que intenté reprimir, sin conseguirlo. Todavía con la cara cubierta, Andrés me acariciaba el pelo despacio y me daba suaves golpecitos en la espalda. Me sentía agotada físicamente, traicionada por los mercados, humillada por mi marido, perseguida por la prensa, resentida por mi anterior asesor y abandonada por los kuwaitíes... Nada en mi horizonte parecía brillar.

Poco a poco me fui serenando hasta que pude levantar la cabeza.

—No sabes todo lo que tengo encima —dije con un hilo de voz. Andrés asintió y me volvió a coger la mano. Sin decir nada, se arrodilló en el suelo y empezó a quitarme los zapatos, unos de tacón negro que siempre llevaba en la oficina. El gesto me sorprendió, pero se lo agradecí porque me apretaban de lo lindo. Me colocó los pies sobre una silla, dándome un ligero y breve masaje que me supo a gloria. Enseguida volvió a su sillón y me miró expectante. Empecé a hablar, ahora como un torrente mientras él me cogía de nuevo la mano—. Los malditos bonos, el pronto de Gabi, y ahora encima me ha salido un antiguo colaborador contándole a la prensa una serie de mentiras horribles —le expliqué—. El malvado dice ahora que él creó el programa para bajar el paro y que los kuwaitíes nos han dado la espalda y se han puesto a vender nuestros bonos. Una sarta de mentiras. El muy ruin, que encima es de la Obra... —Andrés de repente me soltó la mano, aunque con gentileza, o más bien disimulo. Aquello me hizo callar, pues recordé que él llevaba a su hijo al Virgen de Gredos, un colegio del Opus. Le volví a mirar sin poder imaginar que él fuera miembro, pero me dije que mejor ser prudente—. Disculpa, recuerdo el colegio de tu hijo —añadí—. Espero no haberte molestado.

—Para nada —contestó y me volvió a coger de la mano pero esta vez mirando al suelo—. Ya sabes que es un tema delicado.

—Ya... —empecé a balbucear. Pero ¿para qué titubear? Si iba a ser presidenta, tenía que dejar la timidez y el miedo atrás. Además, era posible que Andrés, con tantos contactos como tenía, me pudiera ayudar.

—Es José Antonio Villegas, mi ex director general —dije.

Andrés asintió.

—Sí, le conozco.

Debí de poner ojos como platos, porque Andrés se apresuró a aclarar:

—Pero muy poco —añadió, rápido—. Solo le he visto alguna vez en el Virgen de Gredos, dando conferencias, y luego coincido con él un par de veces al año en un consejo de administración.

—¿HSC? —pregunté de inmediato—. Sé que él está, pero no sabía nada de ti.

Andrés asintió con la cabeza baja, como si se avergonzara.

—Pues estás metido de lleno... —le dije—. Ese banco está plagado de gente del Opus.

Andrés me miró fijamente.

—Antes de que me lo preguntes, no soy del Opus —aclaró.

Tenía los músculos de la cara tensos, el ceño un poco fruncido y los brazos cruzados. Le miré incrédula.

—Pues te has rodeado bien entre el colegio de tu hijo y HSC —le dije—. Pero no te culpo, poder no les falta: controlan buena parte del tejido empresarial y de la banca, por no mencionar parte de la prensa y algunas fundaciones y asociaciones importantes.

—Ya lo sé —concedió, de nuevo bajando la mirada.

Volví al *gin-tonic*, ahora ya para darle el último sorbo. Andrés lo percibió y se levantó para preparar una segunda ronda.

—Es como si hubiéramos vuelto a la España de finales de los años cincuenta —dije mientras me levantaba para acompañarle.

—No sé —respondió distraído mientras partía el hielo con vigor—. Pero es cierto que están ocupando puestos clave y que su área de influencia está creciendo —añadió mientras empezaba a cortar rodajas de limón.

No me cabía en la cabeza esa creciente influencia del Opus en pleno siglo XXI, y mucho menos la posición de Andrés, un mujeriego redomado hacía veinte años ahora reconvertido en miembro de ese entramado opusístico-empresarial.

—¿Por qué? ¿Qué dan para atraer a personas de tanto nivel? —pregunté.

—En tiempos de crisis la gente se tira a lo que sea, aunque se trate del Opus, en busca de negocios y seguridad. Y estos son tiempos difíciles.

Le miré fijamente.

—¿Hablas por ti?

No me contestó, pero su silencio me habló más alto de lo que habrían hecho sus palabras.

—¿*Gin-tonic*? —preguntó ofreciéndome la copa que acababa de preparar.

—Por favor —dije, cogiéndola.

Después del primer sorbo volví al sofá, escuchando el jazz de fondo, agradable y tranquilizador. Me senté, cómoda, abrazando las rodillas con las manos y eché una ojeada a los periódicos que había sobre la mesita del café. Todos eran viejos, salvo el *Marca,* que era del día.

—¿Todavía eres tan forofo del Real Madrid? —pregunté—. En la universidad tenías una camiseta de Butragueño y también vi a tu hijo en la foto que me enseñaste con una de Ronaldo. Pues vaya ejemplo de chulería que les das...

Andrés sonrió.

—Es un buen jugador.

—Y muy chulo rematando —insistí.

—Como siempre, tienes razón —dijo mirándome desde la barra, ahora con una sonrisa más natural.

Volvió a sentarse en el sillón, más relajado. Ahora fue él quien se quitó los zapatos —preciosos, de un cuero negro brillante— y se recostó en el sofá.

—En este país necesitamos personas en el poder como tú, más que nunca —dijo.

—¿Por qué lo dices? —pregunté, sorprendida.

—Porque la cosa se está saliendo de madre. —Se inclinó hacia delante mostrando cara de preocupación—. En los últimos años muchas personas han ganado mucho dinero de manera o ilícita o con poca moralidad. Hay que volver a los valores, a la justicia, a intentar crear una sociedad mejor. Hemos creado un monstruo.

No me pude resistir.

—Resulta curioso oírte hablar de moralidad —dije, expresamente mirando alrededor de su nidito de amor.

—Hablo en serio —respondió como si me leyera el pensamiento.

Recobré una postura más formal, bien sentada, cruzando las piernas y los brazos, algo defensiva.

—Sí, claro, mira qué fácil —protesté—. A mí me pones de presidenta, a tragarme todos los marrones y con poca compensación, mientras tú estás aquí en tu nidito de amor, o en tu casaza familiar, financiado por esas empresas tan amorales que encima están dirigidas por el Opus o por el entramado madridista-empresarial al que también perteneces. Ya te he visto algunas veces por la tele en el palco del Bernabéu. —No le dejé responder, aunque estaba a punto—. O sea —continué—, que me pones a mí de vigilante moral cobrando una miseria y tú te forras haciendo todo lo contrario. ¿Por qué no al revés?

—Porque tú eres demasiado buena y honesta, y yo no —respondió.

Le miré por el rabillo del ojo. Al menos era sincero.

—Eso no te exculpa de todo lo que haces —dije ahora girándome hacia él.

—Ya lo sé —afirmó con los hombros algo encogidos.

Parecía más preocupado de lo que le había visto nunca y pensé que ni él ni yo estábamos allí a esas horas para atacarnos el uno al otro. Lo que nos faltaba.

Tras unos instantes de silencio, le tomé la mano, lo que pareció agradecerme, pues me la apretó y me miró con dulzura.

Miré el reloj: eran más de las cuatro.

—Mejor que me vaya, chico —dije, levantándome—. Menuda noche. Pero muchas gracias. Me ha encantado verte.

Era verdad.

Andrés se levantó.

—Quédate —me dijo mirándome a los ojos. Los tenía tristes, cansados. Su imagen de conquistador no encajaba para nada con su voz débil, su expresión alicaída.

Claro que me tenía que ir. Lo último que me faltaba era que me pillaran poniéndole los cuernos a mi marido dos días antes de las elecciones con uno del Opus, o casi, y después de haber dejado al país al borde de la ruina. Pero hay que reconocer que ganas no me faltaron. Nada como una noche de pasión sin compromiso para combatir el estrés. Pero no podía, ni quería. Andrés estaba casado y yo también; además había algo en él que me provocaba desconfianza. Su proximidad al Opus, por pura conveniencia, le convertía en una persona que podía fingir con facilidad o aparentar lo que no era. Yo no sabía si esa noche había conocido al Andrés de verdad o si también estaba fingiendo, poniéndose una máscara. Si engañaba a los del Opus y a su mujer, también me podía engañar a mí y a todo el mundo.

—Buenas noches —dije abriendo la puerta.

Andrés esta vez no me acompañó. Le vi de pie, un poco encorvado, como si llevara todos sus problemas atados al cuello. Como yo. Pero al menos a mí todavía me quedaba un poco de energía y, a pesar de todo, una inmensa ilusión. Parecía que a él no.

Me fui.

18

Volví al despacho sin casi hablar con el chófer, que me esperaba más atónito que dormido. Llevábamos dos años de relación profesional y nunca me había tenido que esperar hasta tan tarde; ni siquiera en las fiestas o conciertos a los que me solían invitar y a los que solo acudía cuando no me quedaba otro remedio. Únicamente las fiestas en el Palacio Real valían la pena, por la calidad de los invitados y por los Vega Sicilia que servían, pero yo siempre me escapaba pronto. El protocolo es agotador.

De vuelta al Ministerio, los de seguridad me miraron con sorpresa, cómo no, mientras cruzaba el patio interior en silencio, todavía en plena noche. Eran casi las cinco de la madrugada, una hora tampoco tan inusual para mí, ya que muchas mañanas empezaba a trabajar antes de salir el sol. Descalza, zapatos en mano, me volví hacia los agentes al darme cuenta, de repente, de que tenía hambre; no había comido nada desde la pizza y de eso hacía ya muchas horas. Les pedí que por favor me subieran un sándwich caliente de jamón y queso cuanto antes. Ellos sabían de sobra cómo me gustaban a mí esos bocadillos, que me solían comprar en una bocatería de Gran Vía que permanecía abierta toda la noche. Como siempre, les dije que se trajeran uno para ellos también y café para todos. Ya había pasado la hora de los *gintonics*, había llegado el momento de empezar un nuevo día, aunque no hubiera habido descanso entre una cosa y otra.

Entré al despacho arrastrando los pies; la cabeza me estallaba. Lo primero que hice fue correr al Bloomberg para ver si había nueva información sobre los bonos, pero todo seguía igual. Me puse cómoda, con los pantalones y el jersey del chándal que guardaba en uno de los armarios. Me lavé la cara y los dientes y me tumbé en el sofá. No sé si de puro agotamiento, pero sentí los ojos húmedos, el estómago oprimido, el cuello casi atrapado. Intenté calmarme, tapándome bien con la manta que seguía en el sofá, pero no pude. Las lágrimas empezaron a aflorar de nuevo, no sé si de pena, de cansancio o de rabia. Pero me dije que una mujer como yo no se podía tumbar por unas declaraciones que eran mentira o por una caída de la deuda que, intuía, no tenía nada que ver conmigo. Aunque también me podía equivocar. Me tapé bien con la manta, como si ese pedazo de tela me fuera a proteger de los tiburones de la prensa o de Wall Street; me acurruqué casi en posición fetal. Dos palabras me martilleaban la cabeza, ¿por qué?, ¿por qué?

Tanto trabajo, tanto esfuerzo durante la campaña, tanta ilusión, tantos años trabajando tan duro y todo se podía ir al traste esa misma mañana con unos titulares absolutamente falsos. La rabia empezó a dominarme, lo que me secó las lágrimas e hizo que le empezara a dar puñetazos al cojín. No entendía nada. Me sentí sola, muy sola.

Necesitaba desahogarme, hablar con alguien que me entendiera, que estuviera de mi parte. Y que no fuera un hombre y quisiera ligar conmigo.

Cogí el móvil que había dejado cargando en el suelo y busqué el número de Ingeborg. Sabía que tenía sesión con su entrenador personal a las seis de la mañana todos los días, incluso los fines de semana, así que tampoco le faltaría mucho para despertarse. Además, pensé que si aquello no era una emergencia, qué lo sería.

No tardó ni dos segundos en responder.

—Qué sorpresa —dijo en su perfecto inglés con acento americano (los daneses cogen el acento de las películas, que, por supuesto, no doblan). Su tono era más bien vivaz, no parecía que la hubiera despertado de un profundo sueño.

—Ingeborg, buenos días, perdona que te llame tan temprano —me disculpé.

—No me has despertado en absoluto —me dijo—. Acabo de terminar una llamada con el ministro de Economía de la India, ¿recuerdas a Ishaan Amav, tan alto y atractivo? Le conocimos en una cumbre en Bruselas hace un par de meses.

Sonreí internamente. Ingeborg, siempre tan atenta a todo lo que llevara pantalones.

—Sí, claro que me acuerdo —contesté—. Y sobre todo de cómo te lo ligaste en la cena de gala con la excusa de venderle petróleo y gas natural danés.

Ingeborg rio.

—Tú siempre pensando como una monja católica —dijo—. Pues ríete de mis mecanismos de persuasión porque resulta que sí, que le he vendido un millón de barriles de nuestro petróleo.

Apreté los labios con una sonrisa.

—Eres increíble.

—Acabamos de cerrarlo —anunció orgullosa—. Un millón de barriles al año transportados en cuatro lotes a precio de mercado. Están hartos de Arabia Saudí, que dicen que les trata como clientes de segunda.

—Por alguna razón será... —dije—. ¿Pagan a tiempo?

Yo no había cerrado ningún acuerdo con la India, que desafortunadamente tiene muy pocos lazos comerciales con España, pero había oído en foros internacionales que tenían fama de malos pagadores, siempre alegando excusas: que si la moneda se había hundido y ya no podían costearse el mismo precio, o que si la burocracia era tanta que los pagos llegarían en un año.

—Nada, nada —respondió Ingeborg—. Nunca he tenido ningún problema con los indios, siempre me han respondido bien. Y de paso he firmado un programa de intercambio entre la Universidad de Ålborg y el banco central indio —dijo victoriosa.

Los daneses siempre tan espabilados. Así les funcionan las cosas: sus estudiantes hacen prácticas en administraciones públicas, bancos centrales o asociaciones internacionales, lo que les da la oportunidad de conocer de verdad cómo funciona el mundo. A mí esos programas siempre me han dado mucha envidia, ya que nosotros no tenemos nada igual. Primero, nuestra economía estuvo cerrada durante cuarenta años, por lo que apenas tenemos contactos internacionales (y todo es cuestión de contactos) y luego, los pocos programas de intercambio que tenemos suelen acabar en manos de enchufados. Nada que ver con los procesos de selección y promoción de los daneses.

Volví a pensar en el indio alto y atractivo, razón no le faltaba a mi amiga.

—Supongo que ahora tendrás que ir a la India un par de veces al año, ¿no? —pregunté con sorna.

—Calla, calla, no me digas, que si pudiera, tiempo me faltaría para largarme a la India y dejarles a todos aquí con un palmo de narices.

—¿Qué me dices? —pregunté sorprendida.

Ingeborg no era una persona que se quejara a menudo.

—Ahora te cuento, pero antes, dime, esta llamada tan temprana. ¿Estás bien?

Sin pensarlo ni quererlo solté un larguísimo suspiro y me quedé abstraída unos segundos. Ingeborg permaneció callada, esperando pacientemente al otro lado de la línea.

—¿Cuánto tiempo tienes? —por fin pregunté—. Según recuerdo, tienes *personal trainer* a las seis, ¿no?

—No te preocupes —dijo—, le cancelo la mitad de los días por una razón u otra. Tenemos un acuerdo: yo le pago al mes y él me espera en el gimnasio de seis a siete todos los días; yo voy cuando puedo, pero se los pago todos. Es más sencillo que tener que estar llamando y cancelando siempre. Funciona.

Ingeborg era una de las mujeres más prácticas que había conocido.

Con tanta brevedad y concisión como pude, le expliqué la situación de los bonos, los titulares de la entrevista a José Antonio que vería en breve, la conversación con Gabi y el encuentro con Andrés.

Dejó pasar unos segundos.

—Me tendrías que haber llamado antes —dijo muy seria—. No sé ni por dónde empezar, pero supongo que por lo más importante —continuó, casi pensando en voz alta.

—No te puedes ni imaginar cómo me siento —dije—. Estoy en el despacho, agotada, en chándal, deshecha. Se me cae el mundo encima.

—Lo entiendo —asintió.

La oí encenderse un cigarrillo y expulsar el humo. Sabía que solo fumaba en situaciones de estrés.

—¿Estás en casa? —pregunté.

—No, no, en el despacho —respondió—. Ya sabes que no me gusta nada trabajar desde casa. Ya te contaré. —Me la imaginé en su silla danesa de madera tallada negra, preciosa. La había visto en su despacho varias veces y siempre me había impresionado. Ingeborg ni tenía ni quería sillones, solo sillas, pues decía que eran mucho mejor para concentrarse y para la espalda. La suya era amplia, muy cómoda, con unos reposabrazos curvos especialmente diseñados para trabajar sobre una mesa. Lo más sorprendente era que la silla para las visitas era idéntica, los daneses siempre tan equitativos. Su despacho no era tan imperial como el mío, por más que yo hubiera quitado toda la plata y cuadros antiguos que había antes, sino funcional y minimalista. Los daneses nos llevan cuatro siglos de ventaja democrática y eso se nota sobre todo en la (ausencia de) ostentación del poder. La escuché con toda mi atención—. Empecemos por el principio —dijo, exhalando el humo—. En cuanto a los bonos, lo primero que se me ocurre son los fondos especulativos. A nosotros nos hicieron mucho daño durante la crisis cuando apostaron que nuestra moneda caería y que no podríamos defender la paridad que tenemos con el euro. Casi nos ganan.

—¿Sabes qué fondos eran, exactamente?

—No con toda la certeza del mundo, pero me lo imagino —dijo—. Negocian a través de los grandes bancos, así que nunca se puede saber, de manera legal, de quién se trata. Pero tuvimos reuniones con algunos de ellos y se les veía en la cara quién tenía la mente del diablo y quién estaba allí para invertir a largo plazo. —Ingeborg hizo una breve pausa antes de continuar. Parecía como si no quisiera ni recordar aquella época—. Eran unas reuniones horriblemente largas y tensas —continuó—. De hecho, esos fondos no son más que un grupo de jóvenes maleducados y no siempre estadounidenses; los hay de todas partes, hasta españoles.

—Ya sé, ya —dije—. Conozco a unos españoles, los del Afrika Fund.

—Esos precisamente —dijo Ingeborg ligeramente exaltada—. Pues esos mismos que en principio solo invierten en África se presentaron en Copenhague intentando hundir nuestra moneda como hicieron con Etiopía. Pobres.

—Aquello fue salvaje —reconocí.

—Ni viendo sus caras de malhechores o su mala leche a la hora de cuestionarlo todo se me hubiera ocurrido que serían capaces de desplumar a los pobres etíopes.

—Les confiscaron todos los aviones y buques militares, ¿no?

—Exacto. —Ingeborg se detuvo un segundo para darle otra calada al cigarrillo. Continuó—: Todos fueron a una contra la moneda, el birr, que se desplomó porque nadie más que ellos la negocia en los mercados internacionales. Etiopía no pudo pagar su deuda en dólares y como ellos habían comprado los bonos, su condición de acreedores les daba derecho a hacerse con los activos de ese país en zona internacional. Como los etíopes no tienen acceso al mar más que a través de Eritrea, allí guardaban, ya no, buena parte de los bienes de su Ejército. Y allí se personó ese grupito de españoles, que, con la ayuda de unos matones, confiscaron tres o cuatro aviones y diez buques de guerra. Pobres, es casi la mitad de todos los bienes militares de Etiopía, que encima los necesita más que nunca porque limita con Somalia, Sudán y Kenia. Y ya sabes tú cómo están las cosas. —Hubo unos segundos de silencio. Se me puso la piel de gallina solo de repasar mentalmente las posesiones de España en el extranjero—. Pero seguro que estos españoles no estarán interesados en arruinar a su propio país, digo yo —concluyó Ingeborg.

—Uno nunca puede asumir nada —dije—. Pero me sorprendería, porque este fondo siempre se da a conocer; su estilo es hacer ruido y meter presión. Lo que no entiendo de este caso es que no hayamos sabido nada, que no hayamos recibido ningún mensaje, chantaje o presión para rebajar el déficit o algo similar.

—Sí, es extraño —contestó Ingeborg, pensativa—. Antes de intervenir en nuestra contra hubo muchas reuniones en las que expresaron desacuerdo y amenazas. No puedo decir que no nos avisaran. —Me eché las manos a la cabeza; no entendía nada. Ingeborg continuó—: ¿Se podría tratar de un fallo técnico, como el *flash crash* de hace unas semanas cuando de repente la bolsa se hundió para recuperarse minutos después?

—Llevo toda la noche pegada al Bloomberg y no dicen nada —respondí—. Tan solo un par de horas después del *flash crash* ya sabíamos que había sido un asunto técnico, por supuesto manipulado por personas que se forraron en cuestión de segundos, pero enseguida se confirmó que no era un asunto de oferta y demanda.

—Pues no sé qué más decirte —concedió Ingeborg algo desanimada—. Preguntaré a mi sección de tesorería para ver si ellos saben algo, si han oído algún rumor.

—No sabes cómo te lo agradecería.

Las dos respiramos hondo.

—En cuanto al donjuán de tu excompañero de clase —dijo, imaginé que con una sonrisa—, mujer, ¿por qué no te das una alegría? Por Dios, las españolas cómo sois, parece que viváis en un convento.

Me reí.

Ingeborg siempre había sido muy despreocupada, muy *hippy*, muy danesa. Algunas veces había tenido las agallas de presentarse a una reunión en Bruselas sin sujetador, alegando que oprimía su feminidad y que no tenía nada que esconder. También me explicaba que de niña había pasado largas temporadas en una casa de veraneo que su familia tenía en Suecia, y que allí se encontraban con amigos y vecinos en plan comuna. Mientras mi madre limpiaba los suelos de una universidad del Opus Dei y yo crecía en la ultraconservadora sociedad navarra, Ingeborg y su familia correteaban libres por el campo, medio desnudos y con flores en la cabeza.

Yo no sé si vivía en un convento o no, pero lo que sí tenía era dos dedos de frente.

—No me he ligado a Andrés porque, uno, está casado; dos, yo también y, tres, mañana me juego unas elecciones generales —respondí sintiendo algo de control por primera vez en horas.

—Ya me dirás qué importa que los dos estéis casados. A él parece que poco y hasta tiene un lugar para sus fechorías, y en cuanto a ti, si encima tu marido te la acaba de clavar por la espalda justo cuando más le necesitas... Yo no me lo habría pensado un segundo —dijo—. Ahora tendrías más energía y no me hubieras llamado casi llorando ¡sino para darme envidia! —Nos reímos—. ¡Dile que tu amiga danesa sí está disponible! —exclamó Ingeborg seguramente para hacerme reír. Lo que consiguió. Me animé y me senté en el sofá, las piernas en el suelo, quitándome la manta de encima e irguiendo la espalda. Me sentía mejor. Con los años he aprendido que no hay nada en este mundo como una buena charla con un amigo cuando uno más lo necesita—. Bueno, dile que si quiere que se ponga a la cola, que en estos momentos tengo las manos llenas —añadió.

Ingeborg nunca me dejaría de sorprender.

—¿A qué te refieres? —pregunté curiosa.

—Pues que yo ya me he buscado un ligue... —Ingeborg empezó a decir cuando llamaron a la puerta.

¡El sándwich, por fin!, recordé, aunque parecía una eternidad desde que lo había pedido.

—Espera un segundo, por favor —le dije.

Me enderecé y enseguida abrí la puerta para oler el bocadillo, bien envuelto en papel, y el café, que desprendía un aroma tan puro que enseguida me puso de buen humor.

—Disculpe, doña Isabel —dijo Ignacio de seguridad—. Es que estaba solo y he tenido que esperar a que llegara el compañero para poder salir.

—Ningún problema, Ignacio —respondí con cierta prisa—. Y muchas gracias. Espero que hayas traído desayuno para vosotros también.

Ignacio sonrió, tímidamente como de costumbre, y se despidió sin mirarme.

—Lo que mande, señora.

Volví al teléfono mientras le daba un mordisco al sándwich, que estaba delicioso. Tanta cena en palacios y en embajadas de medio mundo, y a mí lo que realmente me gustaba era la pizza por la noche y los sándwiches de jamón y queso y el café con leche entera por la mañana. Ahora me veía con más fuerzas para enfrentarme a todo.

—Perdona, querida, me decías que te habías ligado a alguien —dije con la boca llena y sin pensar que aquello fuera verdad. Ingeborg hablaba de amores y amoríos, pero siempre de guasa. Que yo supiera, nunca había sido infiel a su marido, y este tampoco a ella.

—Pues como oyes —dijo—. Me estoy tirando al *personal trainer*.

—¡Ingeborg, por Dios! —exclamé con sorpresa, dejando el sándwich sobre la mesita—. Pero ¡qué me dices!

—Lo que oyes.

—¿De verdad?

—¿Por qué lo dudas?

—¡Porque estás casada, tienes tres hijos y ocupas un cargo público!

—Pues por eso mismo —dijo más seria que divertida—. Estoy harta de todo.

Volví a coger el sándwich, que mordí casi sin darme cuenta. Aquello no era normal. Ingeborg hablaba mucho y a veces se enfadaba, pero a la hora de la verdad era muy sensata y siempre la primera en ayudar o en encontrar soluciones conciliadoras. También era incapaz de mentir.

—A ver —dije, intentando comprender—. ¿Quién es este *personal trainer* y se puede saber qué te da?

—Huy, lo que me da, si yo te contara... —dijo, ahora sí divertida, mientras yo engullía el resto del sándwich.

—No quiero detalles —respondí de nuevo con la boca llena y desviando la mirada—. Solo quiero saber si estás bien.

Ingeborg dejó pasar unos instantes.

—Pues no, no estoy bien —concedió—. Como a ti, me las han metido por todas partes.

—¿Quién?

Escuché cómo aparcaba un segundo el auricular y se encendía otro cigarro. Continuó:

—¿Recuerdas que tan solo anoche te dije que el primer ministro me iba a nombrar para el puesto de comisaria europea de Competencia?

—Por supuesto, ¿sabes algo ya?

—Pues sí, sí que lo sé —dijo—. Justo después de hablar contigo me mandaron a la mierda.

—No es posible —respondí inmediatamente—. Me dijiste que lo tenías todo muy bien atado, ¿no? Que tu primer ministro te lo había prometido para agradecer tu labor en el Ministerio con tan buenos resultados. ¡Si has vendido Dinamarca por el mundo mejor que los del Lego! Está el mundo lleno de sillas y diseño danés.

—Pues de nada me ha servido —dijo resignada.

—¿Qué ha pasado?

—Pues que los de Groenlandia han presionado al Premier para que en mi lugar nombren a Palle, el ministro de Transportes. Palle, el muy listo, les dio una millonada el año pasado para construir dos vías de tren y no sé cuántas carreteras. ¡En Groenlandia! Apenas son cincuenta y seis mil habitantes, pero van a tener el mejor sistema de transporte del mundo por persona. ¡Ah! Y también les ha duplicado el número de vuelos a Copenhague a la semana. O sea, que se los ha metido en el bote a costa de los impuestos de los daneses.

—Y ¿se puede saber qué interés tiene el Palle en cuestión en ese islote de hielo?

—El muy avispado lo debió de intuir pronto —respondió Ingeborg—. Cuando se hizo oficial que las reservas petrolíferas de Groenlandia eran mucho mayores de lo que nadie esperaba, debió de ver que aquello le iba a dar a la isla mucha maniobra negociadora. Seguro que les propuso ayudarles a cambio de futuros favores y ahora le ha llegado el momento de cobrar.

—¿Estás segura?

—Me lo ha dicho el primer ministro en persona —dijo—. Él confiaba en mí, pero no puede permitirse un problema con los de Groenlandia porque Copenhague necesita su dinero petrolífero. Y mira qué rápido se han puesto las pilas estos esquimales pescadores, que hasta hace dos años no tenían más que salmón e iglús, pues ahora resulta que quieren hasta independizarse.

—Pues que se independicen —intenté animarla—. ¡Si solo son cincuenta y seis mil! Seguro que ni lo notaréis, ¿no? A Dinamarca ya le sale el gas y el petróleo por las orejas sin Groenlandia.

—Te equivocas —dijo—. La crisis nos ha dejado peor de lo que parece; todavía tenemos bancos más que vulnerables, por no decir en quiebra, y la economía no acaba de despegar. Necesitamos el maldito petróleo de los malditos esquimales.

—Vaya con los esquimales —exclamé, pensando que en el fondo todos teníamos los mismos problemas—. Pero al menos tenéis petróleo, ¡que nosotros lo tenemos que importar todo!

—No te quejes, no te quejes —me dijo—, que como mínimo a ti te escuchan. A nosotros, tan pequeños, nadie nos hace ni caso.

—Tendríamos que crear un grupo, ahora que todo son siglas: Pobres & Pequeños Pero con Potencial: 4P.

Nos reímos con esa risa agridulce que a veces da la experiencia.

—Lo peor, querida —me confesó, ahora seria—, es que si hubiera conseguido el puesto, no sé si habría podido aceptarlo.

—¿Y eso?

—Peter, mi marido, me dijo que él no me hubiera apoyado —me contó dolida—. Quería esperar hasta esta noche para darle la sorpresa del potencial nombramiento, pero después de la negativa de anoche le llamé para explicárselo todo. Él estaba en París.

—No entiendo su reacción, ¿por qué? —pregunté, extrañada.

—Mi hijo mayor está a dos años de entrar en la universidad y el mediano acaba de empezar secundaria —Ingeborg continuó en tono resignado—. Son adolescentes y su rendimiento escolar estos años les puede marcar la vida. Según mi marido, con una madre en Bruselas y un padre que viaja continuamente, los chicos nunca hubieran mantenido la disciplina y se hubieran descarrilado.

—Y ¿él no podría haber cuidado de ellos mientras tú estabas fuera? —Tenía la impresión de que en Dinamarca eso era casi normal—. Con tu sueldo de comisaria hubierais tenido más que suficiente para vivir.

—Sí, pero dijo que él no hubiera podido dejar su puesto en SAS y volver al cabo de cuatro años porque la aviación cambia constantemente y sus conocimientos se habrían quedado obsoletos enseguida. Que nada, que mejor no tengamos ni que pensarlo.

Negué con la cabeza una y otra vez. En el fondo, el machismo era un problema universal. Ni en los países socialmente más avanzados había paridad real. Ni aunque fueras ministra. Era una injusticia mayúscula. El mundo, la vida, todo era injusto. Me daba, y me sigue dando, muchísima rabia.

—Lo siento, chica, lo siento —me expresé con toda la simpatía y comprensión que pude.

Ingeborg permaneció unos segundos en silencio.

—Al menos no he tenido que dimitir porque no he tenido ni la ocasión de hacerlo —dijo por fin.

Aquella situación era espeluznante. Me empecé a poner nerviosa, por lo que fui hasta el cajón de la mesa de reuniones donde había guardado el tabaco y me encendí un pitillo. Expulsé con fuerza la primera bocanada de humo.

—Y el desgraciado del de Transportes ocupará ahora un cargo espléndidamente pagado por hacer muy poco en un campo del que encima no tiene ni idea —dije, sentándome ahora en la silla orejuda que Ingeborg me regaló—. Ya me dirás qué sabrá él de competencia si solo se ha dedicado a construir carreteras que no son más que vías pecuarias en Groenlandia. De los problemas de los esquimales a los oligopolios de la banca y las telecomunicaciones en Europa hay un buen trecho...

Ingeborg soltó una risita sarcástica. Yo continuaba dándole caladas al Marlboro, que consumí rápidamente.

—Pues hará como todos —dijo resignada—. Hacer sin saber. Como si no lo viéramos todos los días.

Asentí y bajé la mirada.

—¡Ah! —apuntó—. Y ya te puedes imaginar quién se ha alegrado de que yo no sea la futura comisaria.

Levanté la cabeza y abrí los ojos cuanto pude.

—Franz, por supuesto.

—Aciertas, querida —contestó—. También me lo dijo mi *presi.* Es alucinante: me contó que Franz le llamó muy contento para felicitarle por tan acertado nombramiento. Y que, como muestra de afecto por tan atinada decisión, Dinamarca gozaría de un descuento en la próxima factura de nuestra aportación a la Unión Europea. Así de claro.

Una corriente de angustia me recorrió el cuerpo.

—Te tiene ganas desde que nos apoyaste para evitar el rescate...

—No pienses así, mujer —respondió, elegante—. Hice lo que creí oportuno y sin duda volvería a actuar igual. El hecho de que la política sea a veces odiosa no quiere decir que nosotras tengamos que cambiar nuestro comportamiento. Algún día todo esto se volverá contra él, estoy segura.

Yo no lo estaba tanto.

—Al final, los buenos no siempre ganan, Ingeborg.

—Ya lo sé, *darling*, ya lo sé.

Suspiramos a la vez.

—En cuanto a lo tuyo y lo de la entrevista con ese gilipollas —continuó—, ya le puedes decir a los de la prensa que voy a publicar ahora mismo un comunicado explicando que ese programa del paro lo implementamos aquí hace unos años. De hecho, es una política sueca de los setenta que allí funcionó muy bien, como aquí, y ahora en España. Diles que también puedo explicárselo personalmente, hoy mismo si quieren. Puedo contarles cómo te hablé del programa y mostrarles algunos de los correos electrónicos que tú y yo intercambiamos al respecto.

—Eres un ángel, querida —dije, pues aquello parecía una buena solución.

Miré el reloj, eran casi las seis.

—Me tengo que ir, apenas he dormido y ya ves el panorama que tengo por delante —le expliqué—. Y tú tienes el *personal trainer* pronto —sugerí socarrona.

—No sabes lo bien que me sientan estas sesiones matutinas...

—Me hago cargo —dije riéndome—. Te agradezco muchísimo tu ayuda, Ingeborg —añadí, seria—. Avisaré a la prensa de tu comunicado.

—Lo que necesites, querida —respondió—. Cuenta conmigo para lo que quieras.

—Lo mismo digo.

Los buenos amigos son mucho mejor que las parejas. No solo puedes confiar en ellos, encima duran mucho más. Las parejas van y vienen, los buenos amigos siempre están ahí.

Me levanté a estirar las piernas y me dirigí hacia la ventana. Ya era casi de día pero las calles, en sábado, estaban semivacías. Era una sensación que me gustaba. Madrid a primera hora de un sábado o domingo no era una ciudad solitaria y vacía, como parecía a primera vista, sino tranquila y humana. Eran los únicos momentos en los que podía salir a la calle sin sentirme observada y deambular apreciando los edificios, mirando a la gente, disfrutando de la vida urbana en sí. Para mí, un verdadero lujo.

Todavía era pronto para llamar a Mauro, sobre todo porque no quería dar una imagen de desesperación. Seguro que la primera edición ya iba camino a los quioscos, pero una llamada quizá podría cambiar la segunda. Pensé en el comunicado de Ingeborg, que dejaría a José Antonio en evidencia.

Las mañanas siempre traen la esperanza de un nuevo día, por más horrible que haya sido el anterior, así que pensé que era el momento ideal para una pequeña escapada. Con renovada energía después de la charla con Ingeborg, me di una ducha rápida y me puse otro de los trajes que Estrella me guardaba en el armario. Después de una buena salud, buenos amigos y una impecable asistente, no necesitaba nada más. ¿Para qué quería a Gabi?

Salí a la calle con una sonrisa y con cierta confianza en que todo se resolvería; me sentía libre y fuerte. Con un agente de seguridad a mis espaldas, intenté evitar Sol y giré a la izquierda, pasando por delante del Casino, donde había conocido a Michael Bloomberg en persona hacía muchos años, cuando estaba en Administraciones Públicas. El magnate había organizado una fiesta en el Casino para presentar su canal de televisión cuando todavía nadie le conocía en España. Contrató a una empresa de relaciones públicas para que llevara (previo generoso pago) a *socialites* y gentes de la farándula madrileña que le garantizaran titulares. Los famosos habían acudido a la cita del futuro alcalde neoyorquino, y la fiesta y su publicidad resultaron un éxito. En esta vida todo se compra.

Crucé la calle pasando delante del Ministerio de Educación. Bah. Miré hacia la ventana del despacho de Daniel, el ministro, convencida de que no le encontraría trabajando un sábado por la mañana. Pensé que de ganar las elecciones, no le renovaría en el cargo, porque en cuatro años no había hecho más que pelearse con todos: con las escuelas públicas por no atender a su falta de recursos y por apoyar los centros concertados; y con los colegios privados, por suprimir la asignatura de religión. Con todo lo que había por hacer, había acabado la legislatura sin que la educación en nuestro país hubiera progresado ni una pizca. Más tarde supe que había aceptado un contrato como decano de la Universidad de México justo después de las elecciones. Supongo que a eso había dedicado sus esfuerzos.

En apenas un par de minutos llegué al Círculo de Bellas Artes, uno de mis lugares preferidos. En ese restaurante de columnas de mármol preciosas había desayunado, comido y cenado en múltiples ocasiones, muchas de ellas cerrando acuerdos con asociaciones de todo tipo. Recordé con especial cariño el logrado con la Asociación Cárnica Nacional, por el que limitamos la producción con el fin de mantener los precios, en plan cártel, lo que supuso la desaparición de algunas empresas, pocas, pero garantizó la subsistencia del sector y una mayor calidad del producto, además de salvar la vida a miles de corderitos. Aquella había sido una victoria, no solo por el acuerdo en sí, sino porque logramos reunir en Madrid a los máximos mandatarios de la industria, la mayoría de ellos caciques de pueblos castellanos poco acostumbrados a la capital o a los ambientes refinados como el Círculo. Traerles fue una necesidad, más que un acto de esnobismo, pues en todas las visitas a industrias del sector que había hecho yo en persona había terminado vomitando. No soy, y nunca he sido, carne de matadero.

También había dibujado en las servilletas de papel del café del Círculo numerosos mapas de España, proponiendo comunicaciones o intercambios comerciales entre regiones o países. Y en la magnífica terraza con unas vistas impresionantes a la ciudad había ofrecido cócteles a inversores internacionales o conseguido fondos para ayudar a algún sector. Allí había tenido a nuestros mejores actores y directores de cine mirándome con ojos centelleantes, agradeciéndome el apoyo casi de por vida.

El poder tiene aspectos fantásticos que a veces superan los momentos más duros y viles. A veces. Pero por cada mirada de agradecimiento, hay otra de resentimiento y odio.

De pie junto a la pequeña barra que tienen a la entrada, pedí un café con leche y un cruasán: todavía tenía hambre. Miré por los grandes ventanales hacia la calle, todavía vacía. Me sentí yo misma, libre y anónima en plena ciudad, con todos mis proyectos por delante. Por una vez no había rastro de mi escolta, a quien siempre pedía que se escondiera para no sentirme vigilada, atrapada. Le busqué con la mirada, pero afortunadamente esta vez se había ocultado bien. Respiré tranquila.

Enseguida me trajeron el café y el cruasán en una bolsita para llevar y volví al Ministerio, tranquila y sin atraer miradas. A aquella hora solo había por la calle borrachos y trabajadores medio dormidos.

A las seis y media ya estaba de vuelta en mi mesa. Resolutiva y café en mano, le di un mordisco al cruasán y marqué el número de Mauro.

No descolgaba. Impaciente, volví a marcar e insistí hasta que debí de despertarle.

—Mauro, soy Isabel San Martín —dije segura.

Dejó pasar unos segundos.

—Ministra —por fin respondió—. Qué sorpresa. Supongo que llama porque ha visto los titulares.

—Pues no —dije—. Los quioscos todavía están cerrados. Pero quiero avisarte de que la ministra de Economía danesa va a emitir un comunicado explicando que el programa de reducción de paro me lo recomendó ella después de que lo implementaran con éxito en Dinamarca. Tiene pruebas de nuestro intercambio de ideas.

Mauro permaneció en silencio.

—¿Algo más? —dijo con cierta incredulidad.

—¿Te parece poco? —contesté sorprendida—. Refuta por completo las declaraciones de José Antonio. Tendréis que sacar una segunda edición con la retractación.

—Está de broma, ministra —dijo.

—¿Cómo que de broma? —La ira empezaba a subirme por el estómago—. Esto es muy serio, Mauro. Habéis publicado una información que es falsa y tengo pruebas para desmentirla. Como periodistas, tenéis la obligación moral de retractaros.

—Es la palabra de la danesa frente a la de José Antonio.

—¡La danesa es una ministra!

—Y también su amiga, a nadie le extrañará que la apoye.

—¿Qué quieres decir?

—¿Quién se va a creer a una *hippy* amiga suya y que además es de un país que ni pincha ni corta? La palabra de un varón español siempre vale más.

—No doy crédito.

—Soy gato viejo y sé muy bien lo que me digo.

—Como periodistas, estáis obligados a dar las dos versiones.

—Siempre que sean válidas —replicó—. Y mucho me temo que la palabra de una *hippy* discotequera que se dedica a hacerse *selfies* con los líderes internacionales no vale mucho.

Otra vez el tema de los *selfies*, me dije. Aquello le había hecho mucho daño a Ingeborg y quién sabe si también la alejó del puesto de comisaria. Hacía unos meses, la pobre había tenido que dejar a su hijo enfermo, en contra de su voluntad, para ir a la inauguración de los Juegos Olímpicos de Pekín (menudo tostón) porque su presidente estaba indispuesto. Sin que ella supiera por qué, seguramente por ser mujer, rubia y atractiva, la habían sentado entre el presidente ruso y el estadounidense, ocasión que aprovechó para hacerse una foto con ellos. Según me explicó, no era tanto por una cuestión de fama o de ego, sino de política: quería enseñarle a sus hijos que nada era imposible, que incluso los mundos más opuestos se podían llegar a entender. Pero la prensa no lo interpretó así y el gesto se vendió como un acto de autobombo egocéntrico. A pesar de todas las explicaciones que dio, el gesto se volvía siempre en contra suya.

—Esa mujer es una payasa —remachó Mauro.

—Es una ministra de Economía que ha hecho mucho por su país, le debes un respeto —defendí.

—Doña Isabel, lo siento mucho, pero no podemos hacer nada —concluyó Mauro en tono de superioridad—. El periódico está en la calle y no lo vamos a cambiar. Nuestro entrevistado se mantiene en sus declaraciones.

Solo me quedaba recurrir a la amenaza. Si él jugaba sucio, yo también, aunque siempre con la verdad por delante.

—Muy bien, Mauro —dije—. Pues no voy a tener más remedio que cuestionar la credibilidad de tu periódico, no solo con relación a las declaraciones de José Antonio, también con el pasado del director.

Hubo un silencio.

—¿A qué se refiere, ministra? —preguntó por fin Mauro.

Ya tenía la pelota en mi campo.

—Conozco tu pasado, tus problemas en Ibiza, con la droga.

Hubo otro silencio, esta vez más largo.

—Ya veo que sus tentáculos llegan lejos.

—Tanto como los tuyos —dije—. Solo que los míos los utilizo para el bien común, y no en beneficio propio o como arma destructora.

—Ya veo.

—Solo estoy defendiendo la verdad.

—Es una palabra contra otra —dijo—. No puedo saber quién miente y quién no.

—Te estoy ofreciendo una solución. Publica las declaraciones de Ingeborg.

—Ya le he dicho que es imposible —respondió—. Nuestros lectores se reirán si doy credibilidad a una *hippy* socialista nórdica.

Era absurdo. No podía cambiar cuatro siglos de nacionalcatolicismo machista.

—Muy bien —dije—. Allá tú y tu periódico. No me culpes cuando el resto de la prensa recoja sus declaraciones y vosotros hagáis el ridículo. —Dejé pasar unos segundos antes de usar mi última baza—. Ya veremos qué pasa cuando el país conozca el pasado del director del medio más reaccionario, que propugna unos valores tradicionales muy diferentes a los que practica.

Mauro guardó silencio unos segundos, pero al final contestó:

—A nadie le interesa la vida de un director de periódico, señora ministra —dijo—. Usted tiene más que perder. No le conviene enfrentarse a mí o a mi grupo.

—Eso ya lo veremos —dije, antes de colgar.

19

No sé ni cómo ni cuándo, pero después de aquella conversación me quedé dormida unas dos horas. Supongo que sería la tensión, los chantajes, las mentiras, o tantas verdades ocultas. Lo cierto es que la política a veces da asco, pero en esos momentos precisamente es necesario sobreponerse, cueste lo que cueste. A lo largo de los años he tenido la suerte de conocer a personas muy especiales que han llegado muy lejos en sus profesiones, desde deportistas de élite hasta escritores famosos, empresarios de éxito, toreros… Todos y cada uno de ellos me ha dicho que en algún momento han pensado que estaban al límite, que no podían más y que habían querido abandonar. Todos sin excepción. Su éxito, decían, había consistido en superar esos momentos, lo que en la alta competición se llama la barrera del dolor.

Sentí mis horas más bajas ese sábado por la mañana; estaba extenuada, con ganas de irme a casa o de vacaciones y de pasarme días sin hablar con nadie. La política, como la vida, es un camino largo y difícil en el que las trabas llegan por todas partes, la última vía José Antonio. Pero la política también, y sobre todo, me había dado la oportunidad de mejorar algunas cosas a escala mayor. Este pensamiento me mantuvo ese sábado en el despacho, dándome una fuerza para continuar que creía no tener.

El bedel vino con la prensa y, como esperaba, *La Verdad* traía una foto de José Antonio y sus declaraciones en portada. «Kuwait retira el apoyo a España», decía el titular a cinco columnas. También salía una foto mía, más pequeña, en la que para colmo aparecía despeinada, con unas ojeras que llegaban a los pies y cara de enfadada. Seguro que me la habían hecho durante alguna rueda de prensa mientras los periodistas de ese medio tan cercano a la oposición me hacían preguntas, por lo general cargadas de mala leche. ¿Por qué en Italia se pagan menos impuestos que en España? ¿Por qué se jubilan antes? ¿Por qué dice el presidente que los pensionistas son muy importantes, pero usted no sube las pensiones? ¿Hay una guerra interna en el gobierno? ¿Cree que el presidente está buscando un sustituto en Economía? Siempre igual.

No toda la prensa recogía la caída de los bonos porque algunos periódicos habían cerrado sus ediciones antes de que se empezaran a hundir. Además, solo dos diarios tenían corresponsal en Nueva York, los demás los habían ido retirando por falta de presupuesto, quedándose a merced de las agencias de prensa anglosajonas, para quienes la deuda española no era una prioridad. De todas formas, los dos periódicos nacionales más importantes aparte de *La Verdad* también habían puesto la noticia en primera página, aunque no como tema principal. Uno de ellos, eso sí, había incluido un gráfico con la caída fulminante de nuestros bonos.

Fui a la mesa para ver si alguien había llamado al teléfono del despacho, extrañamente silencioso a esa hora de la mañana. Tenía un sinfín de llamadas perdidas que no había oído por haber activado el silenciador (mi tecla favorita). Todos los mensajes eran de Lucas, pidiéndome unas declaraciones o «algo, lo que sea» para dar a los numerosos periodistas que le habían contactado esa mañana a raíz de los comentarios de José Antonio. En cuanto al paro, le remití al comunicado que Ingeborg ya había emitido, y sobre los bonos repetí lo que toda persona o empresa dice cuando no quiere decir nada: «El gobierno no comenta sobre especulaciones del mercado».

Lo último que quería era enzarzarme en una pelea con José Antonio a través de la prensa porque solo serviría para desgastarme, mientras que a él le daría una valiosísima publicidad gratuita. Volví a mirar la primera página de *La Verdad,* con su foto tan sonriente y tan grande, y entendí que allí había algo más, que aquellas declaraciones tenían un objetivo muy premeditado, aunque entonces no lo conocía.

Llamaron de nuevo a la puerta. Esta vez el bedel traía un ramo de flores. Me sorprendió, porque aunque recibía flores casi a diario —de todas las asociaciones o personas que buscaban favores—, los ramos siempre llegaban entre semana, nunca en sábado. Saqué la tarjeta para ver el remitente. Tuve que abrir el pequeño sobre, de un azul elegante, en ausencia de un nombre en el reverso.

Era Andrés.

Suerte y a por todas. Vas a ganar, presidenta.

Miré por la ventana, aunque con la vista fija en el aire, en la nada. Aquel era un gesto bonito, en la frontera entre la amistad y el flirteo, pero que decidí tomármelo como lo primero por mi propio bien. Estaba en un momento delicado, política y personalmente, y no me podía distraer ni un segundo. Sea como fuere, aquellas flores me animaron, entre otras cosas porque el ramo era alegre, de gladiolos preciosos, altos y amarillos.

Me di una ducha y me adecenté para afrontar el larguísimo día que me esperaba. Tenía que iniciar la investigación sobre José Antonio y su compra-venta de bonos, pero antes debía mirar la cotización de la deuda ese mismo día. Había que reflotar esos bonos sea como fuere.

Me senté en el despacho y mientras encendía el Bloomberg vi el nombre de Walter Fürst en la pantalla del móvil. El banquero más importante del país, y también de Latinoamérica, no acostumbraba a llamarme. Creo que en mis dos años de ministra solo lo había hecho una vez, en plena crisis del Banco Nacional. Cuando el rescate de los kuwaitíes fui yo quien me puse en contacto con él para avisarle de que habíamos encontrado una solución. Era extraño que no habláramos más, pero yo tampoco quería ir detrás de nadie. Ingeborg me había contado que ella y el principal banquero de Dinamarca desayunaban juntos una vez al mes y en Inglaterra, según me había explicado Martin, el gobernador del banco central y los cinco presidentes bancarios más importantes se reunían una vez al mes para tomar el té. Durante esos encuentros, la autoridad monetaria a menudo les recordaba las multas que podían recibir si se extralimitaban, algo que de facto les mantenía bajo control. Le había prometido a Martin que de ganar las elecciones convocaría sesiones mensuales con la banca y con la industria, aunque para trabajar y no para comer, como hacía GR.

Recordé ese primer día en Moncloa, cuando el presidente me presentó a Walter, quien me sorprendió por ser más bajo y rechoncho de lo que le había visto por televisión, donde aparecía alto, sano y fuerte. En realidad era chato, tenía la cabeza grande y cuadrada y los ojos negros y profundos, de ave rapaz, rápidos y observadores. Su cara, siempre seria, no escondía el cansancio y las arrugas que traen la responsabilidad y los años. Como la mayoría de financieros que he conocido, era frío y apenas gesticulaba; jugaba con las cartas pegadas al pecho. Siempre impasible, en control. Un control que ciertamente tenía porque su banco financiaba a las principales empresas del país y estaba detrás de casi un tercio de todas las hipotecas. Eso les había costado una millonada con la crisis, pero lo compensaron con los beneficios de sus filiales latinoamericanas. Menos mal que HSC era un banco responsable y no corría peligro de quebrar, porque si bien habíamos conseguido salvar al Banco Nacional, nunca habríamos podido rescatar a HSC; era demasiado grande.

—Buenos días, don Walter —dije amablemente.

Me obligué a sonreír pues es cierto que si uno sonríe, aunque sea a la fuerza, siempre sale una voz más agradable.

—No tan buenos, ministra —saludó en su tono caciquil habitual, áspero y grave.

Me incliné hacia delante, apoyando el codo en la mesa, la frente en la mano. Cerré los ojos pero solo veía gráficos mostrando la espectacular caída de nuestros bonos.

—Estamos en ello, don Walter —dije, directa. Él no era de los que perdieran un segundo en nada que no le resultara útil o relevante.

—¿Se puede saber qué ha pasado? —preguntó, seco e intenso.

Su tono dictatorial, su presencia imponente y la mirada siempre alerta hacía que sus directivos y el público en general le tuvieran miedo. Yo le había visto con su equipo en algunas presentaciones, inauguraciones o actos sociales y siempre me había llamado la atención que le llamaran «Campeón». Incluso cuando no estaba presente, sus directivos o conocidos siempre se referían a él con ese nombre, tales eran el poder y la influencia que ejercía sobre ellos. Yo, la verdad, veía poca diferencia entre llamar «Campeón» al jefe o «Comandante» a un dictador. Se trata de la misma relación: de opresión.

Suspiré.

—No lo sabemos.

Por supuesto, no era la respuesta que buscaba.

—Pero ¿cómo que no lo sabéis? ¿Qué clase de gobierno es este? —gritó.

Intenté no ponerme a su altura.

—Lo que sé seguro es que no hay ningún mal dato escondido ni ninguna sorpresa desagradable que estemos a punto de anunciar —aclaré—. Los datos son los que son; no tenemos ningún cambio ni revisión pendientes.

—¿Y los kuwaitíes?

—No han sido ellos.

—¿Lo han confirmado?

—Sí, hablé con ellos anoche, o esta madrugada.

—¿Pues entonces quién cojones ha sido? —preguntó agresivo. Me quedé callada. Por desgracia no tenía la respuesta. Al cabo de unos segundos, Walter continuó—: Esto me suena a fondos especulativos. ¿Te han llamado o te has reunido con alguno recientemente? —preguntó—. Esta pandilla de jovenzuelos siempre actúa en grupo y antes de meter baza suelen avisar. Escriben cartas en los periódicos, se reúnen con las empresas o los gobiernos para exigirles cambios u organizan reuniones con los otros inversores para llevarlos a su campo. Son unos desalmados, pero van de cara, no por la espalda.

Me resultó extraño escuchar la palabra «desalmado» en boca de Walter. Como si él fuera un angelito. En fin.

—No, hace tiempo que no hablo con ellos —respondí—. Desde el rescate de los kuwaitíes han dejado de rondar por aquí. La economía ha mejorado y ellos ya compraron bajo y vendieron alto. Creo que han hecho caja y que ahora van a por Bélgica.

Walter suspiró antes de continuar.

—Tengo diez mil millones metidos en bonos españoles.

Casi que se me cayó el móvil de la mano.

—¡¿Diez mil?! —exclamé. Cerré los ojos, incrédula.

—Diez mil.

Estiré la cabeza hacia atrás, abrumada. Al cabo de unos segundos volví a enderezarme.

—Según nuestros cálculos, creía que como banco teníais mil, y luego seiscientos o setecientos por parte de clientes —dije.

—Cierto.

—¿Y lo demás?

Su silencio me alertó. Con razón.

—Ministra, esta llamada es confidencial, ¿no? —preguntó.

No tenía más remedio que abrir la puerta de la confidencialidad, algo siempre peligroso cuando se trata de bancos. Pero era mejor conocer la verdad, y cuanto antes mejor, ya que al final todo se sabe y cualquier minuto puede resultar oro de cara a buscar una solución, sobre todo en el vertiginoso mundo financiero.

—Sí, absolutamente confidencial. —Cerré los ojos de nuevo—. Dime.

—Tenemos una filial en las islas Caimán que pide créditos a corto plazo a un interés mucho menor que la rentabilidad de nuestros bonos. Hemos usado la deuda española como colateral de esa filial y de esos préstamos a corto plazo. Con los bonos ahora por el suelo, la filial se nos hunde.

No me lo podía creer. Una entidad tan seria y organizada como HSC ejerciendo de fondo especulativo en las islas Caimán de espaldas al fisco. No tardé mucho en hacer números mentalmente.

—Esto os puede arruinar —dije—. No tenéis capacidad de absorber las penalizaciones y las pérdidas que os vendrían. O vendrán —me corregí con terror.

—Ya lo sé —admitió en voz baja.

Hubo un tenso y largo silencio. Yo no podía ayudarle. No podía colaborar con alguien que estaba incumpliendo la ley de una manera tan escandalosa.

—Solo se me ocurre una cosa —dijo por fin Walter.

—Te escucho.

—Que llames al Banco Nacional y a vascos y catalanes y que entre todos nos pongamos a comprar bonos; están muy bajos y si no van a salir noticias malas, tendrán que subir a la fuerza —dijo—. Yo compraré más que nadie, a cambio de que pueda desmantelar la oficina de Caimán con discreción, sin que nadie se entere.

Siempre igual. Banqueros de rapiña; salen victoriosos de cualquier situación, por fea que sea.

—Al Banco Nacional no le sobra ni un mísero euro y los vascos y los catalanes están igual —expliqué—. Me reuní el otro día con ellos y es imposible llamarles ahora para buscar apoyo.

Dejé pasar unos segundos mientras pensaba. Igual yo también podría jugar con sus cartas y sacar tajada de aquella situación.

—Estoy de acuerdo en que a este precio la deuda es una ganga, un negocio redondo. ¿No podéis comprar solos?

—Y ¿el tema de la discreción en el cierre de Caimán queda garantizado?

Allí había algo que no entendía.

—¿Por qué queréis cerrar la oficina? Y ¿por qué me lo has dicho? Soy tu ministra de Economía, por Dios, no tu *trader* en los mercados.

Walter dejó pasar unos segundos.

—Porque teníamos muchas pérdidas, ya antes de lo de ayer —dijo pesaroso—. El crédito internacional se está secando y nos hemos quedado sin financiación justo cuando nos toca pagar una suma importante en concepto de intereses.

—Y ¿por qué me lo dices a mí? —insistí.

—Porque está el *Wall Street Journal* husmeando. La cosa acabará saliendo a la luz —me advirtió—. Sé lo que me digo.

—O sea, que me estás pidiendo que te ayude a desactivar la bomba antes de que te estalle en las manos.

—Y a ti en las tuyas —apuntó, rápido.

Siempre el mismo chantaje. Pero el malvado tenía razón. España no podía absorber un problema grande con el HSC. Nos íbamos todos a hacer puñetas.

—Estoy convencido de que lo podemos solucionar —continuó, ahora más seguro y con control—. Si me pongo a comprar como un loco hoy en el mercado gris, verás cómo los bonos suben inmediatamente, justo a tiempo, antes de mañana... —dijo, sin terminar la frase.

El chantaje estaba claro. Me quedé callada porque aquella decisión me ponía en el límite de la ética. ¿Cómo iba a explicar que había permitido a HSC cerrar una filial ilegal a cambio de que me salvaran el pellejo político? Pero por otra parte, reflotar el precio de los bonos era exactamente lo que necesitábamos, no solo yo, sino todo el país. La hecatombe de nuestra deuda podía generar una gran incertidumbre y cerrarnos el acceso a los mercados. La jugada nos podía costar muy cara a todos. Me sentí acorralada y Walter, seguramente percibiendo mi debilidad, fue a por más.

—El trato también podría incluir algunos cambios en el sector —dijo ante mi estupor.

—¿Qué cambios?

Se ajustó la voz.

—El límite de los *bonus* que estableciste hace un año, por ejemplo, ¿no sería esta una buena oportunidad para eliminarlo?

Peor que los buitres, pensé. Continuó:

—Comprar miles de millones en bonos nos va a traer mucho riesgo y mis *traders* pueden olerse que algo no va bien. Ahora —dijo, haciendo un breve silencio dramático—, si les digo que en Navidad van a tener un *bonus* de cinco veces su salario, eso garantizaría nuestra ejecución. Además, tenemos que actuar hoy mismo, antes de que abran los mercados el lunes. —Walter se detuvo un instante para coger aire—. Y en ese caso tendré que sacar a mi gente de sus casas de fin de semana, con lo que habrá que incentivarles.

Walter me había acorralado, ¿cómo habíamos llegado a esta situación?

Estaba claro que no podía eliminar el límite a los *bonus,* una medida que en su día fue tan popular como necesaria. ¿Cómo se atrevía ahora a pedirle a una ministra socialista que devolviera los *bonus* a la banca, cuando el país estaba en plena crisis, en parte debido a los problemas de ese sector?

Justo cuando iba a responderle escuché un disparo al otro lado de la línea. Del susto casi salté de la silla. Miré a mi alrededor, por si el ruido no hubiera procedido del teléfono sino del Ministerio, pero todo parecía en orden. Corrí hacia la ventana, teléfono en mano, para mirar hacia la calle, que afortunadamente tenía el aspecto de costumbre. Me tranquilizó ver que no había sido un atentado terrorista, pero me asusté al pensar en mi interlocutor.

—¡Walter! —grité—. ¿Estás bien?

—Sí, sí, mujer, no te preocupes —dijo tan tranquilo—. Es solo una cacería, estoy aquí en mi finca en Toledo con unos amigos y acaban de empezar.

Cacerías en Toledo organizadas por la banca y sus amigos. La España del siglo XVII en pleno siglo XXI. Me volví a sentar.

—De hecho —continuó—, precisamente están aquí los delegados de los bancos de inversión estadounidenses, como Alfonso Monjardín o Borja de Guzmán. ¿Les conoces?

Alcé una ceja mientras negaba con la cabeza. ¿Quién no recordaría esos nombres? La imagen del tal Alfonso me vino a la cabeza: tan repeinado hacia atrás, tal deje en el acento, tanta altivez y superioridad, tanto colegio de pago y estudios en el extranjero, tanta equitación y clases de tenis, piano y esquí. Y ahora, lo mismo pero de mayor. Y todo por pertenecer a una de esas sagas españolas que desde el siglo XVII se han pasado tierras, palacetes y riquezas de una generación a otra.

—Sí les conozco, sí —dije con cierta displicencia—. A veces ejecutan nuestras operaciones de tesorería, los dos nos conocen bien.

—Con ellos aquí podríamos activar nuestro plan de inmediato.

Me apresuré a intervenir, porque yo ya sabía que la banca siempre tiene mucha prisa para vender, y poca para comprar.

—Aquí no hay acuerdo todavía —le recordé—. Como te podrás imaginar, el tema del *bonus* es implanteable.

—¿Por qué? —preguntó, como si no lo supiera.

—Lo sabes perfectamente, Walter.

Dejó pasar unos segundos.

—Otra solución sería poner un límite, digamos, de diez veces el salario —propuso—. Sería un acuerdo bueno para las dos partes: tú sigues dando la imagen de que nos tienes bajo control y nosotros tenemos un buen *bonus,* aunque no tan alto como quisiéramos.

Aquello me repateó.

—Ni hablar.

—Pero mujer, no te pongas así de terca...

—¡¿Qué me has dicho?! —exclamé levantándome de la silla con un cabreo monumental. Odiaba el machismo recalcitrante—. ¡Me llamas terca porque soy mujer! —le dije con furia—. Si fuera un hombre dirías que soy un excelente y duro negociador, ¿o no?

Guardó silencio. Era machista, pero no tonto y sabía cuándo recular. Aquello me dio fuerza negociadora.

—Es más —añadí, todavía de pie—. Lo que sí te puedo proponer a cambio de una salida de Caimán... *discreta* —enfaticé— y de tu apoyo en la compra de bonos es la imposición de cuotas femeninas en los puestos directivos de la banca.

—¡Ni hablar! —dijo enseguida.

Me lo imaginé echándose las manos a la cabeza, sentado en una mansión llena de cabezas de animales disecados donde las mujeres no tenían más papel que el de servir.

—Piensa en lo que ganas —dije con confianza, rayando la superioridad. Sentía como si estuviera hablando con un hombre del siglo pasado.

—Absolutamente imposible.

No pude evitar devolvérsela.

—No te pongas terco, hombre.

Escuché cómo suspiraba.

—Tenemos que llegar a un acuerdo, Isabel —dijo condescendiente, como si yo fuera una niña a la que había que adoctrinar.

—Ya te lo he propuesto —respondí, terminante.

—Sabes que es imposible, lo sabes perfectamente.

Lo que sí conocía a la perfección era su machismo y su oposición a potenciar a la mujer dentro de su banco o del sector. HSC tenía la osadía de presentar a sus accionistas un consejo exclusivamente masculino. Cada vez que les veía en la foto que siempre traía la prensa después de su junta anual casi tenía que desviar la mirada. Igual que en sus presentaciones de resultados, cuando se podía ver al centenar de ejecutivos que llevaba la dirección del banco, pero entre los que solo había dos mujeres: una de ellas, su hija, y la otra, sobrina del vicepresidente. Era un escándalo que yo tenía la intención de atajar si salía elegida al día siguiente. En mi programa había incluido el establecimiento de una cuota del veinte por ciento de mujeres en puestos de dirección en todas las empresas con más de mil empleados.

Aquella conversación se estaba convirtiendo en una excelente oportunidad para empezar mi proyecto. A pesar de que lo hubiera incluido en mi programa electoral (ya sabemos que los programas son papel mojado), era consciente de lo difícil que sería sacar adelante esa ley sin una mayoría parlamentaria, algo que, después de los titulares del día, seguro no iba a conseguir. Contar con el apoyo de Walter podría resultar clave.

—Nada es imposible —respondí a su negativa—. Además, podríamos presentar a HSC como ejemplo a seguir, como empresa a imitar, una organización de ideas avanzadas y progresistas.

Ahora la displicente era yo; si es que, en el fondo, la vida no es más que un juego.

—HSC no quiere dar una imagen ni de avanzados ni de progresistas, y mucho menos de feministas —dijo enseguida—. Somos conservadores y estamos orgullosos de ello. Las personas nos dan su confianza precisamente porque nos ven maduros y sensatos. No somos una asociación de *hippies*, ministra, somos un banco.

Me senté de nuevo en el sillón. Aquella iba a ser una dura batalla. Me pasé una mano por la frente, descansé la espalda en el respaldo y crucé las piernas. Insistí.

—Sería una gran publicidad —dije—. Las mujeres no solo irían de cabeza a vuestras sucursales, también atraeríais a las mejores estudiantes de España. Podríais disponer de mucho talento a buen precio.

—Ya tenemos muchas mujeres trabajando en el banco, no necesitamos más —respondió, seco.

—Sí, pero no son directivas.

—Tenemos a dos.

—¡Dos de cien! —exclamé—. Y encima las dos son familiares. No cuentan.

Oí cómo Walter resopló, exasperado.

—Mira, Isabel —dijo prepotente—. Las mujeres son lo que son y llegan adonde llegan, como todos, por talento. Yo no tengo la culpa si en plena carrera profesional eligen dedicarse a la familia o si no les compensa trabajar tantas horas al día. Eso es una elección personal y no se puede forzar.

—Se van porque el sistema las echa.

—Nosotros no echamos a nadie.

—¡Directamente no, pero sí de forma indirecta! —dije en voz más alta de lo que debiera—. Habéis creado y perpetuado un sistema que solo es sostenible para alguien que llega a casa y tiene a otras personas cuidando de sus hijos y preparándoles la cena. Una mujer no tiene esa posibilidad, porque no hay hombres dispuestos a dársela. Lo único que tenéis que hacer es crear un ambiente flexible para que las mujeres puedan conciliar vida personal y laboral.

—El sistema, Isabel, no lo he inventado yo —dijo—. Pero si mi cliente en Latinoamérica necesita una reunión, no le puedo decir que no puedo hablar a partir de una hora que para él son las ocho de la mañana porque tengo que dar un biberón.

—No seas desagradable, Walter —le advertí—. Sabes muy bien que hay soluciones para todo.

El banquero dejó pasar unos segundos.

—Lo que me pides, Isabel, no va a ayudar a nadie —dijo—. Al menos ayudemos a quien realmente lo necesite —propuso—. No sé, podemos discutir la construcción de centros sociales o unas barracas para los sin hogar…

Aquello empezaba a resultar insultante.

—Walter —le interrumpí, de nuevo poniéndome en pie para sentirme más fuerte—. Esto no es un asunto de caridad ni de diversidad. Esto es *business*. Está comprobado que más mujeres en cualquier empresa, incluidos los bancos, mejoran los resultados porque ofrecen un punto de vista diferente.

—No pongo en duda, Isabel, que hay mujeres como tú, de una competencia extraordinaria; pero yo lo que quiero es que mi banco gane dinero, y no salvar al mundo.

—Tu negocio y tu sector no tendrían tantos problemas si hubiera contado con mujeres en puestos de dirección.

—Habría sido igual. La historia y las personas se repiten.

—Te equivocas —dije convencida, dirigiéndome hacia la ventana—. El riesgo absurdo que asumieron algunos banqueros estadounidenses, ingleses y españoles, y que luego les costó la bancarrota, no se habría concebido con más mujeres en esos equipos. Menos testosterona y más sentido común es lo que necesitan.

—Eso nunca lo sabremos.

—Lo sabemos ahora —dije—. Las mujeres tienen un perfil de riesgo mucho más bajo y además también resuelven conflictos de una manera más consultiva y consensuada, menos agresiva que los hombres. Lo sabes perfectamente.

No pudo responder con lo que yo aproveché para continuar, ahora como una ametralladora.

—También está demostrado que las mujeres ¡escuchan!, cosa que muchos hombres no hacen, sobre todo en la banca, porque están centrados en ganar y ganar y ganar más dinero. Y tú y yo sabemos muy bien cuáles son los beneficios de escuchar, porque el poder se reduce muchas veces solo a eso. La gente necesita que se la escuche y se la entienda; a menudo basta con eso para solucionar un problema.

Hice una pausa.

—Como dijo la ministra francesa, si Lehman Brothers hubiera sido Lehman Sisters, otro gallo habría cantado —añadí.

—En mi banco casi un cincuenta por ciento del personal son mujeres —respondió, frío—. Creo que en el sector la cifra es muy parecida, así que no creo que sea un problema de sexos o que establecer cuotas sea relevante.

—Ya sabes que estoy hablando de puestos de dirección. —Me empecé a irritar—. Lo que sí es relevante es que a la gran mayoría de esas mujeres las tenéis preparando cafés, de secretarias o en puestos *junior*. ¿Me equivoco?

Tardó en contestar.

—Es cierto que hay una mayoría femenina en puestos de menor responsabilidad y en tareas administrativas.

—Y encima seguro que cobran menos que un hombre en su mismo puesto —repliqué—. Eso también se ha demostrado estadísticamente.

Calló.

—¿Sabéis si existe paridad salarial? ¿Habéis realizado algún estudio, como hace hoy en día toda empresa moderna en el extranjero?

—No —concedió.

Sentí la victoria cerca.

—Pues ya podéis empezar a poneros las pilas —comenté—. Como te digo, os presentaremos como los campeones de la diversidad y de la justicia. Será una publicidad inestimable. Piénsalo.

Hubo un largo silencio.

—No puedo aceptar algo así, ministra —dijo—. Es imposible. Nadie en el banco lo entendería; se reirán de mí, me empezarán a llamar gay o cosas por el estilo. Yo estoy aquí porque soy competente y duro. No me puedo poner ahora en plan *hippy* o angelical.

Es cierto que el papel no le pegaba para nada. Pero era una excelente oportunidad para 1) atestarle un buen golpe a ese dinosaurio de la igualdad, 2) arrancar con el tema de las cuotas y 3) resolver la caída de los bonos. Era una jugada maestra, quizá la mejor de mi vida política.

—¿Hay trato? —Más silencio—. Piensa en el país —proseguí—. En todo el apoyo que este gobierno os ha dado.

—Nunca hemos necesitado ninguna ayuda —apuntó rápido—. Es más, los que estamos ahora a punto de sacar las castañas del fuego somos nosotros.

—El apoyo al Banco Nacional y el rescate kuwaití nos han salvado la vida a todos, y a vosotros también —le recordé.

Más silencio.

—Podría considerarlo, si hubiera una guinda al pastel.

Ya volvía la bestia, pidiendo más. Pero era buena señal.

—Te escucho.

—Si ganas, solo quiero avisarte de que nosotros estamos detrás de uno de los consorcios que están a punto de presentar una solicitud para las nuevas licencias de telefonía —dijo—. Estamos con Soft y el tema es tan crucial que en España fue el propio presidente en persona, Andrés del Soto, quién arrancó la idea.

Me quedé de piedra. Tardé poco en deducir que el reciente acercamiento de Andrés se debía más a preparar el terreno de cara a la asignación de licencias que no a un flirteo de hombre cuarentón. Ilusa, yo que me había pensado que sus palabras en el Museo del Prado habían sido genuinas, de alguien avergonzado de su pasado elitista y machista. Ahora entendía que solo buscaba futuros favores políticos. Ese pensamiento me entristeció, pero conseguí dominarme dada la magnitud de lo que estaba tratando en ese momento.

—Sí, le conozco —dije, intentando disimular mi decepción.

—Me alegro —continuó sin más—. Así podréis llevar mejor las negociaciones. Estamos, como supondrás, más que interesados. Además de necesitados.

Intenté centrarme. Efectivamente, la asignación de las nuevas licencias de telefonía era uno de los temas más delicados que tendría que gestionar el nuevo gobierno, ya que era una máquina de hacer dinero sin fin. En España había ocho móviles por cada diez habitantes y la gente no paraba de enviarse fotos y datos a todas horas, que las empresas cobraban a precio de oro. Había muchos intereses creados detrás de ese concurso y resolverlo bien iba a ser difícil. En Inglaterra habían fichado a un equipo de Oxford especializado en *game theory*, o la teoría del juego, para que el proceso se pareciera a una partida de póquer, donde la clave está en adivinar lo que piensa el otro. Tuvieron muchísimo éxito.

Inglaterra fue el país que más recaudó por las nuevas licencias, casi el doble que Francia. De ganar las elecciones, yo también pensaba llamarles, porque en España apenas teníamos expertos en ese campo. Pero el plan se vendría abajo si tenía que favorecer a HSC. De todos modos, el acuerdo valdría la pena si me garantizaba el éxito de las cuotas, me dije. Las mujeres habían sido tan despreciadas y olvidadas en el mundo empresarial, de una manera tan injusta y durante tantas décadas, que todo me parecía poco para cambiar esa situación. No había más que pensar. Tan solo los detalles de ejecución, pues evidentemente el acuerdo debía permanecer dentro del marco de la legalidad.

—Si gano mañana, habrá un proceso abierto y legal para conseguir las licencias —le advertí.

—Por supuesto —dijo Walter, rápido—. No esperaríamos otra cosa. Pero podemos ayudarnos de una manera un poco más... *sutil*.

—Supongo que podría buscar la manera de daros alguna orientación... —dije sin terminar la frase.

Me resultó muy extraño pronunciar esas palabras. Era la primera vez que prometía algo así, por lo que tuve que recordarme a mí misma que mi objetivo final era mejorar la vida de las personas del país. En ese sentido, el acuerdo merecía la pena. En cuanto a la ejecución, podría avisar a HSC si el precio que presentaban en la subasta estaba por debajo del de otra oferta. Esto les obligaría a pagar más para ganar, pero les garantizaría la victoria. Para mi tranquilidad, yo tampoco reduciría el potencial de recaudación; incluso podía aumentarlo si mi información obligaba a HSC a aumentar su cifra.

Me imaginé a los miles de mujeres que ascenderían a puestos directivos en cuestión de un año y en el ejemplo que eso daría a las niñas en edad escolar. Haber visto a mujeres de traje y con poder es sin duda la mejor manera de demostrarles que esa opción es posible para ellas también. Pensé en las mujeres que a su vez serían fichadas por esas directivas, pues si los hombres tienden a contratar a hombres, las mujeres hacen lo propio. Imaginé la cantidad de empresas que funcionarían mejor, con menos riesgo y más responsabilidad social, con más compromiso y empatía local. Esas empresas tendrían más éxito, con lo que nosotros también recaudaríamos más impuestos.

La decisión estaba tomada.

—Hecho —concluí.

—Fenomenal —respondió Walter satisfecho, revitalizado, alegre—. Los ingresos de la licencia nos permitirán aumentar recursos en muchos programas, como este de las mujeres. Si vamos a ser los abanderados de este feminismo empresarial —dijo con sorna—, lo haremos bien. Ofreceremos cursos y bolsas de becas a las directivas, que no quiero que de repente se me llene el banco de mujeres que están allí por la cuota y no por su talento.

—Al principio habrá que ser comprensivo y ayudar —dije—. Esto es una apuesta a largo plazo. Ayúdalas, dale las mismas oportunidades que darías a un hombre y ya verás cómo te responden.

—Eso espero —añadió poco convencido—. En cualquier caso, estoy muy satisfecho de esta conversación y de nuestro trato: para nosotros, salida discreta de Caimán y licencias. Para ti, tema bonos solucionado hoy mismo y cuotas establecidas, con mi banco como ejemplo a seguir.

La llamada había sido fructífera.

—Entendido y acordado —dije—. ¡Ojalá todo se resolviera así!

Nos reímos los dos.

—¿Ves cómo las mujeres somos buenas negociadoras, que siempre queremos que ganen las dos partes en lugar de dar cornadas para salirnos con la nuestra?

—Isabel, ya sabes que siempre he tenido una opinión muy alta de ti —dijo, caballeroso.

No tenía tiempo para adulaciones.

—Pues vamos a ponernos en marcha, que el tema de los bonos aprieta. Ahora mismo llamo a Martin Moore, nuestro director general del Tesoro, para que se ponga en contacto con tu equipo y así la ejecución sea más rápida.

—Nos ponemos en marcha nosotros también —dijo—. Tengo a toda la banca de inversión en mi finca. No será difícil.

—Bien, mantenme informada.

—Así lo haré.

Colgué el teléfono y respiré hondo, muy hondo. Era la decisión más importante y acertada que había tomado hasta el momento y me llenaba de orgullo pensar que aquel empujón a las mujeres era el mayor en toda la historia de España. Pero para hacerlo realidad, antes tenía que ganar unas elecciones.

20

También tenía un marido que recuperar, pero Gabi no cogió el teléfono ninguna de las seis o siete veces seguidas que le llamé. Martin, en cambio, descolgó a la primera, diciendo que ya estaba de camino incluso antes de colgar.

Aun así, la incertidumbre del momento me puso tan nerviosa que me levanté para encenderme un cigarro. En dos meses había fumado casi más que en toda mi vida, pero lo necesitaba. Me dije aquello de «solo uno más», que por supuesto, nunca se cumple. Pero tenía que andarme con cuidado, porque en caso de ganar al día siguiente no me podía presentar en Moncloa sola, a punto de divorciarme y encima fumando. Aunque el autocontrol siempre ha sido una de mis principales virtudes, pasé de todo y me encendí el Marlboro.

Volví a llamar a Gabi de forma insistente, compulsiva, paranoica, mientras iba y venía de la mesa a la ventana asiendo el móvil con fuerza. Casi estrellé el dichoso artilugio contra la pared, pero no era el momento de perder los papeles. Desistí.

Me senté en el sofá, cerré los ojos y me los froté durante unos instantes hasta que me sentí más tranquila. Me recosté y miré hacia la nada hasta recalar en los gladiolos de Andrés. El muy pícaro.

Cogí el mando a distancia, encendí la radio y sintonicé la emisora que todavía siempre escucho. Además de ser la más oída en España, también está más o menos en sintonía con mis ideas y nunca me trataron del todo mal; algunas críticas ligeras, pero en general le dieron buena publicidad al programa Corre-al-Curro y a la bajada del paro. Los estudios siguen en pleno centro, con lo que tienen un toque urbanita y una cercanía a la gente de la calle que siempre me ha gustado. Otros medios, presionados por la crisis, se tuvieron que trasladar a las afueras de Madrid, instalándose en parques industriales solitarios donde apenas hay rastro de vida humana.

Aquella mañana de sábado la emisora en cuestión daba su programa matinal de costumbre, siempre entretenido, a menudo con alguna entrevista relevante. Decidí que escucharía un ratito mientras me preparaba un café, volvía a intentar llamar a Gabi y esperaba la llegada de Martin y Zoilo.

Mientras removía el azúcar en el cortado, por fin disfrutando de un momento de sosiego, la emisora volvió a la entrevista principal después de una cuña publicitaria. ¡Carmen Estrada! Me llevé una gran sorpresa. Era jornada de reflexión, ¿qué hacía ella, la ministra de Sanidad, en un programa de radio?

Hablaban de su infancia y en un momento determinado recordaron que se trataba de una aproximación personal a la vida de Carmen Estrada, un retrato íntimo y no profesional, ya que ese día no se podía hablar de política. Me senté en la silla danesa a escucharla, con cierta displicencia y una ceja levantada. Todavía me pesaba su comentario tan desafortunado sobre una posible bajada de las pensiones mientras yo estaba en Bruselas, o su oposición inicial a Corre-al-Curro.

—De pequeña siempre me elegían delegada de clase sin que yo lo pretendiera o lo buscara en absoluto, era algo más bien natural —dijo. Ella como siempre tan humilde—. Supongo que me verían responsable y eficiente, digo yo —continuó, añadiendo una risita estúpida.

Crucé las piernas con cierta exasperación, le di un sorbito al cortado y una calada al pitillo. Miré el móvil sobre la mesa de reojo, pero nada, todo seguía igual. Cerré los ojos con resignación justo cuando preguntaron a Carmen algo que me infundió terror. Apagué el cigarro nerviosamente.

—La candidata a la presidencia y usted son las dos únicas mujeres en este gobierno —dijo el locutor, a quien yo conocía en persona porque me había entrevistado en alguna ocasión—. Las dos obviamente han llegado muy lejos ¿Cree que hay algo común en su infancia o juventud que determinara sus aptitudes para el liderazgo?

Que Carmen Estrada respondiera sin antes pensar era algo que había dejado de sorprenderme. En efecto, en menos de un segundo la todavía ministra entró al trapo:

—Pues mire, ahora que lo dice se me ocurre que Isabel es más..., es más..., ¿cómo decirlo?... —decía, una vez más incapaz de expresarse—. Yo diría que mi estilo de liderazgo es más natural. Como te decía, de pequeña era una líder en clase, en el equipo de baloncesto, vamos siempre. —De nuevo su risa estúpida e inconsecuente. Entrecerré los ojos y me mordí el labio. Pensé en la Sanidad española, en los cientos de hospitales y los miles de pacientes que estaban bajo su responsabilidad. Sentí un nudo en el estómago. ¿Cómo era aquello posible?—. En cambio —continuó—, Isabel es una líder que se ha hecho más con los años, a base de trabajo... Cómo le diría, menos natural, ¿entiende? —le largó al periodista, a quien no le dejó abrir la boca ya que continuó—: La conocí hace muchos años en Administraciones Públicas y de hecho fui su jefa durante unos meses.

—Supongo que enseguida se daría cuenta de que San Martín tenía madera de líder —intervino por fin el entrevistador, quizá en un intento por contrarrestar tanta sandez. Tarea inútil.

—Pues no se crea... No —respondió ella dando a entender que estaba reflexionando—. Era eficiente, eso sí, y por supuesto tenía una inteligencia destacada... Pero era más bien fría y reservada, cómo lo diría... No era una persona cercana, no era cariñosa, no era como de tocar. Usted sabe que hay gente que siempre te coge de la mano o del brazo cuando hablas, pues ella no, siempre tiesa, no sé, muy inglesa...

Me reí a carcajadas. ¡Inglesa yo! Que soy de Pamplona...

—Pero eso no debió influir en su trabajo porque, si no me equivoco en pocos años llegó a ser directora general y luego obtuvo muy buenos resultados en cuantos proyectos se involucró en ese Ministerio —dijo Carles, el presentador, que era catalán.

—Sí, sí, claro, obtuvo buenos resultados porque es una persona eficiente y trabaja tantas y tantas y tantas horas... Es sobrehumano... No me extraña que no haya tenido tiempo para formar una familia... —¡La muy hija de puta! Me levanté de la orejuda tan de golpe que esta empezó a girar sobre su eje. Aquella me la iba a pagar muy caro—. En esta vida, no todo es trabajo y eficiencia —remachó—. Sobre todo cuando ocupas un cargo público, porque hay que estar cerca de la gente.

Detuve la silla y me senté de nuevo, con la cabeza apoyada en el respaldo. Al menos Carles me defendió:

—Nosotros hemos tenido a Isabel San Martín en este estudio y siempre nos ha dado una imagen cercana y una impresión de calidez —dijo con cariño—. Pero supongo que cada uno tiene su opinión.

Carles era una persona más bien neutral que evitaba los conflictos, aunque fuera a costa de no profundizar demasiado en ningún tema. Parecía que estaba centrado en ofrecer un programa ligero, divertido e interesante que gustara a todos y le garantizara la continuidad en el puesto. Supongo que en ese momento también me defendió por si ganaba las elecciones, ya que no le interesaría haber instigado o estar relacionado con unas declaraciones tan desafortunadas sobre la futura presidenta.

Cerró la entrevista de una manera más bien rápida, un tanto incómoda, antes de dar paso al programa de fútbol. Apagué la radio; solo me faltaban los gritos histéricos de los locutores martilleándome la cabeza. Ya tenía yo suficiente drama en mi vida política y personal.

Me acerqué a la mesa para coger el programa del día que, como de costumbre, me había preparado Estrella. Esa chica era una maravilla, me dije mientras abría un portafolios con todo lo que necesitaba bien ordenado. Tenía una comida con el embajador estadounidense, un gay muy atractivo que se había instalado hacía poco en Madrid con su pareja y entre los dos habían hecho más por la imagen de los gays en España en dos o tres meses que dos décadas de reivindicaciones domésticas por la causa. La comida era en la misma embajada, un bonito palacete en Serrano ahora reconvertido en búnker impenetrable. Por la tarde tenía reuniones de campaña para preparar la jornada del domingo.

Le di otro sorbito al cortado, ya frío, y dejé la taza junto a una pila de libros, con el de Victoria Kent arriba del todo. Por un momento pensé que la tensión entre Carmen y yo se parecía a la guerra entre la Kent y Clara Campoamor, aunque nosotras nunca nos habíamos chillado en el Parlamento (pero no por falta de ganas).

Cogí el libro y me senté en la orejuda para hojearlo de nuevo, deteniéndome en las fotos y preguntándome si su rivalidad era como la nuestra. Encontré algunos parecidos: En abril de 1931, después de las primeras elecciones de la República, eran las dos únicas mujeres en un Parlamento de más de trescientos diputados, hasta que en octubre también se incorporara Margarita Nelken después de ganar su escaño en una segunda vuelta electoral. Fueron las tres primeras diputadas y más de ochenta años después era increíble que Carmen y yo fuéramos las dos únicas mujeres en un gobierno. Casi un siglo sin apenas progreso.

Kent y Campoamor, abogadas de profesión, habían seguido los pasos de Concepción Arenal, la gallega del siglo XIX considerada pionera del feminismo en España. Arenal se había vestido de hombre para poder asistir a las clases de derecho de la Universidad Central de Madrid, que no abriría sus puertas a las mujeres hasta 1910, por lo que nunca llegó a licenciarse. También con ropas masculinas participaba en tertulias políticas y literarias en un intento por salirse del canon que aprisionaba a las mujeres de su época y que ella misma describió de esta manera: «La mujer no tiene otra carrera más que el matrimonio».

Victoria Kent, como Clara Campoamor, nunca dejaron de rendirle homenaje. Esta última incluso escribió un ensayo sobre la persona y obra de Arenal, que publicó la editorial Losada de Buenos Aires en pleno exilio de la diputada en

Suiza. La editorial argentina era la única que publicaba todo lo que Franco prohibía en España, desde el teatro de Lorca o la poesía de Alberti y León Felipe, hasta los ensayos de Ortega.

Siguiendo los pasos de Arenal, la Kent entró en la facultad de Derecho —ya vestida de mujer— y se convirtió en la primera abogada de España. Durante su carrera, Victoria Kent recuperó y aplicó las ideas de Arenal sobre la prioridad de la persona sobre la pena o el trato a los reclusos como seres humanos, por horrible que hubiera sido su crimen.

Este concepto también había calado hondo en mí mientras leía esas memorias y había hasta escrito y enmarcado una de las máximas de Arenal en mi despacho. Junto a la puerta de entrada todavía podía leer, de mi propia letra, bien grande y redonda: «Odia el delito y compadece al delincuente». Como ella, y como la Kent, yo también pensaba que los delincuentes son producto de una sociedad reprimida y represora y que con su reinserción todos salíamos ganando.

Desconozco si Arenal consiguió algún cambio en materia de prisiones, pero al menos la primera feminista de España logró que por una vez Campoamor y Kent colaboraran y entre las dos impulsaran la construcción de un monumento en su memoria en el parque del Oeste de Madrid, que por desgracia Clara Campoamor no llegó a ver. La estatua de granito sigue allí, aunque nadie le preste apenas atención. Yo sí; todavía voy de vez en cuando a ese parque, más pequeño y discreto que el Retiro, y siempre intento pasar por delante para rendirle tributo. Me suelo parar, café en mano, para dedicar durante unos segundos un pensamiento a quien tanto luchara para que mujeres como yo pudiéramos ocupar cargos de poder. Ante su memoria también recuerdo a Victoria y a Clara, dejando momentáneamente de lado sus diferencias para celebrar a su inspiradora.

A pesar de ese nexo de unión y de haber sido mujeres fuertes, especiales y las primeras en muchas cosas, la verdad es que nunca congeniaron ni se apoyaron. Una pena, supongo que como Carmen y yo. Igual que nosotras, ellas también eran muy diferentes.

Volví a las fotos: la Kent, no había más que verlo, era una señorita andaluza, siempre bien vestida, con su boina negra tan distintiva, las blusas blancas bien planchadas, la cadenita del Cristo al cuello, el pelo negro, pulcramente recogido, las facciones angulares, la tez morena del sur, la piel fina. Aquella niña había estado bien alimentada y educada. De hecho, fue un enchufe de un tío lo que la ayudó a venir a Madrid, donde residió durante años en la Residencia de Señoritas, considerada por muchos un centro elitista, pues era de pago y estaba en la zona noble de la capital, en la calle Fortuny.

En cambio, Campoamor —y también solo había que verlo— no parecía salida de un cortijo andaluz, sino de una granja manchega. Rechoncha, con cejas enormes y bien pobladas, el pelo rizado y revuelto, la mirada expresiva, sonriente, los ojos llenos de vida, nada que ver con la racionalidad y el control de la Kent. Criada en el popular barrio madrileño de Maravillas, cerca de Atocha, Campoamor estudió gracias al apoyo de un padre prorrepublicano hasta que este murió. A los doce años se puso a trabajar en el taller de costura que montó su madre al quedarse viuda y allí pasó cosiendo y remendando, día y noche, su adolescencia y juventud. Pero unas oposiciones le abrieron las puertas al sector público, donde empezó a conocer a profesionales liberales a quienes quería emular. Lectora empedernida y con un ánimo y una energía envidiables, se apuntaba a todo y en pocos años asimiló cuanto no pudo aprender en el taller. A mediados de la década de 1920, Gregorio Marañón la nombró miembro de su junta de gobierno en el Ateneo, lugar que ella frecuentó y donde forjó amistades con los políticos y artistas que siempre había admirado. Allí charló y debatió con el autor estadounidense John Dos Passos, que había hecho parada en Madrid, con Fernando de los Ríos o Luis Jiménez de Asúa.

Con más de treinta años se matriculó en una escuela nocturna para adultos para acabar el bachillerato y al cabo de tres años ya era abogada, con despacho en la plaza de Santa Ana, cerca de su Atocha querida. La justicia social y la igualdad, entre clases o entre sexos, fueron los motores de su vida; por eso se hizo abogada y, luego, política.

Al otro extremo de la ciudad, tan lejano física como socialmente, la Kent recibía a los clientes en su despacho y hogar de la calle Marqués del Riscal. Allí estaba cerca de su querida Residencia de Señoritas, donde acudía con frecuencia a dar charlas o a participar en debates. Ella misma fundó el Lyceum Club, una sociedad femenina de debate, a menudo alrededor de tazas y pastas de té, siempre en cómodos salones. También estaban cerca de la Residencia de Estudiantes, cuyos actos Victoria Kent frecuentaba junto a sus amigos Marañón o Madariaga.

Aquellos ambientes de la Kent en el Madrid más refinado eran muy diferentes a la Atocha de Campoamor, que en lugar de té y pastas en el Embassy alternaba cañas en la Venecia con los trabajadores del sur, que, con el mono todavía puesto, se tomaban una copita de jerez antes de volver a la periferia. Sin embargo, la Campoamor no tardó en adentrarse en círculos más intelectuales como el Ateneo o en las tertulias literarias que organizaba la autora Concha Espina —futura clienta suya— todos los viernes en su casa de la calle Goya. Allí asistían personalidades como la esposa de Antonio Alcalá Galiano o el crítico Luis Araujo-Costa. Aunque el ambiente era liberal-burgués, nada tenía que ver con la aristocracia intelectual de la Residencias de Señoritas y de la de Estudiantes, en particular esta última, de quien el duque de Alba era benefactor y, por tanto, atraía a todo su séquito de nobles.

Me encendí otro pitillo mientras pensaba que entre Carmen y yo no había tanta distancia, pero estaba claro que a mí me correspondía más el papel de la Kent. Aunque en mi casa nunca sobró nada, mi madre me crio con dignidad y fui a un buen colegio, y luego a la universidad. Carmen, en cambio, procedía de un pequeño pueblo de la provincia de Toledo que prácticamente todavía vive de la artesanía. Sin ánimo de ofender, la cruda realidad es que Carmen carecía del barniz intelectual que se adquiere a base de estudio, lecturas, viajes y, sobre todo mucho trabajo. A mí me da la impresión de que ella nunca hizo ese esfuerzo.

En cuanto a carácter, supongo que a mí también me correspondía el papel de Victoria, por más que hubiera intentado despojarme de esa capa de frialdad que tanto me ha protegido durante mi vida, y que supongo todavía lo hace. Las personas de sangre caliente, como Carmen, creen que la frialdad externa se extiende automáticamente al mundo interior, lo que a mí me parece un craso error y la mejor manera de equivocarse a la hora de juzgar a una persona. Pero igual ella tampoco tuvo ningún interés en conocerme. A veces he pensado que simplemente me tuvo envidia porque, aunque no debería ser así, la realidad es que competíamos. Luchamos por ser «la mujer» destacada del gobierno porque lo cierto es que solo había espacio para una. Como si las mujeres fuéramos algo fácilmente reemplazable, un símbolo. Los hombres, en cambio, no parecen tener ese problema: los medios y el público disponen de tiempo para todos ellos.

La relación de la Kent y Campoamor también parecía corrompida por la competencia, y no solo política, sino también profesional. Desde sus respectivos despachos, las dos mujeres habían cosechado sonados éxitos, como la defensa de Álvaro de Albornoz por parte de Kent, o, en el caso de Campoamor, el haber llevado los divorcios de Gómez de la Serna y Concha Espina, o el de Valle Inclán y Josefina Blanco, que le dieron gran fama.

Inmersa en esos pensamientos y feliz por disponer al fin de un momento para mí, rebusqué entre las páginas del libro algunas notas que había tomado o pasajes que simplemente me habían hecho especial gracia, sobre todo por el increíble parecido con los tiempos actuales. Reparé en un *post-it* junto a este párrafo del *Abc,* bajo el título de «Diario de un oyente».

> Ayer habló la señorita Clara Campoamor, para contestar a la señorita Victoria Kent. Hablaron una después de otra, porque al presidente de la Cámara no le importa perder el tiempo, pero es sabido que una de las muchas ventajas que las mujeres tienen sobre nosotros es la de ser capaces de entenderse vociferando a la vez. En rigor, la señorita Clara y la señorita Victoria querían lo mismo, y lo que querían estaba ya consignado en el artículo. Por eso no importó mucho que no supiese con absoluta certeza lo que discutían, y la Cámara llegó a animarlas más de una vez con sus risas amables.

La lectura me hizo recordar con rabia las risas paternalistas que alguna vez había escuchado en el Parlamento, sobre todo cuando hablaba Carmen. Por más que me pusiera nerviosa y no nos lleváramos bien, Carmen tenía todo el derecho del mundo a hablar en el hemiciclo y a ser respetada. Como mujer, y supongo que como a la Kent y a Campoamor, aquel machismo disfrazado de simpatía me revolvía las tripas.

De todos modos, Carmen y yo no habíamos llegado al fuego cruzado que hubo entre esas dos primeras diputadas, sobre todo en cuanto al voto femenino. La Kent quería aplazar ese derecho, alegando que las mujeres votarían a la derecha por la influencia de curas y maridos y que era mejor educarlas primero. Campoamor, en cambio, lo defendió a muerte, enfrentándose a su propio partido y sin entender quién podía oponerse a un derecho democrático tan fundamental, o que España fuera un país donde las mujeres pudieran ser reinas pero no votantes. No tenía sentido.

Siempre he pensado que las ideas burguesas de la Kent estaban más cerca del «todo para el pueblo pero sin el pueblo» semidespótico, mientras que el compromiso radical de Clara Campoamor era más próximo a la gente de a pie.

Por desgracia su batalla no fue intelectual, como pretendían ellas, sino que sirvió para alimentar las críticas y burlas por parte de la prensa o los demás parlamentarios. Hojeando las páginas del libro dedicadas al debate encontré este feo comentario del mismo Azaña: «Kent habla para su canesú, y acciona con la diestra sacudiendo el aire con giros violentos y cerrando el puño como si cazara moscas al vuelo».

La prensa también había sido brutal con ellas, acusando a Victoria Kent de haber usado el feminismo para llegar al poder y luego dar la espalda a las mujeres. No pude evitar releer estas líneas del periodista de la época, Juan Ferragut:

> En la Cámara Constituyente hay dos diputadas. Nada más que dos. Doña Victoria y doña Clara. Pues bien: hasta ahora no ha sido posible que sobre ninguna cuestión se pongan de acuerdo [...]. Las únicas dos mujeres de las Cortes –solo dos– discrepan

> constantemente hasta en aquello que la más simple lógica haría presumir que debería unirlas. [...] En el Congreso no hubiera estado mal un par de mujeres de su casa. Y, sin que esto sea una censura para el celibato de las dos diputadas actuales, digamos que las hubiéramos preferido casadas. Y, además de casadas, con unos cuantos hijos. Porque la mejor política, por no decir toda la política de una mujer con hijos está en el cuidado y en la defensa de su hogar. Y, al mirar por los suyos, esas dos diputadas mirarían por el de todas las mujeres españolas [...].
>
> La señorita Kent como el sacristán liberal aquel que cantaba ¡muera quien no piensa igual que pienso yo!, solo quiere el voto para las mujeres si las mujeres van a votar a favor de las ideas que profesa la señorita Kent. Como se ve, la señorita Kent tiene de la libertad un concepto muy equitativo, muy liberal y, sobre todo muy... femenino.

Según leí, otros medios como *El Debate* acusaban a Campoamor de «seguir en sus trece», algo que sin duda se hubiera definido como compromiso o integridad en caso masculino. Imaginé cómo se debían sentir aquellas diputadas al llegar a casa. La Kent, que había luchado lo indecible para reformar la Constitución, redactando enmiendas que reconocían los derechos y libertades de las mujeres en el matrimonio, luego acusada de utilitarismo. Y Campoamor, quien más peleó por el voto femenino, acusada de hacerlo por tozudez.

Yo sabía muy bien cómo debía sentar aquello, porque más de una vez había llegado a casa totalmente destrozada. Recuerdo sobre todo el día de la presentación a la prensa de Corre-al-Curro, ya que la mayoría de medios se lo tomaron a guasa. En lugar de profundizar o divulgar las estadísticas sobre deporte y transporte que tanto me había costado conseguir, se dedicaron a hablar o incluso cuestionar mis habilidades atléticas, o a describir el chándal (anticuado, según ellos) que me puse el primer día para promocionar el programa dando ejemplo. El chándal en cuestión era blanco y de Adidas —el que tenía—, por lo que los seguidores atléticos y del Barcelona, y todos quienes no fueran del Real Madrid, se me echaron encima. El blanco además no estiliza la figura, con lo que hubo más comentarios sobre si yo salía a correr por necesidad más que por un tema de transporte y salud. «La ministra de Economía quiere adelgazar las arcas públicas», rezó un titular colocado sobre la dichosa foto del chándal. Aquello me dolió, pues era un programa avanzado y sano que resolvía problemas ambientales y de tráfico, y donde yo había puesto muchísimo trabajo e ilusión. Y todo para verme luego en la prensa fea, sudada y gorda en una foto hecha con muy mala intención.

Kent y Campoamor sufrieron un trato similar, me dije mientras hojeaba de nuevo esas memorias, observando que no salían guapas en ninguna foto. Pero al menos Campoamor ganó su batalla más importante, la del voto femenino. Lo hizo en parte gracias a la ayuda de la derecha, quien apoyó la idea, no tanto por su fe en las mujeres sino más bien por la influencia que curas y maridos podían tener sobre ellas. No les faltó razón. Las derechas ganaron las elecciones del 1933 y Campoamor y Kent perdieron sus escaños.

Campoamor tuvo que escuchar que la debacle electoral de la izquierda era culpa suya, precisamente por haberle dado el voto a la mujer. Los laboristas británicos también habían hecho lo propio diez años antes, cuando perdieron unas elecciones poco después de que las sufragistas consiguieran el voto femenino. Siempre es tan fácil culpar a los demás. Por supuesto, nadie dijo que la derrota se debió sobre todo a un fallo estratégico del líder socialista Indalecio Prieto, que se negó a pactar con otros partidos de izquierda, quedando su grupo en minoría ante una derecha mucho más unificada. Al menos el número de diputadas en esas elecciones aumentó a cinco, incluyendo grandes personajes, como Matilde de la Torre o María Lejárraga.

Pero la Kent y Campoamor desaparecieron del mapa parlamentario. Campoamor había sido nombrada por Lerroux, presidente de su partido, el Radical, como directora general de Beneficencia, un cargo menor muy por debajo de sus posibilidades y del que acabó dimitiendo. También se salió del partido porque, según dijo, Lerroux y los suyos vivían de espaldas a las necesidades de la sociedad. Su publicación de *El derecho de la mujer* también le había creado numerosos enemigos, no solo entre la derecha recalcitrante, también en la izquierda, gobernada por hombres que básicamente no querían ver su poder amenazado. En suma, otro triste ejemplo de una mujer actuando por principio y pagando un alto precio por ello, mientras los hombres se mantienen en el poder. Es increíble la capacidad que tiene la historia de repetirse.

A la Kent le pasó algo similar. Azaña, que según algunos era homosexual y demostraba poco aprecio por las mujeres, la destituyó de forma fulminante, dedicándole además unas crueles palabras que Victoria años más tarde recogió en su libro y a las que yo no pude dar crédito cuando las leí.

> En el consejo de ministros hemos logrado por fin ejecutar a Victoria Kent, director general de Prisiones. Victoria es generalmente sencilla y agradable, y la única de las tres señoras parlamentarias simpática; creo que es también la única... correcta. Pero en su cargo de la Dirección General ha fracasado. Demasiado humanitaria, no ha tenido, por compensación,

dotes de mando. El estado de las prisiones es alarmante. No hay disciplina. Los presos se fugan cuando quieren. Hace ya muchos días que estamos para convencer a su ministro, Albornoz, de que debe sustituirla. Albornoz, aterrado ante la idea de tener que tomar una resolución disgustosa para Victoria, se resistía. De todo lo que ocurre en las prisiones echa la culpa a los empleados, que están descontentos porque no les suben el sueldo. Pero la campaña de prensa contra la Kent ha continuado, y está quedando muy mal. Barrunto que el ministro ha llevado el asunto a deliberación ante su partido. Así son estos ministros, que para relevar a sus funcionarios tienen que pedir permiso. Sea como quiera, hoy se ha acordado la separación de la Kent y el nombramiento de Vicente Sol para sustituirla.

La República, tan libertadora y democrática, se había quitado de en medio a dos mujeres inteligentes, trabajadoras y comprometidas con sus ideas. En el caso de Campoamor, la cosa fue increíblemente a más. Sucedió en el barco que la llevaba al exilio a Génova, acompañada de su madre de más de ochenta años y de una sobrinita. Los hechos, descritos por un falangista español en un artículo publicado en el diario carlista de Pamplona *El Pensamiento Navarro*, fueron recogidos años más tarde por el editor de las memorias de la Kent:

> [...] Nos enteramos de que Clara Campoamor estaba a bordo del barco... Aquella misma noche, otros cuatro falangistas y yo mismo nos decidimos a echarla por la borda, pero habiendo consultado al capitán del barco, este nos hizo renunciar a nuestro proyecto que podía tener molestas consecuencias para él. Buscamos entonces lo que podríamos hacer para no

dejar sin sangriento castigo a la introductora del divorcio en España, y nos resolvimos a mandar un radiograma a Génova para alertar al comité español-fascista y la policía italiana... Al llegar a Génova la policía subió a bordo para buscar a Clara Campoamor y conducirla a la cárcel. Aquella noche festejamos alegremente nuestro triunfo y cuando dejamos Italia, a principio de octubre, estaba todavía en prisión, donde podría meditar a gusto sus proyectos de ley para la próxima vez que fuese diputada.

Según el editor del libro de la Kent, los falangistas incluso le transmitieron su objetivo a la madre y a la sobrina de Campoamor, que vivieron el viaje aterrorizadas. Afortunadamente, y siempre según este editor, el autor del artículo se equivoca en cuanto a la estancia de Campoamor en la cárcel. En realidad, los italianos la liberaron en apenas unas horas, después de que ella les preguntara, con veneno en la lengua, si realmente era necesario tener ideas fascistas para cruzar un país camino de otro. Clara y su familia llegaron a Lausana al día siguiente.

Como cabía esperar, a Margarita Nelken también se la quitaron de en medio, aunque fue ella quien abandonó su partido, acusando a sus dirigentes de injusticia social. Nadie la fue a buscar, ya que la sociedad española pudiente nunca aceptó que la Nelken viviera con un hombre casado y que hubiera tenido un hijo soltera. También corría el rumor de que se había acostado con un buen número de guardias de asalto de Madrid. Si es verdad que se fue radicalizando a medida que pasaron los años, también es cierto que se trataba de una persona sumamente inteligente y fiel a sus ideas. Si se radicalizó fue por su desmayo al ver que la República poco hacía por los braceros extremeños que le dieron su escaño y ante los que se sentía responsable. A diferencia de muchos políticos que solo se preocupan de asegurarse su próximo cargo, la Nelken se tomó su escaño por Badajoz muy en serio, intentando mejorar la calidad de vida de las personas que habían confiado en ella. Pero, una vez más, los poderes fácticos españoles rechazaron a una mujer inteligente, precisamente por miedo a su brillantez.

Los Nelken, una familia judía acomodada e intelectual, se instalaron en Madrid en 1866. Unos años más tarde nacieron Margarita y su hermana, que se criaron hablando francés con su madre, alemán con su padre, castellano en el colegio e inglés con su niñera. Al llegar a la adolescencia ya dominaban los cuatro idiomas a la perfección. Esa superioridad lingüística enseguida hizo que muchos las temieran y por eso dudaran de su «españolidad», a menudo acusándolas de judías, alemanas o polacas.

En el colegio, Margarita también sufrió agravios, sobre todo por parte de los padres de algunas compañeras, que se negaron a que sus hijas entablaran amistad con las Nelken porque estas «no iban a misa». Al final, los Nelken sacaron a sus hijas del colegio y les pusieron tutores privados en casa, lo que les dio más confianza en sí mismas y una cultura general mayor.

Margarita estudió música y pintura y pasó largas temporadas ampliando estudios en Londres y París. En esta última ciudad compartió aula con el mexicano Diego Rivera y se hizo amiga del escultor Rodin y del músico Manuel de Falla. Enseguida se dedicó a la crítica de arte, dando cursos en el Prado y en el Louvre. Sus artículos se publicaban en España, Francia, Alemania, Italia, Inglaterra y Latinoamérica. También escribió una novela y un ensayo sobre Goethe y tradujo múltiples libros, incluyendo la primera traducción de Kafka al español. La profundidad de sus conocimientos y su creatividad a la hora de expresarlos la acercaron a personajes como Pérez Galdós, Unamuno o Ramón y Cajal, todos admiradores suyos. También fue amiga de Gabriela Mistral, de los hermanos Machado y hasta Lorca fue un día a su casa a tocar el piano.

Pero lejos de mezclarse exclusivamente con la *intelligentsia* del país, el compromiso que tenía con los más necesitados la llevó a abrir, en 1918, un pequeño orfanato cerca de Las Ventas que se convirtió en la primera guardería no religiosa de Madrid. Su ejemplo y vitalidad inspiraron a miles de personas, que fundaron asociaciones por toda España siguiendo su ejemplo. Su libro *La condición social de la mujer en España* cambió mentalidades pero también le creó numerosos enemigos, empezando por la propia Iglesia católica y sus millones de adeptos.

Como el machismo y el conservadurismo de la época no pudieron con ella intelectualmente, los poderes fácticos se decantaron por devaluar su figura alegando su «cuestionable moralidad». Esa actitud se repitió entre los barones de su partido, el socialista, quienes se sentían intimidados por su inteligencia, desbordante vitalidad y alegría de vivir. El mismo Azaña escribió:

> Esto de que la Nelken opine en cosas de política me saca de quicio. Es la indiscreción en persona. Se ha pasado la vida escribiendo sobre pintura, y nunca me pude imaginar que tuviese ambiciones políticas. Mi sorpresa fue grande cuando la vi candidato por Badajoz. Ha salido con los votos socialistas... pero el partido socialista ha tardado en admitirla en «su seno», [...] y las Cortes también han tardado mucho en admitirla como diputado. Se necesita vanidad y ambición para

pasar por todo lo que ha pasado la Nelken hasta conseguir sentarse en el Congreso.

La prensa de la época, por supuesto, comulgaba con ese pensamiento dominante y los periódicos católicos, como *El Debate*, llegaron a decir que los discursos de la Nelken «eran esfuerzos pésimos de una alemana por balbucear español».

El odio de la derecha fue creciendo a medida que Margarita se iba radicalizando, hasta el punto de que un matón local en Badajoz, conocido como Bocanegra, en cierta ocasión fue puesto en libertad de la cárcel solo para que la atacara.

Desilusionada con el partido socialista, mi heroína se hizo comunista pero solo para toparse con La Pasionaria, quien ya ejercía de estrella del partido, bien respaldada por el Comintern. La Nelken quedó, pues, en el olvido, como muchas otras diputadas socialistas, como Matilde de la Torre, María Lejárraga o Isabel de Palencia.

Exiliada después de la guerra, las tropas franquistas no tardaron en destruir su legado, incluyendo la biblioteca de su casa en la Castellana, que contenía primeras ediciones firmadas por la élite literaria del momento o cartas personales de Unamuno, Rodin o Mistral.

Nelken murió en México en 1968, a los setenta y ocho años, después de haber enterrado a dos hijos y con la pena de no haber vuelto nunca a España. Su gran pecado fue ser una mujer excepcional.

Las tres diputadas acabaron solas y exiliadas, cada una por su parte, sin ningún reconocimiento por tantos años de trabajo y por los increíbles cambios que habían introducido en la sociedad española durante la República. La Kent, en Nueva York; Campoamor, en Lausana; y Nelken, en México.

Es una gran pena, y sobre todo todavía me entristece pensar que nunca se hubieran ayudado entre ellas, ni de mayores en pleno exilio. Kent nunca invitó ni a Nelken ni a Campoamor a colaborar en su revista *Ibérica,* que precisamente buscaba dar voz a intelectuales como ellas. Igual la refinada Kent nunca consideró a Clara como una auténtica persona de ideas. Su Lyceum Club también había rechazado la admisión de Margarita, ya que no la consideraban lo bastante distinguida. De la misma manera, La Pasionaria, a quien su partido comunista sí ayudó, apenas mencionó a Victoria Kent en sus memorias y bien es sabido que nunca se llevó bien con Margarita Nelken. Las tres compartieron grandes amigos, desde Pau Casals hasta Jiménez de Asúa o Álvaro de Albornoz, pero nunca llegaron a ser amigas.

A diferencia de Dolores Ibárruri, las tres primeras diputadas pasaron a la historia de una manera discreta y oscura, con connotaciones y prejuicios crueles incomprensiblemente alejados de la realidad. A Margarita Nelken le quedó el estigma de puta; a la Kent, el de lesbiana; y a Campoamor, el de obrera irresponsable y radical. Esas son nuestras tres primeras diputadas…, y ese, su triste legado.

Cerré el libro y miré a mi alrededor. Mientras acariciaba la bonita cubierta de piel, me dije que su historia y ejemplo se podría haber perdido a través del tiempo, pero no para mí. El mayor tributo que les podía rendir era ser fiel a su legado y, como ellas, nunca abandonar. Desde entonces, ese ha sido mi principal compromiso.

21

Con energía renovada recibí a Martin y a Zoilo, a quienes informé de mi conversación con Walter y del plan de compra de bonos. Les urgí a que se pusieran manos a la obra porque había que reflotar el precio lo antes posible.

De nuevo sola en el despacho, volví a llamar a Gabi, pues aquel también era un tema que debía solucionar antes del domingo. Al tercer intento, y cuando yo ya no me lo esperaba, por fin contestó.

—Dime —respondió en un tono seco y casi exasperado que me dolió.

Conté hasta tres.

—Gabi, por fin… —dije titubeante. La confianza que había cogido en la última hora contagiada por la energía de esas tres primeras diputadas pareció desvanecerse de repente, aunque intenté mantener el espíritu. Seguro que a ellas un simple «dime» no las habría afectado. Continué—: Llevo toda la mañana intentando dar contigo…

—Lo siento —dijo en un tono claramente falso—. He estado en el hospital con mi madre, con el móvil apagado.

Aquello no era verdad, porque la llamada no había ido directamente al buzón de voz, como ocurre cuando el teléfono está apagado. De todos modos, pensé que era mejor no entrar en asuntos técnicos e ir al grano.

—Gabi, cariño, te echo mucho en falta... Necesito hablar contigo —le pedí, apretando los labios al acabar, sintiendo como si hubiera puesto todas mis cartas sobre la mesa.

Pero aquello era querer a una persona, me dije. Uno no puede amar con la guardia en alto, aunque él, desde luego, la tenía.

—Ya te he dicho, Isabel, que creo que es mejor que sigamos cada uno nuestro camino —respondió, frío.

Nos quedamos unos instantes en silencio y yo me senté en el sofá pensando que al estar más cómoda, mantendría mejor la calma.

—Gabi, ya sé que las cosas son difíciles para ti por mi posición —añadí intentando ser comprensiva—. Me hago cargo de que debe resultar difícil aguantar mi agenda todos los días, o las presiones que tengo, lo poco que me ves, lo estresada que voy...

—No es eso, Isabel —interrumpió.

Aquello me sorprendió.

—Pues si no es eso, ¿qué es?

—Creo que los dos hemos cambiado —dijo—. No tengo nada en contra, pero tu ambición es lo que ahora mismo domina tu vida y eso no va a cambiar. Yo prefiero una vida más tranquila, con más tiempo libre para actividades, para disfrutar...

Aquello era una excusa.

—Gabi, tú sabes que a mí no me mueve la ambición ni las ganas de acumular dinero o poder —respondí—. Lo que tengo son ganas de mejorar el país y entenderás que alguien con ese deseo acepte el reto si tiene la oportunidad, o el privilegio, de llevarlo a cabo.

—Si lo entiendo perfectamente, Isabel —dijo—, y espero de todo corazón que mañana ganes y que seas una gran presidenta, y estoy seguro de que lo serás... —Sus palabras sonaban horriblemente falsas. Esa no era la llamada conciliadora que yo quería—. Lo mejor, de verdad —siguió—, es que nos separemos. Esa vida no es para mí, Isabel, no me imagino otros cuatro años a tu sombra.

Se detuvo de repente, como si se le hubiera escapado algo que no pensaba decir. A mí, su comentario me dejó helada.

—Ah, ¡es eso! —exclamé, irguiendo la espalda—. ¡Es eso! Lo que pasa es que como muchos hombres no puedes estar a la sombra de una mujer con poder.

La confirmación de mis sospechas me dolió tanto que noté cómo mi cuerpo entero se tensaba y el corazón se me encogía. Negaba una y otra vez con la cabeza. No podía creer lo que acababa de escuchar. Después de todo lo que había hecho por él, de lo que le había animado a impulsar su carrera, a volver a la música; después de haber aguantado su chantaje con el tema de los niños y así era como me lo pagaba. En el fondo, el problema era que en lugar de enorgullecerse y apoyarme, Gabi no podía soportar mi ascenso porque le empequeñecía. ¿Cómo podía haber sido tan ingenua y pensar que no era así? No solo estaba furiosa con él sino también conmigo misma.

Me levanté y me dirigí hacia la ventana, por hacer algo, pues no sabía muy bien ni qué hacer ni adónde ir.

—No quería decir eso —añadió con poco convencimiento—. Ya sabes que siempre te he animado en tu carrera política y que también te apoyé en la universidad cuando tenías a toda aquella colección de pijos mirándote como una extraña solo porque eras una mujer.

Aquello era verdad. De hecho, recordé cuando GR me llamó una noche a casa para pedirme que aceptara el Ministerio de Economía. Estábamos en el salón viendo una película, creo que de Almodóvar, y Gabi enseguida bajó el volumen al ver mi expresión seria, primero, y de auténtica sorpresa, después. La llamada fue breve y la conversación muy directa. Pensé que no podía rechazar la oferta, aunque sentí un temblor frío por todo el cuerpo. GR me animó diciendo que los altos cargos eran en el fondo un trabajo como todos y que cada problema tenía su solución. Me dijo que la verdadera regla de oro la había encontrado en las memorias de Azaña: «Nunca pasa nada, y si alguna vez pasa, no importa». Meses más tarde leería esa frase en la autobiografía de Victoria Kent, quien recordaba cómo el propio Azaña le había dicho lo mismo. Mientras la Kent se había tomado aquel comentario como una falta absoluta a la verdad y una señal de cinismo insufrible, a GR le parecía el mejor consejo del mundo, que él desde luego aplicaba sin pestañear.

Después de aceptar el cargo, colgué el teléfono mientras Gabi me miraba expectante. Cuando le dije que iba a ser la próxima ministra de Economía recuerdo cómo abrió sus ojos brillantes y cómo se le cayó el mando de la tele de la mano.

—¡Eres una *crack!* —me dijo exultante—. Habrás aceptado, ¿no?

Vino hacia a mí y me dio un fuerte y largo abrazo. No dijo nada, pero leí en sus ojos que estaba enormemente orgulloso de mí. Cuando le dije que estaba muerta del miedo y que igual era demasiado atrevida por haber aceptado, no tardó ni un segundo en contestar:

—Sé que serás la mejor ministra de Economía que este país ha tenido nunca. —Lo recuerdo como si fuera ayer.

Después de veinte años juntos, conocía bien a Gabi y sabía que esa confianza en mí y su alegría por mi nombramiento fueron entonces puras, genuinas. Precisamente porque le conocía tan bien, sabía que su comentario sobre la gran presidenta que iba a ser era pura palabrería. Por alguna razón que yo desconocía, Gabi había dejado de creer en mí. O yo había cambiado, o había cambiado él, pero estaba claro que ya no éramos un equipo.

Todavía de pie junto a la ventana, miré hacia la calle y reparé en un gran cartel con una foto mía pidiendo el voto. Estaba a veinticuatro horas de unas elecciones generales y no tenía tiempo para sentimentalismos ni para resolver una cuestión emocional de esa envergadura. Recordé las palabras de Manolo: no podía presentarme sola en Moncloa ni aparecer sin Gabi en el balcón de la sede del partido al día siguiente, cualquiera que fuera el resultado. Necesitaba a Gabi de vuelta, sí o sí.

—Ya sé que siempre me has apoyado, Gabi —respondí por fin—. Por eso te pido ahora, justo cuando más lo necesito, que lo sigas haciendo. Démonos un tiempo, cariño —dije, sorprendiéndome por el uso de una palabra tierna después de lo que me había dicho. Pensé en decirle que le quería, pero un sexto instinto me frenó. Intenté centrarme en que volviera a casa, un objetivo más fácil que conseguir que me quisiera de nuevo.

Gabi dejó pasar unos segundos antes de responder.

—Ya te he dicho, Isabel, que hay otra persona…

Me eché hacia atrás, tomé aire durante unos segundos y lo solté casi de golpe. ¿Quién demonios podía ser? Y ¿por qué ahora? No lo entendía, pero solo tenía una opción y era la de ser, y sobre todo parecer, buena, así que adopté un tono conciliador.

—Gabi, ya sé que veinte años son muchos y que la tentación de un cambio es difícil de resistir —mentí, pues yo no la había sentido en ningún momento—. Lo entiendo y te perdono —volví a mentir—, pero por favor, al menos deja que hable contigo, tomémonos las cosas con calma; ven a Madrid o deja que vaya a Santiago hoy mismo.

—No, no —dijo de una manera tan tajante que me sorprendió.

—Así veo a tu madre. —Me avergoncé de usar a la pobre mujer como excusa y recordé a esa buena señora, quien siempre me había tratado bien—. Por cierto, ni te he preguntado cómo está. Perdona.

—Estable —respondió enseguida Gabi, quien continuó antes de que yo pudiera expresar mi alegría puesto que la situación no sonaba tan grave como a mí me había parecido, sobre todo porque Gabi ya llevaba unos días fuera de casa. Continuó—: No, Isabel —dijo con determinación, en un tono grave—. Nos hemos distanciado tanto que de hecho me he enamorado de esta persona; quiero estar con ella.

El muy hijo de puta, cortándome todas las salidas justo cuando más le necesitaba. Apreté el teléfono fuerte con la mano, que me empezaba a sudar. Me pasé la otra mano por la frente, echándome el pelo hacia atrás. Cabrón.

—Pero ¿se puede saber quién coño es? —pregunté.

Ahora era yo quien había adoptado un tono impaciente, exasperado.

Silencio.

—¿Se puede saber quién coño es? —reiteré, alzando la voz.

—Carmina —dijo despacio, en voz baja.

—¡¿Carmina?! —exclamé atónita—. ¿!La asistenta!?

—Así es.

—No me lo puedo creer. —Me apoyé en la pared mientras la espalda se deslizaba hasta quedarme de cuclillas en el suelo—. No..., Gabi, no te puedes haber liado con la pobre Carmina, tan joven; pero si la conocemos prácticamente desde que era una adolescente cuando llegó de Perú...

Contratamos a Carmina a través de una agencia cuando empecé a ganar más dinero y a trabajar más horas. Tenía dieciocho años apenas cumplidos y acababa de llegar de Lima con su madre y dos maletas. La habíamos cuidado y pagado bien, ayudándola a establecerse en Madrid. Ahora tenía más trabajos, para los que yo siempre le escribí unas excelentes cartas de recomendación, y se acababa de comprar un piso con su madre. Recordé cómo Gabi me había presionado el año anterior para ayudarles con la entrada y cómo yo había aceptado. De repente pensé que aquel piso podría haber sido su nidito de amor, como el de Andrés, como el de tantos hombres infieles. Noté cómo enrojecía de rabia al pensar que yo, encima, les había financiado su escondite.

—Y ¿qué piensas hacer? —dije por fin—. ¿Irte a su casa a vivir con ella y su madre?

—La madre murió hace más de un año —contestó sin más, sin ningún sentimiento de culpa. Los dos me habían ocultado esa información.

—¡Qué hijo de la gran puta eres, Gabi! —le espeté levantándome del suelo pero con los ojos húmedos de la rabia—. Encima tuviste los cojones de pedirme dinero para financiaros el piso. Desde luego, no tienes vergüenza, ¡cabrón! —grité—. Eres un desgraciado. Con todo lo que te he apoyado y así me lo agradeces. ¡Pues te vas con ella y te pudres! ¡Sinvergüenza! —dije, gritando todavía más.

Hubo un largo silencio. Apoyada contra la ventana, empecé a llorar de rabia, de dolor, de impotencia, de confusión. Volví a mirar el cartel de la campaña y negué con la cabeza. No valía la pena. Nada valía la pena. Miré a la Isabel San Martín de la foto, tan feliz y perfecta, tan segura. Era una gran mentira; la Isabel San Martín de verdad estaba acabada, humillada y en cuestión de horas, seguro que también derrotada. También estaba sola y encima engañada por dos personas a quienes tanto había ayudado. El mundo era un asco. Cerré de golpe las gruesas cortinas para que no entrara la luz. Quería oscuridad. Quería encerrarme y llorar.

—Lo siento —dijo Gabi, ahora con un hilo de voz.

Tomé aire, muy hondo, antes de acabar la conversación.

—Vete a la mierda, hijo de puta —le dije con toda la rabia del mundo.

Colgué.

Aturdida y sin saber qué hacer, descorrí las cortinas de nuevo, recibiendo casi de golpe la luz de un día que había amanecido claro y brillante. Un día otoñal precioso en el que debería estar cumpliendo una agenda repleta de actividad y acompañada por los míos en un momento tan importante, de tanta esperanza. Yo, la primera mujer que podía ser presidenta de la historia de España, no esperaba semejante humillación en mi hora más gloriosa. Miré una vez más al enorme anuncio de campaña y sonreí con cinismo. Si no hubiera estado la ventana cerrada seguramente habría escupido en mi propio cartel. Sentí asco. Me puse la mano en el estómago, vacío, sintiendo cómo se me tensaban todos los músculos. Negué con la cabeza una y otra vez.

Me fui al baño a lavarme la cara. Me miré al espejo e intenté serenarme solo por la responsabilidad que tenía encima, por las personas que me iban a votar y que merecían mucho más que una mujer descompuesta. Todavía era candidata y tenía un problema monumental con los dichosos bonos que debía resolver. No me podía derrumbar por un asunto emocional. De vuelta al despacho me senté en el sofá y me tapé la cara con las manos. Intenté pensar con claridad qué debía hacer a continuación. Pero no me dio tiempo ya que de repente oí voces de Martin, chillando a Zoilo, algo que no había pasado nunca, al menos que yo supiera. Me quedé quieta unos segundos, en los que escuché cómo se referían a una caída de los bonos. Me quedé de piedra, porque aquello era lo opuesto al plan.

Justo cuando estaba a medio pasillo camino del despacho de Martin, oí cómo mi móvil sonaba con insistencia desde el despacho. No supe qué hacer, si volver o no, pero podía ser importante. En esas circunstancias, no podía arriesgarme. Volví corriendo y descolgué el teléfono nerviosa. Era Walter. Intenté centrarme: el hecho de que millones de españoles pudieran caer en la pobreza de la noche a la mañana era mucho más importante que los amoríos entre Gabi y la asistenta. Miré el reloj, eran casi las doce. Cogí aire, cerré los ojos y contesté.

—Dime, Walter.

Me lo imaginé en una sala llena de ordenadores en una finca antigua de Toledo mientras sus amigos banqueros vestidos con barbours verdes bebían aguardiente y merodeaban por su finca entre robledales y encinares. Todos con sus gorritas a cuadros y sus bufandas Burberrys disparando a ciervos y conejos, que pasarían de ser animales en libertad a suculento manjar en cuestión de horas. Como si lo viera.

—Isabel, ha pasado una cosa —dijo en tono grave.

Me alerté.

—¿Qué es? ¿Podéis comprar los bonos como hemos quedado?

—No.

Me quedé helada. Fui corriendo hacia la mesa y encendí el Bloomberg. Me senté con la espalda bien recta y me esforcé por mantener la calma. Vi que el precio de nuestra deuda efectivamente había vuelto a caer.

—¿Qué carajo está pasando? ¿Quién está vendiendo en sábado por la mañana?

—No compramos porque no podemos; no hay liquidez —dijo Walter, dejando unos instantes de silencio antes de continuar—. Además, la cosa sigue cayendo... —dijo sin terminar la frase.

Intuí que allí había más. Esperé expectante.

—Creo que hemos encontrado la causa —Walter continuó, con gravedad—. Hay un correo tuyo circulando en el mercado.

—¿Qué? —pregunté, alucinada.

—Tal como quedamos, los banqueros que tengo aquí se han puesto inmediatamente a trabajar, a llamar a todos sus contactos —dijo—. Todavía no han encontrado bonos que comprar pero sí un correo tuyo a NorthStar, la gestora de inversión de Londres, fechado esta misma mañana. El correo confirma que la deuda española es tres veces superior a la cifra pública, pero que esta cifra pública es legal porque una parte importante de la deuda está supeditada a unos contratos que dependen del tipo de cambio entre el euro y una cesta de divisas en cinco años. Como todavía no conocemos ese valor, la cifra actual es válida. Aun así, la proyección de los mercados indica que el euro habrá caído en cinco años, con lo que el nivel de nuestra deuda es en realidad muy superior.

Flipé.

—Se trata de una broma.

—No lo es —dijo Walter—. Tengo el correo delante, viene de ti personalmente y está dirigido a Gilliot, director de inversión de NorthStar en Londres, enviado hoy mismo.

—Eso es imposible —dije, poniéndome en pie—. Hace mucho que no hablo con Gilliot.

—Pues el correo no deja lugar a dudas: la fecha es de hoy —respondió, amenazante.

—Tiene que ser una falsificación —contesté, convencida—. ¿Dices que lo tienes delante, en una pantalla?

—Sí —afirmó—. Estoy en el despacho que tengo aquí en la finca.

—Pues, por favor, envíamelo inmediatamente.

Al cabo de un segundo dijo:

—Hecho.

Abrí el Outlook mientras pensaba en quién podría haber falsificado una cosa así y por qué.

—Seguro que alguien se ha forrado con esto —comenté.

—No me cabe la menor duda —respondió Walter, rápido.

—¿Quién lo ha descubierto? ¿Tienes alguna idea de si esto ha llegado a mucha gente?

—No, no tenemos ni idea —respondió—. Lo ha conseguido el de la Banca Carr, que está por aquí preparando la apertura de una sucursal en España. Se lo ha dicho un cliente suyo, un fondo especulativo.

Me hice una imagen mental de la situación.

—Algún listo ha tomado prestados bonos españoles, los debió vender al precio del viernes por la tarde, antes de la caída; luego envió el correo a sus contactos y al bajar tanto el precio seguro que ha vuelto a comprar los bonos a precio de ganga para devolverlos a los propietarios y así embolsarse la diferencia.

—Efectivamente —respondió Walter—. A menos que el tema sea verdad.

Abrí los ojos horrorizada de que Walter pudiera pensar que yo mentía.

—Te juro, Walter, que yo no he enviado ese correo. ¿Cómo puedes pensar una cosa así, por Dios?

No dijo nada.

—¿Te ha llegado ya? —preguntó al cabo de unos segundos.

—Todavía no —dije con la mirada fija en el correo. Volví a mirar el Bloomberg; nuestros bonos estaban incluso peor de donde acabaron el viernes por la noche: por los suelos y sin ninguna actividad desde entonces.

—No entiendo. ¿Por qué no podéis comprar? —pregunté mientras esperaba. Algunas veces sí había visto negociación durante fines de semana; intercambios a última hora del viernes que por una razón u otra no podían cerrarse hasta al cabo de unas horas.

—Yo tampoco lo entiendo —respondió Walter, escueto—. Pero no podemos. ¿Lo has recibido ya?

Aquella impaciencia me empezaba a irritar, pues el asunto era extremadamente serio y no podíamos andarnos con prisas.

—Todavía no —confirmé.

—¿Te puedo llamar en diez minutos?

Su prisa me sorprendió, aunque no tanto como la voz de una niña que, después de abrir lo que debía de ser la puerta del despacho de Walter, gritó:

—Papá, ¡que no llegas al Ángelus!

—*¡Shhh!* —escuché que respondía Walter, seguramente poniendo una mano en el auricular, porque su voz me llegaba amortiguada.

—Enseguida te llamo, Isabel —dijo antes de colgar de manera abrupta.

Me quedé alucinada, teléfono en mano, escuchando el tono de llamada, por fin colgué. Salí corriendo con el móvil en la mano y me dirigí al despacho de Martin, a quien encontré hablando por dos auriculares a la vez, uno en cada mano. Tenía la frente sudada, los botones superiores de la camisa medio desabrochados. Entendí que no podía hablar, aunque me hizo un gesto indicándome que pasaría por mi despacho en cuanto pudiera. Zoilo estaba igual.

Volví a mi oficina y recliné la espalda en el sillón, crucé las piernas y fijé la mirada en el Bloomberg, por una vez quieto, y en el correo, también sin movimiento.

Sujeté el móvil con fuerza, esperando la llamada de Walter, y sin dejarme de preguntar por qué había interrumpido una conversación tan importante como la que estábamos teniendo para rezar el Ángelus. ¡El Ángelus!, me repetía una y otra vez. ¿Era Walter también del Opus? Pero ¿qué red tenían en España? Sabía que había personas clave en muchas industrias y medios de comunicación, además de miembros en el anterior gobierno de derechas. Pero en esas últimas veinticuatro horas me había enterado de que también habían tenido infiltrados en un gobierno de izquierdas, José Antonio, y también que contaban con el principal banquero del país: Walter. Esa red de influencia explicaba que Andrés estuviera en el consejo de HSC y que llevara a su hijo a un colegio del Opus.

Me los imaginé a todos de cacería. A Andrés, a José Antonio, a Walter y a todos los banqueros de Puerta de Hierro desayunando caldo y morcillas o charlando sobre sus negocios mientras paseaban tranquilamente por los maravillosos campos de Toledo. Y mientras, yo, pasándome la vida encerrada en un despacho intentando reducir el paro, pensando en los miles de familias que sufren con la crisis, sufriendo y peleándome por ellas. Y ellos de cacería o en el palco del Real Madrid, bien unidos por la red del Opus, ayudándose los unos a los otros sin pensar más que en su propio beneficio. Qué asco. Sulfurada, cogí una botella de agua del minibar y cerré la puerta de la pequeña nevera con tanto ímpetu que esta se volvió a abrir. Lo intenté de nuevo con más suavidad.

De vuelta a la mesa, vi que el correo por fin había llegado. Era tan claro como Walter había descrito. Efectivamente, procedía de mi dirección oficial y estaba dirigido a Gilliot. ¿La presión no fue solo del comisario europeo, Leisser? ¿También de Gilliot? No lo cuenta cuando narra el fin de semana de Bruselas cuando le exigen que España sea rescatada y puede evitarlo. Se me ocurrió que el falsificador podía ser él, pues creo que perdieron mucho dinero apostando que España iba abocada a un rescate, que por suerte pudimos evitar. Desde luego, tenía mi dirección. Volví a mirar el correo, me moví con el cursor hacia abajo y me di cuenta de que continuaba e incluía una antigua conversación electrónica entre los dos. Comprobé mi correo y, en efecto, se trataba de un intercambio que habíamos tenido hacía unos tres meses, y que coincidía palabra por palabra. ¿Era posible que volviera a la carga para forrarse a nuestra costa y compensar las pérdidas anteriores? ¿O podría ser el mismo José Antonio? Enseguida descarté esa posibilidad ya que José Antonio pasó buena parte de las semanas de máxima tensión en Asia o Sudamérica, totalmente ajeno a mis conversaciones con Gilliot.

Walter volvió a llamar, disculpándose por la interrupción. Yo no quise preguntar nada, por no resultar indiscreta, pero también por no complicar todavía más la situación. Había que centrarse en el problema.

—Walter, en serio, ¿crees que esto es un intercambio falso entre dos o tres personas? ¿O crees que este correo, a estas alturas, ya habrá circulado por el todo el mercado?

Oí cómo Walter daba un largo suspiro.

—Nos da la impresión de que esto ha circulado en *petit comité,* entre los inversores más influyentes, pero es un grupo mayor de lo que parece. Estoy seguro de que a estas alturas las principales firmas de inversión ya están al corriente de lo ocurrido. La caída de esta mañana es fuerte, y eso solo se explica si varios grandes inversores actúan a la vez.

Aquello había que atajarlo cuanto antes.

—Hay que emitir un comunicado —dije pasándome una mano por la frente.

Walter guardó unos segundos de silencio.

—Nos arriesgamos a que la bomba se haga incluso más grande —comentó—. La prensa todavía no sabe nada; si no, ya hubiera salido. Si sacas un comunicado, habrá un torrente de preguntas.

—Cierto —dije—, pero es mi responsabilidad negar algo así por las consecuencias que ya ha tenido. Además —añadí al cabo de unos segundos—, mañana me juego unas elecciones y no puedo permitir que la codicia de un especulador y un falsificador cambie el destino del país y devuelva el poder a la derecha.

—No puedes emitir un comunicado y dar publicidad a una cosa así solo para que te ayude mañana —contestó Walter, rápido.

—No es eso —repliqué—. Pero debo actuar. No me puedo quedar de brazos cruzados.

—A veces es la mejor opción —apuntó Walter.

—Ahora no. Esto es muy serio —dije levantándome de la silla, la vista perdida hacia la ventana—. Es una falta muy grave ante el gobierno de España y hay que negarlo enseguida. Si lo hacemos, el precio de los bonos volverá a subir y eso evitará que millones de familias se vean de repente con el agua al cuello. Mi responsabilidad es para con ellos —expresé segura, satisfecha.

Walter guardó silencio.

—Tú verás —dijo por fin.

—Es lo que voy a hacer —añadí convencida—. Pero sobre todo tú, por favor, ponte a comprar tanto como puedas, como hemos acordado. Si lo haces pronto, comprarás bajo y podrás vender alto, lo veo venir.

—Es posible —fue cuanto dijo.

El comentario me puso un tanto nerviosa.

—Walter, esto es muy serio: ¿respetarás lo acordado, no? —pregunté, buscando reafirmación.

—Soy una persona de palabra —afirmó.

—Yo también —contesté, antes de concluir—. Aviso a Martin de que cuente con vosotros.

—De acuerdo —dijo.

Sin más, ambos colgamos y supongo que él se pondría manos a la obra como hice yo. Salí corriendo para hablar con Martin, a quien encontré a medio camino de mi despacho. Casi nos chocamos y empezamos a hablar a la vez. Me dijo que, en efecto, los bancos de inversión estaban vendiendo nuestros bonos después de recibir un e-mail a todas luces falso, lo que yo le confirmé. Le pedí que volviera a llamar a esos inversores negando la veracidad de ese rumor, y avisándoles de que estábamos a punto de emitir un comunicado. Él salió disparado para informar a Zoilo, quien también se pondría a llamar a los inversores más importantes y a los directores de tesorería que pudiéramos localizar. Ese era un momento para tratar bien a nuestros principales inversores, ya que una compra en el tiempo oportuno les podría reportar grandes beneficios. Pedí a Martin que llamara primero a los inversores que más nos habían apoyado en los tiempos difíciles, empezando por los kuwaitíes.

Yo regresé pitando a mi despacho para dictar a Lucas nuestro desmentido:

> El gobierno niega categóricamente y desmiente las recientes especulaciones sobre el nivel de la deuda de España. El gobierno asegura que cualquier rumor que afirme que nuestra deuda es tres veces superior a la cifra oficial es absolutamente falso. El gobierno también niega que existan contratos derivados que en cinco años determinen el valor de parte de la deuda y confirma que esta permanece en el nivel oficial y público del ochenta por ciento de nuestro Producto Interior Bruto. El gobierno está investigando esta grave acusación.

Pedí a Lucas que lo enviara de inmediato a los medios usando todos los canales a nuestra disposición, no solo el correo, sino también las cuentas que yo había hecho crear en Facebook y Twitter para asegurarme de que el mensaje llegara a todo el mundo. Como esperaba, los medios se hicieron amplio eco en menos de cinco minutos. Encendí la televisión que tenía bastante apartada junto al ficus y sintonicé algunas cadenas de radio. Casi todas las emisoras habían interrumpido su programación para leer el comunicado. Silencié todos los teléfonos para no volverme loca, ya que estos empezaron a sonar segundos después de emitirse nuestra nota.

En apenas unos minutos, el Bloomberg ya reflejaba una subida de los bonos, por más sábado que fuera. Respiré hondo, pero no tenía ni un segundo para respirar. Todavía me quedaban muchos frentes. Empezando por la prensa.

El comunicado nos eximía de la culpa de la caída de los bonos pero algunos medios todavía se mostraban escépticos, especialmente *La Verdad*. La web del periódico de Mauro nos acusaba en portada de no tener ni idea de qué había pasado con los bonos y que por eso ahora culpábamos a unos falsificadores. Necesitaba una operación de relaciones públicas. Era una situación de importancia y urgencia máximas. Había llegado el momento de pedir que me devolvieran favores.

De pie, junto a la ventana, llamé de nuevo a Antonio Goicoechea, presidente del Banco Nacional, a quien rescaté de la bancarrota al conseguir la inversión de los kuwaitíes. Contestó enseguida.

—No me puedo creer lo del e-mail falso —dijo sin más preámbulos.

—Ya lo has visto.

—Supongo que estaréis investigando de pleno...

No le dejé continuar.

—Por supuesto —interrumpí—. Pero te llamo porque tengo un asunto no tan grave pero sí urgente.

—Soy todo oídos.

Nada como que a una le deban un favor.

—Necesito que llames a Marcos, el director de *La Verdad*, y que nos des unas frases de apoyo. En la web dicen que somos unos incompetentes y eso, claro, nos hará daño mañana. Necesito que apoyes nuestra gestión.

Hubo un silencio.

—Mi opinión es solo una opinión —respondió—. La añadirán, pero eso no les hará cambiar el titular, ni el enfoque ni las críticas.

—Lo sé —dije—. Lo que necesito, Antonio, es que se lo pidas de tal manera que no tengan más remedio que cambiar todo eso.

—No entiendo...

No tenía tiempo para sutilezas; había que hablar claro.

—Amenázales diciendo que si no lo cambian, retirarás la publicidad.

Era pedir mucho, lo sabía, y el chantaje nunca es lícito, pero había mucho en juego. Pensé de nuevo en los millones de familias a los que debía ayudar por obligación moral.

Escuché cómo Antonio respiraba hondo, tragaba saliva.

—Lo que me pides, Isabel, es muy fuerte —dijo con voz temblorosa.

—Si no lo necesitara y no creyera desde el fondo de mi corazón que es la mejor o única opción, no te lo pediría.

Hubo un largo silencio, durante el cual me tuve que morder la lengua para no hablar. Había que mantener la postura negociadora. El silencio es la mejor manera de obligar a la otra parte a meter baza. Y a exponerse.

—El riesgo de que no cedan y saquen otro titular con el chantaje no es grande, pero existe. Eso nos puede hundir a los dos —dijo por fin.

—No pueden permitírselo, créeme —respondí, ahora más segura de mis habilidades o posibilidades. Además, era verdad. El rotativo, como todos los medios, atravesaba una época muy mala por la caída de la publicidad.

—¿Cómo lo sabes?

Cerré los ojos. Entendí por qué ese banco, con ese presidente, había tenido tantos problemas. Lo que no entendía es que se mantuviera a flote.

—Soy la ministra de Economía, por Dios, lo sé por Dios, me sé las cuentas de todo el mundo. Están con el agua al cuello. Hace unos meses les tuvimos que dar una ayuda especial.

—¿Cómo puede un gobierno como el vuestro dar una ayuda a un periódico de la oposición?

Guardé unos instantes de silencio para pensar y concluí que Antonio necesitaba entender la situación para ayudarme. Tenía que dar más detalles de los que quisiera, pero no me quedaba más remedio.

—Sabes que HSC está muy cerca de *La Verdad*, ¿no?

—Son su fuente de financiación, sí. Todo el mundo lo sabe —dijo.

—Pues imagínate en qué lucrativo consejo de administración está GR pensando recalar después de las elecciones, cuando acabe su presidencia.

Antonio no tardó en entender.

—El muy listo... —dijo—. Se prepara bien el camino. Hay que ver; aquí, el que no corre, vuela.

—Efectivamente, pero yo no te he dicho nada, ¿de acuerdo?

—De acuerdo.

—¿Puedo contar contigo?

El banquero dejó pasar unos segundos. Yo ya apenas estaba nerviosa pues sabía que lo tenía atado de pies y manos. De la misma manera que había conseguido que los kuwaitíes rescataran el banco de Antonio, también les podía presionar para que salieran del accionariado, creándole al Banco Nacional un problema mayúsculo. Tan solo tenía que ofrecer al emir una inversión mucho más lucrativa en cualquier sector o infraestructura. Antonio por supuesto sabía que el hilo conductor entre su banco y los kuwaitíes pasaba por mí.

—Cuenta con ello —concedió. Seguro que le repateaba que una mujer, o alguien, tuviera suficiente poder para pedirle una cosa así.

—Perfecto —dije, orgullosa de mi golpe.

¿Quién decía que las mujeres eran débiles?

Me senté de nuevo en mi despacho para contemplar las pantallas del Bloomberg. Los bonos ya habían alcanzado tres cuartas partes del valor del jueves; ya quedaba menos.

Volví a salir hacia el despacho de Martin, que ahora, todavía colgado del teléfono pero mucho más tranquilo, me miraba con una sonrisa. Le hice la señal de victoria con el pulgar, que él me devolvió.

Regresé a mi despacho para mirar la respuesta de los medios. La mayoría informaban atónitos y confusos de la repentina subida después de tan bruscos movimientos durante las últimas veinticuatro horas. Yo tampoco me lo podía creer, nunca había visto nada igual. Mientras a mí me costaba meses de trabajo recortar nuestros costes de financiación tan solo unas décimas, un simple comunicado los había bajado a la mitad en un santiamén.

Algunos medios se apuntaron a la euforia, dándonos una gran publicidad gratuita: «El gobierno toma el control», o «El gobierno vence a Wall Street», decían. Otros, sin embargo, todavía se mostraban escépticos ante semejante confusión y nos criticaban, sobre todo a mí, por no dar más detalles o por la posibilidad de que estuviéramos escondiendo información.

Abrí la web de *La Verdad,* que, al fin y al cabo, era el segundo mayor periódico de España, por lo que necesitaba su apoyo, o al menos su falta de crítica, para ganar unas elecciones. No hacía ni diez minutos que había hablado con Antonio, y ya habían cambiado la portada. Decían: «Los bonos españoles recuperan el valor después de que el gobierno tome las riendas de la crisis. La rentabilidad del bono a diez años retoma su valor fundamental, que refleja el repunte de la economía española en los últimos meses».

Ya sé que está mal decirlo, pero el poder a veces es francamente reconfortante y quien diga lo contrario miente.

22

Llamé inmediatamente a GR para informarle de todo. Me arrepentía de no haberlo hecho antes de enviar el comunicado, pero estaba segura de que lo entendería. De todos modos, ya poco importaba a esas alturas si se molestaba o no, pues ya no era mi jefe y seguramente no lo sería nunca más.

—¿Se puede saber qué está pasando? —preguntó nada más contestar. Por supuesto, se había enterado de todo.

—GR... —balbuceé, recostándome en el respaldo de la silla.

Siempre le llamaba por sus iniciales, como nos había pedido a todos los ministros. No me dejó continuar.

—Isabel, la reacción me parece buena, pero te has olvidado de avisarme antes y eso ya sabes que no me gusta.

—Perdona, lo siento, de verdad —me disculpé. Visto en retrospectiva, saltarse al presidente en un asunto tan importante era una falta verdaderamente grave—. No tengo excusas, aparte de decirte que no sabes las veinticuatro horas que llevo.

—¿Qué ha pasado? —preguntó, al grano, como de costumbre.

—Creo que alguien me ha interceptado el correo y ha provocado la caída de los bonos para forrarse.

GR guardó silencio unos instantes.

—Supongo y espero que tengáis al día los sistemas y claves de seguridad en el Ministerio.

—Por supuesto, presidente —respondí, rápida y diligente—. Tenemos un contrato de mantenimiento con Citrix, que viene todos los años a hacer una auditoría de los sistemas informáticos. Yo cambio todas mis claves cada quince días, lo que es una pesadez, pero nunca lo he dejado de hacer.

—Entonces, ¿cómo se han metido?

Negué con la cabeza.

—No tengo la menor idea —respondí. Era la pura verdad—. Lo que te prometo es que no he hablado con Gilliot, de NorthStar, desde que evitamos el rescate por primera vez, hará ya unas cuantas semanas, cuando los kuwaitíes compraron deuda. De eso puedes estar seguro.

—Esto es muy grave —dijo—. Estamos hablando de una posible actuación criminal contra el gobierno.

—Me temo que sí, presidente. Hay que tomar medidas.

—Voy a llamar ahora mismo a los servicios de inteligencia del Ejército para que se metan en tu ordenador.

—Perfecto. Cuanto antes mejor. Aquí estoy a tu disposición.

—Te mantendré informada, Isabel —concluyó—. Pero, por favor, no vuelvas a hacer nada sin decírmelo antes. A partir de ahora, si la prensa o alguien te pregunta, ya sabes lo que nos enseñó Azaña: «Nunca pasa nada, y si alguna vez pasa, no importa».

—Entendido, presidente.

GR colgó el teléfono sin decirme dónde estaba o cuándo volveríamos a hablar. Ese era su estilo, algo escurridizo y un poco secreto, supongo que para que nadie tuviera una visión completa de la situación, algo que se guardaba en exclusiva para él. Llevaba el gobierno de esa manera, un tanto celular, como los antiguos sistemas comunistas: las partes del conjunto estaban muy separadas entre sí, apenas se conocían, básicamente para que no se pudieran delatar en caso de ser encontradas y enjuiciadas. GR operaba de una manera similar, pero no tanto para proteger al gobierno, sino para defender su poder personal. Compartir información y concebirla como derecho fundamental de los ciudadanos, o de los miembros de un gobierno, suele ser un signo de madurez democrática. De igual modo, los sistemas menos libres más bien tienden a esconderla o a exponerla de una manera críptica, siempre con el fin de proteger su parcela de poder. Esa actitud ante la información reflejaba bien el concepto tan diferente del poder que teníamos GR y yo. Yo lo quería para mejorar el país; GR, para ejercerlo y disfrutarlo a nivel personal, libre de amenazas. Tan simple como cierto.

Aun así, ese día actuó con eficiencia y celeridad. Según me contó más tarde, en apenas diez minutos ya se habían activado los sistemas nacionales de seguridad y los demás ministros habían sido alertados del peligro. Si me habían interceptado a mí, podían entrar en cualquier Ministerio. Pensar que cualquier desalmado pudiera hacer tanto daño tan solo con un teclado me daba pánico.

Manolo me llamó minutos después de mi conversación con GR y ver su nombre en el móvil me reconfortó, pues aquellos pensamientos de guerras cibernéticas me habían dejado mal cuerpo. Después del calvario de las últimas veinticuatro horas, por fin recibía la llamada de un buen amigo.

—Manolito, qué alegría, ¿cómo estás, cariño?

Me esforcé por mostrarme amable y cariñosa con él, sobre todo después de la terrible historia que me había contado la última vez que habíamos hablado, de cómo Mauro le traicionó y acabó costándole el cargo y el potencial de presidenciable. Me lo imaginé de nuevo como lo hacía siempre, solo en su casa inmensa de Ibiza, trabajando a despecho para llenar un gran vacío interior. Como hacían muchos. A veces incluso yo misma.

—¡Isabel! —casi me gritó ya que había un gran ruido de fondo—. Te llamo desde Barajas, acabo de llegar a Madrid. Quiero verte, querida. Después de lo que me explicaste por teléfono, he pensado que mejor estar a tu lado estos dos días. Quiero asegurarme de que estés bien y de que nada se salga de tiesto.

Casi que me reí, supongo que de los nervios, pero Manolo me había arrancado media sonrisa.

—Pues vas a tener trabajo, muchacho, no sabes cómo se han enredado las cosas.

En Inglaterra había aprendido que un poco de humor en las horas más tensas nunca hace ningún daño, e incluso a veces es la mejor manera de descargar tensión.

—Ya veo, menudo follón —dijo—. Me tienes que explicar mejor quiénes son esos especuladores, pero no por teléfono.

—Entiendo.

Manolo era perro viejo y se las sabía todas. Me sentí una principiante a su lado, puesto que yo había hablado con Walter y con Antonio por teléfono, dándoles información confidencial, cosa que de repente me preocupó. Si los *hackers* habían entrado en mi cuenta de correo electrónico para enviar correos desde mi dirección, también podían haber interceptado mis líneas telefónicas.

—Quiero verte —me dijo Manolo—. ¿Puedes quedar en un par de horas en el parque del Oeste?

Pensé un segundo, claro que podía.

—Por supuesto. Me camuflaré bien, como de costumbre —dije con una sonrisa. Me encantaba pasear por Madrid, siempre bien tapada por un chal que me cubría la mitad de la cara para que no me reconocieran.

—Ah, oye—exclamó antes de colgar—. Y con Gabi, ¿todo bien?

Suspiré. Con todo el tema de los *hackers* hacía horas que no pensaba en él. Parecía mentira que el hecho de que mi marido tuviera un lío con la mujer de la limpieza y que me hubiera abandonado antes de unas elecciones generales se hubiera convertido en un tema prácticamente secundario. Suspiré de nuevo y cerré los ojos.

—Pues no, Manolo, no —respondí—. De hecho, la cosa ha ido a peor.

Guardó unos segundos de silencio.

—Pues ya te puedes esforzar y solucionarlo —dijo, serio—. Mañana tienes que salir al balcón con él. Créeme, aunque sea de pose, no me importa, y seguramente a estas alturas a ti tampoco. Móntatelo como quieras, pero consigue que vuelva.

—No te creas que no lo he intentado —dije, afligida.

—Pues inténtalo otra vez —terció, seco.

Manolo, siempre tan franco, tan directo. Supongo que eso es una buena amistad.

—Te veo luego, querida —dijo—. A las cinco en el parque, donde siempre, en la estatua de Arenal.

—Allí estaré.

Por fin tenía un momento para respirar, me dije. Fui al baño para adecentarme y recogerme el pelo, que lo tenía de cualquier manera, y para retocarme un poco el maquillaje. Sintiéndome un poco mejor, me preparé un cortado y volví a la mesa para mirar el Bloomberg. Respiré con gran alivio al ver que los bonos continuaban subiendo y ya estaban muy cerca del valor del jueves.

Consulté de nuevo la agenda. Estaba claro que tenía que cancelar la comida con el embajador estadounidense y la reunión de la tarde. No me gustaba molestar a Estrella, pero era un caso de fuerza mayor, así que me dispuse a llamarla al móvil para que cancelara los dos compromisos. Me dio pena lo de la embajada, pero me alivió pensar que no tendría que ver al director de campaña que habíamos fichado, un publicista pesadísimo que se creía la estrella de todo. La reunión de la tarde era para preparar el día siguiente, pero tampoco parecía tan complicado; solo había que ir a votar y luego llegar al partido a comer, para seguir los resultados con el resto del equipo y ya preparar la reacción.

Estrella, como de costumbre, cogió el teléfono a la primera. Me la imaginé en su pisito de Vallecas con su novio, tranquilos los dos disfrutando del sábado por la mañana. Era buena chica.

—Estrella, querida, buenos días, soy yo —dije—. Perdona que te moleste.

—Para nada, Isabel. Dime, dime, ¿qué necesitas? —preguntó con su habitual amabilidad.

—Ha surgido un pequeño problema... No sé si lo habrás oído o visto en los medios.

—Sí, sí, el tema de los bonos —respondió, rápida.

—Sí, eso precisamente, pero parece que la cosa se va solucionando —contesté—. De todos modos, hay que acabar de resolverlo y voy a necesitar tiempo. Te agradecería mucho si me pudieras ayudar a cancelar la comida y la reunión de campaña que tenía programadas.

—Por supuesto, Isabel, ahora mismo lo hago, cuenta con ello —aseguró.

Estrella tenía acceso a mi agenda y a algunas de mis carpetas y actividades en el ordenador de su casa y en el portátil, así que podíamos colaborar a distancia. Un día me explicó, que poco después de instalarnos en el Ministerio, cuatro técnicos habían ido a su pisito de Vallecas y lo habían llenado de cables ante el estupor de sus vecinos, quienes todavía, dice, la miran con cierta sospecha.

—Pues muchas gracias, chica —le dije, ya casi pensando en mi próxima llamada. Pero ella continuó.

—Ah, Isabel, muchas gracias por el premio. Es todo un honor —me dijo. Parecía más contenta de lo normal.

—¿Qué premio? —pregunté sorprendida, pero también intentando hacer memoria por si había olvidado algo importante.

—El que me han dado esta mañana.

—¿Hoy? —pregunté, ahora segura de que yo no tenía nada que ver.

—Sí, sí, esta mañana misma, de tu parte —dijo como si me estuviera recordando algo que debiera saber—. No sabes cómo te lo agradezco —continuó—. Lo primero que voy a hacer con el dinero es irme una semana a Canarias con mi chico, que, como te puedes imaginar, está encantado.

Me levanté del sillón y paseé, intranquila, por el despacho; aquello me parecía muy raro.

—Estrella, perdona, pero la verdad es que yo no te he dado ningún premio —le aclaré—. Ya sabes todo lo que te aprecio y que te daría todas las bonificaciones del mundo, pero

¿estás segura de que ha sido hoy y que era de mi parte? Y ¿qué premio es?

—Pues me ha llamado un señor esta mañana a primera hora…

—¿Qué señor? —pregunté, alarmada. Me pasé la mano por la frente, pensando lo peor.

—Resulta que la semana pasada —me explicó—, mientras tú estabas en plena campaña recibí dos llamadas de otro señor. Bueno, más bien parecía un chico joven, que me dijo que era de nuestro departamento de informática y que me llamaba para solucionar los problemas que había tenido con el ordenador.

Estrella se detuvo para respirar mientras yo escuchaba con atención, los ojos abiertos como platos. Me había quedado muda de pie junto a la ventana, inmóvil. Estrella continuó, ahora hablando un poco más despacio, seguramente preocupada por mi silencio cargado de tensión. Empecé a respirar fuerte y cada vez más deprisa.

—Pero me sorprendió que este chico no supiera exactamente qué problemas había tenido —continuó—. Tan solo unos días antes les había llamado para decirles que a veces la conexión con tu ordenador, Isabel, no funciona.

—¿Te pidieron algo? ¿Dijeron que vendrían? —pregunté, intuyendo el final de la historia.

—Pues sí, sí —respondió, algo nerviosa—. Me pidieron la contraseña para entrar en mi sistema y aquello me pareció un poco raro ya que normalmente los técnicos enseguida acceden al ordenador de una manera remota…

No la dejé acabar.

—¿Se la diste?

—No, la verdad es que no lo hice porque me pareció un poco sospechoso.

Respiré con gran alivio. Sonreí.

—Perfecto, Estrella, menos mal —dije—, hay que andarse con mucho cuidado.

—Sí, sí, ya lo sé, Isabel —respondió—. De hecho, la situación se repitió un par de días después, creo que el jueves. Esta vez fue una chica quien me llamó y me dijo que sabía que el problema era la conexión con tu ordenador y que le diera la clave. Pero aquello tampoco me olió bien y preferí no arriesgarme y dije que en ese momento estaba ocupada. Pensé que sería mejor enviar otro correo a la dirección oficial de los informáticos para asegurarme de que eran ellos quienes respondían.

—Buena chica, Estrella, fenomenal —dije, todavía intranquila, pues estaba convencida de que allí había más—. Entonces, ¿qué ha pasado esta mañana?

—Pues que me han llamado de Moncloa...

—¿Moncloa? —pregunté en un tono más bien agresivo.

—Sí —afirmó Estrella, ahora claramente nerviosa por mi tono. Se quedó callada.

—Sigue. —Le pedí casi como si se tratara de una orden. Todavía junto a la ventana, erguí la espalda, hinché el pecho y bajé los hombros. Sabía que aquello no iba a acabar bien.

Estrella continuó, balbuceando.

—Pues este señor, que decía que era de Moncloa, me ha dicho que tú habías decidido darme un premio por mi comportamiento... Creo que ha dicho «por mi diligencia» a la hora de prevenir el riesgo y no dar mi clave de acceso en dos llamadas de extraños...

De nuevo se detuvo. Seguramente mi silencio la obligó a continuar.

—También ha dicho que como tú has estado fuera, no recibieron la orden de darme el premio hasta anoche, muy tarde. Y como hablé contigo también muy tarde imaginé que todo esto lo habrías discutido con los informáticos después de hablar nosotras. Cuando les escribí el viernes, pedí a los técnicos que por favor me dieran el nombre del informático que vendría porque ya había rechazado dos llamadas esta semana por considerarlas sospechosas. Pensé que los técnicos te lo habrían contado todo ayer y que, después de nuestra conversación, más bien personal, pues que entonces habrías decidido darme ese reconocimiento.

—¿Qué más ha dicho el señor en cuestión? —proseguí, intentando llegar al fondo del asunto.

Noté cómo Estrella tragó saliva antes de continuar.

—Ha dicho que tenían que darme el premio inmediatamente —enviar el dinero hoy mismo— porque como mañana se acaba la legislatura había que cerrarlo antes para evitar que la oposición, en caso de ganar, lo revocara.

—¿De cuánto dinero se trata? ¿Te han pedido el número de cuenta?

Oí cómo Estrella respiraba hondo y cada vez más rápido igual que yo.

—Eran veinticinco mil euros… Te puedes imaginar lo contenta que me he puesto.

—¿Te los han dado? ¿Cómo?

—Ha dicho que la transferencia no podía ser personal, sino que debía ser un añadido al salario.

De repente calló.

—Y ¿cómo te lo iba a añadir a la nómina?

—Me pidieron mi clave de acceso al sistema.

Me quedé helada. Cerré los ojos.

—¿Se la has dado?

Hubo un largo silencio terrorífico. Escuché cómo Estrella empezaba a sollozar.

—¿Estrella? Esto es muy importante. ¿Se la diste?

Más silencio. Los sollozos ahora eran claros.

—Sí, Isabel —dijo de forma casi ininteligible, pero un «sí» al fin y al cabo.

Se me humedecieron los ojos a mí también y apreté los labios. La ira se fue apoderando de mí y sentí una tentación muy fuerte de llamarla de todo. Pero me la imaginé compungida en casa, confusa. Imaginé cómo se habrían sucedido los hechos: el *hacker* había entrado en el sistema de Estrella, que estaba conectado al mío, y desde su ordenador había enviado el correo a Gilliot de mi parte, diciendo que la deuda española era tres veces mayor que la cifra oficial. De hecho, Estrella solía enviar muchos correos de mi parte, desde mi dirección. La mayoría eran para dar las gracias o para aceptar o declinar invitaciones, lo que me ahorraba mucho tiempo.

—Lo siento de verdad, Isabel, ya veo que he causado un gran problema —dijo llorando, sonándose la nariz.

Respiré hondo y pensé que de nada valdría enfadarme con ella, pues era una secretaria y francamente habría sido difícil para muchas personas no caer en una trampa así, sobre todo por la emoción de recibir veinticinco mil euros.

—Lo siento de verdad —repitió—. Me dejé llevar por la euforia... Espero que esto no nos cause problemas —dijo, sin saber que el mal ya estaba hecho.

Yo ya solo esperaba que la cosa no fuera a más.

—Estrella, tranquila —dije, intentando tranquilizarme yo también, aunque noté que la mano que sostenía el móvil me temblaba ligeramente—. Hay que ponerse manos a la obra para que esto no vaya a más. Pero tú sobre todo tranquila —le insistí intentando darle confianza y seguridad.

Pero Estrella no dejaba de llorar.

—Estrella, tranquila —repetí varias veces.

Dejé pasar unos instantes hasta que por fin se calmó.

—Ay, Isabel —me dijo, ahora con la voz un poco más clara—. Es que no puedo perder mi trabajo. Que estoy a punto de casarme con mi chico y, bueno, todavía no te lo había dicho pero resulta que... —Hizo una breve pausa—. Resulta que... estoy embarazada.

Cerré los ojos. Ya no sabía qué más podía depararme ese día. Volví a respirar hondo y, despacio, volví a la mesa para sentarme en el sillón, en el que más bien me dejé caer.

—Tranquila, Estrella, tú sobre todo tranquila y, por supuesto, enhorabuena —le dije, adoptando de nuevo un tono amable—. Claro que no vas a perder el trabajo; has caído en la trampa de unos delincuentes y nadie se ha quedado nunca en el paro por eso. Bebe agua, que te cuide tu chico y no te preocupes por nada más —añadí.

—Gracias Isabel, gracias —repetía una y otra vez.

—Ya sabes que llevamos años juntas y hemos pasado muchas cosas, ¡aunque esto es nuevo! Ya verás cómo al final todo se arregla, mujer —concluí sin apenas creerme mis palabras.

—No sabes lo que esto significa para mí...

—Solo te voy a pedir —le interrumpí— que, por favor, estés atenta al teléfono porque seguramente te llamarán los del servicio de inteligencia. Por supuesto les pediré que te digan antes el nombre de la persona que te va a llamar. Solo te pido que estés disponible y que les ayudes en todo lo que puedas. Ah —añadí—, y cancela tu cuenta bancaria, que estos buitres son capaces de todo.

—De acuerdo —dijo Estrella, ahora más calmada—. No te preocupes que haré cuanto esté en mis manos para colaborar y cerraré la cuenta ahora mismo.

—Así me gusta. Y tú, contenta con tu niño o niña y a cuidarse, ¿eh?

—Muchas gracias —dijo de nuevo, otra vez con la respiración entrecortada.

Colgué el teléfono y enseguida llamé a los servicios de inteligencia, con cuyo director tan solo había hablado en una ocasión, en una reunión de gabinete después de los atentados terroristas en París unos meses antes. Su número de móvil estaba en una lista roja que teníamos todos los ministros para casos de emergencia.

Santiago del Olmo, así se llamaba, atendió la llamada inmediatamente, supongo que para eso le pagaban. Su eficiencia casi que me asustó.

—Doña Isabel —dijo, rápido, seguro—. GR ya me ha puesto al corriente de todo y estamos investigando.

—Sí, sí, me ha dicho que les iba a contactar —respondí—, pero hay más.

Le expliqué la historia de Estrella tan sucintamente como pude y respondí muy pocas de sus numerosas preguntas porque no tenía apenas detalles. Me dijo que él mismo se pondría en contacto con ella, aunque yo debía llamarla antes para darle su nombre y no asustar más a la pobre chica. Me confirmó que aquello tenía toda la pinta de un ataque cibernético, pero que todavía era pronto para sacar conclusiones. Había que investigar el correo falso, que podría no haber salido de mi cuenta, sino de otra, y también a todas las personas con acceso a mi ordenador, pues no se podía tomar por garantizada la inocencia de nadie, ni siquiera de Estrella. Le dije que era imposible que mi secretaria fuera una delincuente y él me respondió, muy profesionalmente, que su labor era investigar y no juzgar. Quedamos en mantenernos informados y sobre todo en que yo llamaría a Estrella enseguida para avisarla de que Santiago se iba a poner en contacto con ella.

—¡Ah! Y una cosa más —añadí.

—Dime —respondió Santiago, paciente.

—Hay algo que también se debería investigar, no está relacionado, pero me preocupa mucho.

—En este caso parece que cualquier detalle va a ser de suma importancia —aseguró—. Soy todo oídos.

Me relajó pensar cuánto me gusta siempre trabajar con personas capaces e inteligentes.

—Hemos pasado la noche, como te imaginarás, rebuscando entre las transacciones de compra de deuda de más de un millón de euros, por si encontrábamos algo raro, y detectamos una compra-venta por parte de mi antiguo director general, José Antonio Villegas, que podría tratarse de un caso de uso de información privilegiada.

—Le conozco, sí —dijo Santiago enseguida—. ¿Estáis seguros?

—No podemos estar seguros de nada, pero compró sabiendo que íbamos a dar una excelente noticia de reducción del déficit, y vendió cuando hicimos pública la noticia. Es difícil ignorar la coincidencia.

—Estoy de acuerdo.

—Le abordé anoche y me dijo que hay miles de JA Villegas en España —le advertí—. Supongo que no será tan fácil seguir la pista del dinero; es un hombre inteligente.

—Veremos lo que podemos hacer. ¿Quién me puede dar las fechas y algunos detalles de la transacción?

—Le pediré a mi director general del Tesoro, Martin Moore, que te llame cuanto antes.

—Perfecto.

Nos despedimos rápido y me puse en marcha de inmediato. Fui al despacho de Martin, enfrascado todavía en su labor, aunque ya más tranquilo, y le informé de mi conversación con Santiago; le pedí que le llamara enseguida por el tema de José Antonio. Volví a mi despacho y llamé a Estrella, también para avisarla de que los servicios de inteligencia se pondrían en contacto con ella. Me alegró constatar que se había calmado un poco. Tras una breve charla, por curiosidad le pregunté si los veinticinco mil euros habían llegado a su cuenta y si se había acordado de cancelarla después. Me dijo, como esperaba, que no había ningún ingreso y que sí, que ya habían cerrado la cuenta. Intenté infundirle tranquilidad y, nada más colgar, procuré serenarme.

Eran ya las tres de la tarde y no había comido nada en todo el día, aunque apenas tenía hambre. Por nervios o ansiedad, más que por que realmente me apeteciera, me preparé otro cortado y me senté en la silla danesa de Ingeborg. Puse los pies en el taburete y cerré los ojos, intentando ordenar mis pensamientos.

Problema 1) los *hackers*. Solución: los servicios de inteligencia ya estaban trabajando en ello. Problema 2) los bonos. Me levanté casi de un bote para mirar la cotización en el Bloomberg y por fin recibí una buena noticia, pues ya habían llegado a la cotización del jueves, antes de la estrepitosa caída. O sea, problema 2, solucionado. Problema 3) Gabi: precisaba actuación urgente.

Mientras cogía el móvil me lo imaginé en la cama —¡nuestra cama!— con la jovencísima Carmina. Negué con la cabeza y sentí un profundo dolor en el estómago, pero pensar en Carmina me tranquilizó porque, me dije, aquella aventura tenía más de instinto cortoplacista que de amor verdadero. Y ya se sabe que la mejor manera de apagar un deseo es su consumación.

Aquel pensamiento me animó a llamarle, además de las palabras de Manolo, que todavía me resonaban en la cabeza: «Tienes que hacer que vuelva, no hay otra solución». Como siempre, tenía razón: me imaginé sola en el balcón de la sede del partido. Si ganaba, la ausencia de Gabi levantaría demasiadas preguntas y sospechas; si perdía, la soledad de la derrota resultaría insufrible.

Pero igual una derrota incentivaría a Gabi a volver a mi lado. Quizá su orgullo masculino era tal que estaría dispuesto a seguir conmigo como perdedora, pero no si ganaba. Estaba claro por qué. De perder, él recobraría control sobre mí, cosa que nunca tendría en caso de salir electa. Recliné la espalda en la silla danesa y pulsé la tecla del móvil que me conectaba directamente a Gabi. Aquel no era momento de cuestionarse toda una relación, con sus veinte años de historia, sino de hacer que volviera. Únicamente. Además, él era informático e igual me podía dar algún tipo de información sobre el tema de los *hackers*. Alguna vez le había escuchado algo sobre el tema, pero más bien poco pues lo suyo era programar *software*.

—Espero que llames para disculparte —dijo nada más coger el teléfono, como siempre después del sexto o séptimo timbrazo, lo que me irritaba bastante, pero aquel no era el momento de protestar.

Era verdad, le había mandado literalmente a la mierda tan solo unas horas antes, pero ahora si me tenía que arrastrar por el suelo y perder la dignidad para que volviera, lo haría. Ya no sabía qué más podía perder.

—Lo siento, cariño —dije, creo que sin poder esconder la falsedad de mis palabras—. De verdad que siento lo que he dicho…

Se quedó callado. Ese silencio tenso que habla más alto que cualquier palabra, que deja todo el peso de la conversación a la otra persona, que no colabora, ni ayuda, ni aporta.

—Gabi, cielo —dije, ahora con un poco más de suavidad y convencimiento—. Olvidemos todo lo dicho, todo lo pasado, corramos un tupido velo y volvamos a empezar... Son veinte años de relación, no los tiremos por la borda solo por haber tenido un año malo...

—No ha sido solo un año, Isabel —fue cuanto dijo.

—Te prometo que intentaré ser más atenta. Podemos hacer terapia de pareja...

—Es imposible, serás presidenta del gobierno y no tendrás tiempo para terapias.

—Voy a perder.

—Vas a ganar.

—Tú no sabes el follón que tengo con los bonos.

—Ya he visto.

—Bueno, al menos ahora han empezado a subir, pero de hecho tenemos un problema informático...

Gabi me interrumpió, rápido.

—¿Qué problema?

Supuse que preguntaba por instinto profesional. Él conocía bien el sector, de hecho había sido uno de los primeros informáticos del país y yo sabía de sobra que se pasaba la mitad de las noches jugando en el ordenador. Bueno, yo le llamaba jugar, él decía que escribía programas. De hecho, diseñó uno de evaluación escolar que tuvo un éxito considerable.

—Creo que esta mañana han entrado en mi sistema y han enviado un correo con información falsa desde mi ordenador, lo que ha acentuado la caída de los bonos del viernes —dije, haciendo una breve pausa—. Ya sabes que todo esto es súper confidencial, por supuesto.

—Claro, como siempre —dijo adoptando un tono amable, aunque no sabía si por interés profesional, por compasión o porque en el fondo todavía me quería.

—Hay un correo circulando por el mercado, salido de mi dirección, asegurando que nuestra deuda es el triple de lo que realmente es. Alguien se ha forrado con la caída. ¿Tú qué crees?

—Hum —musitó—. Tú no has sido, claro.

—Pues claro que no —dije, irguiendo la espalda—. Ya sabes que nunca miento; nuestra deuda es la que es. Por Dios, Gabi, ¿cómo crees que podría mentir en un asunto de esta importancia?

—Ya sé, ya sé —dijo—. Solo para asegurarme.

Puse los ojos en blanco. El mundo parecía haberse vuelto loco. O igual era yo la que había perdido el norte.

—Pues lo que creo es que sería muy difícil entrar en tu cuenta con todos los servicios de inteligencia del gobierno —dijo—. Supongo que estaréis investigando a toda persona interna con acceso, ¿no? Podría ser una cosa interna.

—Me cuesta creerlo, ¿quién en el Ministerio de Economía podría querer el hundimiento de nuestra deuda?

—Si le reporta grandes beneficios…

—Cierto.

—¿Así que tu correo se envió antes de que los bonos cayeran el viernes?

—No, ha salido esta mañana.

—Entonces los dos hechos no están relacionados.

—Es difícil ignorar la coincidencia, ¿no? —dije—. Igual el *hacker* esparció el rumor el viernes y ha enviado el correo hoy para confirmarlo. Ya conoces el dicho, «compra con el rumor y vende con la noticia», solo que en este caso es al revés, porque la apuesta era a la baja.

—Ya veo, no sé qué decirte, Isabel —dijo—, supongo que lo habréis desmentido en un comunicado, ¿no?

—Sí, afortunadamente los bonos ya se han recuperado.

—¿Ah sí? —preguntó sorprendido.

—Sí claro, ¿cómo van a caer tanto por una información que el gobierno dice que es falsa? Los gobiernos no dicen mentiras.

Gabi se rio, lo que me pareció muy cínico.

—Sí que las dicen —contestó.

—En una república bananera igual sí, pero te juro que en este Ministerio no digo nada que no sea absolutamente verdad, faltaría más —dije algo irritada.

Le iba a explicar lo de Estrella, pero como tampoco me estaba ayudando, pensé que lo mejor era centrarse en el objetivo.

—Gabi, cariño, como ves, estoy metida en un gran lío —señalé con amabilidad impostada—. Espero que todo se resuelva antes de mañana para poder tener alguna opción.

Hice una breve pausa para tomar fuerza, ya que en el fondo sabía que apenas sentía las palabras que iba a decir.

—Te necesito, Gabi —le solté—. Te necesito a mi lado mañana, tanto si gano como si pierdo. Es quizá el momento más importante de mi vida y tú has estado conmigo durante todo el camino que me ha llevado hasta aquí. No me puedo imaginar sin ti justo cuando todo va a cristalizar, para bien o para mal. Si gano, porque ya sabes lo que representa, y si pierdo porque eso supondrá un cambio de vida. Creo que me retiraré de la política, no sé, igual podríamos volver a Londres o recalar en un sitio donde podamos estar juntos y tranquilos...

Dejó pasar unos segundos antes de responder de manera letal.

—Es demasiado tarde, Isabel.

Empezaba a impacientarme. Aquello era como hablar con una pared.

—Gabi, cielo, pero ¿cómo me vas a dejar por una niña? Estoy segura de que al cabo de poco tiempo, cuando se pase el fuego inicial, te arrepentirás.

—Llevamos ya casi dos años juntos, Isabel. El fuego inicial hace tiempo que pasó. La quiero. Estoy enamorado.

Cerré los ojos; apreté los puños de rabia.

—¿Me has estado engañando dos años y yo sin enterarme?

Guardó silencio.

—Cabrón —dije en voz baja.

Más silencio.

—¡Cabronazo! —exclamé ahora gritando, levantándome de la silla de golpe.

Volví hacia la ventana, la mirada fija en el dichoso cartel electoral. ¿Para qué insistir con un imbécil al que he respaldado incondicionalmente durante los últimos años, que me ha estado engañando con la asistenta durante todo mi mandato en Economía, y que encima es un informático de pacotilla que ni me ayuda un pelo cuando de verdad tengo un problema con los ordenadores?

—¡Vete a tomar por culo!—le grité. Colgué el teléfono de golpe y lo tiré al suelo con tanta fuerza como pude. Me imaginé sola en casa, en MI casa después de haber perdido las elecciones y me alivió pensar que estaría mejor sola que con aquel inútil que todavía llevaba coleta y se portaba como un adolescente malcriado que no sabía asumir responsabilidades. Y si ganaba, me iría a celebrarlo sola o con Andrés, quien seguro que estaría dispuesto, aunque fuera solo para ganarse favores políticos. Si él se iba a aprovechar de mí, yo también me aprovecharía de él para pasármelo bien. Qué demonios.

Fui al baño a lavarme la cara, aunque más por nervios que por otra cosa. De todos modos, sentir el agua fresca en los ojos y la frente me serenó.

Eran ya casi las cuatro de la tarde y me senté en el sofá para ver qué daba el canal de noticias de veinticuatro horas. No hacían más que hablar de la fluctuación de los bonos, pero al menos decían que el problema se había solucionado y que el gobierno estaba detrás del «fallo técnico» que había provocado la caída. Volví a la mesa del despacho y vi que tenía un sinfín de llamadas perdidas, pero no tenía ni tiempo ni ganas de ponerme a contestarlas. Recogí el móvil, que por suerte había sobrevivido intacto mi ataque, y volví a la mesa para mirar el Bloomberg, que no daba más noticias de las que ya salían por televisión. Los bonos seguían estables.

Manteniendo como pude el tipo, volví al despacho de Martin, que ahora estaba hablando amigablemente con Zoilo; parecían relajados. Me dijeron que ya le habían pasado todos los detalles de la transacción de José Antonio a Santiago. Sin perder tiempo, les agradecí su trabajo y les estreché la mano a los dos con fuerza. Entre todos, habíamos conseguido solucionar un problema monumental, y ellos habían sido una parte clave. Nada como trabajar con personas competentes. Así se lo dije, y añadí que, por favor, empezaran ya su fin de semana, gesto que me agradecieron con una sonrisa sincera.

Volví al despacho y me senté de nuevo en el sillón; miré las flores que me había enviado Andrés esa misma mañana y recordé con gusto la conversación que habíamos tenido en su piso tan solo unas horas antes, aunque ahora parecía un siglo. Sonreí, pues el hecho de que me hubiera pedido que me quedara con él esa noche, más que molestarme, la verdad es que me había halagado. Se me ocurrió que él podría saber mucho más de *hackers* que Gabi, ya que al fin y al cabo presidía una empresa informática. Suspiré, inclinándome hacia atrás, y crucé las piernas. Todavía faltaba una hora para ver a Manolo y necesitaba escuchar una voz amiga. Pensé que llamar a Andrés para darle las gracias por las flores sería una buena excusa.

Tecleé su número con serenidad y confianza. Enseguida cogió el teléfono.

—Gracias por llamar —dijo después de que le agradeciera su gesto.

—Son preciosas.

—Espero que te hayan alegrado el día todavía más porque ya veo que el tema de los bonos por fin se ha solucionado —dijo—. De todos modos, esa caída es francamente rara, ¿sabéis algo ya?

Me moría de ganas de explicarle todo, pero todavía dudaba de su lealtad. A mi edad, y en mi posición, no me dio ningún miedo ir al grano.

—Andrés, me encantaría contar con tu ayuda —dije—, pero hay un tema que me preocupa.

—Dime —contestó, serio.

—Sé que HSC, el banco del que tú eres consejero, está detrás de las licencias 5G que subastará el próximo gobierno —le dije muy seria—. No te sorprenderá que me cuestione si existe alguna relación entre tu acercamiento reciente y el interés de HSC en un asunto en el que yo puedo influir.

Andrés guardó silencio.

—¿Cómo sabes que HSC está detrás de las licencias?

Puse los ojos en blanco. En este mundo de hombres tan inteligentes, la falta de sentido común a veces me deja sin palabras.

—¡Porque soy ministra de Economía!

Se rio.

—Entiendo —dijo, adoptando su tono educado, suave, cautivador—. Y comprendo que tengas la tentación de pensar que haya una relación. No te equivocas al sospechar que sí hubo cierta intencionalidad cuando me presenté voluntario para el discurso en el Museo del Prado. Solo quería acercarme, que recordaras mi cara. Pero en el resto te equivocas, porque al día siguiente pedí al presidente de HSC que pusiera a otra persona para hacer el *lobbying* contigo porque los negocios y los amigos siempre son una combinación complicada y no quería arriesgar nuestra amistad.

Aquello me sorprendió, aunque no sabía si creérmelo. Me quedé callada, con los ojos medio abiertos; recelosa.

—Si no me crees, pregúntaselo al presidente de HSC, a quien seguro que conoces —dijo, como si me leyera el pensamiento.

—Así lo haré —respondí, recordando las palabras del director de los servicios de inteligencia. Investigar no es juzgar—. De todas maneras —continué—, me gustaría conocer tu opinión sobre lo que ha pasado hoy. Es increíble, igual me puedes ayudar, vosotros instaláis sistemas de seguridad informáticos en grandes empresas, como bancos, ¿no?

—Sí —dijo, seguro—. En el mismo HSC nos encargamos de toda la seguridad informática. Los bancos son especialmente delicados, necesitan mucha protección.

Le conté lo acontecido con la brevedad de que fui capaz, solo interrumpida por una llamada de Santiago por la otra línea. Pedí a Andrés que no colgara mientras atendía a Santiago, quien me informó de que ya se habían puesto en contacto con Estrella, que un director general iba camino de su casa y que en ese momento necesitaban mi clave para entrar en mi sistema e investigar. Se la di y me despedí para pinchar otra vez la llamada de Andrés, aunque sin ver la luz roja que normalmente se enciende al volver a una línea. Por un momento pensé que igual no había puesto el silenciador, con lo que Andrés habría escuchado la conversación con Santiago. Se me tensó todo el cuerpo. Pero lo mejor, me dije, era continuar como si nada. No me atreví ni a preguntarle si me había oído.

Cerré los ojos y me pregunté qué más podía salir mal ese día. Andrés seguía hablando, pero yo apenas prestaba atención, centrada como estaba en mi susto por si la línea hubiera seguido abierta. Creo que hablaba de *hackers* y de que en su empresa habían visto una situación similar en un banco inglés, al que defendieron bien y para el que pudieron recuperar todo el dinero.

No quería saber más y me despedí como pude, entre otras cosas porque ya eran las cuatro y media de la tarde y tenía que salir pitando hacia el parque del Oeste.

—Llámame para lo que necesites —me dijo—. Siempre es un placer hablar contigo.

—Un abrazo —dije, algo seca, abrumadoramente preocupada.

Colgué el teléfono y me incliné hacia delante, tapándome la cara con las manos. Solo me quedaba saber si su renuncia a ser mi contacto oficial para el asunto de las licencias era verdad, pues eso me haría confiar más en él, sobre todo en caso de que hubiera escuchado mi contraseña. Me impacienté al pensar en la posibilidad de que ese fuera el caso. Había empezado a temblar y un sudor frío me empapó la frente y las manos. Marqué el número de Walter.

—Oye —dije sentada en el borde de la silla y dando golpecitos nerviosamente con el pie en el suelo.

—Enhorabuena, campeona —me felicitó en un tono sorprendentemente alegre.

—¿Qué pasa?

—Pues que los bonos ya han recuperado el valor y nos hemos forrado, presidenta.

A esas alturas, aquello ya me importaba poco. Solo tenía en la cabeza el temor de que si Andrés sabía mi clave y la usaba maliciosamente, los ataques podrían volver en cualquier momento.

—Me alegro, Walter, me alegro —dije sin pizca de entusiasmo—. Pero mira, te llamo porque tengo una pregunta personal, confidencial, como todo lo que tratamos. Yo no te hice preguntas sobre Caimán y espero que tú no me las hagas ahora.

—Entiendo —dijo serio—. ¿De qué se trata?

—Andrés del Soto, uno de tus consejeros.

—Sí, un gran hombre. Profesional como la copa de un pino.

—Le conozco desde la universidad.

—Lo sé, me lo dijo.

—Dice que renunció a ser vuestro contacto oficial conmigo en el tema de las licencias porque había años de amistad personal que no quería arriesgar. ¿Es cierto?

No tardó un segundo en contestar.

—Absolutamente.

Noté cómo se me relajaban los hombros, como si me hubieran quitado un gran peso de encima.

—¿Por qué lo preguntas?

—Hemos dicho que sin preguntas.

—Ok. Pero ¿hay algún problema con él?

—No, no, en absoluto, su comportamiento siempre es impecable.

—Es un gran tipo. Y tú una gran mujer —dijo.

Nos despedimos rápidamente. Me sentí más descansada hasta que se me ocurrió dudar de si lo que me había dicho

Walter era verdad o no. Y ¿si me había mentido? Y ¿si Andrés era un interesado, había oído la clave y estábamos a punto de recibir un ciberataque incluso mayor?

Me estaba volviendo loca. Intenté tranquilizarme y me preparé para salir al parque del Oeste, confiando en que la compañía de Manolo y el aire fresco me sentaran bien. Pero cuando me puse el abrigo noté que todavía me sudaban las manos. En todos los frentes —el de las elecciones, el de Gabi o el de que Andrés supiera mi clave— en todos, mi suerte estaba echada.

23

Aunque la temperatura era más bien templada, propia de un día otoñal, me puse el gorro más grueso que tenía, no tanto por el frío sino para camuflarme. Me até una bufanda fina al cuello que me tapaba casi hasta la nariz y me miré al espejo: nadie me reconocería con esa pinta.

Bajé despacio las escaleras del Ministerio —odiaba el ascensor antiguo que siempre tardaba una eternidad en bajar tan solo un piso— y saludé a mi guardaespaldas, un mozarrón del norte llamado Igor a quien al parecer siempre le tocaban los fines de semana. Le hice un ligero gesto con la mano y se puso en marcha enseguida. Los guardaespaldas son en el fondo buenos chicos y de fiar, pero yo nunca me cansaba de pedirles máxima discreción y que sobre todo no me clavaran la mirada cuando estaba en actos oficiales o en mi tiempo libre con Gabi o con amigos. Me molestaba sentirme observada, pero ellos alegaban que era su trabajo. El caso es que al final me acostumbré, como una se acostumbra siempre a todo. Igor se dirigió hacia el coche oficial, aparcado en el centro del atrio, pero yo señalé hacia la puerta principal. Llevaba todo el día y toda la noche anterior encerrada en el despacho, por no hablar de un mes agotador de campaña en el que apenas había salido de trenes, coches, autobuses y hoteles. Necesitaba aire fresco.

Caminé hasta Sol para subir por Preciados y así saborear el ambiente comercial de un sábado por la tarde. Sentí envidia de las parejas y familias que entraban tan tranquilas en El Corte Inglés, quizá para comprar una cafetera o un juego de cama. Mientras, yo deambulaba por allí sola y camuflada, seguramente en la víspera de una derrota descomunal. Por más reconfortante que sea el poder, no hay nada como la libertad.

No quise bajar por la ruidosa Gran Vía y escogí una ruta más discreta y mucho más bonita. Crucé la plaza de Santo Domingo hasta la calle de la Bola, y de allí pasé por detrás del Palacio Real para subir por Bailén, cruzar la plaza de España y adentrarme en el parque del Oeste. En veinticinco minutos me había plantado en la estatua de Concepción Arenal, donde Manolo, con su distintiva trenca azul y su boina negra de campesino francés, me esperaba sonriente y tranquilo, las manos en los bolsillos.

No dije nada, pero le sonreí con los labios y los ojos y me acerqué a darle un fuerte abrazo. Me estrechó contra sí un largo rato durante el que me sentí protegida y calmada; por fin un lugar donde estaba a salvo. De repente noté cómo se bajaban todas las barreras que había levantado a mi alrededor en las últimas horas. Sintiéndome mucho más ligera, aparté el cuerpo y le miré de arriba abajo. Aunque habíamos hablado la noche anterior, y solíamos llamarnos un par de veces al mes, hacía tiempo que no le veía en persona; quizá desde el verano.

—Qué buena pinta tienes —le dije.

Era la pura verdad. Sus ojos estaban alegres, vivos, apenas sin ojeras; la piel parecía bien cuidada y su línea, como de costumbre, atlética. Manolo era alto, fuerte, tenía buena percha. Le miré a sus ojos negros, inteligentes, que me observaban casi sin pestañear. En más de una ocasión, como aquella, había sentido que su mirada penetrante me hacía casi transparente, que con su intuición me estaba leyendo el pensamiento. Por suerte, hace mucho que me fío de él y he aprendido a no sentirme amenazada por esos ojos que a menudo ven más de lo que yo quisiera.

—¡Yo no sé qué pinta tienes pues apenas te veo! —exclamó alegre, mirando con gracia mi gorro y bufanda protectores—. Pero seguro que estás tan guapa como de costumbre.

Era un caballero.

Me cogió del brazo y empezamos a andar hacia el templo de Debod, un lugar que nos encantaba a los dos por ser un mar de tranquilidad y reposo, con los cipreses altos y serenos en puro contraste con la ciudad al fondo, los edificios de la plaza de España dominando el cielo, todavía azul.

—En casi treinta y cinco horas serás presidenta —me dijo—. ¿Cómo te sientes?

Me reí. No sabía ni por dónde empezar, por lo que propuse sentarnos en un banco justo enfrente de los majestuosos arcos de piedra egipcios. Así lo hicimos, mirando a un lado y al otro para asegurarnos de que ni nos seguían ni había nadie que nos pudiera escuchar. Vi a Igor escondido detrás de una de las grandes piedras egipcias; siempre elegía el mismo lugar. A veces hasta veía salir humo por detrás de los pedruscos cuando, aburrido de tanto esperar, se encendía un cigarrillo.

—¿Qué quieres que te diga, Manolo? —pregunté después de un largo suspiro—. No te puedes ni imaginar lo que ha pasado hoy.

Le expliqué cuanto había ocurrido con Estrella y mis conversaciones con GR, Walter, Gabi y Andrés sin omitir detalle, y que él escuchó con suma paciencia. Cuando acabé ya casi se había puesto el sol, aunque todavía había luz, además de la iluminación de las preciosas farolas del parque. Entre Manolo y el guardaespaldas, no tenía ningún miedo a que oscureciera. De hecho, algunas noches había paseado sola por el lugar, sin seguridad. Me encantaban esas pequeñas aventuras.

Manolo permaneció unos minutos en silencio, supongo que absorbiendo tanto detalle, tantas cosas increíbles que habían sucedido desde que habláramos tan solo la noche anterior. Mientras, yo tenía la mirada perdida en ese templo misterioso y escuchaba el revolotear de los pajarillos.

Por fin se giró y me miró fijamente.

—Primero —dijo con convencimiento—, deja el tema de los bonos y los *hackers* en manos de los servicios secretos y céntrate en defender nuestras cuentas. Tu responsabilidad es la economía y no la seguridad cibernética.

Se detuvo un momento para sacar un paquete de Marlboro de su chaqueta y me ofreció un pitillo, que acepté. Ya todo me daba un poco igual.

—Segundo —continuó—, vete esta noche mismo a Santiago y tráete a Gabi, aunque tengas que tirarle de la coleta o pagarle. Este país nunca entenderá que salgas al balcón a celebrar la victoria sin tu marido cuando todo el mundo sabe que estás casada. La presidencia hay que empezarla bien, con un toque humano. Si sales sola, te verán vulnerable; en este puto país somos así de machistas. No pienses si está bien o mal; por supuesto que está mal. Pero no pienses ni juzgues, porque entonces perderás. A partir de ahora, actuar es tan o casi más importante que pensar. Créeme. Este mundo, sobre todo el de la política, no está hecho para solteros, gays o mujeres. Una mujer acompañada de un hombre es otra cosa.

—Qué asco me da —dije, dándole una larga calada al pitillo.

Me sentía casi tan rebelde como en la universidad y me entraron unas ganas locas de sentarme en el suelo y escuchar a alguien tocando la guitarra, como Gabi hacía en nuestros años estudiantiles. Aquel recuerdo me llenó de tristeza y también me dejó sin palabras. Miré a Manolo con ojos de perro necesitado, invitándole a continuar.

—Tercero: olvídate de Walter; es un banquero y tiene su propia agenda, lo mismo que Andrés. —Hizo un breve silencio mientras yo apagaba el cigarrillo en el suelo. Me volví para mirarle fijamente—. Detecto un ligero tono de flirteo —continuó—. Y no me gusta nada; intuyo un peligro que hay que evitar. El amor, querida, sin ánimo de desalentarte, no es para los que ostentan el poder. —Abrí los ojos con sorpresa y me eché hacia atrás, como rechazando su afirmación. No entendía por qué debía ser así—. Créeme —continuó—. El poder es para personas que pueden pretender que todo funciona bien. Nadie se fiaría de un presidente o de un rey si supieran que es tan humano como todos, que mientras trabaja se le va el pensamiento hacia qué cenará por la noche o hacia alguien a quien desea. Tú y yo sabemos que eso es el día a día de un obrero y de un ministro, pero con la diferencia de que el obrero se puede permitir compartir sus problemas mientras que el ministro, y ya no digamos el presidente o el rey están más solos que la una. —Hizo una breve pausa y cruzó las piernas. Apoyó la espalda en el banco, también cruzando los brazos, como si él mismo rechazara cuanto decía. Tenía la mirada perdida en el vacío—. Y el amor, desgraciadamente, nos hace vulnerables, muy vulnerables, así que mejor olvidarse del tema —dijo con una certeza que casi me asustó. Nunca le había visto tan clínico, tan poco humano. Una vez más parecía estar leyéndome el pensamiento—. Pero no te preocupes, mujer —continuó girándose hacia mí y relajando los brazos—. Esto solo dura cuatro años; luego vas y te tiras a quien quieras todas las veces que quieras.

Nos reímos.

—Manolo, por Dios, ¡qué cosas dices!

—Soy perro viejo... Todos hacen lo mismo.

Pensé en los presidentes de la democracia y era cierto que la mayoría se habían divorciado después de la presidencia y llevaban un estilo de vida envidiable, viajando y dando conferencias por todo el mundo siempre bien acompañados. No me sorprendería ver pronto a GR en esa misma posición.

—Así que olvídate del tal Andrés, que me parece a mí muy interesado...

—Pidió no ser mi contacto oficial, recuerda —le corté.

—Sí, ya, ¿según quién? —respondió Manolo—. ¿Su jefe? Y ¿tú te lo crees?

No dije nada.

—A partir de mañana, querida, te va a hacer falta mucha mala leche —me señaló—, ya te puedes ir poniendo las pilas. Te lo digo porque te quiero.

—Y ¿si no creo en un estilo de liderazgo a base de mala leche? Y ¿si creo más en el consenso?

Me miró con una cierta duda en sus ojos.

—Consensúa con quienes puedas, pero a los otros, ¡garrotazo! —Manolo tenía la gran virtud de hacerme reír—.

Lo del amor, te lo digo de verdad —insistió—. Ya me costó a mí mi carrera...

—Es una verdadera lástima, Manolo. Habrías sido un gran presidente —dije—. No sé por qué no vas y le retuerces el cuello a ese energúmeno de Mauro Marcos.

Manolo suspiró.

—Porque ignorar es una pena mayor; duele más —sentenció, de nuevo clínico.

—Igual él ni se acuerda de ti y ahora está tan tranquilo, disfrutando de su posición.

—No lo creas.

—¿Cómo lo sabes?

—Porque a veces me llama, pero nunca le respondo.

Le miré con sorpresa.

—¿Qué crees que quiere?

—No lo sé; lo que sí sé es que no me interesa.

Alcé la cabeza y miré hacia el cielo, ahora ya oscuro. La luna, llena, blanca y reluciente había empezado su ascenso. Me ajusté la bufanda, ahora con un poco de frío.

—No sé si a mí me interesa aparcar mi vida y mis sentimientos a cambio de cuatro años en el poder —dije con la mirada clavada al suelo—. No puedo separar una cosa de la otra con tanta facilidad como propones. Soy una persona y creo en un liderazgo humano, en políticas humanas, y para ello necesito mis sentimientos. No sé si podría soportar cuatro años sin ser yo; cuatro años de tanto cinismo.

—Podrás.

—Igual podría, pero no sé si quiero —respondí, mirándole.

Pareció sorprendido.

—Pero ¿qué dices, mujer? ¿Después de todo lo que te ha costado llegar hasta aquí?

—Este mundo a veces me revuelve el estómago. Estoy casi deseando perder e irme un año a Londres a renovarme. Es que ya no puedo más.

Mis propias palabras me sorprendieron. Quizá era la llegada de la noche; el hecho de ver el final del día, o de un ciclo político y profesional, o de una relación de veinte años. O todo junto. De repente me entró mucho frío, me acurruqué en el banco, las manos en la cara, que medio escondí entre las piernas. Me entraron unas ganas enormes de llorar; no sabía si de soledad, agotamiento o miedo. Pero no me pude contener y, poco a poco empezaron a caerme las lágrimas.

Manolo me pasó una mano por la espalda, fuerte pero reconfortante. Poco a poco me fui sintiendo mejor. Cuando por fin me enderecé no me atrevía a mirar a mi amigo a la cara. Me avergonzaba de mi reacción.

—Menuda presidenta que se pone a llorar como una niña —balbuceé—. Voy a perder seguro. No me merezco ganar. ¡Fíjate cómo estoy!

—No seas tonta —me dijo dándome un fuerte abrazo—. Todos, absolutamente todos los presidentes piensan lo mismo la noche antes de unas elecciones. Todos están acojonados; la diferencia es que no lloran porque son hombres y les han enseñado a no hacerlo. Pero por dentro no te quepa la menor duda de que sí lo hacen.

—Pero son hombres y les resulta más fácil aparcar los sentimientos —dije.

—Sí, y tú tienes que aprender a hacerlo —me aconsejó, con cierta tristeza—. Si no, acabarás como yo, traicionada y desestabilizada por amor. Perdiendo una oportunidad única en la vida para demostrar al mundo lo que vales.

Le miré con sorpresa.

—¿Por eso querías ser presidente, para demostrar tu valía?

Desvió la mirada hacia la luna, preciosa, ahora más alta en el cielo.

—Supongo —dijo—. Alguien como yo, en esa época, tenía mucho que demostrar. Ante el mundo, ante mi familia.

—Pero si tú ya habías tenido éxito como ministro de Industria y te habías ido a Harvard con una beca, ¿qué más tenías que demostrar? Y ¿a quién?

—Siendo gay y de familia humilde, sin apenas contactos o apoyos, hay que demostrarlo todo, todos los días —dijo sin esconder su pesar—. Te juzgan por lo último que has hecho. A veces, de poco vale todo lo que hayas conseguido antes.

—No lo entiendo, Manolo. Para tu familia tú tienes que ser un héroe, ¿no? —pregunté. Recordaba que sus padres todavía vivían en un pueblo de la ribera navarra, un poco en medio de la nada.

—Te equivocas —dijo con la mirada perdida—. Para mis padres, y por ser gay, soy un caso perdido, un hijo de segunda clase; nada de lo que haga me dará el estatus de mi hermano casado y con una familia, que sigue viviendo en el pueblo. Nunca seré de los suyos. —Sentí mucha pena de Manolo; le cogí de la mano y se la apreté fuerte. Él me lo agradeció con la mirada—. No dejes que tu situación personal trastoque tu carrera política —reiteró—. No quiero que te pase lo que a mí. No quiero que lo pierdas todo.

Pensé en sus palabras, pero no acababa de estar de acuerdo.

—Yo no quiero el poder para demostrar nada a nadie —dije con toda la sinceridad del mundo—. Lo quiero para intentar solucionar grandes problemas; no para mí o mis circunstancias.

Manolo, escéptico, alzó una ceja.

—Supongo que es la diferencia entre hombres y mujeres —concedió.

—Yo también lo supongo.

Me entristeció pensar que ni siquiera los hombres buenos e inteligentes como Manolo vieran el poder como una oportunidad para mejorar un país. Si incluso Manolo tenía una agenda propia en cuanto al poder, ¿qué podía esperar de los demás?

—Bueno, debo irme, querido —dije después de unos segundos en Babia—. Todavía tengo mucho por resolver.

—Te acompaño.

Caminamos hacia la plaza de España en silencio hasta que paré un taxi para volver al despacho. Antes de entrar, Manolo se volvió y me clavó la mirada.

—Querida —me dijo—, hazlo por ti o por Gabi, por Andrés, por la gente, hazlo por quien te dé la gana, pero prométeme una cosa.

—Dime.

—Que no te rendirás, que traerás a Gabi y que mañana saldrás a ese balcón victoriosa llena de confianza y que serás la mejor presidenta de gobierno que ha tenido nunca este país.

Me reí, pero como no me dejaba ir, asiéndome fuerte por los hombros, no me quedó más remedio que acceder.

—Prometido —dije.

Asintió con la cabeza y me acompañó con la mirada hasta que me subí en el taxi. Igor entró discretamente por el otro lado y el coche arrancó. Hasta que le perdí de vista no dejé de mirar a Manolo a los ojos, llenos de esperanza y cariño. Era la misma mirada que había visto en miles de votantes y sentí que no les podía defraudar. Volví al despacho con una energía renovada, más realista y consciente de las flaquezas de este mundo.

Ese soplo de vigor apenas me duró, ya que nada más llegar al despacho y encender el Bloomberg me llevé una sorpresa monumental. Lo único que parecía haber resuelto ese día se me había vuelto a poner en contra: los bonos volvían a bajar. No entendía nada. No se habían hundido del todo, pero estaban un veinte por ciento por debajo del precio del jueves. Nada comparable a la debacle del viernes por la noche, pero sí una caída muy considerable. ¿Qué demonios estaba pasando?

Llamé a Walter, quien enseguida atendió el teléfono. Todavía no se había enterado de los últimos movimientos pero se alertó, porque la caída, claro, le perjudicaba. Quedamos en que volvería a poner a los banqueros en acción y que de saber algo nos mantendríamos informados el uno al otro.

Antes de llamar a Martin llamé a Santiago para comunicarle los últimos movimientos del mercado. Aquello, empecé a entender, no era una cosa de inversores, sino algo mucho más esotérico. Santiago me dijo que habían hablado con Estrella, que habían entrado en mi sistema y que, efectivamente, el correo a Gilliot había salido de mi cuenta. Eso confirmaba que el asunto había sido cosa de *hackers*. Estaban siguiendo algunas pistas y habían empezado a trabajar con la Interpol y con los servicios informáticos de la Reserva Federal de Estados Unidos para analizar cuanto ocurrió con la cotización de nuestra deuda en Nueva York el viernes por la noche. Le pedí que por favor me mantuviese informada.

Me senté en la silla danesa y puse la televisión y la radio a la vez; hacía tiempo que había aprendido a escuchar varias sintonías al mismo tiempo. Me alivió ver que todavía no se había percatado nadie de la última caída de los bonos, pero sentí un agujero intenso en el estómago y un temblor general por todo el cuerpo. Aquello me podía costar las elecciones.

Me entró hambre y, aunque tenía asuntos mucho más importantes en los que pensar, me dije que lo último que podía hacer era desfallecer, así que llamé a seguridad e informé de que Wuri necesitaba una pizza.

Seguí sentada unos diez minutos intentando ordenar lo que era imposible de ordenar, hasta que Igor llamó a la puerta, pizza en mano. En cuanto se fue, devoré la pizza napolitana sin apenas darme cuenta.

Eran casi las siete de la tarde y no sabía qué hacer conmigo misma. No quería irme a una casa vacía, que además me recordaría a Gabi y a la chica de la limpieza disfrutando en mi ausencia de un piso que había pagado yo sola. No quería volverme a meter en esa cama, que seguro habrían compartido. Tampoco quería ir a ninguna otra parte. Ni a casa de mi madre, con quien no hablaba desde el inicio de la campaña, ni a la de Manolo, ni a la de nadie. Quería estar sola y además, me dije, un capitán no debe abandonar el barco. Fui al baño a ponerme cómoda, de nuevo con los pantalones de chándal y la sudadera, dispuesta a quedarme en el despacho una noche más pegada al teléfono y al Bloomberg. Lo único que me consolaba es que aquello acabaría pronto.

Cogí una manta y me acurruqué en el sofá frente a la tele, para ver las noticias. Los medios seguían sin informar de la nueva caída de los bonos. Aquello me tranquilizó, aunque solo de momento, porque intuía que la noche de nuevo se presentaba movida.

Sin muchas más opciones, cogí las memorias de Victoria Kent, todavía medio abiertas sobre la mesita del café.

Mientras hojeaba aquellas páginas que desprendían un cálido olor a libro antiguo, pensé que era mejor apagar la tele, que no hacía más que repetir las mismas noticias, y poner música de Pau Casals, que tanto me gustaba. De hecho, el violonchelista catalán fue buen amigo de Victoria Kent y suscriptor de *Ibérica* durante casi dos décadas.

Mientras escuchaba el fabuloso *Cant dels Ocells* y acariciaba el lomo del libro, pensaba en lo cerca que me sentía en ese momento de la Kent, pues muchos pasajes de aquellas memorias me remitían a experiencias propias. Por un lado, me hacía gracia, pero también me llenaba de pena. Después de cien años, una guerra civil, dos guerras mundiales, la declaración de los derechos de la mujer y de tantos otros derechos civiles, resultaba que las cosas seguían prácticamente igual.

Encontré un pasaje sobre cómo los hombres buscan siempre su propio beneficio que me llamó la atención. Se trataba de una descripción que la Kent hizo de Unamuno a su amigo el escritor Ramón J. Sender: «Yo lo traté bastante con ocasión de las elecciones primarias de la República; hicimos discursos juntos por toda la provincia de Salamanca, a mí me presentaron también por allí y por Madrid, pero trabajé mucho más en Salamanca por ir con él. En mis charlas no hacía sino hablar de él, de lo que significaba para los españoles tenerle en las Cortes».

Mientras Unamuno iba autopublicitándose, la Kent se pasaba día y noche intentando hacer enmiendas a la Constitución, luchando por la igualdad entre el hombre y la mujer en el matrimonio, o proponiendo una ley que obligara a los padres a alimentar, asistir, educar e instruir a sus hijos. También dio a los hijos nacidos fuera del matrimonio los mismos derechos que a los considerados legítimos, e impulsó una enmienda a la Constitución estableciendo la igualdad de remuneración laboral entre hombre y mujer. Mientras, Unamuno se dedicaba a hablar de sí mismo.

Como yo, la Kent también se aburría muchas veces en el Parlamento y opinaba que uno de los peores defectos de nuestro sistema eran los larguísimos y frecuentes debates políticos. La malagueña pensaba que sus señorías deberían hablar más de los problemas vitales de los españoles que perderse en conflictos dialécticos estériles, algo que yo también había mencionado en varios consejos de ministros, pero sin que se me hiciera caso. Para resolver problemas es preciso recopilar y procesar información, además de pensar, proponer y decidir soluciones. Y ya no digamos llevarlas a cabo. Para muchos, entonces y ahora, eso supone demasiado trabajo, sobre todo comparado al simple acto de llegar al Parlamento y ponerse a opinar. Eso no precisa ninguna preparación y, mucho menos, capacidad ejecutiva.

Seguí hojeando el libro y me detuve de nuevo en una página sobre propuestas para reformar la vida parlamentaria: La Kent había pedido que las dietas que se daba a los diputados estuvieran sujetas a su asistencia a los plenos. Casi solté una carcajada, pues todavía hoy tenemos a docenas de diputados que cobran por no estar.

Me imaginé a la pobre Victoria por pueblos y ciudades defendiendo la jornada de ocho horas y el ocio como un derecho humano mientras el resto de diputados se sentaban tranquilamente en el Congreso, cerca de sus casas, opinando como mucho. Y luego, ya como directora general de prisiones, se pasó fines de semana visitando cárceles, mientras seguramente sus compañeros de gobierno descansaban junto a sus familias.

Igual que yo, la Kent se tomaba su trabajo muy a pecho: lloraba cuando veía cárceles sin agua corriente, estrechaba manos, se metía en la piel de aquellos de los que era responsable, como siempre he intentado hacer yo. Había un pasaje en el libro que todavía me pone la piel de gallina. Las memorias decían que conocemos la historia gracias a Lorca, que conoció a Victoria Kent en el círculo de la Residencia de Estudiantes. El propio Lorca le contó lo siguiente al periodista de la época Carlos Morla Lynch, quien escribió:

> Nos cuenta Federico que hace días se presentaron a ella —Victoria Kent— dos huerfanitos cuya madre acababa de morir. Venían a pedirle «algo», pero de antemano sabían que no sería posible acceder a ello [...] no obstante habían venido [...] Tenían un hermano en la cárcel, detenido por haber tomado parte en un delito, casi sin saber lo que hacía. Lo que venían a implorar era que le permitieran ir a la casa, solo un momentito, para darle un beso a la madre muerta. Al recibir la triste nueva, él había jurado que, si le otorgaban permiso, regresaría inmediatamente a la penitenciaria.
>
> La pretensión era contraria a los reglamentos. Pero Victoria Kent, mujer al fin, con lágrimas en los ojos, se dirigió al ministro, al director de la cárcel, a todo funcionario susceptible de ayudarle a realizar su propósito. Ella ofrecía, como garantía, su propia libertad y estaba dispuesta a asumir el compromiso bajo el honor de su firma: «cumpliría la sentencia por el muchacho si no volvía».
>
> Al fin se presentó en la portada de la prisión con la autorización concedida. Y el joven recluso pudo besar a su madre muerta.
>
> Una hora después, el muchacho se presentaba en la puerta de la cárcel, no sin haber pasado antes por la casa de Victoria Kent con un pobre ramito de flores que a ella le debe de haber parecido más esplendoroso que un cesto lleno de orquídeas.

La Kent organizó escuelas en las cárceles, además de funciones teatrales o partidos de fútbol. Instaló bibliotecas y hasta gimnasios. Releí unas palabras suyas que todavía hoy me sirven de inspiración y que aquella noche me ayudaron a seguir mi proyecto con la cabeza alta:

> El nuevo director (del penal de Santoña, Santander), hombre competente y recto, no quiso hacerse cargo de la penitenciaria si antes yo en persona no visitaba el penal. Los reclusos, según sus noticias, estaban armados. Aquella misma noche tomé el tren para Santander. A la mañana siguiente, llegábamos al penal. Sin detenerme a visitar ninguna dependencia, di orden de formar en el patio donde se pasaba lista. El personal de prisiones a mi espalda. Sobre una plataforma dirigí la palabra a los reclusos: «El gobierno quiere reformar vuestras vidas y ayudaros a que seáis un día hombres útiles. Tengo noticias de que poseéis armas; ninguna labor es posible en este penal si vosotros no ayudáis a ella y como va contra las medidas más elementales de disciplina el hecho de que los reclusos posean armas, yo necesito que aquí mismo, en aquel rincón, sean depositadas todas las armas de que dispongáis, y en cinco minutos». Dos segundos, tres segundos... No sé. El más apuesto sacó de su cintura un cuchillo y lo lanzó, sin moverse, al sitio que yo había indicado, a ese gesto siguió una lluvia de armas blancas dirigidas con ademán certero al mismo sitio.
>
> Les agradecí la ayuda que empezaban a prestar a mis deseos de mejorar las condiciones de vida del penal. Corrían las lágrimas por aquellos rostros endurecidos y la honda emoción de esos seres llegaba a mí; quizá a ellos llegaba también la mía.
>
> A partir de aquel momento, la nueva etapa de vida en el penal se inició con la mejor voluntad de todos. Tres días duró mi estancia allí; ellos quedaron grabados para siempre en mi espíritu.

Ni que decir tiene que la Kent cumplió todas sus promesas de mejora del penal. Pero como era de esperar, esa labor infatigable y ejecución implacable no bastaron ni para promocionarla ni para que conservara su puesto. El resto del gobierno se sentía incómodo con su actividad —seguramente ponía en evidencia la apatía e ineficacia de los demás— y se opuso a una de sus reformas más revolucionarias: que los presos con mejor comportamiento suplieran en tareas de menor responsabilidad a los funcionarios. El ministro Albornoz, jefe de la Kent, también se opuso. Ella le respondió: «Mire, no tengo ningún interés en sentarme en la mesa de la Dirección de Prisiones. O puedo llevar a cabo mi labor, o me voy».

Como la señora que era, se fue sin perder la dignidad. Dijo: «Medito acerca de mi gestión y nada tengo que rectificar». Pero por supuesto tuvo que soportar comentarios como los del propio Azaña, quien la acusó de no haber tenido «dotes de mando».

En el exilio, y a pesar de no poder ejercer la abogacía, la Kent continuó luchando con tesón contra fusilamientos, persecuciones de intelectuales y opresiones a estudiantes y trabajadores en todo el mundo. Así se ganó el apoyo de algunas de las grandes figuras del momento, desde Eleanor Roosevelt hasta los escritores Albert Camus o John Steinbeck.

La malagueña luchó sin desfallecer durante toda su vida por la restitución de la democracia en España y por mejorar las condiciones de la población reclusa. Me llamó la atención este telegrama que, en 1978, envió al entonces presidente Adolfo Suárez a través de una carta en *El País*:

> Con esta fecha envío el siguiente telegrama al Presidente del Consejo de Ministros en Madrid:

Con la autoridad que me presta mi experiencia me permito decirle:

El mundo de las prisiones es el termómetro que marca el estado social de un país.

Si no se toman drásticas medidas para el saneamiento del personal de prisiones, la ley de la selva continuará imperando en los establecimientos penitenciarios españoles.

Atentamente,

Victoria Kent
820 Fifth Avenue
New York, New York

Ese espíritu de lucha, esa claridad de pensamiento y esa lealtad a unas ideas a pesar de unas circunstancias mucho más adversas que las mías me animaron a mantener la calma y a continuar con diligencia y dignidad esa noche preelectoral. Si ella no desfalleció, yo tampoco iba a hacerlo.

Me levanté del sofá y me dirigí al mueble-bar para servirme un doble whisky, como se bebía la Kent todas las noches antes de ir a dormir. Había leído en alguna parte que, a pesar de su refinamiento, «bebía como un marinero».

Me impregné de su espíritu y de su fuerza para no amilanarme ante las dificultades y el whisky, para qué engañarnos, también me dio una vitalidad, una decisión y un arrojo que no habría esperado tener después de un día como aquel. Me dije que iba a necesitar todo aquel coraje, porque seguramente estaba a punto de perder unas elecciones, ya había perdido un marido, y nadie iba a darme un puesto en ningún consejo de administración o universidad. Como la Kent, no me había preparado para después de la caída durante mis años en el poder.

Di otro sorbo de whisky, de pie, apoyada y bien erguida delante del mueble-bar y pensé que tal vez había una posibilidad, que no probabilidad, de ganar las elecciones al día siguiente. ¿Por qué no? Nunca había que perder la esperanza.

Volví al sofá, me acabé el whisky y cerré el libro de la Kent, no sin antes releer una frase de Madariaga que había anotado en la última página del libro. El profesor, aunque muy práctico a la hora de procurarse un buen exilio, estaba en plena sintonía con la Kent, con quien mantuvo una larga y fructífera amistad. Madariaga había dicho: «Solo quiero poner sentido común a la política. Pero la política nunca ha funcionado por sentido común. Nunca desde hace cuatro siglos, pero no importa, yo no dejo de intentarlo».

Me propuse no dejar nunca de seguir ese ejemplo.

24

La paz y el suave violonchelo de Pau Casals duraron más bien poco, hasta que, solo unos minutos más tarde, recibí un texto de Andrés:

Necesito verte ahora.

No sabía si estaba borracho en un bar, si le había metido en un lío después de preguntarle a Walter por su papel en el tema de las licencias o si realmente tenía ganas de verme, lo que me sorprendía porque se podría imaginar que el día antes de unas elecciones generales yo no iría sobrada de tiempo. Además, hacía tan solo unas cuatro o cinco horas que habíamos hablado por teléfono.

¿Qué pasa?, respondí.

No puedo x txt. Créeme.

Apreté los labios y entrecerré los ojos. No me imaginaba qué se podía traer entre manos aparte de algo relacionado con las licencias. Era lo único que podía explicar tanta prisa por verme justo antes de las elecciones. Me levanté del sofá para mirar el Bloomberg, no fuera que hubiera pasado algo con los bonos. Estos seguían cayendo, pero poco a poco, no de manera estrepitosa. Que yo supiera, la única relación de Andrés con el mundo financiero se limitaba a los sistemas informáticos.

Acababan de dar las ocho y tampoco tenía tantas cosas que hacer, más que estar pendiente de los bonos, de las investigaciones de los servicios de inteligencia y, sobre todo, de no meter la pata, de no hacer nada que me pudiera quitar más votos (en ese sentido ya había hecho suficiente).

Ok. Dónde y cuándo, respondí.

Su respuesta tardó menos de cinco segundos en llegar:

Lucy Bombón, 20 min.

Allí estaré, contesté.

En un santiamén me quité el chándal y me puse unos vaqueros que también guardaba en el armario (gracias a Estrella), aunque no los había estrenado. Ella misma me los había comprado y por suerte no me quedaban del todo mal. Me puse una camiseta blanca mona y la americana del traje que había llevado todo el día; buscaba un aspecto desenfadado y cómodo pero con un toque de elegancia. Me calcé las botas de tacón, me maquillé poco y rápido y me solté el pelo, observando que el color negro había resistido bien la campaña y que el número (reducido) de canas apenas había aumentado desde mi última visita a la peluquería. Gorro y bufanda en mano, salí del despacho con una energía inusual, bajando las escaleras de mármol del Ministerio casi corriendo. El ruido de los tacones alertó a Igor, que ya estaba en pie cuando llegué al patio central.

—Al Lucy Bombón, por favor —le dije, observando su cara de sorpresa.

Conocía bien el lugar ya que allí había asistido a algunos actos, la mayoría con industriales o financieros. Era un local original, propiedad de unos emprendedores de Barcelona que habían mezclado tapas y cavas, dándoles nombres divertidos a múltiples combinaciones. A mí me gustaba especialmente compartir un «Messi», su plato estrella, con algún amigo. Cinco cavas y cinco tapas, servidas de menos a más picantes, lo convertían en un menú «de diez».

Pero no estaba yo en ese momento para fiestas. En el coche me sentí extraña porque tan solo horas antes de jugarme unas elecciones parecía que me iba a una cita romántica. Pero me dije que ya tenía poco que perder y que, de hecho, no era mala idea tomar una copa con un amigo para calmar los nervios, y sobre todo en ausencia del gilipollas de mi marido.

Entré por la puerta principal, todavía con el gorro bien calado para que nadie me reconociera, y un camarero enseguida se me acercó para conducirme a un rincón muy discreto, detrás de una especie de biombo, donde Andrés me esperaba con un Gramona Imperial sobre la mesa. Se levantó para saludarme.

Me sorprendió su aspecto algo desaliñado, sobre todo en contraste con su imagen usual, siempre tan pulcra. Llevaba unos vaqueros de diseño, unos zapatos más bien gastados y una sudadera azul marino que no le quedaba nada mal, a juego con sus ojos azules. Parecía que no se había afeitado y llevaba el pelo rubio algo despeinado. Le miré a él y luego a la botella de cava que descansaba en una cubitera con hielo.

—¿Cómo sabes que me gusta el cava y en particular el Gramona?

—Ahora te cuento… —dijo asiéndome del brazo mientras me sentaba. Él se sentó al otro lado de la ele que dibujaba el sofá, una distribución que siempre me ha gustado más que frente a frente.

Le miré con interés. Tenía el rostro serio y grave, que desentonaba con su aspecto informal y aún más con la desenvoltura con la que abrió la botella de cava para servirnos una copa a los dos. Brindamos en silencio, mirándonos a los ojos. Yo estaba expectante, ya que su cara irradiaba una ligera exaltación, aunque tampoco tenía aspecto de estar allí para ligar. Me puse en guardia.

—Tú dirás —le dije, quitándome el gorro y cruzando las piernas, las manos apoyadas en las rodillas.

—Sí, sí tengo cosas que comentarte —dijo acercándose hacia mí, apoyando los codos en las rodillas, mirándome fijamente.

Asentí con la cabeza, animándole a empezar.

—Isabel... —empezó un tanto dubitativo—, espero que no te enfades... —Se me dispararon todas las alarmas. Levanté las cejas y él continuó—... Pero esta tarde, mientras hablábamos por teléfono creo que intentaste silenciar mi línea mientras hablabas con los servicios de inteligencia.

—Cierto —dije por supuesto leyendo lo que venía a continuación.

—Siento decirte que quedó abierta y lo oí todo.

Tragué saliva.

—Espero que no hayas utilizado esa información —dije, sabiendo que aquello era prácticamente imposible.

Apretó los labios antes de responder.

—Sí la he usado, sí —dijo mirándome con cara de culpabilidad. Al cabo de unos segundos cambió de expresión, recobrando su rostro serio, y ahora parecía también cansado—. El tema de los bonos y lo que me contaste del correo falso enviado desde tu cuenta me preocupaba mucho —dijo—. Nosotros vemos este tipo de fraude casi a diario, en todo el mundo, y pensé que podía ayudarte. Recordé la clave —dijo, con una leve sonrisa pues era realmente cursi (10JoMalone, mi perfume)— y me metí en casa a investigar. He encontrado cosas muy interesantes.

Me incliné hacia delante con los ojos muy abiertos.

—¿Qué has encontrado?

—Existe un rastro de *hackers* que va desde tu ordenador hasta Rusia.

—¡¿Rusia?! —exclamé.

Aquello sí que era impensable; yo no había tenido ningún contacto con Rusia desde hacía meses.

—No te sorprendas —dijo—. Buena parte del fraude informático se realiza desde Rusia; te imaginarás que los controles y la seguridad allí son más bien bajos. —Asentí con la cabeza—. La cadena enlaza varios lugares —continuó—. Empieza en tu ordenador y de allí va a un servidor en Móstoles para después conectar con otro servidor en Polonia y finalmente acabar en uno cerca de Moscú que se llama «Wuri».

Me quedé petrificada. Al cabo de unos segundos dejé el cava sobre la mesa con manos visiblemente temblorosas. Andrés las miró con atención, y luego a mí.

—¿Conoces a alguien o algo con ese nombre? —me preguntó más serio de lo que nunca le había visto—. En estos momentos cualquier pista puede ser crucial. Yo he rebuscado mucho, pero solo he encontrado un pequeño pueblo en Etiopía con ese nombre.

No podía hablar; era como si se me hubiera cortado la respiración. Sentí un ligero mareo y miré a mi alrededor, supongo que con los ojos en blanco. Los cerré y lo único que recuerdo son las manos de Andrés sobre las mías, repitiendo mi nombre.

—Isabel, Isabel, ¿estás bien? —creo que decía. Solo sé que no pude hablar durante unos minutos, en los que Andrés me intentó dar agua y me acarició la espalda de un modo reconfortante. Sentí su mano en la frente, luego en las mejillas, en el cuello, supongo que me tomaría el pulso. No intenté apartarle, es más, ese gesto y su tacto gentil y cálido me dieron una sensación de seguridad que en ese momento necesitaba más que nunca. Por fin le cogí de la mano y se la apreté con fuerza—. ¿Estás bien? —repetía una y otra vez—. ¿Necesitas algo? Habla, Isabel, por favor…

Abrí los ojos y le miré. El corazón me latía muy, muy despacio. Tragué saliva varias veces.

—Wuri es Gabi, Andrés —dije con un hilo de voz, pero que él escuchó bien porque también se puso pálido de repente.

Me llevé una mano a la boca, como si quisiera tapármela después de haber dicho una monstruosidad, como de hecho había ocurrido. Solo que el monstruo no era yo, sino mi marido.

—¿No puede ser una coincidencia? —preguntó Andrés cogiéndome de nuevo las manos, protegiéndolas con las suyas.

—No —dije tajante, la mirada perdida en el vacío—. Es imposible. *Wuri* era nuestro gato en Londres; nos lo regaló una amiga etíope —de ahí el nombre— que se volvió a su país. En su lengua significa «cachorro».

Andrés tenía cara de terror, supongo que igual que la mía.

—Gabi, ¿es informático, no? —preguntó. Asentí con la cabeza—. Joder… —dijo, sentándose ahora junto a mí y dándome un fortísimo abrazo, que yo agradecí.

Tenía mucho frío y el torso fuerte y cálido de Andrés me hizo sentir protegida, quizá en el momento en que más lo he necesitado en toda mi vida.

Se me humedecieron los ojos y no pude evitar las lágrimas, que escondí en el hombro de Andrés. Este esperó paciente y en completo silencio a que me desahogara. Pasamos unos minutos abrazados, durante los cuales él me acariciaba el pelo despacio y con suavidad, con mucho cariño. No dijo nada y se lo agradecí. No había palabras para una situación como aquella.

Por fin reaccioné y poco a poco me enderecé, secándome las lágrimas con las manos.

—Si es Gabi —dije—, ¿por qué querrá hundir los bonos españoles? Me resulta incomprensible.

Andrés miró al vacío unos segundos, pero no tardó en contestar.

—Puede haber ganado mucho dinero apostando a que la deuda iba a caer.

—Y ¿no podría haber elegido otra cosa para apostar en lugar de nuestra deuda, que afecta a millones de españoles y que encima me puede costar las elecciones?

—Igual no soporta estar a la sombra de una mujer poderosa como tú —Andrés respondió, serio—. No quiero entrometerme —dijo—, pero ¿tenéis o teníais una buena relación?

Negué con la cabeza y agradecí que Andrés no hiciera más preguntas. No era el momento de entrar en detalles. Pensar en Gabi hundiendo el trabajo al que yo me dedicaba en vida y alma era sencillamente abrumador.

De nuevo se me humedecieron los ojos, aunque esta vez de rabia. Apreté los puños con fuerza. El muy desalmado. Pero qué hijo de puta.

—¿Tenía él tu clave? —preguntó Andrés, de nuevo cogiéndome de la mano y adoptando un tono sumamente gentil.

—No, claro que no —respondí rápida, seca.

—Pero tendría acceso al número de teléfono de Estrella, ¿no?

Reflexioné.

—Sí, eso, sí. En casa tengo una lista para emergencias con los teléfonos directos y móviles de todos los ministros, sus asistentes y responsables de prensa —dije. Me detuve unos segundos para intentar reconstruir la situación—. Supongo que de allí cogería el número de Estrella para llamarla dos veces esta semana intentando que le diera su clave; y ante sus negativas montó la historia del premio.

—Una vez con la clave de Estrella, habrá entrado en tu sistema pues seguro que Estrella envía correos de tu parte, desde tu dirección, ¿no? —preguntó Andrés.

De nuevo asentí.

Tenía el ceño fruncido, todavía había muchas cosas que se me escapaban.

—Pero ¿lo de los bonos? No lo entiendo. No puede entrar en mi sistema y ponerse a vender deuda, ¿no? Yo ni compro ni vendo nada.

—No; para comprar y vender es cierto que no necesita tu clave —dijo—. Pero sí la necesita para acceder al sistema y enviar correos de tu parte. Lo de los bonos es más complicado, pero se puede hacer, aunque desde un lugar poco regulado, como Rusia.

Negué con la cabeza y fruncí el ceño. No me podía imaginar a Gabi arruinando a miles de españoles que, por culpa de sus juegos cibernéticos, tendrían que pagar tipos de interés mucho más altos. Miles de personas tendrían que mudarse a casas más pequeñas o lejanas porque no podrían absorber una subida de sus hipotecas.

—Pero ¿cómo? ¿Cómo puede una persona sola realizar algo tan brutal como esto? —pregunté desorientada. Tenía el cerebro estrujado, el corazón me latía con fuerza, se me aceleraba el pulso.

Andrés, todavía a mi lado, me abrazó de nuevo.

—Tranquila —dijo—, paso a paso. Primero hay que llamar a los servicios secretos y darles esta pista. Si quieres, yo puedo hablar con ellos. Luego te explicaré más detalles, si quieres, pero el tiempo es oro y hay que intentar detener esta locura.

Asentí, cogiendo el móvil de mi bolso. Miré a Andrés fijamente. Por un momento se me cruzó por la cabeza la idea de que todo aquello fuera una mentira.

—No me estarás engañando, ¿verdad? —dije con desesperación.

Se le hundieron los hombros y abrió mucho los ojos; se le transformó la cara. Me soltó la mano. Miró al suelo. Luego levantó la cabeza.

—Dile al de los servicios secretos que si la pista no es cierta, por favor, hagan público el error del presidente de Soft Ibérica, algo que sin duda le costaría el cargo y seguramente el resto de su carrera profesional porque habría perdido toda su credibilidad —respondió con una mirada dura y fija en mis ojos.

—De acuerdo —dije con cierto alivio.

La confirmación por parte de Walter de que Andrés se había retirado del proyecto de las licencias me daba confianza, aunque, por supuesto, no absoluta. ¿Cómo me podía fiar de nadie si hasta mi propio marido me estaba intentando hundir no solo a mí sino también al país entero?

No daba crédito a aquel acto de traición descomunal. Estaba totalmente perdida, pero aquello había que resolverlo. Miré a mi alrededor para asegurarme de que no había nadie y Andrés, que entendió el gesto, se levantó para recorrer las inmediaciones de nuestro pequeño reservado. Al volver alzó el pulgar y yo marqué el número de Santiago. Andrés se sentó de nuevo a mi lado, cogiéndome la otra mano. Nos miramos con la confianza que da el conocerse desde hace más de veinte años.

Santiago se puso enseguida al teléfono y le expliqué la situación tan bien como pude. Me pidió hablar con Andrés, de quien afortunadamente había escuchado excelentes referencias. Los dos hablaron casi media hora de servidores, claves, PINs, algoritmos, conexiones, *shorts,* combinaciones binarias y otros términos que para mí significaban más bien poco. Yo miraba a Andrés con atención, aunque durante esa media hora él apenas me prestó atención, concentrado como estaba en la llamada. Esa pasión por la informática me recordó a Gabi, quien de estudiante llevaba sudaderas como la de Andrés, la misma barba de dos días, los ojos pegados a una pantalla en una casa llena de cables.

Recordé entonces que Gabi se había pasado la mayor parte de las noches de los últimos meses encerrado en el pequeño estudio que tenía en casa, yo tenía otro, enganchado a las casi diez pantallas que había instalado. Él me decía que estaba construyendo programas para clientes y yo le preguntaba si eso no era ya a lo que dedicaba todo el día. Él respondía que por la mañana se centraba en el aspecto más comercial de su negocio, y dejaba la tarde y la noche para el trabajo en sí, que era la parte que más le gustaba.

Ahora entendía a qué dedicaba esas largas horas y por qué nunca venía a la cama conmigo. La mayoría de noches no se acostaba hasta las dos o las tres de la mañana.

Negaba con la cabeza una y otra vez porque aquello resultaba insoportable. Me rellené la copa de cava y me dispuse a dar el primer trago cuando Andrés, acabando su conversación, me la quitó y la puso sobre la mesa. Me hizo un gesto como pidiendo tranquilidad. Yo la volví a coger y me la bebí entera casi de un trago. Era la ministra de Economía y quizá la futura presidenta: si me daba la gana beber cava, lo hacía.

Pensé en llamar a Gabi y dejarle un mensaje venenoso, pero me dije que en esas circunstancias la prudencia era seguramente la mejor opción. Esperé a que Andrés acabara de hablar con Santiago.

Por fin colgó.

—Ya veo que te gusta el Gramona —me dijo con una sonrisa, supongo que para rebajar la tensión. Lo consiguió.

—Es una gran coincidencia —contesté—. De verdad es mi cava favorito.

Andrés me miró con cara de pícaro.

—No es ninguna coincidencia —dijo, guiñándome el ojo.

Se me abrieron los ojos como platos. ¡No!

—¡Has visto mis pedidos de Gramona al entrar en mi cuenta! —exclamé echándome hacia atrás.

Con una sonrisa y una mirada de superioridad, apuntó:

—Si quieres, te busco unos pantalones de pana negra de la talla cuarenta en El Corte Inglés…

Me llevé las manos a la cabeza.

—¡Mi talla! ¡Sabes mi talla! —casi grité, pegándole un ligero puñetazo en el brazo. Efectivamente, la semana anterior le había pedido a Estrella que me comprara unos pantalones exactamente como él había descrito.

Me reí, por no llorar, aunque esos dos o tres segundos me relajaron un poco. Enseguida me recompuse. Había mucho por hacer.

—¿Cómo habéis quedado? —pregunté.

Él se puso serio de nuevo.

—Seguirán la cadena y nos mantendrán informados —dijo—. Me ha pedido que no me separe de ti, que es mejor que estés acompañada en todo momento.

Levanté una ceja con incredulidad, por si aquello le hubiera despertado alguna esperanza de que pasaríamos la noche juntos. Pero le vi fruncir el ceño; parecía tener la mente muy lejos.

—Isabel —dijo con la vista clavada en el suelo—, tienes que hacer memoria y decirme si has visto algo sospechoso en Gabi o en vuestras cuentas en los últimos meses; o si ha comprado algún activo financiero recientemente. —Intenté recordar, me estrujé el cerebro, pero no sabía más que las largas horas que pasaba en su cuartucho repleto de pantallas—. ¿Nada extraño en las cuentas? —insistió.

—Nada anormal en la cuenta conjunta, aunque tampoco es muy activa porque apenas tenemos, o teníamos, vida común —respondí—. También tenemos cuentas separadas.

—Las están investigando —dijo Andrés.

Cada vez tenía el corazón más encogido. Mi marido, investigado, metido en un fraude descomunal.

—Lo que todavía no entiendo —ahora insistí yo— es cómo ha podido meterse en los bonos. Cómo puede desde Rusia hacer que el precio se desplome de esa manera.

Andrés se reclinó en el sofá y dio un sorbito al cava.

—No es tan difícil —dijo—. No hay más que entrar en la cuenta de un bróker de Wall Street y, al haber tantos, eso es más o menos fácil. El truco que hizo con Estrella lo pudo usar también con alguna secretaria de un banco en Nueva York. Y una vez dentro, uno simplemente puede cambiar los números. Si el banco X había vendido diez bonos españoles, él podía haber puesto diez millones, causándole, por supuesto, grandes pérdidas al banco.

—Con semejante caída habrá muchos que se habrán arruinado —dije.

—Lo más probable es que haya interceptado más de una cuenta para que el fraude sea menos evidente y también para que sea más difícil de seguir. Atar todos los cabos nos va a llevar tiempo. Son operaciones complejas y no se pueden demostrar hasta que todo esté bien atado.

—Pues yo necesito que esto se haya aclarado mañana. Los bonos están cayendo y me juego unas elecciones.

Me miró con preocupación. Apretó los labios y me estrechó la mano.

—Santiago se hace cargo de la situación y yo les he dicho que es una cuestión de máxima urgencia. También debemos evitar que el mercado abra el lunes a este precio y que haya una cascada de especulación. Ahora tenemos a un especulador, el lunes puede haber miles.

Me tapé la cara con las manos. Cerré los ojos y vi el rostro aparentemente inocente de Gabi, con su coleta y su cara de buen niño. Me entraron ganas de vomitar.

—¿Tan sencillo es? Entras, cambias los números ¿y ya está?

—Sí —asintió Andrés—. Lo difícil es entrar. Pero yo mismo, por ejemplo, podría ir a la web de El Corte Inglés y seleccionar, digamos, una botella de Gramona. En lugar de cuarenta euros, puedo cambiar el precio a veinte. De hecho, puedo poner que son menos veinte y recibir la botella y un crédito de veinte euros en una cuenta en Rusia. —Aquello me dejó alucinada—. La cuestión —continuó— es que no se pueda seguir la pista del dinero; allí es donde entran los algoritmos y la complejidad de la conexión. Si hago esa compra de cava desde mi correo electrónico, en cinco minutos tendría a la policía en casa. Pero los *hackers* establecen una red de conexiones tan complejas que es muy difícil llegar hasta ellos.

—Pues tú has llegado a Wuri.

—Porque tengo experiencia, hemos visto casos similares en Soft —dijo, por una vez humilde—. No olvides que somos la segunda mayor empresa informática del mundo. Instalamos sistemas de seguridad en muchos bancos con presencia global y tenemos programas de prevención de fraude. —Me miró y continuó, supongo que al ver mi cara de interés—. Una vez, en una conferencia interna y solo para demostrar de lo que eran capaces los *hackers*, nuestro consejero delegado contrató un helicóptero que sobrevoló el hotel donde estábamos. Al cabo de dos horas tenía una lista con la contraseña de las blackberrys de todos y cada uno de los presentes.

—Esto me da un miedo…

—A mí también, pero por fortuna la policía o las empresas como nosotros somos tan o más sofisticados que los criminales —dijo convencido—. Las empresas, además, cada vez tienen más filtros y preparan mejor a sus empleados para que sepan identificar el fraude.

—Pero nunca se sabe —siguió—. Incluso nosotros mismos una vez descubrimos que un listo había montado una web igual a la nuestra, exactamente con las mismas secciones, incluida la de empleos. Había un puesto, muy bien remunerado, al que se podía uno presentar a través de la web. Un despistado siguió todo el proceso, sin que le extrañara que todas las entrevistas y los tests fueran *on line.* Al final el *hacker* le envió un contrato, falso, por supuesto, diciendo que el empleo era suyo y pidiéndole, como siempre, sus datos bancarios. El lunes siguiente aquel pobre desgraciado se presentó en nuestras oficinas pensando que ese día empezaba a trabajar con nosotros. Enseguida descubrimos, claro, que su cuenta se había quedado a cero. Al final enganchamos al cretino: un emigrante español que operaba desde Ucrania.

Serví más cava para los dos. Miré a Andrés con atención y, para qué engañarnos, con cierta coquetería, pues la realidad era que tenía (y todavía tiene) buena planta y me admiraba verle en acción y escuchar esas historias cibernéticas tan increíbles. Ya no sabía si estaba en una película o en la vida real, aunque un reloj en la pared me alertó de que eran las diez. Volví a mirarlo y pensé dónde estarían su mujer y sus hijos.

—Oye, Andrés —le dije intentando recobrar mi tono normal y no el del ligoteo—, que por más que te haya dicho Santiago que te quedes de *babysitter,* tú no te preocupes, que estoy bien. —Hice una breve pausa—. Y seguro que tu mujer y tus niños te estarán esperando en casa.

Suspiró y entrecerró un poco los ojos pero sin perder la media sonrisa.

—No —dijo—. Alicia se ha llevado a los niños a la casa de la sierra.

—Y ¿tú no has ido? —pregunté, dando otro sorbito de cava.

—No, tenía trabajo esta mañana, una reunión con un cliente.

—Pues estarías tú bueno, después de haber dormido tan poco anoche.

Observé cómo se sonrojaba ligeramente al recordar nuestro encuentro en su piso, y es probable que yo también me estuviera ruborizando. Se hizo un pequeño silencio y opté por cambiar de tema.

—Los echarás en falta cuando no están —dije, cruzando las piernas, mirando al suelo.

—A los niños, sí, mucho —afirmó, también con la cabeza baja—. Están en una edad muy buena, siete y diez años.

—Sí, ya me acuerdo —dije—. Y a tu mujer, también la añorarás, seguro... —pregunté con cierta intención. ¿A quién voy a engañar a estas alturas?

—Bueno, no sé qué decir —balbuceó. Me miró y continuó al ver mi cara expectante—. Supongo que estamos como todos los matrimonios que llevan veinte años juntos —dijo, dándose palmaditas nerviosas en las rodillas—. Trabajo muchas horas y viajo a menudo a Estados Unidos y ella tampoco está tan interesada en lo que hago, o en pocas cosas, la verdad. Así que es difícil tener proyectos comunes. —Se sentó hacia atrás cruzando los brazos y dejó pasar unos segundos antes de continuar—. Nos conocimos hace mucho, justo un año después de acabar la carrera —siguió con una voz cargada de resignación—. Era una chica muy mona, hermana de un amigo que estudió conmigo en el Pilar. El caso es que se quedó embarazada y nos tuvimos que casar. —Miró al suelo y yo no dije nada. Le compadecía por haber sido víctima de aquella convención tan triste que todavía imperaba en la España de hacía veinte años. No supe qué decir. Me miró—. El caso es que al final perdimos al niño en el parto... —dijo, jugueteando nerviosamente con la copa de cava que sostenía entre las manos. Le miré con lástima, apretando los labios—. No sé por qué, pero no nos separamos —continuó—. Supongo que los dos estábamos demasiado tristes. —Andrés suspiró y me miró con cara de resignación—. Al final, después de unos años muy largos y difíciles, vinieron Borja y Alicia. —Miró hacia el vacío y se volvió hacia mí, ahora ya con un tono más seguro—. Y a ti, ya ni te pregunto...

Sonreí con sarcasmo.

—Mejor que no —dije. Pero más que nada para que no siguiera pensando en su pasado, o presente, aparentemente doloroso, añadí—: Lo mío, ya te puedes imaginar... Ahora lo entiendo todo, claro. Ahora veo por qué dijo ayer que nuestras vidas son muy diferentes y que él no puede acompañarme en mi carrera política. —Andrés negaba con la cabeza. Continué—: El caso es que también ha confesado que lleva dos años tirándose a la chica de la limpieza, una veinteañera de quien dice que se ha enamorado.

Andrés se rio, una risa nerviosa, y me volvió a coger la mano, acariciándola con delicadeza.

—Hay hombres que son unos gilipollas —dijo con solemnidad, como si acabara de descubrir el mundo.

Levanté una ceja al recordar su piso de soltero en el barrio de Salamanca. A saber qué pensaría su mujer si se enterara de que la noche anterior su marido me había pedido que me quedara con él. Opté por no decir nada. En aquel momento era más amigo que otra cosa, así que mejor no liar las cosas más de lo que ya estaban.

Ante mi sorpresa, y de repente, a Andrés le entró una especie de vena feminista. ¿Quién me lo habría dicho cuando estábamos en la universidad?

—Los hombres huyen de las mujeres inteligentes porque las temen —sentenció casi sin mirarme—. Tienen miedo de parecer más pequeños que ellas; las temen porque muchas mujeres poderosas se resguardan bajo una capa de hielo que ellos no saben penetrar porque no entienden que tan solo se trata de una protección; les tienen miedo porque creen que a menudo una mujer poderosa es sinónimo de soltería o soledad, como si hubiera algo que no acabara de funcionar en ellas. Desconocen que las mujeres poderosas acostumbran a ser muy inteligentes (lo que no siempre se da en el caso de los hombres) y se han montado una vida familiar y de amistades envidiable, mucho más rica, alegre, plena y variada que la de ellos; las temen porque son duras y fuertes, a menudo mucho más que ellos; porque las creen masculinas solo porque visten traje y entonces pasan de ser alguien presumiblemente inferior a un igual, lo que las convierte en una amenaza; también las rechazan porque creen que se han labrado el ascenso en alguna cama y no se detienen a pensar en su talento real; los hombres están atemorizados porque las mujeres poderosas son emocionales, porque son mujeres, y ellos carecen de educación emocional para entenderlas. No comprenden su alto grado de empatía, que muchas veces confunden con falta de agallas. También les dan miedo cuando se enfadan porque muchas mujeres son demasiado honestas para ser hipócritas, y si se enfadan, se enfadan, y no sienten ninguna necesidad de esconderlo. Además de tenerles miedo, muchos hombres también las desestiman, pensando que están allí para rellenar alguna cuota o como una casilla a marcar en una lista de cara a la galería, una mera nota de color.

Aquel soliloquio me dejó anonadada; nunca había oído a un hombre hablar así. Quien se bebió ahora la copa de cava de un trago fue él.

—Lo que dices, Andrés —respondí—, es maravilloso y cierto. Pero ¿tú crees que en la empresa, con los amigos y con la familia pones en práctica esas ideas?

Me miró con cierta decepción.

—En la empresa, sí —dijo—. De hecho, me he propuesto que en cinco años un veinte por ciento de los directivos sean mujeres. —Aquello me llegó al alma; era algo por lo que yo había luchado mucho y sin apenas resultados. De todos modos, si salía elegida presidenta la igualdad de la mujer en los puestos de dirección sería uno de mis principales objetivos. Ya tenía el apoyo de HSC (a cambio de su salida discreta de Caimán y de un empujón en el tema de las licencias), y también tendría a Soft, pero por iniciativa propia. Todo parecía perfecto. El único problema era que no iba a ganar esas elecciones. Andrés continuó—: En casa, en cambio —dijo jugueteando nervioso con la copa de cava—, me temo que no puedo decir lo mismo. Por desgracia me casé con una persona con poca curiosidad intelectual. Ya te he explicado las circunstancias.

Guardé silencio y vi que él tampoco tenía demasiadas ganas de continuar. Miré el reloj, eran casi las once de la noche.

—Quizá sea mejor que nos vayamos, Andrés —dije—. Es tarde, estoy agotada y te puedes imaginar el día que tengo mañana.

Asintió e hizo un ademán para que nos trajeran la cuenta.

—De todos modos —añadió—, Santiago me ha pedido que te acompañe en todo momento.

Sonreí.

—Pues dile a Santiago que ya me cuido bien sola —respondí, poniendo una mano sobre su rodilla, musculosa—. No te preocupes, me espera el guardaespaldas fuera en el coche. Volveré al despacho y pasaré allí la noche.

—Por lo que pueda pasar, por favor, duerme con el móvil cerca porque podemos tener más noticias de Rusia.

—Así lo haré —dije, mientras él abonaba la cuenta.

Me acompañó al coche, discretamente aparcado justo a la salida del Lucy Bombón. De nuevo con el gorro y la bufanda tapándome media cara, nadie me reconoció o, al menos, nadie me dijo nada.

—¿Seguro que estarás bien? —preguntó Andrés sin disimular su preocupación.

—Tranquilo —dije.

—Tiene que ser una situación muy difícil.

Me reí con sarcasmo.

—No sé qué es más duro, la verdad —respondí—: si pensar en los miles de familias que se pueden arruinar por este fraude; o en que mi marido se haya ido con la chica de la limpieza; o que sea un estafador monumental; o que mañana me juego unas elecciones.

Nos dimos un abrazo, fuerte y prolongado.

—Cuídate —me dijo cerrando la puerta del coche—. Llama a la hora que sea para cualquier cosa que necesites. Ahí estaré.

Asentí con la cabeza y no miré hacia atrás mientras el coche avanzaba lentamente Castellana abajo. Al pasar por delante de la Escuela de Ingenieros recordé cuando conocí a Gabi, siempre con su coleta y su sombrero Panamá, tocando la guitarra y cantando canciones de protesta mientras esperaba a que yo saliera de clase. El muy cretino.

Sentí un gran deseo de llamar a su madre y así comprobar si la buena señora estaba de verdad enferma. Había una parte de mí, muy pequeña, que se resistía a creer esa historia tan espantosa. Que quería pensar que se trataba de una coincidencia increíble y que había un pueblo o persona en Rusia que se llamaba Wuri.

Sin dudarlo más llamé a casa de su madre. Imaginé el teléfono antiguo de disco que doña Carmen todavía tenía en su piso, situado en el centro de la ciudad; era una casa antigua, muy pequeña pero bien arreglada, con cuidado, detalle y cariño. Parecía mentira que una señora tan buena y amable pudiera haber criado a semejante estafador. Pero me contuve y me dije que toda persona es inocente hasta que se demuestre lo contrario.

El teléfono sonó y sonó. Me imaginé a la pobre señora apresurándose cuanto podía hacia el aparato, alarmada por ser ya más de las once de la noche.

—¿Digaaaaa? —exclamó con su distintivo acento gallego.

—Doña Carmen, soy yo, Isabel —dije alto y despacio para que me entendiera bien. Hacía poco que había cumplido ochenta años.

Pasaron unos segundos.

—¡Ah, Isabel, querida! ¡Qué sorpresa!

Empecé a decir algo, pero me callé porque ella volvió a hablar.

—Querida, ¿estás bien? Es muy tarde, ¿ha pasado algo?

—Estoy bien, Carmen, no se preocupe —dije—. La llamo porque con la campaña no he tenido ni un segundo para saludarla —mentí—. Solo quería decirle que me acuerdo de usted y preguntarle cómo está.

Tardó un poco en contestar; la oí respirar con fuerza.

—Yo muy bien, ¡muy bien! Gracias —dijo en un tono más bien vivaz. Efectivamente, de moribunda no tenía nada—. Estoy rezando mucho por ti, querida. Todos los días voy al apóstol Santiago y le pongo dos velas para que ganes. —Calló unos segundos para tomar aire. Continuó—: Solo dos porque son caras, hija mía. Pero rezo mucho por ti.

—Gracias, gracias, doña Carmen, se lo agradezco de corazón.

Era verdad. Cuando me disponía a despedirme, añadió:

—Y qué lástima que Gabinito no te pueda acompañar, ¿eh?

Se me tensó el cuerpo.

—Sí una lástima —dije, empezando a morderme las uñas.

—Sí, ya me dijo que tenía que ir a ver a un cliente a Rusia, el pobre.

La confirmación me dejó helada. Tardé unos segundos en contestar.

—Sí, pobre, en Rusia... —dije, sujetando el móvil con fuerza.

Hubo un silencio.

—Bueno, chata —dijo la señora—. Mucha suerte y mucha calma mañana, ¿eh? Yo ya he puesto el despertador y seré la primera en ir a votar. Les he dicho a todas las vecinas que te voten y, si no lo hacen que no vengan nunca más a pedirme sal o azúcar.

Noté cómo la primera lágrima me empezaba a resbalar por la mejilla. Hice un esfuerzo grande por, al menos, acabar la conversación con dignidad. Sabía que aquella era la última vez que hablaría con aquella buena señora que tanto me había querido y cuidado en los últimos veinte años.

—Muchas gracias, Carmen —dije como pude—. Descanse usted bien.

—Hala..., buenas noches y gracias por llamar, hija —se despidió antes de colgar.

Mantuve la respiración como si aquello me fuera a dar más fuerza. Al menos conseguí llamar a Santiago para confirmar que Gabi estaba en Rusia. Me dijo que fuera directamente al despacho y que intentara descansar. Que no me fiara de nadie y que me mantendría informada de todo.

Miré a un lado y al otro de la calle sin saber qué hacer o qué pensar. Una tristeza insoportable se apoderó de todo mi ser. ¿Cómo me había metido yo en semejante desastre? Nada tenía sentido.

Debió de ser entonces cuando me desmayé.

25

No recuerdo bien si perdí del todo el conocimiento o si fue un ligero desmayo a consecuencia del cual me quedé dormida. Solo sé que me desperté hacia medianoche en el sofá del despacho con la cabeza apoyada en los brazos de Igor, tapada con una manta que no había visto nunca. El amable agente me dijo que la había sacado del coche, donde, me aseguró, había perdido momentáneamente la consciencia. Sin dejar de mirarme consternado me preguntó si quería que llamara a alguien. Mi primer impulso fue decir que a Gabi, pero entonces recordé con desesperación que no solo me había dejado, sino que además era un estafador consumado que pretendía llevar a España entera a la ruina. Él solito había conseguido que el tipo de interés de referencia de millones de hipotecas subiera del tres al ocho por ciento en cuestión de horas, lo que ahogaría a miles de familias.

Igor se levantó para servirme un vaso de agua. Como pude, me enderecé y apoyé la espalda en el sofá, los pies en el suelo. Me quité despacio los zapatos y la americana, que todavía llevaba puestos. Resoplé al comprender que las últimas horas no habían sido un mal sueño, sino la pura realidad. Bebí un poco de agua y miré al joven agente, que ahora también me traía un sándwich que había encima de la mesa, ya casi frío.

—Tome, doña Isabel. Coma algo. —Más por la obligación de cuidarme que por otra cosa, le di un par de mordiscos al bocadillo, lo que al menos me reconfortó el estómago—. Hemos pensado que le apetecería uno de jamón y queso, como siempre —dijo.

Le sonreí. Daba gusto contar con personas como él, sobre todo en esos momentos.

—¿Qué me ha pasado? —pregunté.

—Se desmayó en el coche, señora ministra —dijo algo avergonzado—. Estaba bien cuando salió del Lucy Bombón, pero de repente en el coche se quedó callada. Pensé que se había dormido, pero al llegar me di cuenta de que se trataba de un desmayo. Entre todos la hemos subido y yo me he quedado aquí por si necesitaba algo. Apenas ha dormido una hora. —Cerré los ojos y bajé la mirada. Sentí el peso del mundo a mis espaldas. Mi vida se había truncado. Me quedé en silencio—. Bueno, doña Isabel —dijo Igor moviendo las manos, nervioso—. Si está usted bien y ya no necesita nada más, me vuelvo a mi puesto.

—Bien —fue cuanto le respondí.

Solo quería estar sola y tranquila, y que los horrores de ese día acabaran de una vez, que llegaran las dichosas elecciones, para bien o para mal, y así empezar a reconstruir mi vida.

Igor salió discretamente del despacho y yo suspiré y me recliné de nuevo en el sofá. Sin saber qué más hacer, me acabé el sándwich.

Con el estómago lleno y la cabeza algo más fría, fui al baño a lavarme la cara y los dientes y me puse cómoda, de nuevo con el chándal. De vuelta, me senté en el despacho para mirar el Bloomberg, esperando que no hubiera nada nuevo para así poderme acostar en el sofá y esperar a que llegara el domingo.

Pero siempre había más. Era el día de nunca acabar.

No di crédito al ver que los bonos continuaban bajando, de hecho se habían vuelto a desplomar y estaban al precio del viernes por la noche. La terminal escupía titulares que se limitaban a alertar de la colosal caída, sin dar explicación alguna.

Llamé inmediatamente a Santiago para informarle y este me dijo que era muy probable que Gabi hubiera vuelto a actuar después de la subida de la deuda durante ese día. Yo no le dije que había acordado esa subida con Walter, que se había puesto a comprar bonos como un loco junto a sus amigos de la banca de inversión, y todo en plena cacería. En cualquier caso, nuestro plan parecía haberse ido al traste.

Santiago me explicó que estaban colaborando con la CIA y el FBI, y por supuesto con Andrés, y que todos iban detrás de la pista de Gabi, de servidor en servidor por toda Europa con el fin de intentar llegar a las transacciones de Wall Street. Le pregunté si podía emitir un comunicado asegurando que la caída se debía a la acción criminal de un *hacker,* ya que la prensa lo recogería pronto y me podría ayudar en las elecciones, o al menos minimizar el daño. Me dijo que no, que se hacía cargo de la situación, pero que era ilegal dar semejante explicación antes de poderla demostrar oficialmente. Hasta el momento solo seguían pistas, que si bien parecían indicios que conducían a un delincuente en Rusia, nada se podía concluir hasta que toda la trama estuviera confirmada.

Casi no me dio tiempo a colgar el teléfono cuando empezaron a sonar todas las líneas, del móvil y del despacho a la vez. Ignoré la de Walter, que imaginé estaría furioso por la nueva caída de los bonos, y la de Mauro, quien ya me había hecho suficiente daño en las últimas veinticuatro horas. Dejé para más tarde el texto de Andrés pues pensé que los amigos tienen más paciencia que la prensa, y atendí la llamada de Lucas.

—Dime —respondí, apoyando los codos en la mesa. Aquello iba para largo.

—Doña Isabel —dijo excitado—. Bloomberg y Reuters no paran de sacar titulares sobre nuestra deuda, que se vuelve a hundir —explicó, como si yo no lo supiera.

—Sí, Lucas, sí, estamos al acecho, seguimos investigando.

—Tengo a toda la prensa encima preguntando qué pasa, qué clase de gobierno somos —dijo hablando rápido y nervioso—. Ministra, no se puede imaginar la que se nos avecina. Están preparando titulares como «Descontrolados», «Incapaces», «Negligentes», «A la ruina», «El gobierno no logra controlar la misteriosa debacle de los bonos»...

Le interrumpí.

—No sigas, Lucas, ya me lo imagino —dije. Tampoco quería más detalles—. Por favor, reitera que el gobierno desconoce nada que justifique semejante caída y que estamos investigando con organismos internacionales.

—Doña Isabel, eso ya lo advertimos anoche. Toda la prensa sospecha que el gobierno ha reflotado los bonos durante el día de hoy pero que el vendedor o los especuladores tienen más poder y le están ganando la partida con sus ventas.

Lentamente me levanté de la mesa y me dirigí hacia la ventana con la vista fija en el suelo.

—¿Qué dice la oposición? ¿Se han enterado ya?

—¿No ha visto las noticias?

—No, todavía no —dije—, acabo de llegar. —No le podía explicar que me había desmayado al confirmarse que era MI marido quien estaba provocando aquella hecatombe—. Dame un segundo —le pedí, dirigiéndome hacia el televisor. Puse el manos libres. Encendí la tele, sintonicé el canal de noticias y allí estaba Jesús Aguado, líder de la oposición, rajando contra mí que daba gusto.

«Estos movimientos demuestran una vez más la incompetencia del gobierno saliente y la necesidad que tiene este país de un ejecutivo estable que conozca bien los mercados, en lugar de una persona sin ninguna experiencia en finanzas», decía.

El muy cabrón. Y cínico. Era el típico cachorro del franquismo, nieto de un diplomático falangista de los años cincuenta que no había hecho más que subir escalones internos en el partido; no había trabajado más que en las fincas familiares y en la oposición, y nunca había pisado una sala de negociación bursátil. Además, no tenía más estudios que la carrera de Ciencias Políticas que, sin desmerecer a nadie, prepara más bien poco para entender la matemática financiera que hay detrás de la renta fija. Al menos la ingeniería estaba más cerca de las finanzas que la filosofía política del siglo XVIII.

—Lucas —dije, casi agresiva—, esto lo tenemos que parar ya. Además ¿dónde va este ignorante haciendo campaña en la jornada de reflexión? ¡Eso es ilegal! —Me detuve un segundo para respirar hondo—. Por favor, llama a tu homólogo de la oposición y amenázale —le pedí—. Diles que lo que están haciendo va en contra de la ley y que se pueden arrepentir.

—Entendido, doña Isabel, pero ¿qué le digo a la prensa? Me están llamando todos a la vez.

Cerré los ojos y me mordí el labio. Volví al sillón, me recosté en el respaldo y levanté el mentón en un gesto desafiante, como si tomara el control de la situación. Sin tomarlo, claro. Aquello estaba absolutamente descontrolado.

—Diles que el gobierno está estudiando un posible fraude. Sobre todo, subraya lo de *posible* —remarqué—. No podemos decir nada que luego no sea.

—¿Sin más detalles?

—Exacto.

—No sé, ministra, no sé —dijo, dubitativo—. No sé qué vamos a ganar lanzando una idea así; generará más preguntas que respuestas. No sé si vale la pena echar el anzuelo para quitarlo antes de que piquen, no sé si me explico.

—Perfectamente. —Reconsideré la idea. Lucas tenía razón. Estábamos cogidos, como se dice vulgarmente, por los cojones. No podíamos decir la verdad hasta que estuviera todo resuelto y confirmado y cualquier otra explicación nos hacía quedar como idiotas—. Lucas, ya sé que va a ser difícil, pero, por favor, repite una y otra vez que nada justifica esta caída, que todos los datos económicos son los que ya conocemos y que estamos investigando con la colaboración de organismos internacionales.

—Entiendo —dijo Lucas—. Aunque parezca mentira, esa es la opción que nos hace menos daño.

Dejó pasar unos segundos antes de continuar.

—¿Existe alguna posibilidad de que sea usted misma quien lea ese comunicado, quizá en un vídeo?

Rumié unos instantes. Esa sí que era una buena idea.

—Déjame que lo consulte con GR y te digo.

—Perfecto.

Nos despedimos.

Todavía sentada, y todavía en chándal, llamé a GR, quien descolgó el teléfono al segundo tono.

—No puedo hablar —me dijo en un susurro.

—Es muy urgente —le respondí, también susurrando, aunque sin ningún motivo pues estaba sola en mi despacho.

—Estoy en un acto. ¿Qué pasa?

Era muy difícil resumir la situación. ¿Cómo decirle que los bonos se estaban desplomando de nuevo porque mi marido era el *hacker* que nos estaba atacando desde Rusia?

—La deuda, presidente, se hunde de nuevo.

—Pero ¿no tenías controlada la situación?

—Sí, pero se ha descontrolado otra vez.

Oí cómo respiraba exasperado.

—Pero ¿tú sabes lo que te estás jugando, Isabel?

Sabía ya pocas cosas con certeza después de ese día, pero la respuesta a esa pregunta la conocía mejor que nadie.

—Lo que me juego apenas me importa, presidente; lo que me aterroriza son las consecuencias que esto puede tener sobre millones de españoles.

—¿Tan grave es?

Siempre me sorprendió que un presidente no pudiera entender el tema de los bonos. Pero desgraciadamente ese era el caso. Y no solo en España; Ingeborg tenía los mismos problemas en Dinamarca. Y eso no era todo; aparte de la ignorancia, nuestros respectivos presidentes encima pensaban que tenían más poder que los mercados. Craso error.

—No puede ser más urgente, ni más grave, ni más importante —respondí.

Otra vez el suspiro de exasperación.

—Estoy en el Círculo de Bellas Artes. ¿Estás en el despacho?

—Sí.

—Voy para allá.

—Perfecto.

Sentí una mezcla de tensión y alivio. Tensión, porque aquello no hacía más que complicarse y alivio porque necesitaba ayuda. La situación era ya demasiado grande para mí y, al fin y al cabo, GR seguía siendo presidente. Le habían votado para liderar en situaciones extremas, y esa era sin duda una de ellas.

Corrí al baño a quitarme el chándal, ya no sabía cuántas veces me había cambiado ese día. Me recogí el pelo en un moño, que siempre me daba una imagen más fría y profesional, me retoqué el maquillaje y me puse de nuevo el traje chaqueta sobre una blusa blanca, limpia. Nunca agradeceré a Estrella lo suficiente el que me preparara todo un ropero para situaciones así.

Subí el volumen de la tele pero lo bajé inmediatamente porque no me apetecía escuchar las sandeces que repetían todos los canales, básicamente, insultos contra mi gestión. Mientras, Lucas me enviaba mensajes de texto preguntando si podíamos grabar un comunicado en vídeo. Le contesté: *Paciencia. GR en camino.*

No tuve tiempo para más consideraciones porque GR irrumpió en mi despacho sin antes llamar, como de costumbre. Las pocas veces que me había visitado siempre se había presentado de sopetón y por sorpresa. Por suerte, siempre había estado preparada.

Debía de venir de un acto no oficial porque no iba trajeado, sino con pantalones de pana, chaqueta de cuero y una camisa a rayas informal pero elegante. Llevaba sus zapatos típicos de ante, tan de presidente de izquierdas. Tenía el pelo blanco ligeramente despeinado y las gafas puestas, como siempre que no tenía que aparecer en público.

Se adentró en el despacho con seguridad, como si fuera el suyo, y se plantó a un metro de mí, junto al sofá. Yo me había levantado para recibirle con un breve apretón de manos, como de costumbre.

—Pero ¿se puede saber qué coño pasa? —me espetó cruzando los brazos y frunciendo el ceño, como si estuviera regañando a su hija.

—GR, es largo y complicado —dije tan serena como pude.

Se sentó en el sofá, cruzó las piernas y me miró a los ojos.

—Dime.

GR no entendía nada de bonos, pero al menos sabía escuchar.

Tan brevemente como pude, le expliqué la verdad: mi marido era un *hacker* que nos estaba ciberatacando desde Rusia.

Como cabía esperar, la historia le desconcertó por completo y estuvo con la mirada perdida unos instantes que se me hicieron interminables. Quizá pensó que estaba drogada porque me preguntó si había tomado alguna sustancia.

—Llama a Santiago, de servicios secretos, si quieres —dije, pensando que quizá le creería más a él que a mí—. O a Andrés del Soto, de Soft Ibérica, que es quien ha descubierto la trama.

—¿Qué pinta este tío de Soft en todo esto? —preguntó confuso, inclinándose hacia delante.

No podía decir que por no haber puesto el silenciador en una conversación con Santiago él había descubierto mi clave. Ante GR, pensé, parecer una incompetente era peor que ser una mentirosa o, para el caso, una adúltera.

—Somos amantes —dije.

GR volvió a apoyar la espalda en el sofá y suspiró. Me miraba con ojos entrecerrados, como si acabara de aterrizar de otro planeta.

Estaba aturdida, pero actué rápido y le ofrecí mi móvil para que hablara con Santiago. Yo misma pulsé la tecla, por supuesto sin poner el manos libres. GR lo cogió bruscamente sin dejar de mirarme como si la sospechosa fuera yo.

—¡Santiago! —le gritó—. ¿Qué coño estáis haciendo con los putos bonos? Que tenemos unas elecciones mañana, ¡joder! ¡Que la cosa se nos está yendo de las manos!

Tenía la vista fija en el suelo, aunque de tanto en tanto miraba discretamente hacia arriba, observando cómo GR asentía a cuanto Santiago parecía estar diciéndole.

Por fin colgó y dejó el teléfono en el sofá junto a él.

—Estamos buenos —dijo, sacándose un cigarro de la chaqueta, que también se quitó, supongo que al entender que aquello no se solucionaría en cinco minutos—. A estos todavía les va a costar unas horas atar todos los cabos; aquí está metido todo Dios, la CIA, el FBI, hasta el FSB soviético —continuó, encendiéndose el cigarrillo.

Me apresuré a traerle un cenicero, que él cogió rápidamente con la mano. Después de la primera calada, sacó el humo de un modo que lo hubieran oído desde la calle. Tras unos instantes de tenso silencio, se levantó y empezó a pasear nervioso por el despacho, sin dejar de fumar.

—No podemos culpar a los autores del delito y tenemos a la prensa encima —dijo con la mirada fija en el televisor y apagando el cigarrillo en el cenicero, que todavía sostenía.

Aunque este tenía el volumen al mínimo, las imágenes hablaban por sí solas.

—Al menos —apunté mirando hacia la tele—, a Jesús Aguado ya lo han quitado de antena ya que ha salido esta misma noche insultándonos, lo que es ilegal en jornada de reflexión. Le he pedido a Lucas que les amenazara y veo que lo ha conseguido.

Aquella pequeña victoria no pareció inmutarle.

—¿Qué propones? —me preguntó como de costumbre.

—Hay que salir por televisión diciendo que nuestras cifras son las correctas, que no escondemos nada y que esta bajada es totalmente injustificada.

—Y ¿qué ganamos con eso?

—Que la gente sepa que no somos unos incompetentes.

—Entonces ¿por qué bajan los bonos?

—No lo sabemos, estamos investigando.

—Eso nos convierte en unos incompetentes.

Dejó pasar dos segundos.

—¿Qué coño has hecho para meternos en este puto lío? —me gritó, pegando una patada a la mesita de cristal, que sobrevivió el golpe de milagro—. ¡¡Que se nos van las elecciones, hostia puta!! —volvió a gritar, todavía más fuerte, y le dio una patada a un macetero de violetas, que no resistió el impacto. La tierra se esparció por el suelo, mezclada con trocitos de terracota y pétalos de flor. Me quedé muda e inmóvil. Tras unos instantes de máxima tensión, GR se volvió a sentar en el sofá, respirando rápido y fuerte. Poco a poco se fue calmando—. Perdona —dijo en voz baja, sin mirarme—. Ya sé que no es culpa tuya.

Cerré los ojos sin contestar. Claro que era mi culpa no haberme dado cuenta de que estaba casada con un criminal. El miedo y la angustia me devoraban.

Sonó mi móvil, que GR cogió al verlo junto a él en el sofá. Yo no sabía quién era, pero me estremecí al ver la mala leche con que respondió a la llamada.

—¿Se puede saber qué coño quieres a estas horas? —gritó.

No escuché la respuesta, pero intuí que se trataba de Lucas.

—No estamos para vídeos ni otras mariconadas —le espetó—. Tú quédate calladito donde estás y espera órdenes.

—Colgó sin decir más. Yo seguía muda. GR se dirigió hacia la ventana, donde corrió las cortinas, como si el espacio a mí no me resultara ya suficientemente claustrofóbico. Volvió hacia el sofá a zancadas y me dijo, sin mirarme—: Y tú, ¿habrás intentado hablar con el angelito de tu marido, no? ¿O estás demasiado ocupada con tu amiguito, el pijo ese de Soft?

Aquello me dolió, pero no era momento de rendirse a las emociones, sino de pensar y actuar tan fríamente como fuera posible.

—Llevo cuarenta y ocho horas detrás de él —respondí tan serena como pude. Había que mantener la calma—. No contesta.

—¿Cómo estás tú tan segura de que está en Rusia y de que no se trata de una coincidencia?

—Me lo ha dicho su madre.

GR me miró alucinando. Se levantó de nuevo, pasándose una mano por el cabello blanco, retirándoselo hacia atrás.

—Esto es esperpéntico —decía, yendo y viniendo de la ventana.

Lo era. Cerré los ojos, por un segundo preguntándome si en el fondo todo aquello era una pesadilla. Pero no.

Mi teléfono, ahora sobre las memorias de la Kent en la mesita, rompió de nuevo el insoportable silencio. GR fue más rápido que yo y lo cogió, no antes sin fijarse en el libro:

—Pero ¿qué cojones lees? ¿A esa vieja comunista?

El comentario me dolió en el alma porque ese era precisamente el legado de nuestras primeras diputadas; así era como nuestra élite política las conocía.

GR vio en el móvil quién llamaba y, sin preguntar, de nuevo atendió él mismo la llamada, en esta ocasión, y por su propio interés, en un tono muy diferente.

—¡Campeón! —dijo en un tono repentinamente amable—. ¡Te he pillado intentando hacerle la pelota a la futura presidenta! ¿Se puede saber qué quieres? Soy GR, estoy aquí con nuestra ministra, te oímos los dos.

No escuché lo que el *campeón* (Walter, por supuesto) le respondía porque GR estaba demasiado ocupado buscando la tecla del manos libres, que por fin encontró. La voz de Walter retumbó enseguida por el despacho; sus gritos eran tan fuertes que parecía que estuviera allí mismo.

—... ¿qué coño? Pero ¿¡sabes cuánto hemos perdido, y no solo el banco sino que también YO personalmente!? —bramaba.

GR sostenía el móvil mientras me miraba incrédulo y, por supuesto, furioso. Yo no le había explicado que habíamos trazado un plan para reflotar los bonos a mediodía y mucho menos el acuerdo al que habíamos llegado para conseguirlo.

—Isabel, ¿estás ahí? —gritó el banquero.

Miré a GR por si él quería hablar antes. Dado su silencio, tenso, respondí yo.

—Sí, Walter, estamos los dos en mi despacho.

Todavía sentada, apreté las manos en mis rodillas y erguí la espalda. Permanecí quieta pues intuía lo que vendría después. Walter no tardó en confirmar mi temor.

—¡Ya te puedes meter las cuotas femeninas por el culo! —gritó—. No sé por qué me fié de ti. Nunca has tenido ni puta idea de mercados y sigues sin tenerla. ¡Deja las finanzas para los que saben y vete a la cocina! —Los insultos eran tan desagradables y falsos que ya ni dolían. GR me miró fijamente, muy, muy serio, aunque enseguida cortó a Walter.

—Tranquilo, Walter —dijo, intentando adoptar una calma que no tenía. El presidente seguía de pie, tenso—. ¿De qué cuotas femeninas hablas?

Walter suspiró, claramente irritado.

—Pero ¿qué tipo de gobierno sois que ni os enteráis de lo que hacéis? —Más suspiros de exasperación. Me levanté porque no soportaba más la tensión; me situé junto a GR, los dos con la mirada fija en el móvil, ambos tiesos como estatuas. El banquero continuó—: Pues tu ministra, joder —dijo—. Me ha pedido esta mañana que me ponga a comprar bonos y reflotar el precio, y que además imponga una cuota de mujeres directivas en el banco a cambio de un ligero... digamos apoyo en el tema de la adjudicación de las licencias 5G en caso de que gane las elecciones.

GR me miró con unos ojos que se le salían de la cara.

—Había que solucionar el tema de los bonos —dije con la mirada fija en el presidente—. GR, piensa en las familias que se hundirán con esos tipos de interés. El Estado nunca tendrá suficiente dinero para ayudarles; los problemas sociales se multiplicarán por mil.

Cada vez más rojo de la ira, intuí que no me escuchaba.

—Pero ¿tú te piensas que puedes vender favores así como así? —exclamó con auténtico odio en los ojos y los brazos en alto.

Bajé la mirada, que se posó en el libro de memorias de Victoria Kent. Recordé su espíritu.

—Hice lo que creí mejor para el ciudadano.

Hubo un silencio, que interrumpió el bocazas de Walter.

—Oye, que el trato también incluía la salida limpia de Caimán, ¿eh? —dijo—. No os olvidéis.

GR abrió aún más los ojos y se inclinó hacia mí. Di un paso atrás y para no liar más la conversación, hice un gesto a GR con la mano, indicándole que se lo explicaría todo más tarde.

—Sí, por supuesto que no nos olvidamos —dijo GR, milagrosamente un poco más tranquilo, pero mirándome con sospecha.

—Bueno, pues oye, dime qué hostias pensáis hacer —dijo Walter—. No os podéis quedar de manos cruzadas, hay que reflotar estos bonos sí o sí.

Miré a GR antes de contestar, pero tomé la palabra porque el presidente parecía haber claudicado, abrumado. No dejaba de echarse el pelo hacia atrás, una y otra vez.

—Walter —dije, con seguridad—, tenemos a la CIA y al FBI investigando un caso de ataque cibernético, pero no podemos decirlo hasta que no esté absolutamente confirmado. No comentes nada. Pero esperamos poder explicarlo todo en unas horas.

—Espero que sea antes de que los mercados abran el lunes —apuntó, rápido.

—Nosotros lo esperamos también y créeme que estamos haciendo todo lo posible —me detuve un instante—. De hecho estábamos pensando emitir un comunicado por televisión, el presidente y yo, los dos, asegurando que las cifras de deuda no son erróneas y que nada justifica esta debacle.

GR alzó la cabeza, que tenía gacha.

—Yo NO doy la cara en este marrón —dijo.

Le miré decepcionada. Estaba claro que su principal objetivo era no manchar su nombre, y no el bien de los ciudadanos.

—Tú vas a salir como que yo me llamo Walter —le replicó el banquero.

GR tardó en responder:

—Walter, esto lo podemos resolver tú y yo en privado.

—No, joder, que no —insistió Walter—. No hay tiempo, es ya tarde. Montad el vídeo enseguida, quiero verlo en media hora.

El banquero, más listo que nadie, guardó unos segundos de silencio antes de continuar:

—Espero que esto solo sea una anécdota y que en unos meses, cuando todo haya pasado, GR, tú y yo estemos tan tranquilos en uno de los viajes que montamos en el consejo de administración del banco al Caribe…

Menuda amenaza más limpia. Un gol con la cintura, como dirían algunos.

No hubo más que hablar. Cortamos la conversación, llamé a Lucas y en veinte minutos entraron en mi despacho dos fotógrafos, un cámara, una maquilladora, un técnico de sonido, Lucas, su ayudante, a quien ni conocía, y dos agentes de seguridad.

En un abrir y cerrar de ojos nos adecentaron mientras Lucas escribía en un teleprompter lo que GR y yo (más bien yo) le habíamos dictado. Tres, dos, uno…, empezamos a grabar. Leí mi parte con el corazón, intentando tranquilizar a los españoles, asegurándoles que estábamos de su parte; GR, en cambio, centró sus esfuerzos en dar una imagen de poder y seguridad.

En menos de media hora el vídeo ya estaba en todas las cadenas de radio y televisión y en internet, a pesar de ser más de la una de la madrugada. Ya solo nos quedaba rezar para que aquello nos ayudara a conservar, o a restablecer, la confianza del electorado.

Los presentes se fueron marchando con la misma celeridad con la que habían llegado, después de recoger cables, cajas, ropa y demás trastos. A nadie se le ocurrió dejar el lugar mínimamente ordenado, y cuando me quedé sola tuve la sensación de que acababan de pasar por allí Atila y los hunos. GR había salido el primero, con un muy seco «buena suerte» a modo de despedida. Estaba claro que su único objetivo era salvar la imagen y retirarse cómodamente en consejos de administración como el de HSC.

Agotada, me volví a poner el chándal y recogí un poco, sobre todo los restos de la maceta de las violetas, que tiré a la basura con gran pesar. Pensé que ese mismo final me esperaba a mí el día siguiente: me darían una patada, y a la calle. Apegué las luces a excepción de una lamparilla y me acurruqué en el sofá bajo la manta que había dejado Igor. Un mensaje de texto de Andrés hizo que por fin me empezara a relajar.

Buena reacción, campeona. Voy a trabajar toda la noche para que podamos decir algo por la mañana.

Sonreí. Parecía ser la única persona con sentimientos humanos en todo aquel entramado salvaje.

Te lo agradeceré... con Gramona, respondí.

Su respuesta no tardó en llegar:

Hecho.

Cuando por fin cerré los ojos el teléfono volvió a sonar y casi se me cayó el mundo encima al ver que se trataba de Mauro. No tenía más remedio que cogerlo. Me incorporé.

—Dime —respondí tan seca como pude. No pensaba pasar más de dos minutos al teléfono.

—Buen vídeo —dijo, igual de breve.

—Gracias —respondí con sorna. ¿Qué pretendía ahora? ¿Adularme?

—Ministra —continuó—, no me gustan las amenazas y no me ha gustado un pelo la llamada de Antonio Goicoechea esta mañana pidiendo que cambiáramos la web si no queríamos perder la publicidad... —Permanecí en silencio—. Eso no son maneras elegantes, ministra... —habló despacio y en tono amenazante.

—¿Qué quieres? —pregunté. Me empezaba a poner nerviosa.

—Solo quería avisarla de que vamos a salir mañana con más declaraciones de José Antonio sobre el escándalo de hoy: su correo diciendo que la deuda es el triple, la subida de los bonos, luego la caída precipitada..., menudo descontrol.

Pegué un ligero puñetazo sobre la mesita. El maldito José Antonio azotando de nuevo. ¿No tenía suficiente? Me pregunté si Santiago habría averiguado ya alguna cosa respecto a ese energúmeno y su uso de información privilegiada. Pero en ese momento debía centrarme en Mauro.

—Allá vosotros —le respondí—. Ese correo es falso.

—Como quiera... —dijo—. Yo solo me quiero asegurar de que Antonio no nos va a quitar la publicidad.

—Habla con él.

—Me da la impresión de que la orden procede de usted.

—No sé a qué te refieres.

Oí cómo suspiraba, irritado.

—Ministra, tampoco hace falta que lo entienda todo —dijo con una arrogancia insoportable—. Pero seguro que entenderá que, si le pide a Antonio que retire nuestra publicidad, mañana verá publicadas unas fotos que tengo de usted con su amante, tomadas esta noche en el Lucy Bombón.

Me levanté de golpe; estaba atónita.

—¿Qué fotos? —pregunté por fin—. Yo no tengo ningún amante.

—¿Se las envío? —repuso, en tono petulante.

—Envía lo que te dé la gana.

—Deme un segundo —dijo, y empezó a silbar una tonadilla estúpida. Estaba empezando a perder la paciencia—. Le estoy enviando un par de ejemplos para que vea lo que tenemos.

Negué con la cabeza una y otra vez. Los muy buitres. ¿Quién podía haber sacado esas fotos si estábamos en un rincón discretísimo del bar?

Me senté a mi mesa, encendí el ordenador y en cuestión de segundos llegaron, efectivamente, dos imágenes que serían difíciles de catalogar como una simple amistad. En una, Andrés me acariciaba el pelo con ojos brillantes, y en otra aparecíamos los dos cogidos de las manos, mirándonos como si realmente nos fuéramos a comer el uno al otro. Respiré hondo.

—Es un amigo y me estaba ayudando en un momento difícil.

Se rio. El muy cretino.

—A mí no me tiene que convencer, ministra —dijo—. Explíqueselo a los millones de españoles que verán esto mañana si Antonio nos retira la publicidad siguiendo sus órdenes.

Víbora venenosa.

—No acepto chantajes —dije. Nunca los había aceptado, no lo iba a hacer ahora—. Ni tampoco pacto con el diablo —añadí.

—Muy bien —zanjó—. Esto saldrá mañana si Antonio no me llama ahora mismo confirmándome que mantendrá la publicidad sean cuales sean nuestros titulares, incluida la entrevista con José Antonio.

Tragué saliva y desvié la mirada hacia las memorias de la Kent. Recordé la respuesta que le dio a su jefe, el ministro Albornoz, y opté por seguir su ejemplo.

—Mira, Mauro, yo estoy aquí para hacer mi trabajo como creo mejor. No tengo absolutamente nada de lo que arrepentirme. No acepto presiones ni chantajes. O puedo llevar a cabo mi labor, o me voy —le dije—. Y déjame tranquila.

Colgué el teléfono sin darle opción a responder. Puse su nombre en la lista de bloqueos automáticos y volví al sofá, donde me estiré y me envolví en la manta.

Si bien estaba orgullosa de haber resistido al chantaje, también estaba convencida de que esas fotos acabarían de sellar mi ataúd. Los españoles podían entender un ciberataque y una situación de cuasi ruina, pero que una candidata a la presidencia esté con su amante en público el día antes de unas elecciones generales era ya más difícil de aceptar, sobre todo después de haber presumido de un entorno familiar estable durante toda la campaña, nombrando a Gabi cada dos por tres. Eso me enseñaba una lección: no debería haber pregonado lo que hacía tiempo que no sentía.

Me tapé la cabeza con la manta. No quería ver ninguna luz, nada que me recordara el mundo real. Todavía no podía creer que el chico dulce e idealista que me acompañó a Londres, donde habíamos sido tan felices, hubiera acabado medio loco en Rusia implicado en una operación criminal. Me sentí sola, muy sola, con un inmenso agujero en el corazón.

Me estremecí, apretando las manos contra el pecho y escuchando mi respiración, alta y jadeante, durante un largo rato. Intenté no perder la calma, repitiéndome una y otra vez que la paciencia siempre había sido una de mis mejores aliadas. Pasé un largo rato inmóvil, encogida, abrazándome las rodillas, pero poco a poco fui recobrando la serenidad y la racionalidad. No podía tolerar el chantaje de Mauro, pero igual existía alguna manera de parar la publicación de esas fotos.

Me levanté casi de sopetón, di las luces, me encendí un cigarro y llamé a Manolo. Se lo conté todo.

—¿Te advertí o no que te alejaras del pijo de Soft? —fue lo primero que dijo.

—Manolo, por favor —imploré—. No me eches más mierda encima que ya no me cabe.

—Pero ¿te lo dije o no?

—Que sí —respondí, impaciente. Enseguida me di cuenta de que Manolo no tenía ninguna culpa de nada y adopté un tono más amable. El que se merecía—. Oye —continué—. Tienes todo el derecho a negarte y perdona que sea tan directa, pero ¿tú crees que tendrías la ocasión de hablar con Mauro y conseguir que de una manera u otra no publique esas dichosas fotos?

Manolo guardó un largo silencio que se me hizo eterno.

—Espero que no te haya ofendido, cariño —dije, preocupada.

—Ya sabes que tenemos una larga historia.

—Sí, recuerdo muy bien lo que me explicaste. —Me detuve para respirar hondo. Sabía perfectamente lo que le pedía: hurgar en un pasado que todavía le debía doler—. De verdad que siento pedírtelo. —Otro silencio—. Olvídalo, Manolo —dije—. De verdad, disculpa, ya veo que es una mala idea.

—No, no —respondió, ahora rápido—. Sabes que por ti me dejaría partir un brazo.

Respiré aliviada.

—Me alegra que no te hayas molestado.

—Por supuesto que no —dijo.

—De verdad Manolo, olvídalo —supliqué—. Hoy lo he perdido casi todo en la vida: mi marido, casi que mi carrera profesional y encima estoy a punto de empobrecer a millones de españoles. No puedo perderte a ti también. Casi que eres lo único que me queda.

—A mí no me vas a perder nunca, cielo —me dijo, cariñoso—. Déjame, a ver qué puedo hacer. Y duerme. Sobre todo duerme. Mañana te quiero ver en ese dichoso balcón como una rosa. ¿Me entiendes?

—Sí —respondí, reconfortada por el calor de la amistad.

Colgué y dejé el móvil en la mesita del café, bien cerca, por si acaso.

Apagué las luces, me acomodé de nuevo en el sofá con la manta y cerré los ojos; no podía más que pensar en las sacudidas tan espectaculares que me estaba dando la vida. Buscando consuelo, saqué la mano de debajo de la manta para coger el libro de la Kent, que apreté contra mi pecho, abrazándolo. Como ella, había luchado ese día sin perder la dignidad, defendiendo mis principios. Lo que pudiera pasar a partir de entonces solo el destino lo sabía. Lo que sí sabía era que podría ir por la vida con la cabeza bien alta por no haber sucumbido a presiones ni chantajes. A esas alturas, era ya lo único que me importaba.

26

Mi domingo empezó hacia las nueve de la mañana cuando Igor apareció en mi despacho con la prensa, un café y un cruasán de chocolate. Con los ojos todavía medio cerrados, a pesar de haber dormido de un tirón, dejé los periódicos encima de la mesa, sin hojearlos, y, café en mano, me fui al Bloomberg a mirar los bonos, que seguían bajo mínimos. Cerré los ojos. Llevaba cuarenta y ocho horas encerrada en un despacho que se me caía encima y sabía perfectamente lo que me esperaba.

Al cabo de unos segundos miré a mi alrededor. Menos mal que tenía mis plantas (las que habían sobrevivido a la visita de GR), que ahora por fin veía de nuevo a la luz del día. De lo estresada y ocupada que había estado esa semana, apenas había prestado atención a mis preciosas orquídeas, que tantas atenciones precisaban. Me apresuré hacia el baño para coger la pequeña regadera que allí guardaba y las rocié lentamente, yendo de un rincón a otro, lentamente, intentando centrarme solo en las hojas secas o en las flores algo marchitas. Pobres, estaban como yo. Tuve la tentación de hablarles, pero pensé que mejor abstenerse porque lo de haberme vuelto loca a esas alturas no era ninguna broma.

Me sentía muy, muy extraña. Con la regadera en la mano, me dirigí hacia la ventana y observé de nuevo el cartel electoral con mi foto gigante. Por fin había llegado el día de las elecciones, que hasta hacía bien poco se suponía que iba a ganar. Pero en lugar de estar en casa con Gabi preparando la jornada cargados de ilusión, estaba allí, sola, y sabía perfectamente que el día iba a acabar mal salvo que ocurriera un milagro.

Resignada, le di otro sorbito al café y me dije que lo mejor era que la jornada pasara lo más rápido posible, así que traté de empezar el día cuanto antes. Me duché y me puse el traje nuevo que me había comprado para salir al balcón esa noche, tanto si ganaba como si perdía. Era sencillo y cómodo, muy de mi estilo, azul marino con una camiseta blanca (de marca) debajo. Tan solo llevaba un pequeño pañuelo rojo al cuello para dar un poco de color. Pelo suelto, botines de tacón y lista.

Me senté a la mesa redonda a desayunar y hojear la prensa; sabía perfectamente lo que me iba a encontrar. Apenas me pude llevar el cruasán a la boca.

«España, en bancarrota», «España, tocada y hundida», «El peor desastre desde la pérdida de Cuba», «La ministra al rojo vivo», «El gobierno es un descontrol», «El gobierno: con faldas y a lo loco», «Los bonos se hunden mientras la ministra liga»... fueron tan solo algunos de los titulares. De nada sirvieron el vídeo y mis repetidas afirmaciones de que no había nada falso en nuestros números. Seguramente la cara de palo y de circunstancias de GR en la grabación tampoco ayudó, y qué voy a decir de la hora de emisión, en plena madrugada. Más que una imagen de seguridad, proyectamos una de desesperación.

Cogí *La Verdad* primero porque prefería recibir el peor golpe cuanto antes. Me dije que ya poco me podía sorprender y fui directa a la portada: una foto horizontal de Andrés y mía ocupaba las cinco columnas justo debajo del gran titular: «¡Escándalo!».

Realmente lo parecía: allí estábamos los dos, mirándonos fijamente con ojos centelleantes, cogidos de la mano, el uno inclinado hacia el otro. Resultaría imposible convencer a nadie de que aquello no era un *affaire*. Yo también me pregunté si de verdad lo era lo era, por mucho que estuviéramos hablando de altas finanzas y crimen organizado. En las páginas interiores publicaban más fotos, incluida una en la que solo aparecían nuestras caras y torsos. Andrés tenía los ojos brillantes, como yo, y su sonrisa era tan dulce como la mía. Hacía tiempo que no descubría en mí una expresión tan radiante, diría que hasta feliz. Había tenido muchas satisfacciones en los últimos años, había conseguido grandes objetivos que me hacían sentir orgullosa y satisfecha, como reducir el paro o sacar a miles de corredores a las calles de todo el país. Pero también era cierto que a nivel personal hacía mucho que no me reía a carcajadas o que no miraba a alguien de ese modo.

Y sin embargo, apenas había tenido tiempo de pensar en Andrés. Por más que una botella de cava me alegrara el espíritu, yo era una persona racional y nunca me había enamorado por impulso. Con Gabi las cosas habían ido poco a poco, a base de encuentros con amigos comunes al principio y luego ya citas a solas, pero no había dado un paso, ni había dejado que él lo diera, hasta que no estuve muy segura de mis sentimientos. Con respecto a Andrés, decidí seguir el mismo criterio sobre todo porque mis emociones estaban tan desbordadas por los acontecimientos que lo más prudente era continuar tratándole como a un amigo. Después de lo ocurrido con Gabi iba a necesitar todos los apoyos disponibles y no me podía permitir el lujo de rechazar ninguna mano que se me ofreciera.

Continué pasando páginas, observando la sarta habitual de errores en las informaciones de *La Verdad* sobre nosotros. No pude evitar reírme al leer que Gabi, «según una fuente próxima a la pareja», estaba «destrozado» y que se había refugiado en casa de su madre en Santiago después de descubrirse el *affaire*. Supuse que al *paparazzi* que nos pilló no se le ocurrió ir a Rusia a buscarle, así que en la redacción se debieron inventar la historia.

La Verdad empleaba muchos *paparazzi* ya que, a pesar de la crisis, sus ventas habían subido durante nuestra legislatura. Ya se sabe que la prensa en la oposición siempre vende más porque es más fácil criticar que informar, y porque la gente disconforme o enfadada tiene mayor necesidad de compartir su frustración con los medios que desprestigian al gobierno. Esos ingresos les permitían pagar a fotógrafos mercenarios para que siguieran a todos los ministros en busca de momentos como el de la noche anterior. Bien remunerados, esos *paparazzi* daban excelentes propinas a todo el que les ayudara en su labor. Todavía hoy sospecho que el mánager del Lucy Bombón se embolsó una buena suma por alertar al fotógrafo de mi presencia y por dejarle pasar y esconderse detrás del biombo. Nunca he entendido cómo no le vimos, aunque las cámaras hoy en día son tan pequeñas y silenciosas que es casi imposible percibirlas. Supongo que además estaríamos muy centrados en lo que discutíamos, y para qué negarlo, también el uno en el otro: a mí me acababan de abandonar y Andrés no estaba enamorado de su mujer. Lo raro es que esa noche la cosa no hubiera ido a más.

Nuestra prensa afín había sido más rigurosa, pero no podían faltar a su deber profesional y recogían en primera página un gráfico mostrando la estrepitosa caída de los bonos. Al menos también habían incluido una foto mía con GR sacada del vídeo, y que acompañaba a una noticia que ofrecía nuestra versión. Era una lástima que ese periódico no llegara a tantas personas como *La Verdad,* pero era cierto que su proximidad al gobierno hacía que le faltara diente y mordacidad para sacar titulares atractivos. Nosotros intentamos ayudarles concediéndoles entrevistas exclusivas, alguna filtración más o menos importante o anuncios de trabajos y oposiciones en el sector público. Aun así, el rotativo iba a la deriva.

En el *Catalunya Avui* (nunca he tenido ningún problema en leer y entender el catalán) me sorprendió enormemente ver un chivatazo sobre la venta del muelle del Poblenou a los kuwaitíes; ese acuerdo todavía se tenía que firmar después de que el emir y yo lo apalabráramos tan solo veinticuatro horas antes a cambio de que ellos mantuvieran el apoyo al Banco Nacional y a nuestros bonos. «Barcelona vende el alma», «Barcelona se vende por *cash»*, «Barcelona no tiene poder», «El gobierno usa Catalunya como moneda de cambio», «Barcelona, en manos kuwaitíes», «Kuwaitilonia»... Para más inri, el periódico había conseguido unas declaraciones de Carmen, en las que me acusaba de estar más interesada en satisfacer a la banca y a los inversores internacionales que a los propios españoles; mientras yo firmaba esos lucrativos acuerdos con el sector financiero —decía— miles de personas esperaban meses por una cama de hospital. Carmen, siempre tan oportuna y comprensiva.

Esos titulares y comentarios, cómo no, me quitaron miles de votos en Catalunya, sobre todo porque los barceloneses ya estaban más que hartos de tanto turista y tanto dinero extranjero en su ciudad abriendo hoteles y zonas privadas de lujo a las que ellos no tenían acceso. Razón no les faltaba.

Supuse que la filtración habría procedido de alguien de la oposición en el Ayuntamiento de Barcelona, con quien el emir habría hablado inmediatamente después de nuestra conversación. Me imaginé a las autoridades barcelonesas haciéndole todos los honores y preparando una excelente bienvenida al emir. Desde los Juegos del 92, la ciudad había aprendido a venderse de maravilla, una cualidad que ya quisiera yo para todas las grandes capitales del país. De hecho, intuía que parte del interés del emir en Barcelona era para conocer bien y emular el éxito olímpico de la ciudad, todavía legendario casi tres décadas después; había leído en alguna parte que al-Surdha tenía sueños olímpicos para Kuwait, por más que fuera climáticamente imposible organizar allí unos Juegos en verano. Pero el petróleo, ya sabemos, tiene soluciones para todo.

Hojeé el resto de periódicos y me sorprendió que la noticia de Barcelona no apareciera en otros medios. Siempre había tantas personas involucradas en una información, como los mismos protagonistas o sus jefes de prensa, además de chóferes, impresores, secretarias y demás que era imposible guardar secretos. Había aprendido hacía mucho tiempo que la mejor manera de guardar un secreto era no contárselo a nadie.

Volví a *La Verdad* para leer la nueva entrevista con José Antonio, esta vez algo escondida hacia el final del periódico.

«Inútil», «incompetente», «mujer»..., en fin, más de lo mismo, con lo que tiré el periódico directamente a la basura.

Me levanté y observé todos los diarios esparcidos sobre la mesa. La cantidad de titulares negativos era abrumadora. Pero ya nada me extrañaba. La negatividad, a partir de cierto punto, se vuelve cómica.

Me preparé para salir, no porque tuviera ninguna ilusión de victoria, sino solo por cumplir con mi obligación. Era absolutamente imposible que alguien me votara ese día. Aquello parecía un tren a punto de descarrilar, pero todavía era la candidata de un partido mayoritario y debía seguir el protocolo. No podía dimitir el día de las elecciones.

Tan solo la inesperada llamada de mi madre, cuando estaba casi en la puerta me alegró, por decirlo de alguna manera, pues la realidad es que estaba desconsolada. Al menos, conseguí disimularlo.

—Isabel, cariño —me dijo con un hilo de voz—. ¿Cómo estás?

—Te puedes imaginar, mamá —dije, dejando el abrigo en una silla.

—Sí, sí, ya he visto. —Dejó pasar unos segundos—. Tú nunca te llevaste bien con los de la prensa, hija, ya lo sé.

—Hum.

No tenía tiempo de hurgar en heridas ni paciencia para una conversación larga porque a sus años una charla telefónica con mi madre requería un nivel de concentración y paciencia que en ese momento no tenía.

—Oye —me dijo, extrañamente vivaz—. Que el rubio me gusta más que el *hippy*.

Solté una carcajada. Aquello sí que no me lo esperaba.

—¿Es guapo, verdad? —Le seguí la broma. ¿Por qué no?

—Mucho, hija, mucho, buenas espaldas —dijo—. Te conviene más que el otro, que siempre te he dicho que está muy delgaducho y yo no me fío de las personas delgaduchas, ya lo sabes. —Me volví a reír. No sabía si allí había tontería o una gran inteligencia. El caso es que aquella brevísima conversación me dio ánimos al menos para arrancar el día, sobre todo por lo que me dijo al final—. Tú con la cabeza bien alta, hija, ¿me entiendes? —me animó—. No pierdas la dignidad, nunca. Que unas veces se gana y otras se pierde, pero siempre hay que actuar con dignidad. Que lo que pasa hoy, seguro que cambiará mañana.

Intenté recordar esas palabras a lo largo del día, sobre todo durante la comida de campaña en la sede del partido, en la plaza de Santa Ana, en pleno centro. Todos nos sentimos incómodos nada más entrar: decenas de globos colgaban del techo, grandes carteles con mi foto cubrían las paredes y una mesa en el centro estaba puesta para unas veinte personas, con vino y cava en el centro. Parecía una reliquia de una elección pasada ya que todos los presentes sabíamos que íbamos hacia un descalabro monumental. Aun así, seguimos con el programa (no podíamos irnos a casa) y nos sentamos a tomar la paella que llegó en cuestión de pocos minutos. El ruido de los cubiertos era mayor que el de nuestras voces. Yo dije algunas banalidades, las justas. Pero ¿para qué fingir? Miré uno por uno a todos mis colaboradores, que estaban sentados a aquella mesa. Solo hubo uno, una mujer, la jefa de marketing del partido, que me sostuvo la mirada y me sonrió. Los demás, cabizbajos, estaban mudos. Ni por educación hablaron del tiempo. Me negué a ser el entretenimiento gratuito del grupo y me dije que si querían silencio, lo tendrían. Pero la situación se hizo tan insoportable que por fin dejé los cubiertos, me levanté y me dirigí a ellos.

—Si os pensáis que todo está perdido, estáis muy equivocados —dije con convicción, mirándoles a la cara, algo que ellos no osaban hacer—. Es cierto que la noche de hoy pinta mal. ¿Para qué engañarnos? Pero esto no se acaba hoy, ni mucho menos. La vida es una carrera de fondo y tenemos que estar bien preparados para esta noche, pues saber perder es tanto o incluso más importante que saber ganar. Ganar lo sabe hacer todo el mundo; perder con inteligencia, deportividad y dignidad está solo al alcance de pocos. —Vi que algunas cabezas se empezaban a levantar. Caras serias, miradas extrañas, ceños fruncidos. Al menos había logrado captar su atención—. Preparemos los próximos cuatro años —dije poniendo las manos sobre la mesa, tomando el control de la situación—. Creemos un plan de oposición serio y nuevo, nada de críticas baratas. Propongamos un «gobierno en la recámara», como hacen en Inglaterra, con ministrables muy bien posicionados en sus áreas para darles tiempo a prepararse bien durante estos cuatro años y que así el elector sepa exactamente qué y a quién votará en las próximas elecciones. Demos una lección a la derecha sobre cómo se actúa en la oposición; convenzamos al ciudadano que desde la oposición también velamos por ellos, metiendo presión, cuestionando lo que no tiene sentido, exigiendo transparencia y explicaciones. La oposición no es una catapulta hacia el poder donde solo se habla y no se trabaja, sino una preparación activa de cara a un futuro gobierno. El gobierno que salga en cuatro años puede empezar a trabajar hoy. —No es que esperara ni vítores ni aplausos a mis palabras, pero tampoco imaginé que volvería a ver cabezas gachas—. ¿Qué pasa? —pregunté—. ¿No os gusta la idea? —Hubo un largo silencio—. Venga, que hable al menos uno, por favor —pedí con humildad.

Lucas tomó la palabra.

—Como dijo Keynes, a largo plazo estamos todos muertos.

Me mordí el labio.

—Pero ¡si solo son cuatro años!

El pelirrojo que había llevado las cuentas de la campaña replicó enseguida:

—Con un sueldo de diputada seguro que cuatro años pasan rápido —dijo—. Para nosotros será más lento porque ahora nos tenemos que buscar la vida.

—Todos nos la tenemos que buscar —dije, más seca de lo que habría querido.

—Es más fácil para usted —contestó.

Le miré casi con rabia. ¿Qué sabría él de mis circunstancias?

—A nivel económico quizá sí —concedí—. Pero esto va a resultar difícil para todos. Ahí es precisamente cuando tenemos que demostrar nuestra valía.

No pude con ellos. Siguieron cabizbajos y empezaron a levantarse uno por uno hasta dejarme sola en la mesa. En ese momento recordé las palabras de mi madre, yo no abandonaría el barco y me quedé allí impasible, todavía de pie. Si claudicaban, allá ellos. Yo me mantendría fiel a mis ideas hasta el final como hicieron la Kent, Nelken y Campoamor, por más que la culpabilidad y la vergüenza me abrasaran en ese momento. Todos salieron de la sala, algunos se giraron y me volvieron a mirar, en ocasiones con desdén, mientras que otros se lanzaban miradas de complicidad entre ellos. Esas malditas fotos habían destruido la credibilidad que mi equipo pudiera tener de mí y sospeché que también la del elector.

Sola, me dirigí hacia el pequeño despacho que tenía en la sede del partido, en el que apenas tenía unos libros y una foto de Gabi, que enseguida tiré a la papelera. Al menos entraba luz natural, pues la estancia daba directamente a la plaza. Miré los árboles otoñales, tan decaídos como yo.

Me senté delante del ordenador para mirar en internet si habían salido ya algunas estimaciones. Como cabía esperar, los conservadores iban por delante, pero no tanto como me imaginaba. Me encogí de hombros y en silencio empecé a abrir cartas, casi tres pilas enormes que se habían acumulado durante la campaña. La mitad iba directamente a la basura pues daba por descontado que no tenía ningún futuro en mi propio partido ni mucho menos como presidenta.

La llamada de Santiago a mi móvil hacia las cuatro y media de la tarde rompió ese momento de sosiego, quizá el primero en más de un mes. El jefe de los servicios secretos me confirmó que efectivamente habían detenido a Gabi y a Carmina en una pensión a las afueras de Moscú. Estaban esposados en una comisaría, pero antes el FBI y el FSB les había apuntado con una pistola para que deshicieran sus posiciones en los bonos. No hacía mucho de todo aquello, así que el mercado reflejaría pronto los cambios, a pesar de que fuera domingo. Santiago se disculpó por no haber completado antes la investigación, alegando que coordinar a la CIA, al FBI y al FSB había sido la operación más compleja de su vida. Me dijo que Andrés había resultado clave en el proceso, no solo por haber dado con la pista el sábado, sino porque su experiencia con los bancos les había ahorrado días de pruebas con miles de servidores. Gracias a él, la investigación había sido más lineal que circular. Le pregunté por el caso de José Antonio y me dijo que todavía tenían que atar algunos flecos y que contactaría conmigo en cuanto llegaran a una conclusión final.

Nada más colgar me levanté y me dirigí hacia la ventana sintiendo un ligero temblor en las piernas. Me eché las manos a la cara, sin poder contener la emoción. Negando con la cabeza sentí cómo las lágrimas me resbalaban por las mejillas mientras me imaginaba a Gabi detenido en Moscú. Me pasaron por la cabeza un sinfín de imágenes suyas en la universidad, tocando canciones de protesta en los tugurios de Londres, tumbado al sol, paseando por Madrid con sus típicas camisas hawaianas, o luciendo su amplia sonrisa que tanto le acentuaba los hoyuelos. Negué con la cabeza una y otra vez al imaginarme sus sombreros Panamá colgados en casa, las noches de pasión que habíamos compartido, casi me entraron ganas de vomitar. Abrí la ventana de golpe para que entrara aire fresco y respiré hondo, recordé a Carmina, lo joven que era cuando la contratamos. No podía creer que esa chiquita, en principio tan buena e indefensa, hubiera acabado en la cama con mi marido. Seguro que ni sabría qué estaba haciendo en Rusia, por lo que en el fondo sentí lástima por ella.

Toda la que no sentí por Gabi el malvado. Me sentí explotada, engañada, abusada. Nunca me podría recuperar profesionalmente si se hiciera público que él era la persona detrás de la debacle de los bonos. En el plano personal, también pensé que nunca levantaría cabeza.

Volví a sentarme porque no sabía qué más hacer. Me dije que lo único positivo era que aquella pesadilla por fin se había terminado y que miles de españoles no verían cómo su hipoteca se triplicaba. Eso hizo que mi mente se aligerara, pero el corazón lo sentía muy pesado, por el desengaño que acababa de descubrir y por la monumental derrota que seguro me esperaba. Mis compañeros de partido no se merecían semejante final, ni por supuesto los votantes que habían confiado en mí. Les había fallado estrepitosamente.

Solo me quedaba acabar la jornada de la manera más profesional y digna posible, pero antes debía informar a GR de todo lo ocurrido.

Apoyada de nuevo en la ventana, y con la vista fija en los bonitos edificios de la plaza, probé varios números hasta que lo localicé en su móvil, lo que en el fondo me decepcionó porque su lugar en ese momento estaba en la sede del partido. Pero entendí perfectamente que nadie me quisiera apoyar. Sin entrar en detalles, le repetí cuanto me había dicho Santiago mientras él me escuchaba en silencio. Por fin dijo:

—Llama a Lucas y que saque un comunicado de inmediato; y que lo ponga también en el Twitter ese, o como se llame, y en el Facebook. Hay que anunciar esto a bombo y platillo —dijo, convencido.

Di un ligero paso hacia atrás.

—¿Crees que merece la pena?

—¿Se puede saber en qué mundo vives? —casi me chilló—. ¿Para qué te lees tú las memorias de esa vieja comunista si no es para inspirarte? Y mira que yo le tengo un poco de manía a esa buena señora porque en el fondo era una pija que negó el voto a la mujer... —Levanté las dos cejas mientras GR continuaba hablando—, pero hay que reconocer que luchó lo suyo especialmente después de perder su escaño en el 1933. ¡Mira cómo se repuso!

Me sorprendió el conocimiento de GR sobre la vida de la Kent, sobre todo después de haberla llamado «vieja comunista» dos veces seguidas. Pero tenía razón; si la Kent no se afligió estando sola, pobre y exiliada, ¿cómo lo iba a hacer yo?

—Llamo a Lucas ahora mismo; creo que todavía está por la casa.

—Dile que hay que darle todo el bombo posible a esta información —dijo—. Os quiero a todos en mi despacho del partido en una hora, a las cinco y media en punto: a Lucas, a ti y a tu secretaria. Pero que Lucas no espere a que llegue, que lo envíe todo ya.

—Así lo haré —dije, con una sensación agridulce de excitación y de gran culpa.

Hacía ya mucho que había dejado de creer en los milagros, pero obedecí a GR y envié por e-mail a Lucas los primeros tweets, que él retuiteó tan solo unos segundos después.

ISMPresidenta@Socialistas Bonos españoles, víctima de acción criminal. Dos detenidos en Rusia #ISMPRESIDENTA

ISMPresidenta@Socialistas Servicios secretos movilizan CIA, FBI, FSB para detener hackers #ISMPRESIDENTA

ISMPresidenta@Socialistas Gobierno felicita servicios inteligencia, espera pronta recuperación bonos #ISMPRESIDENTA

ISMPresidenta@Socialistas ISM: «Nuestro programa funciona; confiad en nosotros» #ISMPRESIDENTA

Lucas bajó nada más enviar los tweets a mi despacho sin poder disimular su cara de agobio. Enseguida se sumó Estrella, quien también estaba en la sede del partido, y a quien previamente había avisado. Pensé que lo mejor era estar los tres juntos hasta que llegara la hora de ir al despacho de GR.

Nos sentamos alrededor de la pequeña mesa de reuniones que tenía en aquel despacho y giré la única pantalla de la que disponíamos para que pudiéramos verla los tres. También abrí el iPad para controlar el precio de los bonos. De momento, no había reacción.

De manera sorprendente, José Antonio Villegas reaccionó esta vez más rápido que los mercados. Lucas enseguida nos alertó de que había contestado con un tweet. Ensanché nuestra página de Twitter en la pantalla para que pudiéramos seguir las actualizaciones juntos. Enseguida vimos la respuesta de mi ex director general.

JAVillegas@Consultor San Martín se pone medallas que no le corresponden. Programa bajada paro, idea mía. #JAVILLEGAS

Nos quedamos boquiabiertos. Pero no dio tiempo a más, ya que José Antonio cargó más munición justo cuando yo tuve que atender una llamada de Santiago.

JAVillegas@Consultor dice programa económico Aguado más sólido que el de San Martín #JAVILLEGAS

A medida que leía el segundo tweet de José Antonio, y como si se tratara de un sueño, Santiago me llamó y me dijo que se había confirmado la culpabilidad de José Antonio por el uso de información privilegiada. Después de colgar, no tardé un segundo en escribirlo para que Lucas lo repasara y enviara.

ISMPresidenta@Socialistas José Antonio Villegas, involucrado en uso de información privilegiada #ISMPRESIDENTA

ISMPresidenta@Socialistas Declaraciones de Villegas, exconsultor Ministerio Economía, sin ninguna credibilidad #ISMPRESIDENTA

Como era de esperar, José Antonio no contestó y se hizo un silencio digital que aproveché para comprobar el precio de los bonos en el Bloomberg. Encendí el iPad y casi di un bote de la sorpresa: el precio se había empezado a recuperar e iba subiendo a medida que tenía la vista fija en la pantalla. Me froté los ojos por si era yo la que no veía claro pero no, la subida era inequívoca.

Estuve a punto de dar otro salto al ver que pasaban cinco minutos de las cinco y media; se nos había pasado la hora a todos con tanto movimiento. Me levanté de golpe y metí prisa a Lucas y a Estrella para llegar lo antes posible al despacho de GR, pero justo cuando abrí la puerta para salir disparada, allí me encontré de sopetón al todavía presidente, quien nos estaba buscando.

—¿Sabéis lo que está pasando, no? —dijo con ojos brillantes.

Iba más arreglado de lo normal, bien peinado y aseado, con pantalones de pinzas, camisa blanca bien planchada y una americana. No tenía pinta de derrota.

—¿Lo del Twitter? —pregunté. Estamos en ello.

—Sí, lo del Twitter y lo de las encuestas —respondió en un tono excitado, todavía de pie en la puerta del despacho—. Estamos recortando camino. ¡Es posible! —dijo, alzando el puño. Estrella, Lucas y yo nos quedamos estupefactos, los tres de pie, sin saber adónde ir. GR tomó el control—. Lucas, pon la radio —pidió—. Estrella, por favor, tráeme una silla; nos vamos a poner manos a la obra aquí mismo, no hay tiempo que perder.

Se quitó la americana, se arremangó las mangas de la camisa y se sentó donde Estrella, pidiéndonos a Lucas y a mí que nos sentáramos. Yo ocupé mi puesto habitual, frente a la mesa, y Lucas, después de sintonizar la radio, desde mi ordenador, se sentó a mi otro lado. Estrella enseguida volvió con una silla y se instaló junto a GR. Todos mirábamos mi pantalla. Los conservadores no tardaron en responder sobre José Antonio.

Aguado@Conservadores José Antonio Villegas NO es miembro Partido Conservador #JESUS AGUADO, FUTUROPRESIDENTE

Aguado@Conservadores Partido Conservador, ventaja en el escrutinio #JESUS AGUADO, FUTUROPRESIDENTE

Nosotros respondimos con la mejor arma que teníamos.

ISMPresidenta@Socialistas Bonos España se recuperan después detenciones Rusia #ISMPRESIDENTA

ISMPresidenta@Socialistas Bonos España reflejan buen estado economía, confianza inversores en el gobierno #ISMPRESIDENTA

La radio enseguida se hizo eco de ese tweet y al cabo de unos veinte minutos dijeron que ya estábamos casi a la par en el escrutinio. Nuestro gran lastre era Catalunya, que nos había dado la espalda después de filtrarse la noticia de la venta de buena parte del puerto antiguo de la ciudad a los kuwaitíes. Aquello era una pena, pero verdad.

—Nos estamos acercando —dijo GR, sentado en el extremo de la silla, las manos en las sienes—. Necesitamos todos los apoyos posibles, de todos los estamentos. —Nos quedamos pensativos durante unos segundos, en los que a mí se me ocurrió pedirle a Halle un tweet de apoyo. Le envié un correo—. ¿Cómo se llamaba aquel inversor que dijiste que era tan importante, y cuyo acceso a España vetamos porque me convenció el imbécil de Villegas? —preguntó GR.

—Gilliot, de NorthStar, una de las mayores gestoras de fondos de Europa.

—Ponme con él —le pidió a Estrella—. Esto lo arreglamos rápido. —Estrella no tardó ni un minuto en pasarle la llamada, con Gilliot esperando en la línea (los inversores siempre están a punto)—. *Hello, I am the president of Spain, I have an offer for you. Sorry NO English. Here is Isabel San Martín* —se presentó en un inglés macarrónico, y me pasó el móvil—. Dile que si nos escribe un tweet de apoyo, no tendrá ningún problema para entrar en España —me ordenó con autoridad.

Alucinada, así lo hice, ante la sorpresa de Gilliot, que no lo tuvo que pensar demasiado.

Su tweet llegó en menos de dos minutos.

NorthStarInvestments@Director NorthStar: Candidata San Martín ofrece buenas garantías economía española. #NORTHSTAR

NorthStarInvestments@Director Inversores internacionales, satisfechos gestión San Martín #NORTHSTAR

Los locutores de radio y las televisiones, que Estrella también había sintonizado en un pequeño monitor que tenía en la pared, medio escondido detrás de la puerta, se hacían eco de tanto movimiento. Los bonos seguían su ascenso y hacia las seis y media de la tarde habían recobrado el valor del jueves por la noche, algo que por supuesto enseguida tweeteamos. Respiré con gran alivio.

La radio decía que ya habíamos tomado ventaja en algunas provincias, pero la hecatombe en Catalunya no hacía más que empeorar, sobre todo después de un comentario del alcalde de Barcelona, cuyo partido independiente estaba más próximo a Aguado que a nosotros.

BCNAlcalde@AjuntamentBCN San Martín resol bé tema bons, però traiciona Catalunya #BCNAJUNTAMENT

—Hay que resolver este tema —dije—. Catalunya es demasiado importante. Voy a intentar llamar al emir para ver si lo podemos solucionar.

—Dile que estoy dispuesto a negociar la venta a buen precio de otro activo si podemos decir que el tema del puerto de Barcelona se ha cancelado.

—Buena idea —dije, marcando el número de al-Surdha.

Esperé casi comiéndome las uñas, pero no contestó. Volví a intentarlo hasta tres veces, dejando tantos mensajes, pero no hubo manera. Eran más de las siete de la tarde, quedaba menos de una hora para que cerraran los colegios electorales. La radio decía que habíamos cobrado ventaja en todo el sur, levante y el norte, pero que la debacle en Catalunya hacía que más o menos se diera una situación de igualdad.

Enseguida salió un tweet de Halle, que no tuvo apenas consecuencias, lamentablemente, y otro por parte de la Asociación de Cajas de Ahorros, dando su soporte a Aguado. Estaba claro que aquello se había convertido en una batalla por quién encontraba más apoyos.

Volví a llamar al emir, con el mismo resultado. Los cuatro permanecimos en silencio cuando colgué pues sabíamos lo importante que era su apoyo. Cuando parecía que las pocas esperanzas que teníamos se habían desvanecido, la ayuda me llegó de un lugar que no había previsto, ni pedido.

FT@FinancialTimes Primer ministro británico felicita San Martín por resolución ciberataque bonos #FTGILLIAN

FT@FinancialTimes Primer ministro británico apoya San Martín, ofrece acuerdo emigrantes españoles en UK #FT-GILLIAN

Los tweets de Gillian tuvieron un gran impacto, sobre todo entre las familias de los miles y miles de españoles que habían emigrado a Londres por la crisis. El apoyo del primer ministro británico también era una baza que nunca podría dejar de agradecer a Gillian, quien debió actuar rápido al ver lo que se estaba fraguando. Sabía que nos seguía por Twitter, pero desconocía que tuviera línea directa con su primer ministro.

—¿Quién demonios es esta tía? —preguntó GR, extrañado.

—Una amiga —me limité a responder.

Se me ensanchó el corazón solo al recordar cómo nos habíamos conocido en Davos y cómo ella había sido la única que no me había abandonado en la montaña. Estaba dispuesta a devolverle aquel favor.

Los hechos se sucedían demasiado rápido y todos dejamos de pensar en Gillian en cuanto la radio nos dio por primera vez como favoritos. Saltamos los cuatro de nuestras sillas, dándonos palmadas en la espalda. Nerviosos, pasándonos la mano por la frente, arremangándonos más las mangas y emitiendo todo tipo de sonidos respiratorios y guturales, nos volvimos a sentar.

Lamentablemente no pudimos celebrar el siguiente tweet.

President@Generalitat Generalitat no recolza gestió San Martín a Catalunya #GENERALITATCATALUNYA

Los catalanes, claro, tenían razón. ¿Cómo me iban a votar si, en un acto de desesperación del que en ese momento me arrepentí terriblemente, había vendido una parte importante y preciosa de su capital?

Ansiosa, volví a intentar dar con al-Surdha ante la mirada anhelante de Lucas, Estrella y GR. Lo intenté una y otra vez mientras la radio se hacía eco del rechazo catalán, por parte del Ayuntamiento de Barcelona y la misma Generalitat, a mi gestión. Los minutos pasaban deprisa. Yo seguía colgada del teléfono mientras veía avanzar las agujas del reloj hacia las ocho de la tarde. Esa hora llegó y fue antes de que el emir pudiera coger el teléfono. Cuando la manecilla marcó la hora en punto, colgué. Seguramente ya no había nada que hacer.

27

A las nueve de la noche y con un noventa y cinco por ciento del escrutinio, ya no había lugar a dudas: había perdido, por poco, pero había perdido.

De pie junto a algunos (pocos) miembros de la Ejecutiva del partido, GR, Lucas, Estrella y yo, y también Martin, que se unió más tarde, seguimos los resultados oficiales en una pantalla grande que habían colocado en la gran sala en el primer piso de la sede del partido. El lugar reservado para las grandes ocasiones todavía estaba inexplicablemente acondicionado para la victoria. Cuando empecé a notar que los allí presentes me miraban de reojo, recelosos y sobre todo cuando la televisión mostraba las imágenes de mis fotos con Andrés, me dieron ganas de ponerme a pinchar todos los globos rojos que colgaban del techo, de tirar las cajas de pizza por la ventana y de beberme todas las botellas de vino a morro y de un trago. No hay nada peor que morir en la orilla. Pero había que mantener la compostura hasta el final.

—Lo siento, chica —me dijo GR estrechándome la mano—. Hemos estado a punto, pero no ha podido ser.

Bajé la cabeza de la vergüenza que sentía por la publicación de esas fotos, sobre todo delante de GR, que tanto había apostado por mí. Al final conseguí suficiente valor para mirarle a la cara.

—La que lo siente soy yo, GR —le dije—, sobre todo después de la confianza que me diste. Y te he fallado de esta manera... Lo de las fotos... —No me dejó continuar.

—Los de la prensa son unas víboras, ya lo sabemos todos —respondió en un tono tranquilizador que agradecí—. Tú tienes todo el derecho del mundo a tomarte un cava con un amigo, o con un ligue, cuando quieras, y más cuando tu marido se ha convertido en un criminal. Lo siento, Isabel, tiene que ser muy duro.

Apreté los labios y le miré rebosante de agradecimiento. Apreciaba su apoyo en momentos duros como aquel. La derrota, aunque muy lejos de resultar una sorpresa para mí, siempre es cruel.

No sentí la misma comprensión en el balcón de la sala donde estábamos, que también daba a la plaza de Santa Ana. Apenas había un centenar de personas esperando, y algunos solo para abuchearme.

«¡Puta!, ¡nos has robado las elecciones! ¡Nos has metido a la derecha por el culo!», fueron algunos de los comentarios que sentí como cuchilladas en el corazón.

No respondí pues aquello no era precisamente un diálogo. Flanqueada por Lucas, Estrella y Martin (GR se quedó dentro), me limité a decir que siempre había actuado por principios y que tenía la conciencia tranquila pues no había otro interés que el del ciudadano de a pie como centro de todas mis acciones y decisiones. Eso solo consiguió encender más a los presentes, uno de los cuales me tiró un huevo, que afortunadamente esquivé. Luché por contener las lágrimas y me retiré con toda la dignidad que pude, que no fue mucha.

Cogida del brazo de Lucas, bajé directamente a la sala de prensa, abarrotada de cámaras, fotógrafos y periodistas, para leer un breve comunicado reconociendo la derrota. Di las gracias a quienes habían depositado su confianza en mí, me disculpé por no haber logrado mejores resultados y felicité al ganador, deseándole suerte. No quise decir nada sobre un futuro papel en la oposición, pues no sabía dónde estaría durante los cuatro años siguientes ni si mi propio partido me querría. No acepté preguntas, aunque la prensa estaba ansiosa por saber más sobre Andrés y los *hackers.* Me retiré.

De vuelta a la sala grande del primer piso, GR se despidió de mí, dándome un abrazo algo frío y dos palmaditas en la espalda. Me quedé sola en el centro unos segundos hasta que Estrella y Lucas vinieron a hacerme compañía. No sabía muy bien qué hacer y, como siempre que esto ocurre, me dije que lo mejor era volver a casa.

Bajé las escaleras hasta la puerta de entrada, donde me esperaba el coche oficial, aunque también me aguardaba Manolo, de pie, enfundado en su gabardina y bajo una boina negra.

—¡Mira qué chófer nuevo tan guapo te ha tocado! —me dijo.

Manolo sabía cómo arrancarme una sonrisa.

Nos dimos un largo y fortísimo abrazo, sin decir palabra. Al separarnos, avisé al chófer del coche oficial que se podía ir, que ya me llevaba Manolo a casa.

Todavía en silencio, entré en el Mini naranja que conducía, me recliné hacia atrás y emití un suspiro que pareció no acabar nunca. Manolo arrancó el coche.

—Vamos donde quieras, querida, ¿qué te apetece? —me preguntó—. Nos podemos emborrachar con cava, con champán, nos vamos al mejor japonés de Madrid, te vienes a mi casa y te hago una tortillita..., nos vamos a un burdel... Lo que quieras.

Me reí ante las sugerencias (¡sobre todo la última!), ya lo único que me faltaba era que después de pillarme con un amante, la noche siguiente me pillaran en un burdel.

—Manolo, querido, te lo agradezco mucho, pero solo me apetece ir a casa, estar sola, dormir y dormir... Tengo mucho que procesar.

—¿Seguro? —insistió—. Soy todo tuyo, te podrías aprovechar.

—No tengo ni ánimo ni energía para más, te lo juro.

Noté cómo me miraba de reojo.

—Lo entiendo —dijo—. Te llevo a casa.

—Muchas gracias; y muchas gracias por venir.

—Te lo mereces todo, querida.

Nos quedamos callados unos instantes mientras en mi mente se sucedían imágenes de criminales esposados en Rusia, tweets frenéticos, fotos clandestinas... También sentí curiosidad por cuanto había sucedido después de hablar con Manolo la noche anterior.

—¿Pudiste al final hablar con Mauro sobre las fotos? —le pregunté.

—Créeme que hice todo lo posible —me dijo—. Quedé con él después de hablar contigo, en plena noche, en un bar de Chueca que está abierto hasta tarde. Hacía años que no nos veíamos y el encuentro fue tenso, pero le supliqué que no publicara esas fotos, le imploré, pero no hubo manera... Me dijo que alguien le había pagado por publicarlas, que era la oportunidad de su vida, que estaba harto de este mundo y que necesitaba el dinero para retirarse y escribir, que es lo que de verdad quiere.

—Poca pena me da el angelito...

—Ser un gilipollas no es agradable, ni para los gilipollas mismos —respondió—. Me contó vuestra conversación sobre las fotos y que había estado en tu despacho la noche anterior presionándote.

Hizo una breve pausa antes de continuar en tono grave.

—Isabel, él también estaba sometido a una gran presión —dijo Manolo con la vista fija en un semáforo, donde estábamos parados—. Alguien de la oposición le chantajeó diciendo que si no le ayudaba a ganar las elecciones, el partido conservador se buscaría otro aliado en la prensa, otro periódico que fuera portavoz de sus ideas, pero sobre todo al que dar exclusivas y toda la publicidad del clan financiero-empresarial próximo a la derecha. Eso también explica que sacara de manera tan prominente las declaraciones de José Antonio cuando tú, yo y hasta él sabemos de sobra que tenían un valor informativo nulo.

Manolo guardó silencio mientras el semáforo se ponía en verde; arrancó de nuevo.

—Ya sé que es difícil de entender —continuó—, pero él aceptó el chantaje pensando en el centenar de personas que tenía en la redacción y a las que no quería despedir.

—Qué bueno es... —apunté, cínica.

Manolo respiró hondo. Aquella historia iba a ser difícil de vender.

—El caso, y esto debes saberlo —añadió— es que no solo le ofrecieron una suma importantísima de dinero por publicar esas fotos, sino también por buscarlas.

—¿Querían mi cabeza? —pregunté, fría, con la mirada perdida al frente.

—Sí —concedió Manolo en voz baja—. Le pidieron que pusiera a uno de sus fotógrafos a seguirte día y noche, buscando debilidades o cualquier mal momento que ellos pudieran explotar para desbancarte.

—Buitres...

—No te voy a negar que la política muchas veces da asco.

—Supongo que serían los mismos que le amenazaron con retirarle la publicidad, ¿no?

—Supones bien... —dijo.

Cerré los ojos ante tanta canallería. Al volverlos a abrir vi que ya estábamos entrando en la plaza de Olavide.

—Déjame donde te vaya bien, estamos ya casi —dije, asiendo el bolso—. Pues con la excusa de aceptar chantajes para ayudar a los suyos habrá acumulado unos buenos ahorrillos, ¿no? —pregunté, asqueada de imaginarme a Mauro en una tumbona de lujo en Ibiza financiada por mi fracaso.

—Piensa devolver parte del dinero...

—¡¿Parte?! —interrumpí—. Qué gracioso, esto de ser bueno solo a medias... nunca lo había oído.

—Isabel, por favor...

—No me intentes vender lo que no se puede comprar.

Manolo aparcó el coche en doble fila, justo enfrente de mi casa.

—Tiene pensado dejar el puesto mañana mismo y alquilar un piso en Formentera, enfrente del mar y dedicarse a escribir un libro. Ya te dije que es su gran ilusión.

Me quedé muda. No podía soportar la idea de que mi amigo estuviera justificando las acciones del malvado que prácticamente había ejecutado mi condena.

—No te pido que le perdones, Isabel, solo que le entiendas.

Silencio.

—Manolo —dije girándome hacia él, los dos todavía dentro del coche—, pero ¿tú ya le has perdonado todo lo que te hizo?

—No fue él quien me delató.

—¿Cómo que no? Y ¿quién si no?

—Como te dije, durante años pensé que él le mostró nuestras fotos al presidente y que eso me costó la candidatura porque un presidente gay en la España de los ochenta era impensable. —Asentí comprensiva—. Pero no fue él —repitió volviéndose hacia mí, las manos asidas al volante—. Ocurrió que, desesperado con la droga, le decía a su camello en Ibiza que recibiría pronto el dinero que le debía e incluso le explicó su plan para chantajearme a mí como garantía: le dijo al camello que yo nunca le dejaría llevar fotos comprometedoras al presidente y que para evitarlo le daría la casa, así él podría venderla y pagar sus deudas. Pero el camello se cansó de esperar y un día, cuando Mauro estaba ciego de coca en casa, se hizo con las fotos y efectivamente las llevó a Moncloa. Y esto tampoco lo sabía: resulta que el presidente se las compró. Le pagó una fortuna para protegerme a mí; si no, el muy capullo las habría vendido a la prensa. Aunque perdí la candidatura a la presidencia, ese gesto del presidente me salvó el pescuezo, porque al menos he podido labrarme una carrera como consultor y consejero. De haber salido esas fotos a la luz, el país me habría condenado y no hubiera hecho nunca nada.

—Como me va a pasar o ya me ha pasado a mí —apunté.

—Eso no es verdad y ahora lo verás.

La frase me sorprendió, pero todavía estaba intentando procesar la increíble historia de Mauro, el camello, Manolo, el anterior presidente y las fotos. No sabía si creerlo, la verdad. Había visto tantas mentiras y falsedades que ya no me creía nada, aunque a Manolo sí.

—¿Estás seguro de que esta es la verdad?

—He llamado al expresidente esta misma tarde para preguntárselo —dijo mirándome—. Me lo ha confirmado todo y me ha devuelto las fotos; he pasado por su casa justo antes de venirte a buscar. Le he devuelto ese dinero, que Mauro me facilitó anoche para mostrarme su arrepentimiento.

Negué con la cabeza. El mundo era absurdo y cruel.

—A buenas horas…

Manolo no dijo nada.

—¿Está ya totalmente recuperado? ¿Toma algo? —pregunté.

—Sí, se ha recuperado bien —dijo Manolo con alivio—. Hace años que no prueba nada, bueno, desde entonces. Bebe poco y lo único que se permite es fumar. Quiere dedicar esta temporada en Formentera a cuidarse.

Nos quedamos callados unos segundos.

—En fin —dije con cierto conformismo pasivo-agresivo—. Me alegro de que todo se haya arreglado para vosotros: tú y Mauro estáis como reyes, GR va abocado al consejo de HSC, y aquí la única pringada soy yo…

—De eso te quería hablar precisamente —me cortó Manolo.

—Pues habla —dije medio bostezando y mientras recogía del suelo del coche un par de bolsas de tela llenas de documentos que me había traído del despacho (por si ya no volvía).

—España te necesita.

Era la segunda vez que Manolo me repetía esa frase, aunque esta vez no me reí como en Davos. Esta vez tuve que esforzarme por no llorar.

—Eso ya me lo dijiste una vez y mira lo que ha pasado —respondí.

—Escucha —insistió Manolo—. Sospecho que a Jesús Aguado le va a ir fatal.

—¿Por qué?

—Porque la crisis va a durar más de lo que todo el mundo espera y la gente no tolerará los recortes de un gobierno conservador. Seguro que se lo cargan pronto. Tienes una gran oportunidad de fundar tu propio partido y ganar.

Entonces sí que me reí.

—De ninguna manera —afirmé, segurísima de cuanto decía—. Ya tengo suficiente de traiciones, cobardías, insultos y puñaladas. No, que paren el mundo, que yo me bajo, como mínimo del mundo de la política.

—Isabel..., tranquila, deja pasar un tiempo para tomar cierta perspectiva —me sugirió.

—No hay más que hablar, Manolo —le respondí, seria, sujetando la manivela de la puerta del coche—. Nunca me volveré a meter en política. No sé, intentaré entrar en la universidad, o me iré al extranjero.

—Ya hablaremos más...

No, no quería hablar más, ni en ese momento ni nunca sobre fundar un partido político, algo que además me parecía la idea más descabellada e impracticable del mundo.

—Querido, te voy a dejar, estoy muerta; necesito estar sola y tranquila —le dije, ahora sí abriendo la puerta del Mini.

—Por supuesto, como quieras, pero ya sabes que me puedes llamar a cualquier hora. Te recuperarás, estoy seguro, y conseguirás grandes cosas —dijo mirándome fijamente.

Yo desvié la mirada y me dirigí hacia el portal. Justo antes de llegar a la puerta, Manolo bajó la ventanilla y me dijo en voz alta:

—Recuerda que lo que separa a los mediocres de los grandes es cómo estos últimos superan las adversidades.

No dije nada; le sonreí y me adentré en el portal.

Entré en el piso, mi casa, que se me hizo muy extraña. Me sentía como si me acabara de despertar de una pesadilla y por fin llegara a mi hogar. Pero la cruda realidad me golpeó enseguida. Aquello no había sido un mal sueño: había perdido unas elecciones generales por culpa de un marido criminal, cuya presencia todavía podía sentir en el piso. Todo tenía un aspecto extraño, pero enseguida entendí por qué. El muy cabrón había recogido sus cosas antes de largarse a Rusia: ni rastro de sus pertenencias, de sus guitarras, sus chaquetas de piel o sus libros. Sus estantes estaban vacíos y también el armario del salón donde guardaba su música. Sin quitarme el abrigo, corrí hacia el cubículo donde tenía sus ordenadores, que por supuesto ahora estaba desmantelado. Me lo imaginé allí sentado, en la silla que era lo único que había dejado, y le vi con su mirada atenta a las pantallas. Mientras yo le preparaba la cena o le llamaba para que viniera a la cama, él maquinaba su gran golpe.

Sentí ganas de tirar cualquier objeto que se hubiera dejado por la ventana, pero solo encontré un viejísimo y deshilachado sombrero Panamá detrás de una puerta. Lo rompí y arrojé al suelo con todas mis fuerzas. Me apresuré hacia el dormitorio y con brusquedad abrí la cama para encontrar un vacío donde normalmente estaba su pijama. Busqué en la cocina y en la cómoda del recibidor algún indicio de comunicación, una carta, una mísera nota. Nada. El muy cabrón se lo había llevado todo y se había fugado sin dejar rastro.

Llena de rabia, salí a la despensa, en la terraza, y cogí todas las escobas, fregonas, cubos y productos de limpieza que pude y los arrojé con violencia a la calle, desde mi tercer piso. Lo hice gritando «¡toma!, ¡toma!», sintiéndome mucho mejor por ello y, afortunadamente, sin dar a nadie —aunque no pude evitar armar un considerable ruido—. Me escondí dentro rápido al advertir que algunos vecinos habían sacado la cabeza para ver qué pasaba. No sé si alguien me vio. Tampoco me importaba; francamente tenía problemas más graves.

De pie en el recibidor, traté de calmarme; estaba temblando, me entró un frío terrible y las lágrimas estaban a punto de aflorar. Intenté recobrar la fuerza que adquirí a los ocho años, enfrentada a una situación igual de aterradora. Como en aquella ocasión, debía mantener la templanza, pensar y actuar. Conté hasta diez y tragué saliva. Tuve tentaciones de irme a un hotel, pero ¿para qué? Tarde o temprano me tendría que enfrentar a la realidad y aquella era mi casa.

Ya más tranquila me quité el abrigo, encendí la calefacción, puse un poco de música clásica y me cambié de ropa para estar cómoda. Miré el teléfono y vi que había algunos mensajes, pero no tenía ganas de nada. Solo de estar sola. Me senté en el sofá y encendí la televisión. No hacían más que poner imágenes de Jesús Aguado, líder de la oposición, victorioso en el balcón de la sede de su partido celebrando el resultado con su mujer y un montón de críos. Supuse que sería otro del Opus. Su cara de niño repipi y su familia perfecta me dieron casi asco. Allí estaban todos, tan sonrientes y falsos. ¿Qué sabía él de la vida? Seguro que en cuatro años ya no sería tan moreno y feliz, sino que tendría el pelo lleno de canas y una mujer infiel harta de no verle en casi un lustro. Y seguro que los niños se convertirían en unos malcriados, acostumbrados a ser los reyes del mambo en Moncloa.

Detuve esos pensamientos tan negativos que solo me hacían más daño y cogí el móvil. Estaba ansiosa por recibir alguna palabra amiga. Había un texto de Estrella:

Cuenta conmigo, Isabel. Estoy aquí para lo que necesites.

Respondí:

Gracias y no te preocupes por tu puesto. Nadie te puede echar. Tranquila. Sigue con tu vida. Seguimos en contacto.

Estrella respondió enseguida:

Muchas gracias, Isabel. Mucho ánimo con todo. La vida te sonreirá otra vez.

Al menos aquello me arrancó una sonrisa.

Estaba hundida, esa era la verdad. Había arruinado mi reputación. Tantos años de trabajo, llegando a rozar el cielo, para que al final los míos me acabaran llamando «puta». La vida era así de injusta, así de jodida. Se me pasó de todo por la cabeza, desde tirarme de un puente hasta ligarme al emir, exiliarme en Kuwait y organizar allí unas olimpiadas. También consideré aceptar un empleo como trabajadora social en algún centro de necesitados. Pero por lo pronto me dije que lo mejor era tomarme un tiempo y no apresurar ninguna decisión.

Recibí un texto de mi madre:

Vete de vacaciones con el rubio. Espero que estés bien. Ven a Pamplona, el tío y yo te cuidaremos.

Mi madre me conocía bien y sabía que en esos momentos no tenía ningunas ganas de hablar por teléfono. Me hizo gracia su insistencia con Andrés. Pero no le di más importancia, ya que desde hacía unos años sus comentarios eran más bien aleatorios.

Cuando creía que por fin había llegado el momento de disfrutar de un poco de paz, el móvil volvió a sonar, insistentemente, desde el interior del bolso. Por suerte llegué a tiempo. Era Walter, lo que me sorprendió pues ya me lo imaginaba haciendo migas con el partido conservador. La banca siempre gana.

—La comunidad inversora conmigo al frente te debemos un favor de los grandes —me dijo, directo—. Nos hemos forrado todos.

—Reflotar esos bonos solo era mi obligación.

Guardó silencio.

—Eres una mujer excepcional, Isabel; lo de esta noche es una gran pérdida para el país.

Aquello me halagó pues Walter no era proclive a expresiones de admiración como aquella.

—Lo dices porque ahora no sabrás qué hacer con Caimán y las licencias —respondí con cierta sorna.

Se rio.

—Sabes perfectamente que no es eso —dijo, serio—. Lo que más me jode es que ahora no voy a tener el consejo de administración lleno de tías buenas, ¡coño! Con lo contento que estaba yo con el tema de las cuotas, ¡me imaginaba todo el día rodeado de rubias cachondas!

Me reí abiertamente, supongo que descargando tensión. Qué bruto era.

—Walter, por Dios —le regañé—. ¡Que no se trata de poner a rubias despampanantes sino a mujeres inteligentes!

—Bueno, pero si da igual, mujer —bromeó—. Te digo yo que las rubias harían lo mismo que los que tengo ahora: ¡nada! Nada de nada. Si al final lo decido todo yo, hombre, si siempre es igual, si nadie pega chapa…

—Ay, Walter… —dije con una sonrisa en los labios—, menudo eres tú.

De todas maneras, solo que estuviera abierto al tema de las cuotas, por las razones que fuera, suponía un cambio de actitud y eso era positivo.

—Bueno, siempre puedes empezar el programa tú solo, aunque no tengamos el trato —le sugerí.

—Lo que más me gusta de ti, Isabel, es que no abandonas nunca.

—Claro que no —dije rápida y seria—. Nunca.

—Eres una gran mujer —repitió—. Y oye... —dejó pasar unos segundos—, esas fotos..., pero por Dios, menudo par de principiantes, ¿no podíais ser un poco más discretos?

—Walter, no sé si te lo creerás pero allí no hubo nada —respondí—. Tan solo me estaba explicando que había encontrado la pista del *hacker*...

—Pues se os ve muy cariñosos... No sé si yo abrazaría a alguien y le cogería de las manos mientras hablo de bonos y *hackers*...

—Walter —le corté—. El *hacker* es mi marido, bueno, mi ex, Gabi.

Hubo un silencio.

—Joder... —fue cuanto pudo decir—. Hostia, lo siento, Isabel, no sabía...

—No te preocupes —contesté ya con ganas de terminar la conversación—. Tú cuídate, disfruta de tus cacerías, mucha suerte en todo e igual algún día coincidimos en algún sitio.

Se aclaró la voz.

—Estoy seguro de que sí —dijo serio—. Te debo un favor, no lo olvides. Lo que hemos ganado con los bonos me resuelve muchos y muy grandes problemas, no lo olvidaré jamás. Así que cuando lo necesites, ya sabes dónde estoy.

—Entendido —asentí—. Pero ya sabes que yo solo pienso en los ciudadanos, no quiero nada a cambio.

Después de una breve pausa, dijo:

—La campeona ahora eres tú.

Recordé cómo a él le llamaban «Campeón» en el banco, y en sociedad, señal de su incuestionable poder e influencia sobre los demás. Por esa razón, y viniendo de él mismo, aquel era uno de los mayores cumplidos que nadie me podía hacer.

—Una cosa —añadió—. Ese hombre, Andrés, es un buen tipo.

—¿Por qué lo dices?

—Tú dices que te estaba consolando, pero yo en esas fotos veo más chispa que consuelo, más cava que bonos... ¿Qué quieres que te diga?

Me quedé callada. Igual tenía razón. Continuó:

—No te quepa la menor duda de que después de lo del Prado me vino a pedir que no quería ser el encargado del *lobbying* contigo porque no quería perjudicar vuestra amistad. Me lo dijo así, tal cual. Es un hombre honrado, créeme. Y un tío listo.

—Lo sé —dije—. Sin él, posiblemente nunca hubiéramos resuelto esta situación.

Los dos suspiramos, casi a la vez, y nos despedimos deseándonos lo mejor.

Yo, que siempre le había visto como un tiburón malvado de las finanzas, y resultó que en el fondo, y como todos, también tenía su corazoncito.

Volví a sonreír imaginándome a su consejo lleno de rubias despampanantes. Menudo.

Me preparé un té verde y me estiré de nuevo en el sofá, bien tapada bajo una manta, mirando las noticias: «Los servicios de inteligencia destapan una trama de *hackers* detrás de la caída de los bonos», «La deuda española se recupera en Wall Street después de un fin de semana de locura», «El nuevo gobierno dice que ellos tienen mejores sistemas de seguridad», «El electorado, confuso».

Salieron entrevistas con Santiago y —ahora sí— GR poniéndose medallas, explicando cómo habían tenido a la CIA, al FBI y al FSB a sus órdenes y cómo habían destapado el complot. GR explicaba que durante su legislatura había dedicado mucho tiempo y esfuerzo para que los servicios secretos funcionaran en los momentos necesarios. Sonreí con cinismo.

Volví a mirar el móvil, ahora en silencio. Ni rastro de las invitaciones a consejos de administración o puestos en universidades de prestigio que otros exministros habrían recibido ya en circunstancias similares. Un excompañero de gabinete, por ejemplo, que había dimitido hacía un año, había conseguido poco después una cátedra en la Universidad de la Laguna, en Tenerife, donde ahora vivía como un marqués junto al mar. Otros exministros de gobiernos anteriores presidían ahora asociaciones o empresas semipúblicas mientras que los más afortunados entraban en consejos de administración, que es donde está el dinero de verdad. Esa era la meta de GR.

Apagué el televisor y me levanté para poner un CD de Pau Casals —mala elección si uno necesita animarse— cuando por fin llegó la llamada que más necesitaba. Lo entendí porque me sentí mucho más tranquila al ver su nombre en la pantalla. Relajé los hombros, hasta entonces encogidos y tensos, y suspiré. Dejé pasar dos o tres tonos mientras me aclaraba la voz. Cuando por fin contesté casi no me dio tiempo a saludar.

—Tengo aquí unos objetos que creo que le pertenecen, señora San Martín, y pensaba que igual podía subir a devolvérselos.

Era Andrés, por supuesto.

Enseguida llamaron al interfono. Corrí a contestar.

—Abre o abre —dijo.

Abrí.

Al cabo de un rato llamó a la puerta del piso y me lo encontré en el rellano con la fregona, la escoba y el cubo que había tirado por la ventana hacía más o menos una hora. También traía una pizza y una botella de Gramona.

Me reí. El hombre que tenía enfrente, fregona en mano, poco tenía que ver con el pijo de ingenieros que me robaba las ideas veinte años atrás.

—Anda, pasa —le dije desde el recibidor—. ¿Se puede saber de dónde has sacado mi dirección?

Me miró con una ceja levantada.

Fruncí el ceño. No estaba para juegos.

—¡La cuenta! —Recordé—. ¡Maldito, había olvidado que lo sabes todo de mí desde que entraste en mi cuenta!

Sonrió con cierto aire de superioridad. En el fondo era un pijo rematado, por más que se escondiera bajo una barba de dos días y detrás de un cubo de fregar.

Sin decir nada me siguió hasta el salón, dejando los trastos de la limpieza en el recibidor y observando con sus ojos inquietos cuanto había en el piso, que no era mucho. A mí siempre me ha gustado lo minimalista; de hecho, apenas he tenido nunca nada que no cumpla una función.

—No busques a Gabi —dije—, está esposado en Moscú, imagino que lo sabrás.

—Sí, sí —respondió—. Y los bonos por fin se han recuperado.

Asentí con la cabeza.

Andrés me miró sin poder esconder su lástima.

—He intentado por todos los medios llegar al fondo del asunto antes de que cerraran los colegios, pero ha sido imposible —afirmó con pesar—. De verdad, lo hemos intentado por todos los medios pero había muchas personas y sistemas policiales implicados, la diferencia horaria de por medio. Ha sido imposible. Lo siento.

—Pero ¿qué dices, Andrés? —dije, cogiéndole momentáneamente del brazo—. De no ser por ti, mañana la deuda se habría hundido todavía más y nos hubiéramos visto abocados a un rescate. La que tiene que agradecerte la ayuda soy yo.

Dejó el cava y la pizza sobre la mesa. Se acercó a mí y me puso las manos en los hombros.

—No, no, las putas fotos son culpa mía —dijo—. Fue una mala idea ir al Lucy Bombón, soy un idiota. Pensé decirte que vinieras al piso, pero después del viernes no me pareció oportuno y me imaginé que tú tampoco querrías volver.

—No te preocupes, Andrés —dije sin moverme. Sus manos todavía en mis hombros me reconfortaban—. Yo también lo tendría que haber pensado y con más razón que tú, por el cargo que ocupo, bueno, que ocupaba.

—Sin esas fotos y con el tema de los bonos solucionado habrías ganado.

—Ya, y si tuviera alas también podría volar. —Sonrió—. No hay que darle más vueltas —continué ahora mirando al cava. Eso sí que me apetecía—. Las cosas son como son, e incluso esto es para mejor. La política me da asco, mejor salirme ahora.

—No digas eso, Isabel —dijo, ahora acariciándome la mejilla, rápida pero suavemente—. Igual ahora no, pero quizá tengas tu momento en el futuro. Eres un *crack* y el país necesita alguien como tú. No sé si ahora o en el futuro, pero no me cabe la menor duda de que te recuperarás de esta.

Bajé la cabeza.

—Te agradezco las palabras, pero no tengo ganas de pensar en el futuro —dije—. Me basta con el presente.

Volví a mirar el cava.

—Te he traído esto, por si te apetecía —dijo, viendo mi interés.

Le sonreí.

—Anda, sírveme un poco —me animé, yendo hacia el armario para buscar un par de copas.

Cuando volví la botella seguía intacta sobre la mesa y Andrés continuaba de pie, algo nervioso, las manos cruzadas detrás de la espalda. Me miraba un poco expectante.

—¿Qué pasa? —pregunté. No estaba yo para más contrariedades.

—Bueno... —balbuceó como un adolescente—. No sé si ahora prefieres estar sola..., supongo que todo es un poco difícil. No quiero ser un pesado.

Le miré con una sonrisa. Aquella timidez en alguien como él, acostumbrado a conseguir siempre lo que quería, me hizo recuperar un poco la fe en la raza humana.

—Anda, siéntate —le pedí—, nos tomamos el cava y la pizza y luego te vas, que estoy agotada.

—Estupendo —exclamó. La cara se le iluminó.

Sirvió el cava y abrió la pizza, napolitana, que comimos sentados en el sofá.

—También sabes que me gusta la napolitana, claro...

Nos miramos y sonreímos.

—Miedo me da saber qué más has descubierto...

—Me llevaré tus secretos a la tumba —dijo, levantando las cejas.

No quise preguntar más. Tenía la cabeza tan llena y estaba emocional y físicamente tan exhausta que ya solo quería reírme un poco, comer la pizza, beber el cava y luego, dormir, dormir, dormir.

Observé cómo Andrés le daba al cava casi tanto como yo. A ese ritmo, la cena duraría poco.

—Cuidado —le advertí—. ¿Tienes que conducir a Puerta de Hierro, no? Pues no bebas mucho más...

Dejó sobre el plato el trozo de pizza que se iba a llevar a la boca y sin mirarme me explicó:

—No, he venido en taxi desde mi piso de Salamanca. Me han echado de casa.

Yo también dejé el cava que estaba a punto de tomar sobre la mesa.

—¡Las fotos!

Asintió con la cabeza.

Con todo lo que había sucedido ese día no se me había ocurrido pensar que la mujer de Andrés también vería esas imágenes.

—Ostras..., lo siento —dije cogiéndole del brazo.

Tragó saliva.

—No te preocupes —añadió, ahora mirándome—. Es lo mejor. Ese matrimonio nunca tuvo que ser. Lo que me extraña es que haya durado tanto.

—Pero los niños...

—Los niños estarán mejor en una casa un poco más alegre, la nuestra era como un funeral —explicó—. El mejor regalo que puedo darles a mis hijos es ser una persona completa y feliz y yo en ese matrimonio no lo era. Ser feliz es la mejor manera de que ellos también lo sean; el ejemplo dice más que las palabras.

Estaba de acuerdo.

—Pues brindemos por la nueva vida —dije—. No nos queda otra.

Así lo hicimos y acabamos la pizza y el cava hablando de todo un poco y de manera un tanto inconexa. Yo le miraba a sus grandes ojos azules, siempre atentos, siempre inteligentes y pacientes, miradas que él no desvió. Un par de veces nos quedamos enganchados así, simplemente porque nos gustaba, porque nos sentíamos cómodos.

Me di cuenta de que las emociones habían dejado de intimidarme, quizá porque entendí que la racionalidad no está reñida con los sentimientos. El sosiego de esas miradas con Andrés, en el fondo tan llenas de deseo, me hizo comprender que uno puede ser emocional de una manera racional, y viceversa, a pesar de haberme pasado la vida despreciando todo lo que no fuera raciocinio, una actitud que en el fondo me había perjudicado. De haber sido un poco más inteligente emocionalmente me habría dado cuenta de que Gabi se había esfumado del matrimonio meses antes de dar el golpe, aunque todavía estuviera en casa aparentando normalidad. Un poco más de vista me habría puesto en alerta y, si bien nunca hubiera podido imaginar lo que tramaba, al menos sí podría haber acabado a tiempo una relación que a mí tampoco me aportaba gran cosa. Pero no lo supe ver porque no prestaba atención, tan ocupada como estaba trabajando o analizándolo todo de manera racional.

Me levanté al baño y luego a preparar un par de tés herbales, distrayéndome un tanto en la cocina mientras repasaba los múltiples mensajes de texto que se habían acumulado desde que había llegado Andrés.

Habrían pasado unos diez minutos cuando, extrañada de no oír ningún ruido en el salón, cogí las dos tazas y volví, sin poder contener algún bostezo. En realidad, estábamos los dos agotados pues apenas habíamos pegado ojo en las últimas cuarenta y ocho horas. Yo, con mi candidatura y Andrés, buscando *hackers* por medio mundo.

Encontré a mi antiguo compañero de clase con la cabeza echada atrás en el sofá, el móvil en la mano, totalmente dormido.

Sonreí. Vaya una cita más apasionada la nuestra. Una bostezando, y el otro, durmiendo.

Le quité los zapatos, le cubrí con una manta y le puse la cabeza sobre una almohada sin que él se diera cuenta de nada. Hasta había empezado a roncar. Yo me acosté en mi cama, pensando en él. A partir de aquella noche, no ha habido una que no haya estado a mi lado.

28

Tres semanas después de esos acontecimientos me encuentro aquí, en un pequeño piso en Malasaña, no muy lejos de casa, que he alquilado como centro de operaciones para mi próximo proyecto.

Siguiendo la sugerencia de Manolo y sobre todo lo que me dicta el corazón, he fundado mi propio partido: «Igualdad en el poder». Necesitamos urgentemente contar con una fuerza política que abogue contra la desigualdad de la mujer, de los niños, de los ancianos, de los gays, de las minorías étnicas o religiosas, de los enfermos, de los discapacitados..., de todo ese gran número de personas que no son varones de mediana edad y que la sociedad deja de lado. Aunque solo consiga un escaño al menos será suficiente para intentar propagar el mensaje y presionar para conseguir reformas.

Quiero vivir a tope y dedicar mi tiempo a lo que verdaderamente tiene sentido. Las derrotas en el fondo son liberadoras pues abren la puerta a un amplio abanico de posibilidades. El hecho de no tener nada más que perder es un auténtico alivio.

Me he propuesto aprovechar mi fracaso electoral para quitarme de encima tapujos y prejuicios. Me he cortado el pelo corto, me he puesto unas gafas rojas nuevas y llevo hasta ropa moderna y juvenil, en plan *hipster* pero de cuarenta (y pico). Una trenca, un macuto y unas botas han sustituido a los trajes, las carteras y los zapatos de medio tacón porque 1) quiero ir cómoda y 2) me he cansado de intentar ser perfecta. Soy quien soy, con mis cualidades y (sobre todo) limitaciones.

He dejado atrás a los aburridísimos miembros del partido, que tampoco me han venido a buscar. Si bien es cierto que GR me apoyó la mayor parte del tiempo, los demás brillaron por su ausencia en mis horas más bajas. Sé que ya están respaldando a Mario de cara a las próximas elecciones, una apuesta mucho más «tradicional y segura», según me han dicho. Allá ellos si quieren más de lo mismo.

En cambio, yo noto como si le acabara de echar un par de cubos de leña a mi vida, dándole un brío que me entusiasma. Para nada me siento una cuarentona cuasi adúltera, divorciada, derrotada y humillada, sino alguien en plena madurez a punto de empezar el proyecto más ilusionante de su vida.

Mi primer paso ha sido empezar estas memorias, por si mi experiencia sirve de ayuda y ánimo a nuevas generaciones, pero también para lavar mi imagen. España es un país machista y si bien la infidelidad masculina se considera un desliz o una victoria, la femenina se penaliza sin compasión. Por eso espero que se me entienda mejor una vez desvelada la culpabilidad de mi exmarido en el descalabro de los bonos.

También he fundado una revista, que por supuesto he llamado *Ibérica*. Ya he contactado con algunos amigos escritores y nos turnaremos para publicar artículos de opinión sobre temas relevantes, especialmente aquellos que los demás medios ignoran. Sin ánimo de plagio, he copiado algunas de las secciones de la revista de la Kent, como «Sin censura» y «Gobierno en el exilio», escrita por amigos en el extranjero. También tenemos una sección regular donde listamos diez soluciones a un problema determinado. Será divertido. En principio, solo son ocho páginas cada trimestre, y que coordinará Estrella, a quien he contratado, de momento, en plan *freelance*. Ella, que sigue en su puesto en el Ministerio, ha aceptado encantada.

Estoy aquí porque me veo capaz. Gandhi una vez dijo que las personas vivimos dentro de una circunferencia en la que los límites son nuestros propios miedos. Yo he decidido quitármelos de encima y llegar hasta donde la imaginación me lleve. Y me siento rebosante de ideas.

Quiero atraer el voto de todos quienes no tienen acceso a las oportunidades o derechos que les corresponden por una cuestión de injusticia, empezando por el grupo mayoritario: las mujeres. He propuesto la formación de clubes de niñas aventajadas en los colegios, másteres de liderazgo para las mejores universitarias, más deportes y ligas escolares femeninas, cuotas obligatorias en los consejos de administración, premios a las mejores artistas, músicas, escritoras y científicas o becas de intercambio en el extranjero. A las mujeres casadas con hijos quiero darles la posibilidad de tributar de manera independiente y ofrecer importantes descuentos con el fin de incentivar su retorno profesional. También propondré subvencionar guarderías.

Antes de que me lluevan las críticas, he aclarado que este impulso a la mujer no significa empequeñecer a los hombres. Quiero un equilibrio social y económico sano, en línea con mi postura natural entre derecha e izquierda, y siempre con el objetivo de favorecer al máximo número de personas.

Tengo en mente una sociedad avanzada, muy alejada del franquismo y de la transición, y de la retrasada y sobre todo injusta moral católica que todavía invade muchos rincones de nuestro sistema. Por ello he sugerido eliminar las festividades religiosas, cambiándolas por días lúdicos: uno para el deporte, otro para la familia, para la cultura o los viajes. Celebrar la Inmaculada Concepción en una sociedad multiconfesional y moderna carece de sentido.

Quiero proponer un país de todos y para todos, más europeo que nunca; un país sin complejos, con unos horarios similares a los de nuestros vecinos, internacional, eficiente y optimista. Sin indulgencias ni victimismos, un país en marcha, que mire hacia delante y no hacia atrás y que solucione los problemas con creatividad y mentalidad positiva. Para ello es necesario un cambio radical en educación, con el fin de que el talento de verdad se filtre bien hacia arriba. Estoy harta de incompetentes en el poder que no hacen más que ralentizar el progreso.

Esas transformaciones se pueden financiar recortando buena parte del despilfarro todavía vigente en otros campos. El presupuesto militar, por ejemplo, se puede perfectamente reducir a la mitad, lo mismo que las subvenciones a medios de comunicación. No quiero más propaganda que la de mis acciones. También se pueden recortar cantidades impresionantes en cuestión de representación y diplomacia exterior solo con eliminar el vino y el jamón de todos los actos. Los acuerdos internacionales se pueden discutir perfectamente sobre café y pastas, como los ingleses. Y tampoco hace falta que nadie viaje en *business* o en vuelos militares. Quiero un gobierno civil.

Ya me he reunido con los medios y, de manera inesperada, resulta que ahora puedo contar hasta con *La Verdad*, que ha perdido mordacidad tras la salida de Mauro. La nueva directora es una chica joven, profesional y con ganas que Walter propuso (HSC es el principal anunciante). El nombramiento, pensé, es su manera de agradecerme la fortuna que amasó comprando bonos (baratos) cuando yo le avisé.

Carles, mi amigo catalán de la radio, me ha fichado como tertuliana habitual en su programa de los sábados, aunque todavía no me ha perdonado la venta del puerto antiguo de Barcelona. He contactado con el emir, rogándole que por favor se olvide de ese tema, explicándole por qué. Los kuwaitíes han ganado también tanto dinero con el reflote de los bonos que al-Surdha ha accedido a mi petición, aunque imagino que Aguado, si no es al emir, acabará vendiendo el puerto a otros, lo que me llena de pena. Yo ya he ido hasta tres veces a Barcelona para pedir mis disculpas y trabajar en mi recuperación. Se han portado estupendamente conmigo y creo que puedo contar con el apoyo de las mujeres catalanas en mi proyecto. Me da que esperan un trato preferente, y yo estoy dispuesta a dárselo.

También tengo a Gillian, a quien di mi primera entrevista, que salió la semana pasada en la portada del *Financial Times.* Esa publicidad internacional es de incalculable valor. Le he ofrecido un contrato *freelance* de asesoría mediática internacional.

El sector financiero, harto de un mundo binario derecha-izquierda, me ha abierto las puertas, supongo que deseoso de asociarse a una propuesta de modernidad e igualdad, aunque solo sea para atraer más clientela femenina. Por las razones que sean, aprecié su aceptación inicial y en mi primer discurso mencioné lo fantástico que había sido trabajar con Walter cuando su banco ayudó al país a superar una de sus horas más bajas. Siendo el líder indiscutible de la banca española, decenas de pequeños bancos y cajas han seguido el ejemplo del presidente de HSC y ahora me respaldan.

Hasta Gilliot me ha vuelto a mencionar en un tweet, contento como está de abrirse camino en España sin ninguna traba. Ha dicho públicamente que le encanta tener por fin un interlocutor de relevancia en la política española que hable inglés, ya que es increíble la cantidad de oportunidades que el país pierde solo porque muchos de nuestros líderes no pueden comunicarse en el exterior. Este es el tipo de estudios que me he propuesto publicar en *Ibérica*.

Al emir al-Surdha lo he visto en algunas ocasiones, sobre todo desde que está buscando una finca en pleno barrio de Salamanca pues dice que quiere pasar aquí largas temporadas para seguir invirtiendo y para controlar los negocios que ya tiene. En el fondo creo que le encanta la vidilla de Madrid. Se ha hecho amigo del director del Prado y de Andrés y a menudo se van todos a las cacerías de Walter en su finca de Toledo (a las que no me invitan..., pero en el fondo me alivia ya que se me partiría el alma al ver tanto animalito cruelmente asesinado). El emir (poco feminista, todo hay que decirlo) sigue apoyándome en público, apareciendo en fiestas o conferencias a mi lado, siempre estrechándome la mano.

No estaría aquí sin el apoyo de Andrés y Manolo, incondicionales, y sobre todo sin la fuerza interior que me ayuda a levantarme todos los días con optimismo, incluso cuando no sale el sol. Y eso se lo debo en gran parte a las mujeres que me precedieron en ocupar cargos públicos de responsabilidad hace casi cien años y que, para mi fortuna, dejaron escrito su legado.

Tengo el libro de memorias de la Kent muy a la vista, en el centro del estante principal de mi nuevo despacho. Ya he escrito al nuevo ministro de Cultura proponiéndole poner el nombre de nuestras primeras diputadas a bibliotecas, programas de becas, calles nuevas o centros culturales por toda España. También he pedido al Ayuntamiento que se construya una estatua de Kent, Nelken y Campoamor justo a la entrada del Congreso, entre león y león. Hay que luchar por mantener su legado.

En cuanto a mí, yo miro solo al futuro, sin rencores ni resentimientos hacia el pasado, otra de las virtudes que he aprendido de nuestras primeras diputadas.

De hecho, esta mañana mismo he recibido una carta de Walter en la que me agradecía la propaganda que le hice al presentar mi nuevo partido, cuando defendí públicamente y ante decenas de cámaras el papel de la banca y de HSC en particular durante el reflote de los bonos. En su misiva, Walter me dice que no todos los políticos tienen la honradez de constatar los hechos tal y como son y que la mayoría de representantes prefiere cebarse con los banqueros, una opción populista que siempre recala bien entre el público.

Yo, que sigo al pie de la letra el ejemplo de Victoria Kent, le he contestado lo mismo que ella respondió a Pilar Primo de Rivera cuando esta, ya mayor, le escribió para agradecerle que una exdiputada de la extrema izquierda en tiempos de la República como ella hubiera descrito públicamente a su hermano José Antonio, fundador de la Falange, como «un perfecto caballero, un perfecto hombre, con toda la cortesía».

Citando a la Kent he respondido a Walter: «La justicia fue y será siempre la norma de mi vida».

Agradecimientos

Este libro no habría sido posible sin el ejemplo de muchas mujeres que, contra todo pronóstico y sin más ayuda que su propio esfuerzo, han subido o subieron peldaños profesionales hasta conseguir cargos de responsabilidad. Necesitamos muchas más como ellas para que algún día podamos hablar de igualdad. Todavía queda mucho, sobre todo en el campo que representa la madre de todos los poderes: el económico-financiero.

La novela tampoco habría sido posible si autores como Paul Preston (en Londres), Shirley Mangini (en California), Miguel Ángel Villena (Madrid) y Marta Pessarrodona (Barcelona) no me hubieran despertado con sus obras el interés por personajes tan impresionantes como olvidados, como Victoria Kent, Margarita Nelken o Clara Campoamor. También me gustaría agradecer a la librería Muga, en Vallecas, el libro sobre esta última que con tanto cariño me regalaron y que tanto me ayudó.

Inspirada por esos autores, pude profundizar en la vida de Victoria Kent en la Universidad de Yale, donde se guarda su archivo personal, donado por la familia Crane. Gracias a la eficiencia y a la extraordinaria acogida del personal de la Beinecke Library pasé una semana de ensueño rebuscando material en treinta y cinco cajas. Y también gracias en gran parte a la hospitalidad de la profesora de estudios españoles, Noel Valis, mi estancia en Yale resultó sumamente agradable y productiva.

En el Instituto Cervantes de Nueva York también me recibieron con una sonrisa y me facilitaron uno a uno los valiosísimos volúmenes donde conservan todos los números de la revista *Ibérica.* Una colección impresionante.

La investigación cobró un aire más personal gracias a las detalladas descripciones que Shirley Mangini y mi amiga Marta Pessarrodona me hicieron de sus encuentros respectivos con Victoria Kent y Louise Crane en la década de los ochenta. Marta, además de servirme de inspiración con sus relatos de la época, es siempre para mí un ejemplo personal.

También entrevisté a un buen número de mujeres con cargos de altísima responsabilidad, pero siempre bajo el anonimato. Ellas saben quiénes son y lo mucho que les agradezco su tiempo. Mi mayor regalo sería que su ejemplo, reflejado en las páginas de este libro, sirva de inspiración para cuantas mujeres lo lean.

Mi más profundo agradecimiento a las cinco personas que leyeron, lápiz en mano, los primeros borradores: mi hermana Sofía, mi madre, Carmen, mi compañera de trabajo Núria Ribas, mi amiga Patricia Tubella y Eduardo Mendoza, todo un privilegio. También quisiera agradecer a Stuart Valentine y (un año más) a Santos Palacios su valiosísima aportación de conocimientos informáticos.

Una vez más, y por tercera vez, he tenido el inestimable apoyo de mis editores de Suma de Letras, Pablo Álvarez, Gonzalo Albert y, este año, también Ana Lozano. Siempre es un placer trabajar con vosotros, gracias por haber confiado en mí desde el primer momento.

En Barcelona, mis agentes en Sandra Bruna, empezando por la propia Sandra, y Natalia Berenguer, se han convertido con los años en un apoyo fundamental. Son un excelente equipo, profesional y humano, del que es un honor formar parte.

Por último me gustaría enviar un fortísimo abrazo a las personas que me han apoyado durante los últimos meses, con cariño, comprensión y paciencia: mi hermana Susana, mis amigas Wuri, Laura y Shirry, Mati, Gill, mi amigo Dan y, como siempre, los compañeros de clase de la Escola Pax de Tarragona.

Londres, julio de 2015

El papel utilizado para la impresión de este libro
ha sido fabricado a partir de madera
procedente de bosques y plantaciones
gestionados con los más altos estándares ambientales,
garantizando una explotación de los recursos
sostenible con el medio ambiente
y beneficiosa para las personas.
Por este motivo, Greenpeace acredita que
este libro cumple los requisitos ambientales y sociales
necesarios para ser considerado
un libro «amigo de los bosques».
El proyecto «Libros amigos de los bosques» promueve
la conservación y el uso sostenible de los bosques,
en especial de los Bosques Primarios,
los últimos bosques vírgenes del planeta.

Papel certificado por el Forest Stewardship Council®

FSC
www.fsc.org
MIXTO
Papel procedente de
fuentes responsables
FSC® C117695